HEYNE BÜCHER

W0402187

Fantasy

Herausgegeben von Friedel Wahren

Das Schwarze Auge

1. Band: Ulrich Kiesow, *Der Scharlatan* · 06/6001
2. Band: Uschi Zietsch, *Túan der Wanderer* · 06/6002
3. Band: Björn Jagnow, *Die Zeit der Gräber* · 06/6003
4. Band: Ina Kramer, *Die Löwin von Neetha* · 06/6004
5. Band: Ina Kramer, *Thalionmels Opfer* · 06/6005
6. Band: Pamela Rumpel, *Feuerodem* · 06/6006
7. Band: Christel Scheja, *Katzenspuren* · 06/6007
8. Band: Uschi Zietsch, *Der Drachenkönig* · 06/6008
9. Band: Ulrich Kiesow (Hrsg.), *Der Göttergleiche* · 06/6009
10. Band: Jörg Raddatz, *Die Legende von Assarbad* · 06/6010
11. Band: Karl-Heinz Witzko, *Treibgut* · 06/6011
12. Band: Bernhard Hennen, *Der Tanz der Rose* · 06/6012
13. Band: Bernhard Hennen, *Die Ränke des Raben* · 06/6013
14. Band: Bernhard Hennen, *Das Reich der Rache* · 06/6014
15. Band: Hans Joachim Alpers, *Hinter der eisernen Maske* · 06/6015
16. Band: Ina Kramer, *Im Farindelwald* · 06/6016
17. Band: Ina Kramer, *Die Suche* · 06/6017
18. Band: Ulrich Kiesow, *Die Gabe der Amazonen* · 06/6018
19. Band: Hans Joachim Alpers, *Flucht aus Ghurenia* · 06/6019
20. Band: Karl-Heinz Witzko, *Spuren im Schnee* · 06/6020
21. Band: Lena Falkenhagen, *Schlange und Schwert* · 06/6021
22. Band: Christian Jentzsch, *Der Spieler* · 06/6022
23. Band: Hans Joachim Alpers, *Das letzte Duell* · 06/6023
24. Band: Bernhard Hennen, *Das Gesicht am Fenster* · 06/6024
25. Band: Niels Gaul, *Steppenwind* · 06/6025
26. Band: Hadmar von Wieser, *Der Lichtvogel* · 06/6026
27. Band: Lena Falkenhagen, *Die Boroninsel* · 06/6027
28. Band: Barbara Büchner, *Aus dunkler Tiefe* · 06/6028
29. Band: Lena Falkenhagen, *Kinder der Nacht* · 06/6029
30. Band: Ina Kramer (Hrsg.), *Von Menschen und Monstern* · 06/6030
31. Band: Johan Kerk, *Heldenschwur* · 06/6031
32. Band: Gun-Britt Tödter, *Das letzte Lied* · 06/6032
33. Band: Barbara Büchner, *Das Galgenschloß* · 06/6033
34. Band: Karl-Heinz Witzko, *Tod eines Königs* · 06/6034
35. Band: Hadmar von Wieser, *Der Schwertkönig* · 06/6035
36. Band: Barbara Büchner, *Schatten aus dem Abgrund* · 06/6036 (in Vorb.)
37. Band: Barbara Büchner, *Seelenwanderer* · 06/6037 (in Vorb.)
38. Band: Hadmar von Wieser, *Der Dämonenmeister* · 06/6038 (in Vorb.)
39. Band: Christel Scheja, *Das magische Erbe* · 06/6039 (in Vorb.)
40. Band: Linda Budinger, *Der Geisterwolf* · 06/6040 (in Vorb.)

Das Schwarze Auge

HADMAR VON WIESER

DER SCHWERTKÖNIG

Das Leben des Raidri Conchobair

TEIL 1

Fünfunddreißigster Roman aus der aventurischen Spielewelt

begründet von
ULRICH KIESOW

Originalausgabe

WILHELM HEYNE VERLAG
MÜNCHEN

HEYNE SCIENCE FICTION & FANTASY
Band 06/6035

Umwelthinweis:
Dieses Buch wurde auf chlor- und säurefreiem Papier gedruckt.

Redaktion: Mirjam Madlung

Printed in Germany 1998
Umschlagbild: Arndt Drechsler
Kartenentwurf (Seite 8/9): Ralf Hlawatsch
Umschlaggestaltung: Atelier Ingrid Schütz, München
Technische Betreuung: M. Spinola
Satz: Schaber Datentechnik, Wels
Druck und Bindung: Presse-Druck, Augsburg

ISBN 3-453-14037-0

Für meinen Vater Christof,
der mir jede Möglichkeit gab,
berühmt im Kampf
(althochdeutsch: Hadmar)
zu werden

Vorwort

Der Zweiteiler um den Schwertkönig ist so etwas wie eine Einführung in die Welt Aventuriens, wie sie in über vierzehn Jahre gewachsen ist.
Raidri Conchobair* ist eine der ersten beschriebenen Charaktere dieser Fantasywelt und der erklärtermaßen größte Krieger seiner Zeit.

* gesprochen RAI-Dri KON-Cho-Bär

Inhalt

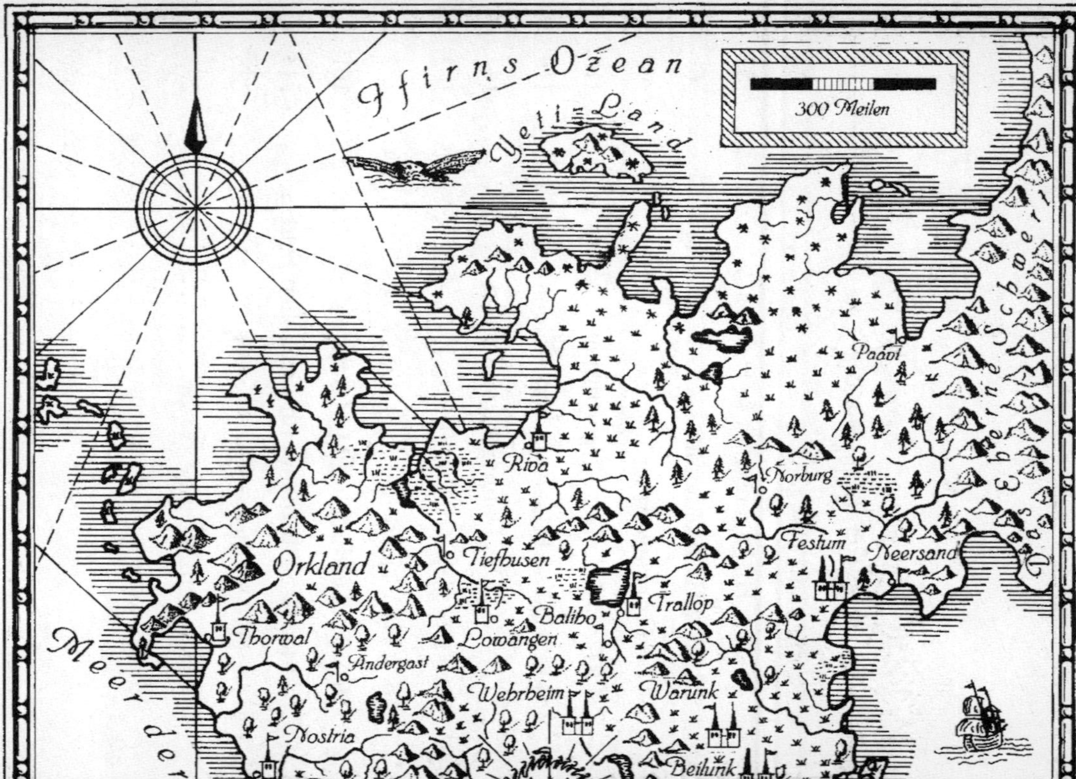

Ifirns Ozean
Yeti-Land
300 Meilen
Paavi
Riva
Norburg
Festum
Neersand
Orkland
Tiefhusen
Trallop
Balibo
Thorwal
Lowangen
Andergast
Webrheim
Warunk
Nostria
Beilunk
Meer der

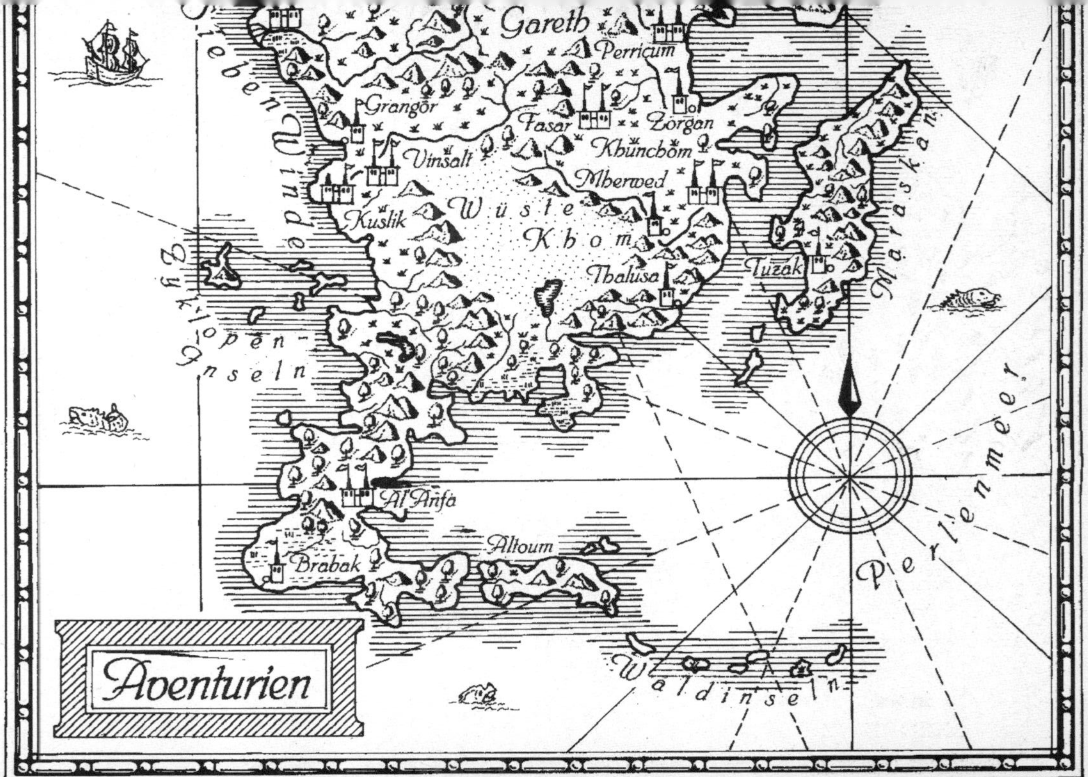

Aventurien
Gareth
Perricum
Grangor
Fasar
Zorgan
Khunchom
Vinsalt
Mherwed
Kuslik
Wüste Khom
Thalusa
Tuzak
Maraskan
Sieben Winde
Zyklopen-Inseln
Al'Anfa
Altoum
Brabak
Perlenmeer
Waldinseln

Raidri Conchobair

Du sagst, daß es an der Zeit ist, mein Leben zu erzählen? Mein ganzes Leben? Ja, du hast recht. Es gibt wohl keinen geeigneteren Zeitpunkt als diesen. Ein merkwürdiges Leben, voll Drang, Unruhe, Verlusten und Siegen, voll Stolz und Ehre, Sehnsucht und Irrtum. Aber sagt das nicht jeder, der auf sein Leben zurückblickt? Ja, gerade weil soviel darüber gesungen und erzählt wird, scheint mir mein eigenes Leben fremd und unbekannt. Ich will versuchen, unter all den Sagen, die meine eigene Eitelkeit, die Kunst der Barden und die Bewunderung der anderen angehäuft haben, den wahren Raidri Conchobair zu finden.

Vorfahren

Schon in meiner frühesten Jugend stellte ich fest, daß wir Albernier es noch schwerer als andere finden, sich an tatsächliche Ereignisse zu erinnern und nicht an jenes Gespinst aus Geschichten, das wir darum weben. Was wollen wir mit all dem Singen und Prahlen und Erzählen in langen Winternächten verbergen: unsere Vergangenheit oder unsere Gegenwart?

Einer havenischen Volkssage zufolge, für die es kaum schriftliche Beweise gibt, entstamme ich einem thorwalsch-albernischen Mischgeschlecht aus Caerlagh, einer Siedlung in der Nähe von Olport. Angeblich soll am 1. Rondra 341 v. H. der Hetmann Cerntacht Conchobairson mit dreizehn Drachenschiffen in Havena erschienen seien. Er trat vor die Fürstin Ruada Ni Bennain und berief sich auf einen uralten Familienvertrag mit dem Piratenkönig Djannan ui Bennain, der, ebenfalls aus Caerlagh stammend, sich während der Zeit der Klugen Kaiser in Albernia niedergelassen hatte. Angeblich – man beachte, daß es sich um eine unbeweisbare Behauptung innerhalb einer unbeweisbaren Geschichte handelt – stünde ihm daher halb Albernia zu.

So absurd die Mär bis hierhin ist, das Verhalten der Fürstin überbot das noch. Statt die mächtige havenische Flotte einzusetzen, um den Eindringling zu vertreiben, oder gar den Kaiser im fernen Gareth zu befragen, dem das umstrittene Land ja letztlich gehörte, vereinbarte sie einen Zweikampf mit Cerntacht Conchobairson. Das Duell soll binnen einer Stunde den halben Rondratempel ramponiert haben und endete mit der Niederlage des Herausforderers. Dieser zog unverrichteter Dinge ab und verschwand – mit dreizehn Piratenschiffen! – im Dunkel der Vergangenheit.

Vielleicht protestiere ich gegen diese Geschichte nur, weil sie die Conchobairs, die immer treue Diener des Kaisers waren, als eingewanderte Thorwaler darstellt. Nicht, daß ich etwas dagegen einwenden wollte, daß unter meinen Vorfahren Thorwaler waren – oder könnte: alleine meine Körpergröße, meine Herumtreiberei und meine Neigung zum Risiko zeugen davon. Auch das Verhalten sowohl Conchobairs wie Bennains paßt hervorragend zu dem der Vertreter beider Familien, die ich persönlich kennengelernt habe.

Aber alles in allem erinnert mich diese Sage zu sehr an die, die über mich in Umlauf sind. Von denen jedoch weiß ich, daß zwar Teile wahr sind; aber die wahren Zusammenhänge und Beweggründe lassen die

Barden weg, selbst wenn sie sie ausnahmsweise kennen sollten. Welcher Spielmann fände schon Beifall für die Geschichte eines Piratenkapitäns, der einen entfernten Verwandten und Nachkommen eines anderen Piratenkapitäns besucht, mit ihm einige Flaschen Premer Feuer köpft und dann beiläufig grunzt: »Eigentlich wäre es gerecht, wenn Ihr mir das halbe Land abgäbet?« Und welcher Bürgersmann würde glauben, daß man unter Kameraden schon einmal aus reinem Übermut die Klingen kreuzt – und dann tatsächlich ohne Groll abzieht, denn wer will schon wirklich ein ganzes Land am Hals haben?

Sei es wie es sei, ich habe die Mär nie geglaubt.

Da die Ursprünge meines Geschlechtes also im Dunkeln liegen, fiel es mir auch stets leichter, auf den ersten Conchobair stolz zu sein, der in unbestreitbaren Quellen erwähnt wird. Im Herbst 744 BF war der Freiheitskampf des Lieblichen Feldes gegen die verhaßten Garether Kaiser soweit gediehen, daß nur noch Kuslik widerstand. Oberst Targuin Conchobair hielt die Alte Burg mit kaum einem Regiment gegen ein enormes Belagerungsheer der Rebellen. Es heißt, daß der Anführer der Gelben Hand mit einer regenbogenfarbenen Tsafahne zum Burgtor kam und der Oberst ihm dort begegnete. »Wir sind gekommen«, habe der Freiheitskämpfer gesagt, »um über eine Kapitulation zu verhandeln.« Oberst Conchobairs Antwort ist Reichsgeschichte geworden: »Tut mir leid! So viele Gefangene können wir in der Alten Burg nicht unterbringen ...«

Die »Hundert Tage von Kuslik« brachten Oberst Targuin den Greifenstern in Gold ein, damals der bedeutendste Reichsorden. Im Lieblichen Feld hingegen kursierte bald ein unanständiges Schriftwerk über die »100 Tage von Kuslik«, das die levthansgefälligen Exzesse der kaiserlichen Offizierinnen und loyalistischen

Adeligen beschrieb – schändlicher Unfug! Wer die Alte Burg jemals gesehen oder an einer Belagerung teilgenommen hat, weiß, was er von der Behauptung zu halten hat, man dächte dabei an irgend etwas anderes als das Überleben des nächsten Angriffes.

238 v. H. löste Kaiser Eslam IV. die Grafschaft Winhall aus der aufrührerischen Provinz Albernia und ernannte Targuin Conchobair zum ersten Markgrafen. Targuin wude von der Winhaller Bevölkerung zwar mit Jubel als Kriegsheld begrüßt, doch für die Adeligen – seine Vasallen wie auch seine Nachbarn – war er der Büttel der verhaßten Kaiser in Gareth, die den Albernìern ihre Freiheit vorenthielten. Albernia hatte ja fünfzig Jahre zuvor versucht seine Unabhängigkeit zu proklamieren, aber die Große Flut, die halb Havena verschlang, machte diesen Anspruch zunichte. Daß ausgerechnet ein Conchobair als Feind der Freiheit in vielen Quellen meiner geliebten Heimat verzeichnet ist, hat mich schon als Knabe berührt. Was das für meine eigenen Heldentaten bedeuten mag, habe ich erst ein halbes Leben später zu ahnen begonnen.

Der dritte Vorfahre, der unsere Familiengeschichte prägte, war Targuins Enkel Hjalbin. Großvater und Vater hatten dreißig Jahre fast uneingeschränkt regiert. Albernia stand lange unter Garether Verwaltung. Als Hjalbin auf den Thron kam, gab es bereits wieder eine Fürstin in Havena.

Sinjer Ni Bennain war damals über vierzig Jahre und regierte das Land im zwanzigsten Jahr. Allen Quellen zufolge war sie eine besonders schöne und leidenschaftliche Frau. Aus einigen Familiendokumenten schließe ich, daß der fünfundzwanzigjährige Hjalbin zu der Fürstin eine Beziehung hatte, die nicht nur die zweier benachbarter Provinzherren war. Und sie haben gewiß miteinander nicht nur Karten gespielt, auch wenn dieses Faktum berühmt wurde.

Denn am 5. Rahja 189 v. H. saßen Markgraf Hjalbin und Fürstin Sinjer im Thronsaal von Burg Conchobair und spielten um Einsätze, von denen die Kartenhaie und Schnapphähne ganz Aventuriens bis heute träumen.

Hjalbin hielt drei Magier und zwei Fünfen in der Hand; ein selten gutes Blatt, wie jeder Boltanspieler weiß, im Gegensatz zu den üblichen Tavernenmärchen, wo man grundsätzlich nur mit einer Hand voll Assen gewinnt. Mit einer starken Hand darf man nicht sofort losschlagen, also kitzelte Hjalbin die Fürstin langsam hinauf. Nachdem seine ganze Börse auf dem Tisch lag, folgten sein Schwert und seine Sporen als Symbol für sein Streitroß. Ihre Durchlaucht ließ sich Pergament bringen und zog mit einem Wechsel auf einige Abilachter Viehherden davon. Hjalbin bot seinen gutbestellten Marstall und den Weiler Neuwiallsburg an der Grenze, den er noch nie hatte leiden können. Die Fürstin, die auch nach all den Katastrophen noch immer eine der reichsten Provinzen regierte, erhöhte das Gebot in Riesenschritten, bis das ganze Steueraufkommen eines Jahres auf dem Tisch lag. Bei diesen Größenordnungen spricht man nicht mehr über Summen; man bietet, was man aufbringen kann, und der Gegner sagt, ob dies die Wette hält. Also nahm Hjalbin mit breitem Grinsen die Krone mit den vier Goldkugeln und den zwölf Perlen ab und legte sie mit zwei Fingern auf den ganzen Haufen.

Als die Fürstin nickte, hob Hjalbin seine Karten auf und legte sie genüßlich auf. Ich nehme an, daß die Kammerherren, die gewiß an der Tür lauschten, zu diesem Zeitpunkt Schweißausbrüche bekamen. Dann blätterte Fürstin Sinjer mit leisem Lächeln nacheinander auf den Tisch: den Knappen des Feuers, den Ritter des Feuers, den Weissager des Feuers, den Magier des Feuers und den Fürsten des Feuers.

Nun, das ist der Grund, warum ich nicht als Sohn einer Markgräfin geboren wurde, sondern als einfacher Edelmann. Ihre Durchlaucht beließ Hjalbin den Titel eines Edlen – seinen Adel kann man nun wirklich nicht verspielen – und auch die Burg. Als neue Gräfin setzte die Fürstin die Kaufmannstochter Grassberger ein, die jedoch immer in der Stadt residierte.

Hjalbin bewies wieder einmal, daß die Conchobairs im Verlieren mindestens so gut waren wie im Gewinnen. Denn ich kenne die Beschreibung des Spieles aus einem von ihm verfaßten Brief. Und so weit ich weiß, war er der Fürstin immer ein guter Vasall. Ach ja, und Kaiser Bodar im fernen Gareth wurde wiederum nicht gefragt, was er zur Zusammenlegung zweier Provinzen sagte.

8. RON 35 v. H.:

Geburt

Auch in der sechsten Generation waren die Conchobair landlose Edle und treue Vasallen der Fürsten. Fianna Conchobair von Winhall hatte die Akademie »Rondras Ehre« in Havena absolviert, aber in jener Zeit nach den Erbfolgekriegen war für Krieger nicht viel zu tun. Im fernen Gareth regierten die Kaiserlichen Geschwister Bardo und Cella. Es hieß, daß Bardo sechzehn blutjunge Ministerinnen ernannt hatte und daß Cella ihre Kammerherren nur bei ihrem täglichen Bad in Stutenmilch empfing. Mit der Kriegslust, so schien es, war auch die Ehre aus den Landen geflohen. So verbrachte Fianna viel Zeit am Hof in Havena und auf Turnieren in Andergast, Arivor und Baburin. Bei letzterer Gelegenheit lernte sie meinen Vater kennen.

Er hieß Connair und war ein Rondra-Geweihter, der dem Tempel zu Baburin angehörte. Er entstammte einer verarmten Ritterfamilie aus dem albernischen Abagund, die dem Ruf der Kirche nach Südosten gefolgt war. Bei der Hochzeit – einer der wenigen Gelegenheiten, die ihn in das Land seiner Vorfahren führte – nahm er traditionsgemäß den Namen meiner Mutter an, da deren Titel höherrangig war. Ich selbst habe an meinen Vater, der über Jahre hinweg im fernen Aranien stationiert war, keine Erinnerungen, von einem Ereignis abgesehen, das sich unlöschbar in mein Gedächtnis gebrannt hat – doch davon später.

Mutter hatte noch eine jüngere Schwester namens Ruada, die bei den almadanischen Dragonern diente. Sie fiel während des vierjährigen Feldzuges Kalif Chamallahs gegen das Liebliche Feld kurz nach meiner Geburt. Ein gleichzeitiger Vorstoß der Novadis über den Yaquir war so unbedeutend, daß er in den meisten Chroniken nicht einmal erwähnt wird – er galt ja einem unbeteiligten Dritten, dem Kaiserreich. Aber er hatte meine Muhme Ruada das Leben gekostet. Das war mir später immer eine Lehre: Rondra fragt nicht, wie bedeutend der Kampf ist, in den sie dich stellt; sie will nur, daß du ihn gewinnst.

Als meine Mutter einen Monat nach der Hochzeit fühlte, daß Tsa ihren Schoß gesegnet hatte, war sie schon wieder allein. Wie alle schwangeren Mütter betete sie zum Stern Sajalana in der Eidechse. Schon im sechsten Monat war ihr Bauch so prächtig gewölbt, daß die Bürger ständig mit ihrer Niederkunft rechneten und die älteren Frauen ihr allesamt Zwillinge ankündigten.

Aber das Neue Jahr begann und der Bauch wuchs und wuchs, während mit der Sommersonnenwende das Jahr 958 BF begann. Erst im Praiosmond begann Mutter der Tradition gemäß mit dem Sticken des Geburtstuches. Auf ein schwarzes Samttuch stickte sie mit kostbarem Goldfaden die zwei gekreuzten Schwerter, die unser Wappen waren.

Am siebten Tag des Rondramondes kehrte Mutter von ihrem täglichen Ritt zurück und wußte, daß es soweit war. Aber es wurde Nacht, eine Nacht voll Sturm und Gewitter, wie sie selbst im Rondramond selten sind. Das stundenlange Grollen übertönte die Schreie der Gebärenden. Vater Perainyn, der oberste Peraine-geweihte, war aus der Stadt gekommen, um für sie Hebamme zu sein. Meine Mutter war eine starke

Frau, aber nach achtzehn Stunden Wehen verzagte sie fast.

Um die vierte Stunde des Achten, noch vor der Dämmerung, schlug ein Blitz in den alten Ahorn im Burghof und spaltete ihn drei Schritt tief. »Der Kuß Rondras«, sagte der Geweihte beeindruckt, der alle Zeichen kannte, »und noch dazu an einem Windstag.« Dabei hob er den Jungen auf, der in einem roten Sturzbach auf das Wehlager gerutscht war. Er suchte vergeblich nach besonderen Malen oder Geburtsfehlern. Dann wickelte er mich in das Wappentuch und reichte mich meiner halbbewußtlosen Mutter.

»Gratulation, Wohlgeborene«, lächelte Vater Perainyn, »Ihr habt einen Sohn – und ziemlich viel Sohn noch dazu.« Ich machte keinen Mucks, begann aber sofort zu trinken. »Raidri«, sagte meine Mutter; das war albernisch für Rondrian. Als der Kämmerer mich am nächsten Tag auf die Zinswaage legte, brauchte er fünf Eichsteine, ehe sich die Schale hob, in der ich lag.

Traditionsgemäß schlichen in der folgenden Nacht unsere Leibeigenen zum Burgtor und nagelten einen getrockneten Rinderschwanz daran. (Bei einer Tochter wäre ein Pferdeschweif fällig gewesen.) Meine Mutter hatte ihn binnen einer Woche heimlich abzunehmen. Zu diesem Behufe bestellte sie einige Gaukler, eine Schwertschluckerin und einen Bänkelsänger, die die etwa dreißig Leute auf dem Hof ablenken sollten. Aber sie wurde bei ihrem Tun ertappt, weil der neunjährige Sohn der Schmiedin Nuadra im Burggraben Wache gehalten hatte. Also war ein großes Faß Wein fällig – und darum ging es ja auch bei dem Brauch: Die Burgherrin hatte ihren Erben anerkannt, und die Leibeigenen hatten ihr Fest.

Erste Schritte

Meine Heimatstadt lag wie auch die meisten Dörfer in einem schmalen Landstrich zwischen dem unheimlichen Farindelwald und dem Tommel, an dessen Nordufer bereits die endlosen nostrischen Wälder begannen. Der Name Winhall bedeutete im alten Bosparano einfach Siegeshalle. Denn auf den Ruinen von Tommelsfurt, das die Orks bei ihrem ersten Vorstoß aus dem Orkland zerstört hatten, wurde nach ihrer Vertreibung eine neue Festung gebaut.

Um diese entstand eine Stadt, die selten mehr als tausendfünfhundert Einwohner hatte: Bauern, Flußfischer, Pelzjäger und Holzfäller. Die sechs Schritt hohe Stadtmauer verriet, daß Winhall immer wieder mit Nostrianern, Andergastern und Orks zu tun gehabt hatte; der reiche Borontempel zeigte, daß die Stadt aber doch einen gewissen Wohlstand erworben hatte.

Die neue Burg, etwa eine halbe Meile südöstlich der Stadt, wurde erst vor zweihundertfünfzig Jahren vom ersten Markgrafen Conchobair gebaut. Augenscheinlich wehte in seinem Herz der gleiche Freiheitsdrang wie in all seinen Nachkommen. Er suchte sich den letzten Ausläufer der Winhall-Berge aus, die den Tommel zu seinem eigentümlichen doppelten Knick zwingen. Es war eine immerhin zwanzig Schritt hohe Erhebung, gerade so weit von der Stadt entfernt, wie es ein Graf noch vertreten konnte, gerade so nahe, wie es ein geborener Herumtreiber noch ertragen kann.

An keiner anderen Stelle des Tommeltales bläst so ein frischer Wind: Hier trifft der letzte Hauch des Beleman vom Meer auf die letzten Vorstöße von Firuns Atem, die ihren Weg durch das Orkland gefunden haben. Von den Koschbergen im Osten fällt bisweilen ein kaum wärmerer Wind herab, und manchmal, im

Sommer, bricht der Beleman am Eisenwald aus und bringt vom Süden Wärme und Feuchtigkeit.

Meine Mutter erzählte, daß ein Druide diesen Hügel für die gräflichen Baumeister ausgewählt hatte. Deswegen blieb der Nebel, der in Frühjahr und Herbst aus dem Tommel stieg, auch wie durch Zauberhand zwanzig Schritt vor der Kuppe stehen. Selbst wenn von ganz Winhall nur einige Schornsteine zu sehen waren, ragte die Burg aus dem Weiß wie ein Schiff. Auch die Stechmücken, deren Myriaden im Sommer Bürgern wie Fischern die Nacht zur Qual machten, verschonten uns auf der Burg halbwegs.

Der Reichtum der Conchobairs, der wie die Wogen des Meeres kam und ging, reichte nie, um mehr zu errichten als einen Bergfried, eine einfache Ringmauer und ein kleines Torhaus. Als die Fürstin meinem Geschlecht die Burg beließ, war das sicherlich als Akt der Großzügigkeit gemeint. Tatsächlich aber verdammte sie die Familie damit dazu, in einer halben Ruine zu leben, ständig in Geldnöten, ständig auf Wanderschaft um zu Geld zu gelangen.

In Zeiten meiner Kindheit war die zunehmend baufällige Westwand längst durchbrochen worden, um dem Pferdestall Platz zu bieten. Wo ehedem zwei ganze Banner der Winhaller Grenzkämpfer untergebracht waren, lebten nur noch zwei Dutzend Leibeigene.

Das hätte den alten Oberst Targuin, der die Festung von Kuslik so lange gehalten hatte, sicherlich geschmerzt; als Markgraf hatte er seine Burg pflichtgemäß jederzeit belagerungsbereit gehalten. Aber unter den Grassbergers war Winhall keine Markgrafschaft mehr, erklärtes Grenzland also, sondern gehörte als ganz gewöhnliche Grafschaft zu Albernia. Die benachbarten Nostrianer und die Orks waren seit Jahrhunderten friedlich geblieben. Selbst die geschäftstüchtigen Grassbergers dachten nicht daran, den Stadtpalast zu befestigen – und die Conchobairs hatten weder Interesse noch Mittel sie zu übertrumpfen.

Die wichtigste Person meiner Kindheit war meine Amme Aywen. Meine Mutter hatte die junge Frau ausgesucht, weil sie eigene gesunde Kinder hatte, vor allem aber, weil sie kräftig war: Ihre Arme waren es, die mich bergen sollten, ihre Milch, an der ich wachsen würde. Aywen hatte wie viele Albernier flammend rotes Haar, das sie meist zum Pferdeschwanz band. Sie hatte ein Mondgesicht mit Pausbacken und weichen roten Lippen. Wo immer sie ihr Tagwerk tat, lachte und sang sie und trug mindestens ein Kind mit sich.

Aywen, Tochter eines Jägers und Eheweib unseres einzigen Waffenknechtes, war alles andere als klug. Sie kam ihr ganzes Leben nicht aus Winhall heraus. Aber sie hatte die Gabe, zu einem Rudel streitender und weinender Kinder zu treten und mit wenigen Worten für Frieden, Gerechtigkeit und Ordnung zu sorgen. Und sie brachte mir die Liebe zu Sumus Schöpfung bei: Vom ersten Tag an zeigte sie mir jede Blüte, jedes Blatt, jeden Schmetterling und jede Wolke und plapperte wunderschöne Märchen dazu.

»Zwölfe ist der Götterzahl,
zwölfmal kreist das Madamal,
bis Rahja wieder Praios grüßt
und das Jahr zuende ist.«

Sie hat nie verstanden, was ich auf all meinen Turnieren, Expeditionen und Eroberungen tat, sie wußte nichts von Rittern, Streitwagen, Kaisern, Magiern und Drachen. Aber wenn ich traurig, krank und wund heimkehrte, fand sie stets die richtigen Worte für mich.

Ich habe mich manchmal gefragt, ob nicht ihr Vorbild es war, daß mich einfache Leute so schätzen ließ: Wie oft habe ich seitdem mein von Kaiser und König für edler erklärtes Leben in die Waagschale geworfen, um Menschen zu helfen oder zu retten, die kaum meinen albernischen Namen aussprechen konnten …

Mein Vater ließ sich, als er von seinem Sohn hörte, so schnell er konnte vom Dienst befreien und galoppierte über den halben Kontinent nach Winhall. Er sah mich, als ich erstmals ganz alleine saß – bedenklich von einer Seite auf die andere schwankend. Mein erster Zahn war gekommen und ich brüllte wohl die ganze Zeit.

Mit meiner Mutter konnte er gewiß mehr anfangen: Als ich eben meinen ersten Geburtstag hinter mir hatte, kam mein Bruder auf die Welt. Belfionn war zarter als ich und voller Sommersprossen, hatte aber die gleichen blauen Augen und dunkelblonden Igelhaare. Vom ersten Tag an hörte er zu schreien auf, wenn ich an seine Wiege trat, und noch Jahre später konnte ich ihn nur durch meine Aufmerksamkeit trösten. Als er zu sprechen begann, war ›Aidali‹ eines seiner ersten Worte. So nannte er mich auch, als er längst sprechen konnte.

Als ich etwa anderthalb Jahre war – ich selbst kann mich nicht daran erinnern – spielte ich häufig an dem Bach am Fuß des Burgberges. Er war etwa vier Schritt breit und einen halben Schritt tief. Als Aywen mich einmal kurz verließ und zurückkehrte, traute sie ihren Augen nicht: Seelenruhig lief ich auf der anderen Seite des Baches zwischen den weidenden Rössern umher. Noch heute kann sich niemand erklären, wie der kleine Raidri, der kaum gehen konnte, auf die andere Seite kam – ohne naß zu werden! Aber es ist unverkennbar, daß damals schon Pferde eine magische Anziehungskraft auf mich hatten.

Überhaupt bot mir meine Kindheit in Winhall alles, um die Lust auf Abenteuer zu wecken – auf einer alten, zerfallenden Burg an einer Dreiländerecke.

Am Südrand der Berge lag Honingen, das über viele Jahrhunderte hinweg immer wieder die genannte oder zumindest ›eigentliche‹ Hauptstadt Albernias gewesen war.

Auf der anderen Seite des Tommel lag schon Nostria. Die verfeindeten Fürstentümer Nostria und Andergast mögen in der großen Politik als zwei lächerliche Kleinstaaten und Inbegriff verbohrten Hinterwäldlertums gelten. Aber für uns war dort drüben feindliches Ausland, hinter jedem Baum konnten Kundschafter des Fürsten Kasimir stehen, den wir in einem Atemzug mit unserem Fürsten in Havena nannten. Und was man in Gareth mit dem hübschen Ausdruck Nostriaden als anmaßende Dummheiten abtat, konnte die Bürger und Bauern Winhalls monatelang in Atem halten.

Einige hundert Schritt flußaufwärts machte der Tommel einen großen Bogen Richtung Süden. Hier mündete der Nabla ein. Die Grafschaft jenseits des Tommel gehörte schon zu den Nordmarken, einem der großen Herzogtümer des Reiches.

»Komm, Aidali!« rief Belfionn jeden Morgen (er erwachte fast immer vor mir), stets gefolgt von einem Vorschlag, wo wir heute unser Spiel beginnen wollten. Den restlichen Tag war es meist an mir, die Vorschläge zu machen, auf die Belfionn mit der treuen Begeisterung eines jüngeren Bruders einging.

Abends mußte ich Belfionn stets eine Geschichte erzählen. Manchmal wünschte er sich eine bestimmte Erzählung, zwei Wochen lang immer wieder, manchmal gab er Inhalte vor oder Hauptpersonen. Meist aber war es ihm ganz egal, ob ich albernische Heldensagen,

Erlebnisse des Tages oder selbst erdachte Taten zum besten gab. Er lauschte mit angehaltenem Atem und großen Augen bis zum letzten Wort und schlief dann sofort ein.

Mit viereinhalb Jahren bekam ich den Karmesin. Diese Kinderkrankheit wird in Albernia schon alleine deswegen fast liebevoll als Teil der Kindheit betrachtet, weil sie während der Siedlerzeit damals die Orks ausrottete, als jene Havena beherrschten. In den zehn, fünfzehn Winternächten, da ich mit glühend rotem Kopf und matten Gliedern im Bett lag, tat Belfionn sein Bestes mir zu helfen. Er plapperte stundenlang irgendwelche Märchen und lief, wann immer ich Durst hatte, zum Brunnen. Nuadra die Schmiedin schnitzte mir jeden Tag einen kleinen Krieger. Belfionn baute sie mir ein Dutzend Mal auf der Bettdecke auf, spielte mit mir und sammelte sie wieder ein, wenn ich erschöpft einschlief.

Neben Belfionn waren meine Spielgefährten zunächst die etwa Gleichaltrigen von der Burg, später auch Kinder aus der Stadt. Meine allererste Freundin war Eillyn. Mit ihr hatte ich Auge in Auge an Aywens Brust getrunken, denn Eillyn war ihr drittes Kind und der Grund, warum Aywen auch für mich Milch hatte. Eilynn hatte die Warmherzigkeit ihrer Mutter geerbt, ihr war aber auch eine seltsame Traurigkeit eigen. Sie stand oft treuherzig blickend in meiner Nähe und mochte doch nicht zu mir kommen, ehe ich sie rief. Vielleicht war sie einfach nur schüchtern, denn trotz allem war ich der Sohn der Herrschaft.

Gilbrand Herxen war der Sohn unserer Köchin Maegh, stämmig, rothaarig und unverwüstlich. Er war wild genug zum Raufen und Toben und klug genug für ernste Gespräche. Ich habe ihn später zum Bürgermeister von Winhall gemacht – aber davon später.

Etwa ab dem vierten Lebensjahr kam Baranos hinzu. Der hochaufgeschossene Junge war das fünfte von acht Kindern eines Holzfällers. Sein Vater starb schon, als Baranos sechs war: Eine Tanne brach im Fallen an einer anderen auseinander, und eines der Trümmer durchbohrte den armen Mann. Aywen erzählte mir noch ein Jahr lang Gruselgeschichten über den Waldschrat, der den Baum verflucht hatte. Baranos war äußerst geschickt, wenn es um die Verarbeitung von Holz ging: Er baute unsere Holzschwerter und plante unsere Baumburg. Baranos wurde später der oberste Geweihte des Winhaller Borontempels.

Bisweilen schloß sich uns auch Anguillar an, ein blasser, dunkler Typ mit stets zerzausten Haaren. Er kam aus den Hügeln südöstlich Winhalls, ohne daß er je Genaueres angab. Seine Mutter war wohl sehr streng und etwas seltsam: Manchmal durfte er eine Woche lang nicht zu uns kommen, dann wieder blieb er über Nacht in der Burg, ohne daheim um Erlaubnis fragen zu müssen.

Meran, der Sohn des Freiherren zu Naris, und ich betrachteten einander stets eher als Rivalen. Wir verstanden uns gut, solange wir zu zweit waren. Sobald aber Freunde dabei waren, brach ein regelrechtes Bandenwesen mit Anwerbungen und Intrigen aus.

Ab und an durfte auch der junge Kernhelm mit uns spielen, der Sohn des Grafen Grassberger. Sein Erzieher und seine Waffenmeisterin ließen ihn jedoch nur aus dem Haus in der Stadt, wenn er seine Wochenlektionen vollendet hatte. Sie achteten auch streng darauf, daß nur Kinder vornehmer Geburt mit ihm spielten: also Meran, mein Bruder Belfionn und ich, allenfalls noch die zurückhaltende Eillyn.

Zugegeben, ich machte es dem armen Kernhelm auch

nicht leicht. Natürlich neidete ich ihm den Titel, der mir hätte gehören können – und den ich allem Anschein nach auch eher verdiente. Er war ein blasser, schlaksiger Junge, gerade einmal so groß wie ich, obwohl vier Jahre älter. Er hatte wenig Erfahrung in unseren kriegerischen Spielen und war ängstlich und zimperlich. Wenn er dabei war, inszenierte ich stets eine Belagerung oder ein Turnier. Und mit der Unausweichlichkeit jeder ungelösten Spannung trafen wir aufeinander. Dutzend Male bezwang ich ihn und nahm ihm Roß, Titel oder Burg ab. Dann lag er lang vor mir in Gras oder Schmutz und blickte mich aus unergründlichen braunen Augen an. Er weinte nicht, er sprach nicht, sondern erhob sich und kehrte auf seine Burg zurück. Es war, als ob er es als angemessene Sühne betrachtete – und gerade das machte es mir so unerträglich.

Bisweilen trafen wir vor den Stadtmauern auch mit den anderen Kindern der Stadt zusammen. Besonders gerne spielten wir ›Feuer, Wasser, Sturm‹: Ein Kind übernahm den Rufer, bei ›Feuer‹ mußten wir Hände oder Füße in den Bach, Teich oder wenigstens in eine Pfütze tauchen, bei ›Wasser‹ mußte man schleunigst auf einen Baum, Wagen oder Zaun klettern, und bei ›Sturm‹ hielten wir uns irgendwo fest.

Ich kann mich erinnern, wie es mich ärgerte, wenn einer der Älteren eines der Kleinkinder auslachte, weil es noch nicht schnell genug begriff. Ich hingegen machte es mir zum Ehrgeiz, stets einem oder zwei der Kleinen rechtzeitig den Weg zu zeigen, sie an der Hand mitzureißen oder gar zu tragen. Bald machte mein Beispiel Schule. Es waren die Edelknaben, die Kriegertöchter und die Bauernkinder, die sich um die Kleinen kümmerten, während die Stadtkinder der zünftigen Handwerker und die Streuner sich noch mehr bemühten, die Kleinen zu überrumpeln.

Ich muß darüber sehr unglücklich gewesen sein. Die gute Aywen hatte einen sehr einfachen Trost: »Praios hat uns befohlen, auf die Schwachen zu achten. Wenn wir gut sind, werden wir in Travias Schoß geborgen sein. Die Bösen aber kommen in Borons Hallen, da ist es finster und kalt, und dann werden sie schon sehen, was sie davon haben.«

Als ich meine Mutter befragte, nahm sie mich zur Waffenpflege mit. Das tat sie fast immer, wenn sie mehr als nur einige Worte für angemessen hielt: »Die meisten Menschen sind schlecht und denken nur an sich selbst. Aber das ist ein Grund mehr, daß du dich ritterlich, stark und rücksichtsvoll verhalten mußt. Denn wie sonst sollte die Welt jemals besser werden?« Ich habe bis heute darüber nie nachgedacht – aber meine Mutter hat ausdrücklich mir persönlich befohlen, die Welt zu verbessern.

Wie die meisten im Löwenmond Geborenen konnte ich von klein auf mit Stock und Schwert auffällig gut umgehen. Ohnehin waren Gefechte unsere Hauptbeschäftigung. Außerdem hatten wir uns alle Steckenpferde gebaut, mit denen wir wilde Verfolgungsjagden und Turniere spielten. Gilbrands Mutter nähte uns sogar ein Banner, das wir ständig mit uns führten.

Manchmal folgten wir den fünfzig Axtschwingern vom II. Kaiserlich Albernischen Regiment, auch Winhaller Grenzgarde genannt, die in der Stadt oder auf den Feldern exerzierten. Wir ahmten ihre Waffenkünste und den Befehlston der Offiziere nach, den der Wind bis zu uns herübertrug.

Wir übten uns auch im Schleichen, Spurenlesen und Fallenstellen. Vor allem was das Fährtenlesen anging, kursierten die wildesten Sagen. Wenn wir eine Spur fanden, konnten wir uns eine halbe Stunde lang damit beschäftigen, uns mit immer gewagteren Erklärungen zu übertrumpfen.

»Ein Wolf.« – »Mindestens drei Wochen alt.« – »Eine Wölfin.« – »Verletzt an der rechten Hinterhand.« – »Man sieht ganz deutlich, daß sie ein Rebhuhn getragen hat, weil die vorderen Abdrücke tiefer sind.« An dieses Gespräch kann ich mich deshalb erinnern, weil in jenem Augenblick, da ich meine Meinung stolz kundgetan hatte, des Müllers Bornländer Hund aus dem Gesträuch zurückkehrte, wo er wohl ein wenig gewildert hatte.

Zuweilen nahm uns unser Hausmeister Lughaid zum Angeln mit. Belfionn stellte sich deutlich geschickter an als ich. Ich brachte einfach nicht die Geduld auf, stundenlang zu warten, um dann mit ebensolcher Geduld und Vorsicht einen zappelnden Fisch einzuholen.

Nach meinem sechsten Geburtstag durfte ich mehrmals mit dem Firungeweihten Winhalls zum Speerfischen gehen. Diese Art des Fischfangs sagte mir deutlich mehr zu. Man brauchte zwar auch elfische Geduld, bis die Fische nicht mehr auf den ›Baum‹ achteten, der in Wirklichkeit ein Mann mit erhobenem Speer war. Aber dann, wenn die Regenbogenforellen und Aale reglos in der Strömung vor meinen nackten Zehen standen, konnte ich um Haaresbreite in einem einzigen gewaltigen Stoß Ernte halten … Natürlich war ich damals noch zu klein dafür. Aber als ich es mit zehn Jahren noch einmal versuchte, erlegte ich meinen ersten Roten Saibling. Und später, auf meinen Wanderschaften, lebte ich manchmal wochenlang nur vom Speerfischen.

Unser größter Stolz war eine Baumburg in einem Wäldchen, das noch zur Burg gehörte. Mit fünf und sechs Jahren waren wir noch zu ungeschickt, um etwas

Bleibendes zu schaffen. Wir arbeiteten mit etlichen alten Brettern, Lumpen und Schnüren. Ständig bauten wir um, aber am Abend waren wir selten weitergekommen. Und spätestens im Efferdsregen mußten wir aufgeben – um dann im nächsten Jahr nur noch vor einigen verrotteten Trümmern zu stehen.

Bei meinem ersten Versuch, ein Brett auf eine Baumgabel zu schleppen, stürzte ich mitsamt dem schweren Stück in eine Weißdornhecke. Ich war völlig zerschunden und zerkratzt und rannte brüllend vor Schmerz nach Hause. Wie es LOS wollte, war meine Mutter die erste, der ich über den Weg lief. Sie rief mich zu sich und hockte sich vor mich hin. Sie untersuchte die Wunden fachmännisch, aber gewiß nicht übertrieben rücksichtsvoll. Einige waren so groß, daß ich heute noch Narben habe. Ich plärrte wie am Spieß.

»Raidri, höre zu«, sagte sie streng, und der Druck ihrer Hände auf meinen Schultern wurde immer fester. Ich heulte noch lauter, doch irgendwann entstand eine merkwürdige Ruhe. Der Druck ihrer Hände, die Festigkeit ihrer Stimme und die Unausweichlichkeit ihres Blickes raubten mir für einen Augenblick den Atem. Ich vergaß zu schreien – und als ich erneut tief Luft holte, hatte ich vergessen, daß ich weinte.

»Raidri«, sagte sie mit ihrer sanften, aber festen Stimme: »Ich habe nichts dagegen, daß du Fehler machst. Es ist auch nichts dagegen zu sagen, daß du dich verletzt. Und es ist recht, daß du schreist. Aber niemals, hörst du, niemals darf der Schmerz stärker sein als du.«

Ich fühlte den Klang ihrer Stimme tief in mir und fühlte mich wie nach einem Gewitter: erschöpft, aber gereinigt.

Adel

Neben Aywens Fürsorge war es vor allem die Erziehung durch meine Mutter, die mich formte. Sie war streng, überzeugte aber besonders durch ihr Vorbild. Wie jedes Kind fühlte ich den Drang, den unausgesprochenen Ansprüchen meiner Mutter zu genügen. Doch es gab auch eine Reihe von deutlich erklärten Vorschriften. Ehe ich ihr Pferd striegeln durfte, mußte ich den Stall räumen. Ehe ich zu den anderen Kindern durfte, mußte ich dreimal in jeder Woche zwei Stunden zur Peraineschule in der Stadt gehen. Wenn ich mich über meine Pflichten beklagte, pflegte Mutter mir vom Turm, von der Mauer oder vom Pferd aus unsere Leibeigenen zu zeigen.

»Jeder von ihnen muß tun, was ihnen Maegh die Köchin, Nuadra die Schmiedin, Aywen die Amme und Lughaid der Hausmeister befiehlt. Aber auch von diesen Vier darf keiner fortziehen, heiraten oder ein Haus bauen, ohne daß wir es erlauben. Und jeder der Vier muß jeden Befehl, den selbst du ihm gibst, befolgen.« Sie überließ es meiner Klugheit zu erkennen, daß ich daher ebenso zu gehorchen hatte; denn über mir erstreckte sich die Kette der Befehlsgewalt ebenso weiter bis in die Unendlichkeit, über Mutter, den Fürsten in Havena, den Kaiser, die Zwölfgötter, bis zu LOS, der die Schöpfung selbst war.

Ich habe mein ganzes Leben keine Zweifel daran gehabt, daß ich die Verantwortung für jede Gemeinschaft übernehmen muß, in der ich mich aufhalte. Daß ich dabei anderen Befehle erteile, ist nur Nebensache. Ich war von klein auf dazu bestimmt, zu erkennen und zu benennen, was zu tun ist.

Natürlich ist mir bewußt, daß auch gemein Geborene sich nichts sehnlicher wünschen als zu befehlen – doch ich habe nur wenige getroffen, die es konnten.

Genauer bedacht, habe ich auch im Adel viele gesehen, die weder Neigung noch Talent zum Herrschen hatten.

Eigentlich glaube ich, daß man sich Adel in jeder Generation wieder verdienen muß. Ob mir dieses Privileg zusteht, wage ich nicht zu beurteilen – ich weiß nur, daß Tsa es mir bei der Geburt schenkte und Praios es mein ganzes Leben bestätigte. Ich habe meine Lage durchaus immer als Vorrecht verstanden, doch ich denke, daß ich auch den damit verbundenen Pflichten gerecht wurde.

Ich kann mich an eine besondere Lektion erinnern, die meine Mutter mir erteilte. Ich war den ganzen Tag trotzig und ungehorsam gewesen. Als ich auch noch unserem einzigen Stallknecht helfen sollte, den Mist unserer zwei Streitrösser aus der Burg zu schaffen, beschwerte ich mich über mein ungerechtes Schicksal.

Mit einem seltsamen Blick sattelte Mutter ihren Rappen, hob mich in den Sattel, schwang sich hinter mich und ritt aus der Burg. Linkerhand stand die Sonne blutrot über dem Tommel, der, so schien es, genau unter ihr am Horizont entschwand. Wir aber wandten uns flußaufwärts, wo die Koschbergen bereits in den Schatten versanken.

Meine Mutter zeigte mir die Fischer, die ihr einziges Netz flickten und ihren Fang sortierten und schuppten, und die Spaliere, auf denen der Fisch trocknete. Einem alten Graubart mit einem blinden Auge kaufte sie eine Regenbogenforelle ab. Dann rechnete sie mir vor, wie viele solche Fische der Mann hätte fangen und verkaufen müssen, um sich auch nur das Zaumzeug unseres Pferdes zu leisten.

Sie zeigte mir die Köhler, hustende, verrußte Gestalten, die sich auf eine lange Nacht neben einem neu errichteten Meiler vorbereiteten. Sie zeigte mir die alten Männer und Frauen, die mit Buckelkörben voll Klaubholz, Reisig und Rinden aus dem Wald zurückkehrten: Brennholz, mit dem sie den nächsten Winter zu überstehen hofften. Sie erzählte mir, daß alles grüne Holz rechtmäßig dem Grafen gehörte und was auf Waldfrevel stand.

Sie zeigte mir barfüssige, zerlumpte Kinder in meinem Alter, denen zwischen kargem Abendmahl und Sonnenuntergang eine halbe Stunde geblieben war, in der sie spielen konnten – nachdem sie den ganzen Tag auf den Feldern, auf den Weiden oder in den Booten mitgeholfen hatten.

Wir kehrten um und ritten bis zu den Stadtmauern. Längst war die Sonne versunken. Im Dunkel krochen die Krüppel und die ansteckend Kranken hervor. Sie durften die Stadt nicht betreten, ihrem Handwerk nicht mehr nachgehen und nicht einmal Wasser aus allgemeinen Brunnen und Bächen benützen.

Als wir zu Hof und Burg zurückkehrten, zeigte sie mir die Kammern unserer Leibeigenen. Sie brauchte nur wenige Worte, und plötzlich schien mir das Leben unserer Knechte recht erfreulich. Wieviel mehr Rechte ich aber erst hatte als diese, wußte ich ja bereits.

Wenn ich es genau bedenke, hat meine weise Mutter ihre Belehrungen stets mit der Pflege der Waffen, dem Ritt auf dem Roß oder dem Ausblick von der Burg verbunden – also genau mit den Privilegien des Edelmannes. Bis heute sind mir die Pflege von Waffen, Rüstung und Wappen beinahe heilig.

Zadig von Volterach

Der letzte Sommer

Meine Kindheit endete kurz vor meinem siebten Geburtstag. Und obwohl ich einer Veränderung in meinem Leben entgegensah, traf mich der eigentliche Bruch unerwartet.

Ich habe diesen Sommer als den längsten in Erinnerung, der mir vergönnt war. Unsere Bande war eine treue Gruppe von Freunden, unsere Spiele hatten festgefügte Regeln, unsere Fertigkeiten waren soweit gewachsen, daß wir uns sehr selbständig fühlten. Wir kannten das ganze Land im Umkreis von einer Stunde. Unsere Baumburg im Wäldchen war schon seit dem Ingerimmsmond bewohnbar, auch der Hafen, den wir am Tommelufer gebaut hatten, war eine prächtige Anlage von sechs Schritt Durchmesser.

Jeden Morgen sprangen wir vom Frühstückstisch auf und trafen uns nahe dem Gratenfelser Tor, durch das die Bauern auf die Felder zogen. Wir verbrachten den ganzen Tag in Feld und Wald. Nur wenn uns alle der Hunger plagte, überfielen wir eines der Elternhäuser und ließen uns etwas Wegzehrung einpacken. Erst wenn der Gong des Praiostempels den Abend einläutete, trennten wir uns, um hungrig und schmutzig zu Abend zu essen.

Nicht einmal selten durften wir auch in der Baumburg übernachten. Diese Tage waren uns dann die kostbarsten, denn wir konnten die begonnenen Spiele,

Heldentaten und Kriegszüge fortsetzen. Wir grillten selbstgefangene Forellen aus dem Tommel und halbreife Äpfel, die wir uns bei den Bauern verdient hatten. (Stibitzen war für meine Bande undenkbar, also mußten wir uns unsere Beute aushandeln. Ich kann heute noch das Schmunzeln sehen, wenn wir unsere kindlichen Gegenleistungen anboten.) Wir stellten Wachen auf und schickten bisweilen sogar eine zweiköpfige Patrouille los.

Mit der Bande von Meran lieferten wir uns wilde Schaukämpfe und Verfolgungsjagden. Die Überfälle liefen nach einem strengen Zeremoniell ab, da Meran ebenso wie ich seine Leute zu ritterlichem Verhalten anhielt.

Wenn etwa eine Gruppe mit einem Korb voll Wurstresten, die sie in der Stadt erfeilscht hatte, an der Mauer entlang südwärts zog, sprang die andere Gruppe aus dem Wäldchen, das sie gerade besetzt hielt. Der Anführer sprach eine formelle Herausforderung aus, dann wurden die zwei Wimpel aufgepflanzt, ehe die traditionelle Prügelei losging. Unsere Holzschwerter benützten wir nur, wenn die andere Gruppe auch bewaffnet war. Es war verpönt, zu zweit auf einen loszugehen, allerdings erlaubt, sich einen Schwächeren als Gegner auszusuchen. Wer zu Boden gerungen wurde oder durch eine Blessur ausfiel, wurde in Ruhe gelassen. Es war auch nicht üblich, sich als ›Verwundeter‹ später wieder in den Kampf einzumengen. So stand der Sieger bald fest, und er durfte unter den Racheschwüren der Besiegten mit der Beute abziehen.

Vergeltungsmaßnahmen waren an der Tagesordnung, denn meistens hatten nicht beide Gruppen die volle Kopfzahl. Wenn etwa Gilbrand, Belfionn und Eillyn mit leeren Händen und hängenden Köpfen in unser Wäldchen zurückkehrten, wo ich gerade mit Baranos an der Burg baute, dann rückten wir natürlich alle zusammen aus, um Merans Versteck ausfindig zu machen und eine neue Herausforderung auszusprechen. Die Beute selbst war in solchen Fällen meist längst verschlungen, doch wenigstens konnte man seine Ehre wieder herstellen.

Echten Krieg hatten wir hingegen mit den Fischerkindern und mit der Bande um Eelkuine, der Tochter des Fleischermeisters. Eelkuine war groß und ungeschlacht und mindestens drei Jahre älter als ich. Zudem war sie auffällig dumm. Auf Spielregeln konnte man sich mit ihr und ihren Straßenkindern nie einigen, weil sie diese gewohnheitsmäßig mitten im Spiel änderten.

Eines Tages überfiel Eelkuines Bande unsere Baumburg, während wir am Hafen bauten. Wir bemerkten das erst, als ein Junge mit zerschundenem Gesicht heulend in die Stadt lief. Da er aus ›unserer‹ Gegend kam, fingen wir ihn ab. »Als ich in die Burg klettern wollte«, schluchzte er, »hat mir jemand von innen einen Korb Tannenzapfen drübergekippt. Da bin ich von der Leiter gestürzt.« Wer lieferte sich da in unserer Burg ein Gefecht? Wer waren die Verteidiger, daß sie von unserer geheimen Munition wußten, die für Belagerungen in den Türmen bereit standen? Mit wehender Fahne stürmten wir südwärts. Aus dem Wäldchen gellte uns Kindergeschrei entgegen. Wie der Sturmwind fuhren wir unter die Bande der Angreifer, die bereits Teile der Mauern einzureißen begannen. Ich warf mich sofort auf Eelkuine, die zwei Köpfe größer war. Diesen Kampf hatte ich bis dahin vermieden, aber diesmal wollte ich ihn. Im Ringkampf war sie mir durch Größe und Gewicht überlegen, und während wir über den Boden rollten, lag ich mehr unten als oben. Die anderen Kinder hörten zu kämpfen auf und feuerten uns an. Irgend jemand warf Eelkuine eine Astkeule hin. Sie sprang auf und griff sich die Waffe, offensichtlich in der Erwartung, daß ich nun endgültig fliehen würde.

Das war ihr Untergang. Ich drängte die Umstehenden beiseite und griff mir eines unserer Holzschwerter. Dann vermöbelte ich die Fleischerstochter nach allen Regeln der Kunst. Sie bezog derart Prügel, daß sie tatsächlich die Flucht ergriff. Daraufhin warfen wir natürlich ihre Spießgesellen mit Gejohle aus dem Wald. Eelkuines Bande ließ sich den restlichen Sommer nicht mehr auf der Ostseite der Stadt blicken.

»Und wer hat die Burg gehalten?« fragte ich nach alledem keuchend.

»Anguillar«, sagte Gilbrand. Sie halfen dem düsteren Jungen über die Leiter herunter. Sein Gesicht war blutverkrustet, sein Haar noch wilder als sonst, aber in seinen dunklen Augen glühte ein unheimliches Feuer.

»Habe euch gesucht,« lispelte er mit geschwollener Lippe, »da kamen die anderen an.« Also Anguillar hatte unsere Burg alleine über eine Viertelstunde gehalten! Zum Schluß verteidigte er zwar nur noch einen Turm und hatte keine Tannenzapfen mehr, aber er hatte sich verschanzt wie eine Wildkatze und mit einer Holzlatte noch mehr ausgeteilt als eingesteckt.

Von da an war der finstere Bursche bei uns Ehrenmitglied. Er war willkommen, wann immer seine Mutter ihn entließ, und wurde in alle unsere Geheimnisse eingeweiht.

Auf sein eigenes großes Geheimnis kam ich erst fünfzehn Jahre später. Da hatte er das Erbe seiner Mutter angetreten und wohnte in einer Laubhütte an einem Bach, der in den Tommel floß. Er war ein Druide, einer jener unheimlichen Zauberkundigen, die sich einem oder mehreren Elementen und deren vollständiger Beherrschung verschreiben. Und wie alle Druiden betrachtete er den menschlichen Geist einfach als siebtes Element, das ebenso beherrscht werden konnte. In der Gegend von Winhall gab es wohl keine drei Leute, die seinem Blick standhalten konnten.

Ähnlichen Ärger hatten wir mit den Kindern der Tommelfischer, die weiter flußaufwärts spielten. Ihre Ordnung haben wir nie durchschaut: Sie waren viel mehr als wir, bisweilen zehn Köpfe, aber es schien weder Anführer noch allgemeine Zugehörigkeiten zu geben. Sie waren feige, warfen mit Lehmbatzen und kannten unglaubliche Flüche und Schimpfworte. Sie kamen einander fast nie zu Hilfe und liefen schnell weg.

Die Fischerbande überfiel zweimal unseren Hafen, riß die Dämme ein und zertrampelte die Befestigungen aus getrocknetem Lehm. Als sie beim zweiten Mal auch die Schiffe aus Holz und Stroh im Fluß davonschwimmen ließen, beschlossen wir, ihnen den Krieg zu erklären. Ich kann mich an den Kriegsrat erinnern, zu dem auch Meran eingeladen war. Wie sich herausstellte, hatte auch seine Bande ständigen Ärger mit den ›Fischputzern‹. Wir veranstalteten eine regelrechte Waffenschau, bei dem natürlich Baranos die Rolle des Geweihten übernahm. Er sprach uns zu wenig, doch dafür schwangen Meran und ich große Reden. Da wir uns nicht einigen konnten, wer der Herzog sein sollte, beschlossen wir, in zwei Reihen anzugreifen.

Wir erregten einiges Aufsehen, als wir loszogen: Hinter mir Belfionn mit dem Banner, dann Gilbrand und Eillyn und schließlich Baranos, neben uns Merans Jungs und Mädels, ebenso mit einer Flagge, und hinterdrein drei weitere Stadtkinder, die sich anschließen hatten dürfen. Zwischen den Fischerhütten huschten immer wieder kleinere Kinder hervor und liefen flußaufwärts. Als wir zur Höhe des Sperrwerkes kamen, wo die Fischerkinder auf einer Insel ihre Boote und Flöße liegen hatten, sahen wir uns etwa fünfundzwanzig Feinden gegenüber!

Ich sah an Merans Blick, daß er zu zweifeln begann, und ermutigte ihn hastig: »Denk daran, daß die Fischköpfe dir das Steckenpferd gestohlen haben. Sind wir Winhaller oder feige Nostrianer?« Dann tat ich das, womit ich in den nächsten fünfzig Jahren immer wieder Erfolg hatte. Ich stürmte laut brüllend los. Belfionns hellere Stimme fiel fast sofort ein: Ich mußte mich nicht umdrehen, um zu wissen, daß mein treuer Bruder mit wehendem Banner hinterher lief. Dann erhoben sich auch die Stimmen von Meran und Eilynn, gefolgt von den anderen. Ich war schon fast bei den ersten Feinden, die da nur in kurzen zerrissenen Hosen standen, als sie etwas taten, was mir merkwürdig erschien: Sie wichen zurück. Wir teilten einige halbherzige Schläge aus, aber keiner der Kerle war geneigt, sich uns entgegenzustellen. Sie wichen in großem Bogen aus, und mehrere Vorstöße führten zu nichts.

Daraufhin führte ich meine Leute zu der Insel. Wir wateten durch die Furt und pflanzten unser Banner auf. Als sie nicht reagierten, stießen wir einige Boote in die Strömung. Sie standen nur da und schauten zu uns herüber. Wir wateten zurück – heute weiß ich, daß eine zweimalige Flußüberquerung angesichts eines doppelt überlegenen Feindes fast Selbstmord ist – doch sie wichen wieder nur zurück. Meran forderte sein Steckenpferd zurück, löste damit aber nur halblautes Getuschel und gegenseitige Beschuldigungen aus. Also sprach ich noch einige rondrianische Worte, ehe wir mit stolzgeschwellter Brust abzogen.

Im Gegensatz zu Eelkuines Bande kamen die Fischerkinder uns auch in Zukunft immer wieder in die Quere, doch für lange Zeit genügte es, daß zwei von uns, selbst Belfionn und Baranos, schreiend auf sie zustürzten – und sie zogen sich zurück, mit jener eigentümlichen Schicksalsergebenheit, die, wie ich heute weiß, den einfachen Leuten zu eigen ist, für die Ehre ein unerschwinglicher Luxus und Verlust alltägliches Schicksal ist.

So kam es, daß dieser Sommer eine Zeit der Erfüllung und Reife war. Meine Beziehung zu Winhall und zu meinen Freunden war von besonderer Innigkeit. Für alle Zeiten ist für mich das Bild von goldenem Korn, das im sanften Sommerwind Wellen schlägt, mit diesen Erinnerungen verbunden.

Belfionn stand mir besonders nahe, mein treuer kleiner Bruder, mit dem ich so viele Kämpfe Seite an Seite gefochten hatte. Zwischen Eilynn und mir begann ein anderes Spiel zu knospen. Leise flüsterte der Sommerwind, daß sie ein Mädchen war und ich ein Junge – und daß dies mehr bedeuten mochte, als daß sie zum Pinkeln ins Gebüsch gehen mußte. Nun ja, Jungen sind nicht sehr romantisch in dem Alter.

Aber über all dieser Erfüllung stand auch das Gefühl von Endlichkeit. Ich wußte, daß dies mein letzter Sommer in Winhall sein sollte. Mit meinem siebten Geburtstag würde ich den Weg beschreiten, den vor mir jeder Krieger und jeder Edelmann gegangen war.

Meine Mutter hatte nicht vor, mich auf Winhalls eigene Kriegerschule gehen zu lassen. Die Rondras Schwertkunst entsprach nicht den Anforderungen, die an einen jungen Adeligen gestellt wurden – oder zumindest jene, die Fianna Conchobair als Sproß ihres Geschlechtes stellte. Statt dessen hatte sie vereinbart, daß ich als Page an den Hof des Fürsten Emerald ui Bennain von Albernia gehen konnte. Page am Hof des obersten Landesherren, das war nicht nur eine besondere Ehre. Das war angesichts der wechselvollen Beziehungen unserer beiden Familien eine durchaus bedeutsame Geste und Errungenschaft.

Namenlose Tage

Mein siebter Geburtstag stand sechs Wochen bevor. Wie immer endete zuvor das Jahr mit den fünf Tagen, die der Namenlose den Zwölfgöttern geraubt hatte. Der Aberglaube, der sich um die Namenlosen Tage rankt, ist in Albernia nicht so ausgeprägt wie bei den Nivesen, die ihre während dieser fünf Tage Geborenen aussetzen, oder den Thorwalern, die keinen Fuß vor die Tür, geschweige denn auf See setzen. Dennoch war in dieser Zeit das Burgtor verschlossen und wir mußten auf dem Burghof spielen.

Meine Erinnerung setzt damit ein, daß im Torhaus Aufregung entstand. Es hatte wohl eine Faust gegen das verschlossene Burgtor gehämmert. Dies weiß ich nur aus Erzählungen. Der Schlag war so kräftig, daß einige Nägel fingerhoch aus dem Steineichenholz getrieben wurden! Aywens Mann, der Waffenknecht, stritt mit Nuadra der Schmiedin, ob man das Tor öffnen durfte.

Ich befand mich auf der Holztreppe, die auf der Ostseite zur Ringmauer hoch führte. Belfionn wartete unten, in einer Nische, die vom Brunnen, dem gespaltenen Ahorn, der Mauer und Nuadras Schmiede gebildet wurde. Mich befiel plötzlich eine unnennbare Angst: Was immer am Tor geschehen war, mein Bruder stand viel zu nahe am Tor.

»Belfionn!« brüllte ich. Aber er verharrte wie angewurzelt. Ich trampelte die Holztreppe hinunter. Da hörten wir von der Westseite das Splittern von Holz. Die Pferde im Stall wieherten. Wie erwähnt war der Stall in eine Bresche in der Mauer gebaut worden. Seine Rückwand barst nun unter Schlägen, die ein Oger nicht hätte austeilen können. Die Splitter flogen zwischen den Rössern hindurch bis auf den Hof.

Ich war wohl am Fuß der Treppe stehen geblieben. In der Ostwand klaffte inzwischen ein Loch, groß genug für einen Reiter mit Pferd. Umringt von einem wirren Durcheinander aus zerborstenen Balken und zersplitterten Brettern, erwies sich, was ich zunächst für ein schwarzes Loch gehalten hatte, plötzlich tatsächlich als ein Reiter. Das Tier war noch schwärzer als der riesige Mann darauf. Ich stelle ihn mir heute immer als Mann in einer schwarzen Kutte vor, aber ich kann mich beim besten Willen nicht daran erinnern, wie er aussah.

Die Pferde schlugen in ihren engen Ständen in heller Panik aus. Der Schwarze ritt ins Freie. Sein Reittier war feuriger als jeder Shadif und trug ein blutrotes Horn auf der Stirn.

Einhörner sind weiß, an diesen Gedanken kann ich mich erinnern, *ein schwarzes Einhorn ist gewiß böse!* Etwas simpel vielleicht, doch nicht schlecht für einen Siebenjährigen. Ich rannte wieder los, auf meinen Bruder zu, der noch immer unbeweglich vor dem Brunnen stand.

»Aidali!« Er drehte sich um und streckte die Arme nach mir aus, ohne einen Schritt zu machen. Sein Gesicht war angsterfüllt. Ich lief, um ihn in die Arme zu nehmen, da wurde er emporgehoben wie eine Strohpuppe. Das schwarze Einhorn war über den halben Hof geschritten, ohne daß wir es bemerkt hatten.

Vor mir ragte dieses unheimliche Tier auf und darüber der schwarze Hüne. Er hielt Belfionn mit ausgestrecktem Arm am Genick, mit der gleichen Mühe, mit der ein Erwachsener eine Katze nimmt. Der Fremde muß sehr alt gewesen sein, denn an diesen Eindruck erinnere ich mich. Er drehte Belfionns Gesicht zu sich. Eines seiner Augen war wie ein schwarzer Schacht, der durch seinen Schädel gebohrt war.

»Der Gott, der vor den anderen war, befiehlt!« sagte er mit einer Stimme, als hallte es aus den Tiefen einer Höhle. »Er befiehlt deinen Tod, Kind.«

Etwas in mir rief, daß ich handeln mußte: Es waren nur vier Schritte. Nein, nicht vor die Hufe dieses Ungeheuers. Ein Schrei vielleicht? Nein, dann hätte sich dieses Auge auf mich gerichtet …

Ich hörte meine Mutter schreien. Wie auf ein geheimes Zeichen begann sich der Fremde wieder zu bewegen. Er hob Belfionn noch höher. Dessen dünne Beine hoben sich unwillkürlich, fast folgsam, um in der neuen Lage im Gleichgewicht zu bleiben. Noch einmal sah ich das Gesicht meines Bruders: Er sah jetzt völlig schicksalsergeben aus, sogar geduldig.

»Maruk-Methai«, rief die hohle Stimme des Fremden. Ohne daß sich der Arm des Riesen bewegte, wurde Belfionn wie von einer Riesenfaust zu Boden geschleudert. Er schlug mit einem widerlich knöchernen Laut auf den festgestampften Boden. Wie schlafend blieb er liegen.

»Der Falsche!« brüllte der Fremde, wie aus einem Traum erwachend. Ansatzlos hob er den Kopf, und der Blick jenes grauenerregenden Auges traf mich wie schwarzes Feuer.

Ein unglaubliches Kreischen gellte über den Hof. Mit einem Satz landete meine Mutter zwischen mir und dem Fremden. Breitbeinig stand sie da, das Schwert *Angwarding* in der Faust.

Sie mußte sich mit einem Blick überzeugt haben, daß Belfionn nicht mehr zu retten war. Denn plötzlich war ihre Stimme eiskalt. Sie wandte den Kopf kaum merklich in meine Richtung und sagte sehr eindringlich: »Lauf, Raidri! Lauf, so schnell du kannst, und dreh dich nicht um, was immer du auch hörst!«

Ich hatte gelernt ihren Befehlen zu gehorchen. Mein Geist war noch wie gelähmt, da sah ich mich schon über den Hof rennen. An den Fenstern stand glotzend das Gesinde.

Hinter mir hörte ich das Geräusch von gepeinigtem Metall, das aufeinander prallt. Darauf folgte ein dumpfer Schlag, ein atemloses Aufstöhnen und quälend lange Zeit später das Geräusch eines Körpers, der in den Sand fiel. Ich sah den stummen Aufschrei einiger Bediensteter. Ich wußte, daß niemand mehr zwischen mir und dem Ungeheuer stand.

Wie im Traum wandte ich mich um. Ein guter Sohn hätte nun seinen Blick auf die Mutter gerichtet, die fast sieben Schritt von ihrem Gegner entfernt merkwürdig verdreht an der Wand lag. Aber wäre ich ein guter Sohn gewesen, dann wäre ich ohnehin weitergelaufen. Statt dessen lag mein Blick wie magisch gebannt auf dem Angreifer.

Ich habe wenig Erinnerung an meine Gefühle; vielleicht kann ein Erwachsener die Gefühle eines Siebenjährigen nicht verstehen, selbst wenn er derselbe Mensch ist. Aber Lughaid und Nuadra die Schmiedin haben jahrelang erzählt, daß ich völlig unbeweglich stand und keinen Schritt zurückwich. Ich war sicherlich überzeugt, daß ich nun sterben mußte – was immer das heißen mochte. Aber ich muß auch beschlossen haben, daß ich wie meine Mutter stehend sterben wollte.

Ich kann mich an die Hufe des Einhorns errinnern, das, mir schräg zugewandt, auf mich zu tänzelte. Der Fremde bot einen so grauenhaften Anblick, daß ich heute nur noch sein Auge in Erinnerung habe. Sein ganzer Körper schien mir wie ein Schatten, der dem Mittagslicht des Burghofes trotzte. Heute weiß ich, daß sein Anblick vielmehr deswegen so fremdartig war, weil er keinen Schatten hatte.

Wieder wuchs vor mir der tiefschwarze Pferdeleib in die Höhe, über dem ich den Fremden kaum wahrnehmen konnte.

»Ich bin Zadig von Volterach«, sprach die hohle Stimme, »der auf fremden Altären opfert. Ich bin das Auge des Namenlosen.« Undeutlich ahnte ich eine leere Augenhöhle, in der sich ein Mahlstrom von endloser schwarzer Tiefe drehte. Eine knochige, altersfleckige Hand streckte sich nach mir aus: »Und du bist der Knabe, der sterben muß.«

Als er nach mir griff, wich ich angeekelt zurück, selbst erstaunt, daß er in die Leere griff. Das Einhorn tänzelte vorwärts, mir nach. Der Fremde beugte sich herab. Ich hüpfte fast spielerisch zur Seite.

Zadig von Volterach richtete sich abermals auf und dröhnte ärgerlich: »Der Herr Ohne Namen hat sein Auge ausgerissen, nach seiner Befreiung zu suchen. Er hat sein Auge auf dich geworfen. Da du der Befreiung im Wege stehst, darfst du nicht werden, was du werden kannst.«

So in etwa müssen seine Worte gelautet haben. Aber ich war zu jung um zu begreifen, daß er meine Fluchtversuche für völlig sinnlos hielt. Ich sah nur, daß ich ihm zweimal entkommen war.

Er holte mit der knochigen Faust wie zu einer Ohrfeige aus und deklamierte drohend: »Maruk-Methai!« Mit seiner Hand ging eine Veränderung vor; nichts, was man beschreiben konnte, aber auch nichts, was man leugnen konnte. In dem Augenblick, wo er zuschlug, ruckte sein Kopf zum Torhaus.

Da traf mich schon eine unsichtbare Riesenhand. Ich sah den blauen Himmel an mir vorüberwirbeln und den grauen Erdboden. Dann schlug ich auf, kollerte, zusammengerollt wie ich war, dahin, bis ich liegen blieb.

Das Trampeln von Pferdehufen weckte mich. Der Boden unter mir bebte unter dem Galopp eines Streitrosses. Eisig durchfuhr mich die Erkenntnis, daß die Hufe auf mich zu kamen. Ich hob den Kopf, da verstummte der Hufschlag. Erde prasselte mir auf Nacken und Rücken, und keine Armlänge entfernt hob erneut trommelnder Galopprhythmus an. Das Tier war über mich hinweggesprungen!

Ich sah einen falben Pferdeschwanz, prächtige Klötze und die Kruppe eines Apfelschimmels. Zwischen dessen Beinen hindurch erblickte ich das schwarze Einhorn, das wieder herantänzelte. Auf dem Streitroß saß ein Kämpfer mit einem weißen Mantel. Ein Arm im Kettenhemd schwang ein Schwert.

Mit dem gleichen gequälten Klirren, das ich schon einmal gehört hatte, traf das Schwert auf den Arm des Fremden. Das Streitroß sprang vor und schleuderte mir dabei zwei Hufe voll Erde ins Gesicht. Wieder das Klirren. Der Ritter ließ das Schwert über dem Kopf kreisen und ein drittes Mal herabsausen.

Es gab ein helles Knacken. Zwei Schritt neben meinem Gesicht fiel eine halbe Schwertklinge in den Sand. Wiehernd stieg das Streitroß auf. Auch das Einhorn bäumte sich auf. Zum ersten Mal hörte ich das Geräusch eisenbeschlagener Hufe, die in weiches Pferdefleisch schlugen.

Das Streitroß wich tänzelnd zurück und schnaubte heftig. Der Ritter warf den Griff seines zerbrochenen Schwertes fort und langte in seinen Nacken. Dort ragte ein weiterer Schwertgriff unter dem weißen Mantel hervor – einem weißen Mantel mit einer roten Löwin darauf. Mit klirrendem Klang fuhr eine überlange Klinge aus der Rückenscheide. Ein Schwert zu anderthalb Hand – soviel wußte ich schon. Mit beiden Händen hob der Ritter das Schwert über das Haupt.

»Maruk-Methai!« rief Zadig von Volterach und hob die Faust ebenfalls zum Himmel. »Rondra, hilf!«, stieß der Ritter hervor. Weißer Widerschein blendete mich kurz, Widerschein von dem erhobenen Bastardschwert! Dann sausten Klinge und Faust aufeinander herab. Wieder ertönte das Kreischen von Stahl, gefolgt von einem urtümlichen Brüllen. Diesmal war es eine Hand, die in den Staub fiel. Ich sah, wie sie sich spinnenartig krümmte. Ja, sie versuchte tatsächlich, zurück zu dem Mann auf dem Einhorn zu kriechen. Gleichzeitig stieg blasser Rauch davon auf. Dann zerschmolz die Hand zu einem widerlichen Brei.

An mir donnerten vier Pferdehufe vorbei, gefolgt von nochmals vieren. Das schwarze Einhorn beschleunigte auf den fünfzehn Schritt des Burghofs und setzte mit einem Riesensatz durch das Torhaus, dessen Flügel sich mittlerweile geöffnet hatten. Der Ritter setzte hinterher. Ich versuchte hinterherzublicken, aber ein jäher Schmerz in meinem Nacken ließ einen schwarzen Schleier vor mir niedergehen.

Ich blickte auf, an kräftigen, bronzefarben gerüsteten Beinen entlang, die schützend über mir standen. »Ganz ruhig«, sagte eine Stimme, »es ist vorbei.« Dieses Bild hat sich mir für alle Zeiten eingebrannt, und heute steht es heller als je zuvor vor meinem Auge. Zugleich ist es die einzige unmittelbare Erinnerung, die ich an Connair Conchobair habe: Ich wußte sofort, daß es mein Vater war. Ich brauchte noch einige Augenblicke, um zu begreifen, daß er der Rondrageweihte war, der mich gerettet hatte.

Plötzlich war Aywen da. Die Tränen floßen ihr die ganze Zeit über das Gesicht, während sie mich ganz vorsichtig auf den Rücken drehte. Sie prüfte alle Gliedmaßen, ob etwas taub war oder schmerzte. »Du bist ein starker Junge«, weinte sie und küßte mein Gesicht. Ihre Tränen brannten auf der zerschundenen Haut.

Dann kam mein Vater wieder zu mir. Sein Gesicht war mir fremd, zumal er einen drei Wochen alten Bart trug. Aber seine Stimme erinnerte mich an die wenigen Besuche, die uns vergönnt gewesen waren. Er hob mich mit meinen dreißig Stein auf, als wöge ich gar nichts. Ich ließ meinen Kopf auf seine Brust sinken, das kalte Kettenwerk kühlte meine glühende Stirn.

»Was ist mit Mutter? Und Belfionn?« krächzte ich. Ich wagte nicht, ihm in die Augen zu sehen. »Deine Mutter ist eine starke Frau«, sagte er, und auch seine Stimme klang seltsam: »Wir werden zu Peraine beten, daß sie bei uns bleiben darf.«

Während mein Vater mich in den Palas trug, sah ich, wie Nuadra die Schmiedin und Lughaid der Hausmeister Decken über eine Leiter breiteten, Mutter darauf legten und sie aufhoben.

Belfionn lag noch immer da, wie er jeden Abend im Bettchen gelegen hatte, wenn ich ihm eine letzte Geschichte erzählt hatte. Aus seiner Nase rann ein winziger Blutfaden. Das war das letzte, was ich von ihm sah. Tief in mir drinnen warte ich bis heute darauf, daß er wieder aufwacht. »Komm, Aidali«, ruft er dann, und wir rennen zu zweit vor die Burg hinaus.

Mein Vater hat mir aufgeschrieben, was er über die Ereignisse an diesem Tag wußte. Bis zu meinem Ritterschlag trafen immer wieder Briefe ein, in denen er neue Erkenntnisse hinzufügte.

Zunächst hatte Connair Conchobair wochenlang Alpträume gehabt – wichtige Träume, denn Geweihte haben gelernt, einen verdorbenen Magen von göttlichen Winken zu unterscheiden. Als mein Vater die Träume in Anchopal hatte deuten lassen, sprang er, nach Rücksprache mit seiner Tempelherrin, auf seinen Falben und ritt zwölfhundert Meilen weit. Er war den ganzen Rahjamond unterwegs. Als er das zerstörte Tor vorfand, hatte er sich Einlaß zum Burghof verschafft.

Über Zadig von Volterach fand er nichts heraus als jenen Beinamen, den der Fremde selbst geführt hatte: »Der auf fremden Altären opfert.« Von den Augen des Namenlosen sollte es Dreizehn geben, entstanden aus dem Auge, das sich der gefesselte Gottfrevler in einem der verzweifelten Äonen seiner Gefangenschaft ausriß und auf die Welt schleuderte, um nach einem Weg der Befreiung zu suchen. Gemeinhin wurden sie als körperlose Alptraumgestalten ohne Schatten und Spiegelbild beschrieben, aber es schien, daß sie während der Namenlosen Tage Gestalt annehmen konnten.

Über zwölf Jahre brauchte Vater, bis er etwas über Maruk-Methai herausfand, jene seltsame Entität, die der Fremde angerufen hatte. Vieles sprach dafür, daß es sich um die Hand handelte, die sich der Dreizehnte Gott in einem anderen Äon abgeschlagen und in die Sphären geschleudert hatte. Selbst heute noch fühle ich heiliges Grauen, wenn ich an diesen Gott denke, der sich selber schändet, um der Strafe der anderen Unsterblichen zu entkommen.

Mein Vater pries es als wahres Wunder Rondras, daß sein zweihundert Jahre altes Bastardschwert *Leifbrand* nach seinem Stoßgebet die dämonische Hand vom Leib des Fremden trennen konnte. Es war mir später vergönnt, *Leifbrand* selbst zu führen – und Rondra hat mir noch mehrmals damit das Leben gerettet.

Fianna Conchobair überlebte die zahlreichen Brüche an Rippen und Schulterblättern, aber sie hat sich nie ganz davon erholt. Jeden Winter bekam sie einen krächzenden Husten, den sie erst im späten Frühling auskurieren konnte. Wie sehr dic Seele meiner Mutter sich gewandelt hat, weiß ich nicht; so grausam es klingt, aber ich habe sie in den folgenden vierzehn Jahren nur noch einmal gesehen.

An den Abschied von Belfionn kann ich mich kaum erinnern. Er wurde in Winhalls bedeutendem Borontempel aufgebahrt. Ich kann mich an den Geruch von Weihrauch erinnern, an das schwarze Tuch an den Wänden, an den elegisch schwebenden Singsang der boronischen Kirchenmusik und an eine kahlrasierte Borongeweihte, die meinen Eltern mit rhetonischen* Worten Trost spendete. Nur an Belfionn kann ich mich nicht erinnern. Aber war es denn überhaupt zu verstehen, daß der einbalsamierte Leib dort mein Bruder gewesen sein sollte?

Man hat mir in meinem Leben oft vorgeworfen, daß ich damit prahle, jeder Gefahr begegnen zu können; daß ich ungerührt in den Kampf gehe; daß ich mich vordränge, wenn es gilt, Gefährliches zu tun; und daß ich auch andere zwinge, den gefährlicheren Weg zu gehen. Es mag sein, daß ich das tue. Ich weiß nur, was geschieht – was jedesmal geschehen ist – wenn ich es nicht tue.

Als Zadig von Volterach meinen Bruder in den Pranken hielt, stand ich dabei. Hätte ich damals gehandelt, hätte meine Angst mich nicht versteinert, dann hätte ich Belfionn einige entscheidende Augenblicke schen-

---

* Rethon: Borons Seelenwaage; Rethonik: die Kunst, mit wenigen Worten (Schweigegelübde) das Richtige zu sagen

ken können. Vielleicht hätte Mutter eingreifen können, ehe der Namenlose seine Macht einsetzte.

Ich habe im Alter von sieben Jahren eine Lektion gelernt, die ich nicht vergessen kann, auch wenn sie falsch sein sollte: Wenn Raidri Conchobair nicht eingreift, dann sterben Menschen. Es geht nicht darum, ob ich Erfolg habe, wenn ich eingreife. Es geht noch nicht einmal darum, daß ich eher als andere Erfolg habe, wenn ich es tue. Letztlich geht es darum, daß ich jeden Mißerfolg ertragen kann – nicht jedoch das, was geschieht, wenn ich nicht eingreife.

28–21 v. H.:
Pagenschaft in Havena

Wir fuhren auf einer großen Flußbarke den Tommel hinab nach Nostria. Während beiderseits die Wälder vorbeizogen, versank hinter mir am Horizont meine Kindheit. Mutter bestand darauf, daß wir am Bug standen und nach vorne blickten. Sie trug noch zahlreiche Schienen und Bandagen, aber ein Page sollte seinem Herren möglichst an seinem siebten Geburtstag vorgestellt werden. Mutter muß üble Schmerzen gelitten haben, aber sicher war der Trennungsschmerz der schlimmste: Nun mußte sie auch ihren zweiten Sohn hergeben. Vater war gleich nach der Bestattung fortgeritten.

Doch niemals hätte Mutter die Familien- und Standestradition gebrochen und mich bei sich behalten, um ihr Leid zu mindern. Erst sehr viele Jahre später habe ich begriffen, daß sich zu all der Trauer auch noch Angst gemengt haben muß: Was im Burghof geschehen war, war unzweifelhaft Teil eines größeren Planes …

Ich verstand wohl auch nicht, daß ich eigentlich für immer fortging. Aber ich sah, daß Eilynn weinte, als sie mir zum Abschied winkte. Mutter tröstete mich mit dem Versprechen, nach meiner Rückkehr einen Ausflug in die Winhall-Berge zu machen. Dort hatte im ersten Orkkrieg der spätere Fürst Bennain einen Orkschamanen erschlagen, der einen Angriff auf die Nordmarken mit Zaubermacht deckte. Ich hatte immer davon geträumt, diesen Ort aufzusuchen. Was meine Mutter nicht dazusagte, war, daß ich dann voraussichtlich doppelt so alt sein würde.

In Nostria gingen wir an Bord einer kleinen Kogge der Fürstlich Salzeraner Handelskompagnie. Das Meer der Sieben Winde bot sich mir dar, als wolle es mir seine Verwandtschaft beweisen. Ein ferner Rondrikan peitschte die Brandung schräg gegen die Hafenmauer. Wie ein gieriges Raubtier jagte sie daran entlang und gischtete dabei etliche Schritt weit in die Höhe. Der Bootsmann bedauerte mich, als er erfuhr, daß ich nun meine erste Seereise vor mir hatte. Aber es war, als ob das Blut meiner Piratenvorfahren in mir erwachte. Das kleine Schiff tanzte den ganzen Tag über die Wogen, die immer wieder als Brecher über das Deck spülten. Doch statt meines Magens hüpfte mir das Herz. Ich gehöre nicht zu denen, die Wind und Wellen rettungslos verfallen sind. Aber das Fernweh hat mich immer geplagt, und wo ist der Horizont so nah wie auf dem offenen Meer? Mit magischer Macht zog mich jener silberne Streifen an. Ich habe bis heute nicht wirklich begriffen, daß man ihn nicht erreichen kann.

In der einbrechenden Dunkelheit erreichten wir jene Insel vor der Mündung des Großen Flußes, auf der der Kriegshafen Albernias lag. Im Gegensatz zu früheren Jahrhunderten war hier nur noch ein halbes Dutzend Schiffe stationiert. Mit geblähten Segeln liefen wir in das Delta des Großen Flußes ein. Linkerhand ragten die Ruinen der Unterstadt aus dem dunklen Wasser. Einst hatte Havena sich zur Königin der Meere erhoben – doch der wahre Herr der Meere hatte zur Strafe die halbe Stadt an sich genommen. Vor uns breitete sich Havena aus, das mir dennoch als die größte Stadt der Welt erscheinen mußte. Zwanzigtausend Menschen drängten sich durch die Gassen, die sich erstreckten, soweit das Auge reichte. Über eine prächtige

Allee erreichten wir den großen Platz mit den Tempeln; fast jedem der Zwölfgötter hatte die Stadt ein Haus geweiht. Bis heute ist Havena für mich eine Stadt, die ihren wahren Zauber nur in der Dunkelheit entfaltet. Völlig überwältigt von der Größe der Welt betrat ich zum ersten Mal den Fürstenpalast. Auf den Türmen flatterten im Beleman die Flaggen; die weißen Kronen auf blauem Grund konnte ich nur erahnen. Hinter der achtseitigen Mauer gingen wir durch einen geräumigen Palastgarten, der mir unheimlich war. Erst in den folgenden Wochen sah ich im Tageslicht seine Blütenpracht. Auch der Palast verschlang mich wie ein großer düsterer Schatten.

An die ersten Jahre am Fürstenhof habe ich wenig Erinnerungen. Ich glaube, ich muß sehr einsam gewesen sein. Aywen und Belfionn fehlten mir furchtbar, auch die stille Stärke meiner Mutter vermißte ich sehr. Im täglichen Betrieb des riesenhaften Palastes waren die Pagen die kleinsten Rädchen. Man behandelte uns so höflich wie alle bei Hofe – aber dadurch unterblieb auch menschliche Nähe.

Unter den etwa zehn Pagen herrschte eine strenge Hierarchie, die das Alter vorgab. Von daheim war ich es gewohnt gewesen, den Ton anzugeben. Nun war ich plötzlich der Jüngste, und fast alle anderen fuhren mir barsch über den Mund. Beinahe alles, was ich sagte, wurde als Unfug abgetan. »Papperlapapp« und »Firlefanz« waren die Ausdrücke, die ich fast den ganzen Tag über hörte.

Besonders übel spielte mir die Tochter der Baronin von Bockshag, Efferlill Ni Bennain, mit, die mich zwei Jahre lang tyrannisierte. Sie war zwölf und hing die meiste Zeit mit der jüngeren Fiall Ni Llud von Bredenhag aus dem Geschlecht der Grafen von Bredenhag, der westlichen Nachbarn Winhalls, herum. Heute weiß ich natürlich, daß Efferlill aus zweierlei Gründen neidisch war und das an mir ausließ: Sie war eine hoffnunglos entfernte Verwandte des Fürstenhauses und ihre sogenannte beste Freundin konnte ohne weiteres dereinst ihre Lehensherrin werden. Diese hochadeligen Kinder, deren Leben und Leiden schon von Geburt an vorgezeichnet ist, neigen dazu, launenhaft jede Schwäche anderer auszunutzen.

Efferlill bürdete mir nicht nur alle Aufgaben auf, die sie nicht ausdrücklich persönlich zu erledigen hatte. Mehrmals schwärzte sie mich sogar für eigene Fehler oder Ungehorsam an, wobei Fiall ihr alles bezeugte. Ich erinnere mich an mein Gefühl völliger Fassungslosigkeit, als mir das die ersten beiden Male geschah: Solche Niedertracht kannte ich nicht.

Großen Einfluß besaß auch Algei Ni Bennain, die drei Jahre älter war als ich. Als älteste Tochter Prinz Halmans war sie die übernächste Fürstin Albernias. Sie war kräftig, ernst und ziemlich streng, und natürlich wog jedes ihrer Worte dreifach schwer.

Diese Erfahrungen waren nicht dazu angetan, daß ich mich anderen anvertraute. Ich mußte erst lernen, daß man Freundschaften auch anders schließen kann als dadurch, daß man andere beeindruckt. Zunächst tat ich mich mit einem Jungen zusammen, der es besonders schwer hatte: Er hieß Phexlyn von Froschingen – und durch sein Wappentier bekam er natürlich fast täglich einen neuen Spottnamen verliehen. Er war der zweite Sohn einer Honinger Edlen und besonders fleißig. Sein ausgeprägter Gerechtigkeitssinn ließ ihn mir mehrfach beistehen, worauf wir beide Prügel – von den Älteren – oder Strafe bezogen. Phexlyn trat später in die Praioskirche ein und wurde Inquisitor; dort war dann plötzlich sein Vorname unpassend, und so wurde er unter dem Namen ›Der Honinger‹ weithin bekannt.

Unser Haufen wurde noch durch Baldur Greifax von Gratenfels verstärkt, der genau einen Monat älter und länger dabei war als ich. Der Neffe und voraussichtliche Erbe des Grafen von Gratenfels, des mächtigen östlichen Nachbarn Winhalls, war von einer fast besessenen Gesetzestreue. Bei jeder Handlung, zu der er oder wir ansetzten, vermutete er, daß wir eine unbekannte Regel oder Tradition überschreiten könnten. Seine Eltern müssen ihn mit einer geradezu fanatischen Ehrfurcht vor Praios erzogen haben. Aus unbekannten Gründen war das ganze Geschlecht nach einem der fünf Zwergenkönige benannt, dessen Ordnungssinn Geschichte gemacht hatte: Greifax Rechtsetzer von Xorlosch hatte dreißig Jahre lang mit Kaiser Sighelm verhandelt, bis alle Gesetze zwischen Menschen und Zwergen geregelt waren. Mit diesen beiden Gefährten blieb mir gar nichts übrig, als gehorsam und fleißig zu sein. Damit machte ich mich bei der Obrigkeit beliebt, nicht aber bei den Standesgenossen.

Unser genaues Gegenstück war ›einer der übelsten Rabauken, den dieses Schloß seit der Großen Flut gesehen hat‹ (so sein Großvater, Seine Durchlaucht Fürst Emerald ui Bennain – und der mußte es wissen, denn über ihn hatte man das Gleiche gesagt). Sein Enkel Cuanu ui Bennain war ein Jahr älter als ich. Als Vierter in der Thronfolge war er mit Euer Prinzliche Durchlaucht oder einfach Euer Liebden anzusprechen – und das läßt nun einmal jeden Tadel wie Lob klingen. Wo er auftauchte, stürzten Schaurüstungen um, gingen Vorhänge in Flammen auf und rutschten die Bediensteten durch Seifenwasser. Wenn man ihn zur Rede stellte, gestand er mit samtbraunen Augen alle Schandtaten, ohne jeden Versuch einer Entschuldigung. Alle paar Wochen wurde er zu seinem Großvater gerufen und bekam dann Strafen aufgebrummt, die alles überstiegen, was unsereiner sich vorstellen konnte. Einmal mußte er eine ganze Nacht lang Wasser aus dem Brunnen in den Bergfried schleppen. Cuanu diente diese Strafen mit einer Ruhe ab, die man ihm einfach nicht zutraute.

Natürlich geriet ich mit Euer Liebden unweigerlich aneinander. Ich glaube, daß wir Streitereien meist vermieden – aber die drei Mal, da es geschah, flogen die Fetzen! Cuanu war damals noch stärker als ich, doch ich war geschickter und gemeiner. Und nach all den braven Monaten mit Phexlyn und Baldur ließ ich natürlich alle Lebenslust heraus. Von unserem zweiten Kampf im elften Lebensjahr haben wir noch Jahrzehnte später oft gesprochen: Ich glaube, wir waren die Einzigen, die jemals aus einem Kampf mit vier blauen Augen, einer blutigen Nase und einem eingerissenen Ohr gekommen sind. Man hatte zwei Gardisten, zwei Zofen und einen Eimer Wasser gebraucht, um uns zu trennen.

So etwas verbindet. Fortan wurden die Mauern des Palastes von zwei der übelsten Rabauken seit der Großen Flut heimgesucht. Meist stiftete und stachelte der Fürstenenkel mich an, bis ich jeden noch so blödsinnigen Vorschlag durch ein Korsarenstück übertrumpfte. Doch wenn wir erwischt wurden, nahm er stets die Schuld auf sich. Im Gegensatz zu ihm hätte ich nicht alles gestanden – aber natürlich wollte ich ihm nicht nachstehen, was die Ehrlichkeit betraf. So war der Prozeß meist kurz und die Reue hielt nur an, solange man uns zur Strafe getrennt hielt.

»Bennain und Conchobair – Gnade Albernia, wenn sie vereint«, wurde eine stehende Redewendung von Lehrern, Hausmeistern und Palastgarde. Die Gärtner, Mägde und Knechte, die so etwas nie ausgesprochen hätten, nannten uns die schrecklichen Zwillinge (man erinnere sich an die Ungebührlichkeiten des Kaiserpärchens) oder Rur und Gror, nach den merkwürdigen Göttern der halsabschneiderischen Maraskaner.

Unser Alltag bestand in erster Linie aus einer langen Abfolge von Pflichten. Wir weckten einander mit Knüffen und Tritten. Dann verteilten wir uns auf den Wegen zum Brunnen, zu den Ställen und zur Küche. Besonders haßte ich den Küchendienst, der mir jeden Vormittag drohte. Tag für Tag, Winter für Winter und Sommer für Sommer ging ich diesen Weg, bis mir davor grauste. Wasserholen, Pferde tränken und striegeln waren dagegen recht angenehm. Mit Hahnenkämpfen und Kinderturnieren, wo in Bach und Teich je zwei von uns Roß und Reiter spielten, bereiteten wir uns auf das Rittertum vor. Wenn es im Herbst zum dritten Mal in der Woche die berüchtigten Albernischen Saubohnen gab, veranstalteten wir Furzwettbewerbe. Es gab Tage, wo wir nichts zu essen oder zumindest zu trinken bekamen, und lernten dabei, daß ein Edelmann Mangel wie Überfluß kennen und ertragen mußte.

Einmal mußten wir eine Woche lang Nachtappelle über uns ergehen lassen. Disziplin und Selbstbeherrschung, erklärte man uns, das heißt nicht nur Schmerzen zu ertragen, sondern auch Demütigungen und Provokationen.

Kurz nach meinem zehnten Geburtstag sah es so aus, als stürze das Reich in den nächsten Krieg. Der Kalif der Novadis hatte seine Hauptstadt direkt an die Südgrenze des Reiches verlegt: aus der Khomwüste in den fruchtbaren Balash, den Bogen des Mhanadi. Hier lag sein Geburtsort Mherwed. Im Süden des Kaiserreiches herrschte Bestürzung. Kalif Chamallah hatte mindestens zehntausend fanatische Reiter, noch dazu im Feldzug gegen das Liebliche Feld erprobt – und die standen, nein, residierten nun hundert Schritt südlich der Grenze. Was konnte dieser Akt anderes zum Ausdruck bringen als den Anspruch auf alle Länder der Tulamiden? Khunchom, Anchopal, Baburin, Zorgan waren Städte, die wir seit Jahrhunderten als unser Eigen betrachteten. Aber sie waren von Tulamiden begründet und zweitausend Jahre beherrscht worden. Und zum ersten Mal seit tausend Jahren hatten die Tulamiden wieder Heerführer und ein Heer, die ernst zu nehmen waren.

Schlagartig wurde unsere Ausbildung rondrianischer. Hatten wir bislang vor allem bei Tisch aufgewartet und Botendienste geleistet, erinnerte man uns nun ständig daran, daß wir zunächst Knappen und später Ritter werden mußten. Die Stunden in der Efferdschule wurden immer kürzer, die Aufenthalte im Marstall, auf den Jagden und im Fechtsaal immer länger. Die Schwertmeisterin des Fürsten gab uns erste Fechtstunden mit kunstvollen Holzschwertern. Was für ein Gefühl, keinen unserer selbstgemachten Prügel in der Hand zu halten! Cuanu und ich entdeckten zusehends einen eigenen Kampfstil: Die Albernier gelten als ungestüme, aber auch ausdauernde Kämpfer; wo wir auf die eine Art nicht weiterkommen, weichen wir schnell zurück, um einen anderen Weg zu nehmen.

»Ein echter albernischer Ritter muß auch seine Lieder selbst begleiten können«, pflegte Prinz Halman zu sagen, der sich selbst um den Harfenunterricht kümmerte. Von fast allen Fürsten und Kriegern Albernias berichtet die Geschichte, daß sie ungemein ergreifende Weisen spielen und singen konnten. Talent zum Barden hatte ich gewiß nicht viel – aber verglichen mit einem gröhlenden Thorwaler, einem brummenden Nordmarker oder einem stocksteifen Bornländer bin ich noch immer ein unterhaltsamer Musikant. Zur Wintersonnenwende, am Tag der Jagd, durften wir uns als Winterunholde verkleiden und durch die Stadt toben. Die Masken durften wir nur in der Freizeit basteln. Am Ende des Firunmondes, am Tag der Ifirn, wurden jene Masken dann verbrannt.

Dann endlich war ich alt genug, um dem Prinzen zur Hand zu gehen, wenn er sich auf eine Fahrt mit dem Streitwagen vorbereitete. Er besaß eine Kusliker Königsquadriga mit vier prachtvollen schwarzen Teshkalern, mit denen er über den Knüppeldamm von Havena ins Innere des Landes zu preschen pflegte. Ich pflegte Zaumzeug und Wagen mit besonderer Hingabe und träumte davon, eines Tages selbst mit fester Hand die feurigen Rosse zu bändigen. Prinz Halman muß das irgendwie bemerkt haben, denn an meinem zwölften Geburtstag nahm er mich im Wagen mit. Und mitten auf dem Knüppeldamm hielt er an, stellte mich vor sich hin und ließ mich mit ihm die vier Paar Zügel halten. Als die Rösser auf mein Zeichen langsam antrabten, überkam mich ein Rausch, von dem ich wohl niemals mehr geheilt werden kann.

Nach endlosen sieben Jahren näherte sich mein vierzehnter Geburtstag. Es galt, über meine Zukunft zu entscheiden. Cuanu und die meisten anderen waren als Knappen zu fürstentreuen Rittern gegeben worden. Zwei Pagen waren an die Seeakademien in Khunchom und Kuslik gegangen, wo sie als Seejunker Offizierspatent, Navigatorprüfung und Kapitänspatent erwerben konnten. Doch bei mir waren sich Lehrer und Geweihte einig, daß eine vielseitige Ausbildung zwangsläufig in die Orientierungslosigkeit geführt hätte. »Der junge Raidri benötigt echte Meister ihres Faches, die ihn im Schwertkampf und im Lenken der Streitwagen unterweisen können.«

21–17 v. H.:
Akademie

Rückkehr

Anläßlich meines Geburtstages überreichte mir Prinz Halman persönlich mein erstes Metallschwert. Es war die traditionelle ungeschliffene Übungswaffe, aber der Schmied hatte sie auf meine damalige Armlänge abgestimmt. Der Prinz hatte den besten Gürtler Havenas beauftragt, Scheide und Gehänge anzufertigen. Überschattet war die Zeremonie von der schweren Krankheit Fürst Emeralds – und für mich selbst davon, daß Mutter mich nicht abholen konnte. Einem Brief von ihr zufolge hatten sie und mein Vater in Aranien familiäre Verpflichtungen. Bei aller Treue fragte ich mich doch, welche familiären Angelegenheiten wichtiger sein konnten als die Knappschaft des Stammhalters. Später fand ich heraus, daß es sich zumindest um weitreichende politische Verwicklungen handelte, die mit einem verbannten Prinzen zu tun hatten. Wie auch immer: Ich mußte alleine nach Winhall reisen.

Meine Mutter hatte mir 20 Dukaten geschickt und vorgeschlagen, wieder ein Handelsschiff nach Nostria zu nehmen. Ich weiß nicht, ob es verletzter Stolz oder Abenteuerlust war, aber ich las den Brief mehrmals, beschloß, daß Mutter mir keinen Befehl gegeben hatte, und tat dann das Gegenteil: Ich nahm den Landweg –

denn ich wollte endlich in die Winhall-Berge, wo Fürst Bennain den Orkschamanen erschlagen hatte. Bis Abilacht leistete ich mir den Luxus, auf einem Fuhrwerk mitzufahren und in Herbergen ein Bett zu nehmen. Dann war das Weggeld verbraucht. Mit Geld umzugehen, habe ich auch später nicht gelernt.

Also wanderte ich über die Reichsstraße 3 nach Honingen. Dort schlug ich mich beim ersten Holzweg in den Wald. Ich wußte nicht, ob diese Gegend schon zum Farindelwald gehörte, der einen Großteil der Grafschaft Winhall bedeckte und sie für alle Zeiten zum Hinterwäldlertum verdammte: denn der Farindelwald war ein Bannwald, in dem es spukte.

In den ersten drei Tagen fiel mir nichts auf. Da ich auf den Holzwegen so gut voran kam, nahm ich stets jene, die nach Nordwesten, auf Winhall zu, führten. So geriet ich immer tiefer in dichten Nadelurwald. Die Rotfichten und Blautannen wurden immer höher, der Weg immer schattiger, das Unterholz immer dichter.

Nein, ich verirrte mich nicht. Ich wurde auch nicht von Wölfen gefressen, obwohl ich vier Nächte alleine im Unterholz schlief. Was mir zustieß, war so seltsam, daß ich es für einen Traum hielt, je mehr ich später über Aventurien lernte. Heute schließlich ist jenes Erlebnis so unwirklich, daß ich es schlichtweg verschwiege – hätte ich nicht ein Dutzend albernische Märchen gehört, in denen es dem Helden ähnlich erging.

Als ich am vierten Morgen erwachte, blickte ich mich verwirrt um. Ich lag noch immer am Fuß jener Eiche, zwischen deren knorrige Wurzeln ich mich gekuschelt hatte. Aber rings um mich herum standen sechs weitere Eichen, jede mindestens mannsdick und fünfzig Jahre alt, jede nur eine Handspanne von der nächsten entfernt. Ich war gefangen, in einem Gefängnis, das, so unvorstellbar es war, über Nacht gewachsen sein mußte.

Nach etlichen hautabschürfenden Versuchen, für die ich mich sogar entkleidete, war eindeutig, daß ich nirgends durchschlüpfen konnte: Weder nackt noch nach völligem Ausatmen noch von oben bis unten naß.

Kein Zweifel: Farindel, die Todesfee, hatte mich verflucht, wie sie es mit allen tat, die in ihren riesigen Wald eindrangen. Ich erinnerte mich, daß Feen angeblich Salz und Eisen haßten. Also warf ich mein Schwert und mein Pökelfleisch aus dem Eichenkäfig. Vergeblich.

Dann legte ich mich grübelnd auf die Erde und blickte zum Himmel. Bei dessen Anblick kam mir ein Gedanke. Ich klemmte mich, nackt wie ich war, zwischen zwei gegenüberstehende Eichen, stemmte an der einen die Schultern, an der anderen die Beine ab. Dann kletterte ich hinauf, insgesamt fünfzehn Schritt. Dort wuchsen armdicke Äste kreuz und quer. Keine Aussicht weiterzukommen.

Ich war nahe daran, weinend zurückzuklettern. Da sah ich, daß die Stämme, die sich zur Spitze hin verjüngten, hier oben anderthalb Spann Abstand hatten. Unter Einsatz aller Möglichkeiten, die ich zuvor schon vergebens erprobt hatte, gelang es mir, mich hindurchzuzwängen. Abzurutschen hätte geheißen, in zehn Schritt Höhe zwischen den Stämmen verkeilt zu verhungern. Aber ich kam nach außen, und mich klammernd wie ein Baumaffe gelangte ich nach unten.

Wo ich nun stand, das war gewiß nicht der Farindelwald, in den ich mich tags zuvor zum Schlafen gelegt hatte. Überall huschten Winzlinge durchs Moos, Blütenjungfern mit Schmetterlingsflügeln tanzten im Morgenlicht. In der Ferne hörte ich Flötenspiel und Harfenklang. Albernia war der Feenwelt immer näher gewesen als andere Länder. Es gibt zahlreiche Orte und Zeiten, an denen man der Überlieferung zufolge die Schwelle überschreiten konnte. Augenscheinlich war das nun geschehen.

Ich sehe mich außerstande, viel über die Anderswelt zu erzählen. Das tun die albernischen Barden hundert Mal besser und lieber. Ich bin ein Krieger – und nie wieder bin ich mir so grob, ungeschlacht und zerstörerisch vorgekommen wie dort.

Ich muß ›drüben‹ mindestens fünf Nächte geschlafen haben, zauberhafte Mondnächte inmitten tanzender Feen. Schließlich wurde ich in ein Zauberschloß geführt, das, bis zum Horizont reichend, mehr aus Spinnweb und Wolken bestand, denn aus greifbarem Stoff.

Die Holden, die den Hof bevölkerten, waren kaum ein Schritt große Lichtwesen, wie ich sie nicht einmal träumen kann. Ihr König hatte silberne Augen und Schmetterlingsfühler; ich denke, daß es Fabulon war, denn so nennen ihn die meisten Märchen.

Irgendwie wurde der Palast immer unwirklicher, je mehr ich mich dem König näherte. Ich erinnere mich, daß ich den Eindruck hatte, daß die Neugier der Holden noch stärker war als meine. Dann sagte Fabulon einen Satz, an den ich mich später nur in meinen Träumen erinnern konnte: »Du wirst einen großen Teil deiner Lebenszeit verbrauchen, ehe du verstehen kannst, was Töten für eure Welt bedeutet.«

Dann stand ich, wie erwacht, mitten im Unterholz. Ich war noch immer nackt und zerschunden. Es war auch in der echten Welt keine Zeit vergangen, denn es war mein vierter Morgen im Wald.

Anderthalb Tage später erreichte ich Winhall. Das erste, was ich hörte, war Aywen, die bei der Arbeit sang. Wir lagen uns lange in den Armen. Als ich ihr von der Anderswelt erzählte, dachte sie lange nach, länger als jemals sonst. Dann sagte sie: »Du hast großes Glück, daß du noch ein unschuldiger Knabe bist. Fabulon, heißt es, tut keinem ein Leid, aber Farindel läßt sonst keinen aus ihren Eichenkäfigen.«

Ich stand einige Zeit unschlüssig auf dem Hof. Alles wirkte so fremd, obwohl ich jeden Winkel und jedes Geräusch kannte. Mein Blick schweifte umher und wurde plötzlich von einem Anblick gefesselt, der das Ende meiner eben beschworenen Unschuld einläutete: Aus dem Gesindehaus trat ein Mädchen, das wie eine blutjunge und sündige Ausgabe Aywens aussah. Mir wurde blitzartig kalt und heiß. Es war natürlich Aywens Tochter Eillyn. Aus dem dürren Mädchen von früher war eine groß gewachsene Jungfrau erblüht. Ihr langes braunes Haar fiel in sanften Wellen, ihre Haut war wie Elfenbein. Sie hatte die kirschroten Lippen und die warmen braunen Augen Aywens. Auch die Hüften und der große Busen waren wie die ihrer Mutter. Doch als Rahjas Kuß mich traf, fühlte ich gewiß nicht, was man einer Mutter entgegenbringt.

Wir verbrachten eine traumhafte Woche. Wir liefen über die Äcker und entdeckten die Plätze unserer Kindheit wieder. Aber ich wußte mit erregender Gewißheit, daß diese Kindheit vorbei war. Eillyn sprach nicht viel. Immer wieder brachen ihre Worte ab und unsere Blicke ertappten einander. Dann errötete sie und schlug die seidigen Wimpern nieder. Auch mein Gesicht brannte, mein Herz raste, bis ich mich abwandte und Aufmerksamkeit für irgend etwas vortäuschte, was mir einmal viel bedeutet hatte.

»Rondras Beste«

Viel zu schnell traf Mutter ein, staubbedeckt und müde von scharfem Ritt. Sie begrüßte mich mit einem leisen Anflug von Stolz, den ich nicht an ihr kannte. Ich wagte nicht, nach Vater zu fragen oder gar nach den Hintergründen ihres aranischen Abenteuers. Wir verbrachten eine letzte Nacht in Winhall.

Meine Mutter war kaum aus Aranien zurückgekehrt, als wir auch schon wieder aufbrachen. Auf Empfehlung meiner Lehrer in Havena hatte sie beschlossen, mich auf die Kriegerakademie *Schwert und Schild* zu Baliho zu schicken. Dort wurden die Traditionen des alten Rittertums und des Streitwagenadels wie vor tausend Jahren gepflegt. »*Schwert und Schild*«, dachte ich, »das hört sich nicht sehr beeindruckend an. Wenn Mutter schon eine Schule nicht gut genug ist, die *Rondras Schwertkunst* lehrt ...«

Diesmal mußte meine Mutter mich begleiten: Nicht nur mußten wir ein kurzes Stück durch die verfeindeten Fürstentümer Nostria und Andergast reisen, ehe wir nach zehn Tagen auf die Reichsstraße in Greifenfurt gelangten. Vor allem galt das Herzogtum Weiden selbst seit den Kaiserlosen Zeiten als gesetzlos und gefahrenreich. Orks, Strauchdiebe und Raubritter machten die Reichsstraßen selbst am hellichten Tage unsicher.

Herzog Wallfried war ein alter Mann, dessen Schwert gerade bis zu den Stadtmauern Trallops reichte. Während der Weidener Unruhen vor drei Jahren hatten die Landstände den alten Herzog zu demütigenden Zugeständnissen gezwungen. Sogar mit den Elfen hatte es beinahe Krieg gegeben; das besagte eigentlich alleine schon alles. Doch die abergläubischen Weidener hatten sie für allerlei Unglück schuldig erklärt. Ich glaube, es war sogar in Baliho gewesen, wo man einen Elfen mit den Ohren an eine Scheune genagelt hatte!

Trotzdem war Weiden im zu Ende gehenden Rondramond wunderschön: Die Erhabenheit des Reichsforstes, die riesigen Rinderherden, die das halbe Reich ernährten, und die wehrhaften Wasserburgen, die herrlich über den Flußinseln thronten. Meine Augen nahmen das Land in sich auf – aber mein Herz hatte ich zuhause in Winhall gelassen.

Wir ritten durch die wilde Viehtreiberstadt Baliho und wandten uns westwärts. Nach einer Wegstunde erreichten wir eine weitläufige, aber etwas heruntergekommene Wasserburg am Ufer des Pandaril. In den Gattern ringsumher weideten an die fünfzig der prächtigsten Tralloper Riesen. An einem Flaggenmast wehte das rote Tuch mit dem berühmten silbernen Rad von Baliho. Je mehr ich von der Schule sah, desto begeisterter war ich. Heute weiß ich, daß Baliho tatsächlich eine der großflächigsten Kriegerakademien besitzt. Platz war in Weiden nie ein Problem – nur, wie man ihn verteidigt. Die Grafen von Baliho waren – wie die meisten Landesherren – durch kaiserlichen Erlaß verpflichtet, eine Kriegerschule zu unterhalten. Diese Rechtslage sagte mir mit vierzehn Jahren natürlich nichts. Aber sie bestimmte, daß ich mit achtzehn meinen Kriegereid auf den Kaiser schwören würde, obwohl der Graf meine Ausbildung bezahlte. Dabei war die Schule ein eigenes Lehen mit insgesamt dreihundert Leibeigenen, die für Korn und Vieh sorgten sowie als Pferdeknechte, Handwerker und Mägde werkten.

Die Schulleiterin, Ihro Wohlgeboren Hiltrud von Gringelbaum, war eine große, zuvorkommende Frau von etwa fünfzig Jahren, die als Rittmeisterin auch die Ausbildung im Lanzenreiten übernehmen sollte. Sie hatte einen Brief aus Havena und einen meiner Mutter empfangen und wußte genau über mich Bescheid. Die Akademie umfaßte vier Jahrgänge zu je zehn Schülern. Ich begriff erst jetzt, daß es keineswegs selbstverständlich war, daß ich hier aufgenommen wurde. Aber nach einem kurzen Gespräch und einer Vorführung am Schulhof erklärte sie meine Aufnahme zu ›Rondras Besten‹.

Da ich so früh im Jahr geboren war, war der Jahrgang noch gar nicht vollständig versammelt; der letzte Schüler trudelte erst im folgenden Frühjahr ein. Ich wurde in den Westsaal geführt, in dem traditionsgemäß der erste Jahrgang schlief. Der Umgang war deutlich rauher als am Fürstenhof. Es war unübersehbar, daß die wenigsten Schüler hier von edlem Blut waren. Ich erntete innerhalb einer Woche ein Dutzend Grobheiten, die in Havena niemand in den Mund genommen hätte – und manche davon waren noch nicht einmal böse gemeint.

Den Ton gab zunächst Gerding von Rothenstein an, ein bulliger Garetier mit gewinnendem Lächeln, aber kalten Augen. Er war von den Nobelakademien Wehrheim und Gareth geflogen und schon über fünfzehn Jahre alt. Er besaß ein unglaubliches Geschick darin, Lehrer nachzuahmen, und er war derart ungebührlich und ungehorsam, daß er nach einem halben Jahr auch Baliho verlassen mußte. Am gefährlichsten schien mir sodann Ilkfried, ein dunkler Kerl, dem schon ein Bärtchen wuchs. Er stammte aus der Menzheimer Au und war damit eigentlich Darpatier. Er hatte eine Hand für Pferde, zu Menschen war er grob und hämisch. Allerdings stellte ich nach einigen Zusammenstößen fest, daß er ein Großmaul war. Nachdem ich mich einmal aus seinem angeblich unbezwingbaren Schwitzkasten gerungen und ihn niedergeworfen hatte, wurde er fast anhänglich.

Die durchweg beeindruckendste Schülerin war Praiodane Falkenstein, die älteste Tochter des Grafen von Baliho. Praiodane war fleißig, ehrgeizig und begabt – eine geborene Hochadelige. Sie war nicht wirklich hochnäsig, aber jede ihrer Bewegungen verriet, daß sie etwas Besseres war. Sie war sehr schlank, aber überraschend kräftig. Ihr Einfluß beruhte vor allem auf der fast schon hündischen Anhänglichkeit von drei bis vier Schülern, die wir anderen den »Hofstaat« nannten. Praiodane Falkenstein setzte ihren Einfluß selten ein, nur bei gröberem Ungehorsam war sie gnadenlos. Ich war einige Zeit sehr verliebt in sie, aber obwohl sie mir freundlich begegnete, fanden wir nicht zueinander. Zu Praiodanes Hofstaat gehörten vor allem Beatrissa, eine hübsche blonde Streberin aus dem Lieblichen Feld, und Ilselind, eine Darpatierin aus der Gegend von Wehrheim. Letztere war ihrer Herkunft entsprechend eingebildet und fühlte sich offensichtlich höchst unpassend inmitten der ganzen »Hinterwäldler und Halbgoblins«, wie sie uns einmal nannte. Dabei war sie der durchschnittlichste Mensch, den ich kannte: An ihr war wirklich nichts hervorragend, weder Klugheit noch Kampfkraft noch Persönlichkeit, ja, sie war noch nicht einmal auffällig unbegabt für irgend etwas.

Die anderen waren fast alle Weidener gemeiner Geburt. Olorande, ein dunkelhaariges und ernstes Mädchen, hatte eine unvorteilhafte Adlernase und breite Schultern, die mich jahrelang übersehen ließen, daß sie sehr bald recht weibliche Formen bekam. Olorande war verschlossen, aber ich wurde einer der wenigen, denen sie sich anvertraute. Unter den übrigen erinnere ich mich eigentlich nur an Thorun. Er hatte die Kraft, das Gemüt und den Geist eines Ochsen. Wenn er einen Scherz verstand, konnte er den ganzen Tag darüber lachen. Man konnte ihn eigentlich nur gerne haben – wenn man nichts gegen Ochsen hatte.

Für etwa zwei Jahre kam auch Waldemar von Weiden, der Großneffe des Herzogs, von Trallop zu uns, »um etwas Kultur zu erlernen«. Sein Oheim, hieß es, war ein Bär an Gestalt, doch eine Maus an Mut. Er sei so furchtsam, daß er das Quietschen des Wetterstorches auf dem Dach fürchte. Selbst die Kinder seiner Schwester flößten ihm mit ihrem Geschrei Angst ein. Letzteres war ich sofort bereit zu glauben, als ich den jungen Waldemar das erste Mal sah. Er war, obwohl ein Jahr älter, ebenso wenig ausgewachsen wie die meisten von uns, überragte aber schon die meisten Lehrer. Vor allem jedoch war er breitschultrig wie ein Bär und auch um die Leibesmitte ungemein stämmig. Alle Jungen beneideten ihn, weil er schon Haare auf der Brust hatte. Waldemar glich, wie fast alle Angehörigen seines Geschlechtes, seinem Wappentier, dem Bären: stark, groß, mit tiefer Stimme, gemütlich und gutmütig, aber schrecklich, wenn er ausnahmsweise einmal zornig wurde. Wallfrieds nächste lebende Verwandte war seine Nichte Adilgunde, Waldemars Mutter. Wie er mir einmal anvertraute, fühlte sie sich, obzwar erst vierzig, ebenfalls zu alt, die unruhige Provinz zu führen. Waldemar war vernünftig genug, daß ihm nicht wohl bei dem Gedanken war, schon in wenigen Jahren Herr über fast ein Sechstel der Reichsfläche und immerhin über hunderttausend Bürger zu sein.

Die Akademie hatte sechs Lehrmeister, dazu kamen zuweilen Gastlehrer sowie manchmal Geweihte aus der Stadt. Der Unterricht fand größtenteils im Burghof und in den zahlreichen Kellern statt. Körperliche Ertüchtigung erfolgte meist rings um die Burg und auf dem von Holzzäunen umfaßten Gelände, während Ausritte oft mehrere Tage weit weg führen konnten. Die regulären Schulstunden hielten die Rittmeisterin, der Schwertmeister, die Rüstmeisterin, der Jagdmeister, der Wagenmeister und der Lehrmeister für waffenlosen Kampf. Zumindest drei von ihnen gaben, wie ich heute weiß, meinem Leben all jene Richtlinien, die man von einem Lehrer nur erhoffen kann.

Die meiste Zeit verbrachten wir zunächst mit Meister Korwin, dem Ringkampf und Waffenlose Ertüchtigung oblagen. Er war ein kahlköpfiger, ziegenbärtiger Mittvierziger. Ich konnte ihn die ersten Monate überhaupt nicht leiden, weil er mich aufs Rüdeste beschimpfte, und in Weidener Mundart noch dazu. Später gewöhnte ich mich an seine grobe, aber offene Art. Und heute weiß ich, daß er einer meiner besten Lehrer war.

Wir mußten entscheiden, mit welcher Hand wir fechten und mit welcher wir die Waffe unterstützen oder den Schild führen, mit welchem Bein wir Sprünge und Ausfälle vollführen, mit welchem Auge wir zielen, ja, selbst mit welchem Ohr wir hauptsächlich lauschen wollten. Wir liefen zwischen den Gattern um die Wette und, wofern es nur um die Ausdauer ging, im Kreis um die ganze Wasserburg. Wir sprangen über Latten, Böcke und Gräben, und wer nicht binnen eines Monates Weite und Höhe seiner Sprünge verbesserte, wurde so lange geneckt, bis er den Ehrgeiz hatte, sich bis zum letzten zu fordern. Von Frühling bis Herbst hieß es Schwimmen im Burggraben. Mit vierzehn Jahren war eine Umquerung der Burg Pflicht, mit achtzehn zwölf Runden.

Der Ringkampfunterricht erschien mir nicht ungewöhnlich. Wegen meiner Kraft hatte ich meist gegen Thorun oder Waldemar zu kämpfen. Da beide noch stärker waren und Thorun zudem immer verschwitzt, erwarb ich den Stil eines Panthers, der schnell zuschlagen, ausbrechen und sich befreien kann, bis er den Gegner endlich im Würgegriff hat. Ilkfried überrumpelte mich einige Male mit verbotenen Griffen, die unweigerlich meiner Männlichkeit galten, bis ich einmal zurückpackte. Danach konnte er zwei Tage nur im Grätschschritt gehen. Mit der breitschultrigen, aber wohlgeformten Olorande dagegen landete ich einige Mal in seltsamen Pattstellungen, bei denen uns wohl beiden dämmerte, daß es noch eine andere Art gab, sich miteinander herumzuwälzen.

Zur Ausbildung im Waffenlosen Kampf gehörte auch die Abhärtung. Vom ersten Tag an mußten wir eine halbe Stunde lang paarweise aufeinandereinschlagen, jeweils ein Lied lang auf eine Stelle. Unsere Rippen, Ellen, Oberarme, Schienbeine und Schenkel wurden gefühllos und weiß. »Ein Krieger muß Schläge, Hiebe und selbst Schnitte ertragen können, die einen Nichtkämpfer sofort in eine Hölle des Schmerzes fallen lassen.« Später ging Meister Korwin dazu über, uns mit Weidenruten und weichen Haselstecken zu schlagen. Das geschah im Zuge eines Hindernisrundlaufes, bei dem wir den Lehrer immer wieder passieren mußten. Wer unter dem ersten Treffer zögerte oder einknickte, auf den prasselten unbarmherzig weitere Hiebe nieder; so lange, bis er sich aufraffte oder bis ein Kamerad sich erbarmte und ihn barg – wobei jener natürlich ebenfalls Treffer riskierte. Solch rettendes Eingreifen wurde vom Meister immer besonders belobigt. Denn Korwin verstand es, uns während der Hiebe stets aufzumuntern und anzufeuern, sodaß wir nie an seiner Zuneigung zweifelten. So erwarteten wir die Steckenstunden mit wohligem Grusel und machten uns mit Prahlen und Frotzeleien Mut. Im vierten Jahr ging der Meister sogar soweit, an seinen Schülern Körperstellen, an denen Schlagadern lagen, mit gemäßigten, aber gezielten Schlägen von Faust, Knöcheln oder Handballen zu traktieren. Wurde uns im Sommer noch schwarz vor Augen oder taub in den Beinen, störte uns im Winter schon die Unterbrechung des Blutflußes kaum noch. Ich habe in meinem späteren Leben niemals ein Kind zur Strafe geschlagen, denn von meiner Mutter weiß ich, wie man Kinder an der Ehre packt. Aber zur Abhärtung – wenn ein Kind gewillt ist, Kämpfer zu werden – sind körperliche Schmerzen unverzichtbar.

Natürlich ließen sich bei all den Grobheiten und unserer Ungeschicklichkeit mit den Übungswaffen üble Prellungen und blutende Wunden nicht immer vermeiden. Bei solchen Gelegenheiten erwies sich Meister Korwin als begnadeter Wundarzt. Er rief stets den ganzen Jahrgang zusammen und versorgte die Blessur mit ausführlichen Erklärungen. Ich habe in meinem Kriegerleben einige Kameraden vor dem Verbluten bewahrt, und eben diesen Dienst erwiesen auch mir andere Krieger. Wer Blut nicht sehen und stillen kann, sollte auch keines vergießen.

Besonderes Gewicht wurde auf die Reiterei gelegt. Immerhin leitete Ihro Wohlgeboren Frau von Gringelbaum eine Schule, die sich als eine der letzten der Bewahrung des klassischen Rittertums verschrieben hatte. Wir bekamen enge Schaftstiefel, lederverstärkte Hosen und eine Peitsche, später durften wir auch Sporen anschnallen. Jeder Schüler hatte sein eigenes Pferd aus der Schulherde auszusuchen und zuzureiten. Erst später sollten sie in mühevoller Arbeit von einem erfahrenen Zureiter zum Schlachtroß ausgebildet werden. Es waren durchwegs Tralloper Riesen, jene mächtigen Schimmel, die den Weidener Ritter zum Symbol der Kampfkraft gemacht haben. Unsere dreijährigen Tiere waren allerdings noch schwarz oder allenfalls apfelschimmelfarben. Wir würden die Akademie schon verlassen haben, wenn sie, endlich reinweiß geworden, den Truppen des Herzogs überstellt werden würden.

Als ich an die Reihe kam, hatten zwei Schüler schon

üble Stürze hinter sich. Wegen meiner Größe bekam ich ein Tier, das *Rauhbein* hieß und danach aussah. Nun gut, sagte ich mir. Anstatt aufzusteigen, sprang ich in den Sattel. Die zwei Helfer ließen den Rappen los, der sofort zu bocken begann. Als das nichts half, raste er dicht am Zaun entlang, um mich abzustreifen. Andere Schüler wurden dabei übel zerschunden oder tatsächlich abgeworfen. Daher gab ich ihm sofort die Peitsche und brachte ihn in die Mitte zurück. Dort versuchte der Riese sich zu wälzen, was dem stärksten Zureiter alle Rippen brechen kann. Darauf nutzte ich alle Kraft, um ihm das auszureden: Ich trieb ihn mit Schenkeldruck voran und gegen den Zügel. Jeden Ausbruchsversuch begrenzte ich mit Peitsche und Hüftschub. Ich klopfte ihm die Schenkel in die Seiten und hielt den Zügel so straff, daß meine Knöchel weiß wurden. Ich vermeinte zu spüren, wie *Rauhbeins* Rippen sich bogen, während meine Sehnen zu reißen drohten. Am Ende hatte ich – so meinte Frau von Gringelbaum – das Pferd halbtot gedrückt, statt mich in den Sand werfen zu lassen. Rauhbein war schweißnaß, große Flocken schäumten ihm aus dem Maul. Aber er wußte, daß ich sein Herr für die nächsten vier Jahre war.

Ritter, Roß und Lanze, so hieß das Ziel, müssen eine untrennbare Einheit bilden. Sie durften vor Gebrüll, Blutgeruch, plötzlichen Bewegungen und selbst Schlägen Fremder nicht zurückschrecken. Roß und Reiter mußten die drei Ausfälle lernen, mit denen das Tier seinen Herren gegen Fußkämpfer mit und ohne Schild und gegen andere Schlachtrösser unterstützt. Wir jagten sie durch Feuer und durch Dornicht und schließlich über Hindernisse. Daß die Härte, die der Kampf verlangte, nur mit der Weichheit einer Freundschaft möglich war, verriet uns die tägliche Prozedur der Pflege. Wir mußten unsere Tiere eigenhändig füttern, tränken und striegeln. Das Fell mußte glänzen, um dem Ritter Ehre zu machen, Mähne und Schweif mußten in seidigen Wellen fallen. Als Roß und Reiter ihr Spiel beherrschten, kamen die Waffen dazu. Beim Ringstechen und beim Spalten von alten Kürbissen lernten wir, die vielfältigen Bewegungen zu einem tödlichen Treffer zu vereinigen. Ich hatte immer ein gutes Augenmaß und eine ruhige Hand. Doch die Tjoste in der großen Gestechrüstung konnte ich nicht als Königsdisziplin betrachten: Es lag mir nie, mich hinter einem Schild zu verstecken, und ebensowenig, eingeschränkt auf den Gegner zuzujagen.

Man brachte uns auch bei, den modernen Infanteriewaffen entgegenzutreten, die in den letzten zwei Jahrhunderten deutlich zum Niedergang des Rittertums in der Schlacht geführt hatten. Ihro Wohlgeboren Frau von Gringelbaum ließ keinen Zweifel daran, daß wir und unsere Rösser den Mut aufbringen mußten, im vollen Galopp in die Piken der Landwehr hineinzubrechen. Wir lernten auch paarweise, Reiter mit Hakenspieß und Hellebarde vom Roß zu holen – oder zu verhindern, daß uns dasselbe widerfuhr. Wenn der eine von uns, von einem halben Dutzend Stürzen über und über mit blauen Flecken bedeckt, aufgab, übernahm er die Rolle des Pikeniers, während sein Gegner zum Blechkoloß auf dem taumelnden Roß wurde. Es gibt keine bessere Verteidigung als die Gedanken des Gegners zu kennen.

Diethild Blautanner war unsere Rüstmeisterin. In der Waffenkammer hingen je ein Dutzend Waffenröcke, Lederrüstungen, Kettenhemden und Ritterrüstungen. Üblicherweise hatte jeder Jahrgang eine Garnitur in Betrieb. Die Rüstungen waren uralt und jeder Teil ein Dutzend Mal geflickt, ausgebeult und geschliffen. Wir mußten sie instandhalten. Die beiden Male, da eine metallene Rüstung nicht mehr repariert werden konnte, bekam der Träger üble Strafen – obwohl er nur ausbadete, was dreißig Jahrgänge vor ihm dem guten Stück zugefügt hatten. Doch immerhin stellte eine vollständige Ritterrüstung einen Wert von vierhundert Golddukaten dar! »Conchobair, denkt Ihr, daß Ihr Euch später so etwas leisten könnt?« pflegte die Rüstmeisterin mich anzuherrschen: »Na also! Und Ihr Gemeinen schon gar nicht. Also dankt Ingerimm für seine Gaben und poliert sie, bis sie wie neu aussehen.« Das war nun nicht möglich, aber wir lernten, daß jeder schlampig sitzende Riemen eine Armschiene abrutschen ließ und jede Beule im Blech bis zum Abend einen Bluterguß hinterließ.

Manchmal mußten wir etliche andere Lehrstunden in voller Rüstung überstehen: Schreiben und Geschichtskunde gingen ja noch an, Ringen machte bisweilen sogar Spaß, aber wenn es ans Laufen oder Holzhacken ging, zumal im heißesten Praiosmond, dann fluchten wir alle mit glühendem Kopf.

Insbesondere Korwin und Diethild Blautanner verbündeten sich oft, um uns zu traktieren. Im letzten Jahr wurden wir sogar im Kettenhemd in den Burggraben geworfen. Natürlich trugen wir ein Seil zur Sicherung, aber herauskommen sollte man aus eigener Kraft. Diese Prüfung bestand außer Thorun, Olorande und mir niemand. Anschließend mußte natürlich jeder sein Kettenhemd säubern und ölen, ehe es in die Waffenkammer zurückging. Die Meisterprüfung schließlich waren die einunddreißig Teile der großen Gestechrüstung, die wir mit verbundenen Augen binnen zehn Minuten anlegen mußten.

Besonders unterhaltsam war der Unterricht bei Jagdmeister Firnhelm. Er war am Rande des Blautanns aufgewachsen und hatte viele Jahre in den Ausläufern der Salamandersteine gejagt. Eine Zeit seines Lebens hatte er auch, wie man so sagt, bei den Elfen verbracht. Heute weiß ich, daß es sich hierbei um ein typisches Waldläufergerücht gehandelt haben muß. Natürlich kann kaum ein Mensch mit Elfen zusammenleben – oder besser gesagt: Kein Elf mit einem Menschen. Aber jedenfalls mochte unser Lehrer am Rande der Jagdgründe der Elfen gewesen sein. Immerhin hatte er die Langohren getroffen, und das setzt immer deren Bereitschaft voraus, wahrgenommen zu werden.

Meister Firnhelm brachte mir viele Kleinigkeiten bei, deren Bedeutung ich erst Jahre oder Jahrzehnte später erkannte – meist, wenn ein Neuling oder gar ein Veteran durch ihre Unkenntnis in Schwierigkeiten geriet. So erfuhren wir, wie man am Lagerfeuer Holz nachlegte, ohne sich auf Meilen durch Rauch und Feuerschein zu verraten und sich selbst aller Sicht zu berauben. Abgenagte Knochen mußten wir in den nächsten Bach werfen, um keine Ratten und Aasfresser anzulocken. Er verriet mir, wie man im Forst die nächste Straße findet, weil die Krähen dort kreisen, wo kleine Tiere zertrampelt und überfahren werden. Natürlich zeigte er uns auch das Signalpfeifen mit dem Grashalm, die geläufigsten Handzeichen der Waldläufer und dazu einige elfische Gesten und Zeichen. Und das Speerfischen mit ihm machte mir besonderen Spaß.

Etwa einmal in jedem Mond folgten wir Meister Firnhelm und Frau von Gringelbaum zu einem zweitägigen Ausflug in die nahen Wälder. Wir mußten selbständig einen Lagerplatz finden, Feuer machen, wenn nötig Unterstände bauen, und in jedem Fall Wache stehen. Wir ernährten uns nur von dem, was wir fanden. Welches Wäldchen gibt schon leicht Wurzeln und Beeren für zwei Dutzend hungrige Burschen her – zumal wenn diese kaum Ahnung haben, wie man sie findet?

Der Jahrgang über uns war bei einer solchen Gelegenheit einmal in ein Gefecht mit einer Horde von

Goblins geraten, die einen Händlerzug überfallen hatten. Die Schüler kamen teils übel verwundet, aber siegestrunken nach Hause. So ein Glück war uns nicht beschert. Drei oder vier Mal entdeckten wir einige rotbepelzte Späher und durften sie jagen. Die Tatsache, daß sie uns fast alle entkamen, obwohl wir beritten waren, gab mir sehr zu denken. Als ich dann das erste Mal sah, wie Ihro Wohlgeboren Gringelbaum einen Goblin einfach niederritt und anschließend abstach, war ich schockiert. Natürlich nannte man uns anschließend eine Menge guter Gründe; keiner überzeugte mich wirklich davon, daß man diese Wesen jagen durfte wie Wildschweine. Praiodane Falkenstein hingegen tötete bei der nächsten Gelegenheit einen Goblin mit einer Kaltblütigkeit, die ich mir selbst nie zugetraut hätte.

Der bedeutendste Lehrer, der mir half zu werden, was ich heute bin, war wohl – neben Mutter und Aywen – mein Schwertmeister Landrin; ein Exil-Maraskaner, der die damals noch unabhängige Insel aus unerfindlichen Gründen verlassen hatte und irgendwann zunächst in Gareth, dann in Baliho hängen geblieben war. Er war ein kleiner Mann mit der stillen Würde der Tulamiden. Sein Haar war dicht und schwarz, obwohl er weit über fünfzig war, seine Haut gebräunt und vermutlich von den Zorganpocken gezeichnet.

Ehe wir unsere schönen Schwerter aber auch nur auf den Fechtplatz mitbringen durften, lernten wir ein Vierteljahr mit kurzen und langen Stäben kämpfen. Ich war ziemlich enttäuscht, zumal der Kampfstil nicht der von Schwertkämpfern, sondern der von Wandersburschen und Bauernrüpeln zu sein schien. Tatsächlich lernten wir dabei aber das, was allen Waffenkünsten gemeinsam ist, ob Schwert, Axt, Lanze oder Morgenstern: im Rhythmus zu schlagen, parieren, blocken, umgreifen, kontern – und vor allem Hiebe einzustecken, Treffer zu vermeiden und selber zu zielen. »Blindfisch!« sagte Landrin, wenn einer von uns den Kameraden traf. Denn die Aufgabe war, die Waffe des Gegners wie besprochen zu treffen: »Wer jetzt versehentlich den Mann trifft, trifft ihn im echten Kampf versehentlich nicht.« Landrins allumfassender Ausbildung verdanke ich, daß ich später fast jede Waffe sehr schnell meistern konnte, ob es ein Kusliker Degen oder ein Andergaster Zweihänder von zwei Schritt Länge war. Zu den Grundkenntnissen gehörte auch das Abrollen: zuerst mit Hilfe, dann freihändig und schließlich mit der Waffe. Am Ende konnten wir aus der Rolle parieren oder attackieren.

Denn sobald wir die Schwerter führen durften, war der Unterricht das, was ich mir erträumt hatte. Landrin brachte mir so viel bei, was über die Beherrschung der Waffe hinausging. Einen Schwertmeister macht mehr aus, als mit aller Kraft zu treffen: Gleichgewicht, Rhythmus, das Wissen um die Stärken und Schwächen des Gegners, seine Absichten und Einsichten.

»Nur Narren stürmen in den Kampf. Betrachte die Lage, bis du sie verinnerlicht hast. Wenn du jenes Gleichgewicht fühlst, dann schlag zu – dann schlage so schnell zu wie der Blitz.«

Ich konnte mich nicht satthören und erwartete jede Fechtstunde mit Ungeduld, denn stets gab es eine neue Lektion.

»Zwinge dem Gegner deinen Rhythmus auf. Schlag ihn mit deinem Rhythmus. Dann brich den Rhythmus und brich damit den Gegner.« Ja, ich hatte das Glück, noch eines von Leomars Schwertliedern zu lernen, jene uralte Melodie, die den Kampf zu einer der höchsten Formen der Kunst erhob. Leichtigkeit und Festigkeit hielten sich bei Landrin in der Balance und bildeten ein höheres Ganzes.

Ich habe diesen Mann geliebt und empfand besonders schmerzhaft, wie wenig die anderen seine Lehre verstanden. Oft murrten sie, wenn er sprach, tanzte oder zu einem Spiegelkampf ansetzte, oder wenn er hinter einen Schüler trat, ihn umfaßte und seine Arme und Beine die richtigen Bewegungen fühlen ließ. Meine Kameraden wollten sich zwei Stunden lang die Waffen um die Ohren dreschen, dann waren sie erschöpft und glücklich. Ich war erst zufrieden, wenn ich jenes unhörbare Lied vernahm, das zwischen Landrin, mir und unser beider Waffen erklang.

Als sich abzeichnete, daß ich für den zweihändigen Kampf geboren war, ließ Landrin mich die meisten Übungen mit zwei Schwertern machen. Es gibt nun einmal einige Schönheiten wie die Schwalbenschwinge, die Kaiser-Raul-Doublette, die Wehrheimer Windmühle und den alanfanischen Opalschmetterling, die nur von jenem vorgeführt werden können, der über zwei rechte Hände verfügt. Nur die Deckung für mein linkes Bein konnte ich nie wirklich meistern. Ich habe dort wohl mehr Treffer eingesteckt als auf dem ganzen übrigen Körper. Oberschenkel und Schienbein sind von einem Fischerhetz geziert, geflochten aus Schnitten und Rissen, übersät mit verknöcherten Höckern und vernarbten Löchern.

Landrin war weder ein blutrünstiger Schlagetot noch ein Rohalsjünger. Er lehrte mich zu kämpfen, weil er wußte, daß ich nur dann lernen konnte, wann ich nicht zu kämpfen hatte.

»Niemals nur einmal zuschlagen! Wenn du beschlossen hast zu verletzen, dann tu es gründlich.« Gerade diese Entschlossenheit half mir zu erkennen, daß sich mit dem richtigen Auftreten und Verhalten selbst sehr gefährliche Situationen ohne Kampf beilegen lassen. Heute stehe ich auf dem Standpunkt, daß man eine Waffe trägt, um nicht kämpfen zu müssen.

Der Oberst-Wagenmeister kam nur einmal im Monat, unterrichtete dann jedoch die ganze Woche. Bei ihm handelte es sich nämlich um Fürst Udalbert von Wertlingen. Sein fast bornländisches Schicksal verdankte er der Reichsreform aus dem Jahr 201 v. H.: Der Kanzler Rabenmund hatte damals »im wuchernden Adel ausgeholzt«, die Wertlingens behielten zwar ihren Titel, aber nicht das Lehen. So war er gezwungen, Unterricht zu geben, um seine Burg, seine Jagden und seine Hofbälle zu finanzieren. Naturgemäß war mir das sehr sympathisch, als ich davon hörte.

Fürst Udalbert kam stets in der ersten Woche des Mondes mit seiner Quadriga an. Abends unterstützte der Oberst-Wagenmeister Frau von Gringelbaums Unterricht in Strategie und Taktik, wo wir mit Zinnfiguren in der Sandkiste die größten Schlachten des Neuen Reiches nachspielten. Tagsüber wurden dann jedoch stets vier zweispännige Streitwagen aus dem Schuppen geholt. So war genug Material da, damit alle vierzig Schüler lernen konnten. Während die oberen Jahrgänge den Wagen lenken lernten und von ihm aus zu kämpfen, kümmerten sich die Jüngeren um das Ein- und Ausspannen, um Geschirr und Wagenpflege sowie um die Abwehr der Angriffe, die die Wagenführer übten. Hinter letzterem stand nicht nur der Wunsch, alle Schüler beschäftigt zu halten, sondern vor allem wieder die alte Grundregel, daß ein Krieger auch die Rolle seines Gegners kennen muß. Fürst Udalbert war ein schneidiger Offizier mit grauem Schnauzer und Halbglatze. Er bestätigte sehr bald, daß ich besondere Förderung brauchte, und nahm mich gewöhnlich zu sich auf die Quadriga. Ich war fünfzehn, als ich das erste Mal wirklich alleine die Zügel von vier Rossen führte – und es wurde eine meiner größten Leidenschaften! So kam ich wochenweise zu denkbar intensivstem Unterricht. Selbst wenn am Abend die anderen abrückten, durfte ich noch mit dem Gespann meine Runden ziehen.

Bei einem derart prallen Stundenplan kämpferischer Disziplinen kam unsere Bildung natürlich zu kurz. Nur einen Nachmittag pro Woche kam ein Geweihter zu uns, um diesem Mißstand abzuhelfen. Durch die verschiedenen Lehrer war der Unterricht zwar abwechslungsreich, manchmal aber auch zermürbend langweilig. Da gab es eine kurzsichtige Traviageweihte, die uns mit Volksgut und Moralpredigten den ganzen Tag verdarb. Ein Praiosdiener hingegen glänzte durch seine lockere Art, uns Etikette und Gesetze durch plausible Beispiele nahezubringen, auch wenn er uns anschließend bis aufs Blut abprüfte. Ein junger, glutäugiger Rahjageweihter war der Schwarm unserer Mädchen und unterhielt uns mit Geschichten aus aller Welt; ein anderer, etwas älterer schmuggelte fast immer eine Flasche Balihoer Bärentod mit und brachte uns unanständige Balladen bei. Bei einem ziegenbärtigen Phexgeweihten mußten wir meist rechnen, aber er stellte stets so unterhaltsame Rätsel, daß wir es ganz gerne taten.

Zumindest eine Stunde entfiel dabei auf Schreiben und Rechnen; für Weidener Verhältnisse war das erstklassige Bildung, deswegen war Prinz Waldemar ja auch aus der Hauptstadt zu uns geschickt worden. Meist wurden uns Schlachtberichte, Heldensagen oder Reisebeschreibungen diktiert, die wir dann auch gleich auswendig lernen mußten. Bei dieser Gelegenheit lernte ich viel über die aventurische Geschichte, die mich immer begeisterte. Mit der Völker- und Länderkunde stand es im rauhen Norden dagegen schlecht; aber dieses Wissen habe ich mir später zum Glück selbst erwerben können. Zu den vier großen Hesindefesten mußten wir auch einen Brief an unsere Eltern schreiben und über unsere Fortschritte berichten. Natürlich wurden die Briefe zensuriert und zensiert, so besprachen wir in der Nacht davor oft, was man schreiben dürfe und was nicht. Auch durchreisende Barden, bekannte Edelleute und ehemalige Schüler waren gerne gesehen. Sie berichteten von der Welt draußen und wurden mit Fragen bestürmt.

Einer der Gastlehrer war der Edle Ossinger von Westerraufen. Sein Gut lag in der Nähe Balihos, und während der Winterzeit lebte er davon, seine Kentnisse an uns weiterzugeben. Ossinger, damals etwa um die dreißig, war ein Meister mit den in Weiden durchaus üblichen Kettenwaffen: Der Morgenstern ist eine klassische Ritterwaffe, die Ogerschelle wurde durch den Weidener Helden Wassili bekannt, von dem es hieß, er habe beide Kugeln getrennt lenken können. Waldemar und ich waren die einzigen, die stark genug waren, mit der dreikugeligen Ochsenherde zu kämpfen. Nach einigen Wochen war ich wirklich sehr geschickt, wobei mich Waldemar an Zielgenauigkeit noch übertraf; allzu sehr entsprach diese Waffe seinem Naturell. Ich habe in dieser Generation von keiner Handvoll Krieger gehört, die es uns gleichgetan hätten. Ich habe die Ochsenherde bei einigen späteren Gelegenheiten benützt, üblicherweise bei Schlachten; dort konnte man die unhandliche Waffe vom Wagen oder Pferd laden und gründlich vorbereiten.

Ossinger von Westerraufen lebte seine Leidenschaft für die Kettenwaffen übrigens bis zum Ende aus. Da er die Neunschwänzige Katze ebenso meisterlich beherrschte wie die Ochsenherde, überredete er einen zwergischen Schmied, ihm eine Kreuzung der beiden Waffen zu fertigen: neun Kugeln an Lederschnüren, die mit Metalldraht durchwirkt waren. Dieser sogenannte Donnerschlag war derart unberechenbar, daß bei einem Übungstreffer vier der zurückprallenden Kugeln des Meisters Schädeldecke durchschlugen. Ich habe den Donnerschlag Jahre später auf Gut Westerraufen gesehen und, dem Vermächtnis Ossingers folgend, erprobt: Doch nach einigen vorsichtigen Schwüngen beschloß ich sicherheitshalber, auf einen Probeschlag zu verzichten, wie er meinen Lehrer das Leben gekostet hatte.

Über all dem spannenden und mühseligen Unterricht vergaßen wir natürlich nicht, was Heranwachsende meist im Kopf haben: den Unfug. Wir bekamen selten Prügel, aber mit Nachtwachen – zusätzlich zu den regelmäßigen Nachtappellen – konnte man uns schon zusetzen. Jeden Morgen zu Beginn der fünften Stunde mußten wir zur Rondraandacht. Allwöchentlich kam der Praiosgeweihte, der von uns Beichte, Selbstbezichtigung und Meldung anderer Missetäter erwartete. Aber natürlich erfuhr er nichts von den echten Streichen. Einmal kletterte ich einer Wette wegen im Winter aus dem Fenster und schwamm nackt durch den Burggraben, um eine Armschiene zu holen, die Thorun bei den Gattern vergessen hatte – vor allem natürlich um zu beweisen, daß ich den Mut dazu hatte. Die meisten Mutproben hatten freilich mit Balihoer Bärentod zu tun. Es galt, den leicht gelblichen Roggenschnaps in die Schule zu schmuggeln und dann unter Einhaltung zahlloser Regelvarianten zu vertilgen: singend, tanzend, balancierend, möglichst schnell, möglichst viel oder möglichst lange. Im Gegensatz zu den unangenehmen Erfahrungen, die ich am Fürstenhof in Havena gemacht hatte, hielten bei solchen Scherzen unsere Hochadeligen, die Edlen und die Gemeinen zusammen. Ich glaube nicht, daß jemals jemand verpetzt wurde.

Jeden Praiostag hatten alle vier Jahrgänge gemeinschaftlichen Ausgang nach Baliho. Anderthalb Stunden Marsch, sechs Stunden Vergnügen unter den Augen der Lehrer und wieder zurück. Dabei war das Schleppen der Betrunkenen immer das Lustigste. Einmal landeten Olorande, Beatrissa und ich Arm in Arm im Graben. Vor Lachen und Suff brauchten wir eine Viertelstunde, bis wir herausfanden. Im dritten und vierten Jahrgang durften wir dann auch mit der einheimischen Jugend tanzen. Da die ständige Überwachung weitergehendes Vergnügen ausschloß, entstanden solche Wetten wie der Trollpott: Wir zahlten alle in einen Topf ein, den derjenige gewann, der nach Meinung der Mehrheit den »Troll schoß«, also den häßlichsten Tanzpartner auswählte oder gar küßte. Ich hatte bei diesem Glücksspiel, wie alle in meiner Familie, kein Glück, zumal mich kein Geld Deres dazu bringen konnte, mir nicht von vornherein immer die hübschesten Mädchen auszusuchen.

Mindestens einmal im Jahr rückten alle Schüler für eine Woche aus, um in der Grafschaft Frondienst zu leisten. Einmal mußten wir ein Wäldchen roden. Auch als der Graf den Westflügel von Schloß Falkenstein erneuern ließ, waren ihm fünfzig kräftige Burschen und Mädchen (eingeschlossen seiner Tochter) willkommen, um die schweren Blöcke auf der Baustelle zu bewegen. Zwischendurch wurden wir auch im Steinbruch eingesetzt. Das ist ein Handwerk, bei dem Anfänger verhältnismäßig wenig kaputt machen können: Zwischen eisernem Meißel, Hartholzhammer und Fels ist der Mensch das, was am ehesten leidet. Aber die Arbeit härtete und kräftigte Knöchel, Sehnen und Gelenke.

Obwohl wir schwer schufteten, bedeutete diese Woche stets Urlaub für uns. Wir entkamen dem strengen Stundenplan und der Internierung. Abends saßen wir mit den Handwerkern und Arbeitern zusammen und ließen tönerne Bierkrüge kreisen. Wir überboten uns in rüpelhaftem Verhalten und legten uns in kürzester Zeit sämtliche Flüche aller Weidener Fuhrleute und Holzfäller zu. Einige von uns machten nächtens, in den Zelten der drallen Tagelöhnerinnen, ihre ersten ernsthaften Erfahrungen. Es waren ganz bestimmt nicht die sanftesten. Ilkfried erschien am vierten Morgen mit einem blauroten Biß am Hals und rief die restlichen Tage bei jeder Gelegenheit: »Leg dich ins Zeug, mein Pferdchen!« Olorande war zwei Tage noch verschlossener als sonst, bis sie mir unter vier Augen gestand, daß sie sich den Dienst an Rahja eigentlich anders vorgestellt hatte als das Stemmen der schweren Steinblöcke.

Geburtstag

Eines Abends entließ uns Meister Korwin zu einem heißersehnten Bad im Burggraben. Es war ein heißer Mittsommertag gewesen und wir waren völlig verschwitzt und zerkratzt. »Ach, Raidri«, rief er mich zurück, als die anderen hinaustobten, »Ihr habt Besuch.« Erwartungsvoll folgte ich den anderen vor die Akademie. Sie drängten sich auf der Brücke und rissen sich die Kleider vom Leib. Schon sprangen die ersten brüllend ins Wasser. Auf einem der Gatter saß ein Viehtreiber im braunen Leder, den Svellttaler Hirtenhut tief in die Stirn gezogen. »Komme gleich«, beantwortete ich die johlenden Einladungen meiner Kameraden. Ärgerlich über die Störung ging ich auf den Fremden zu. Als ich näher kam, ließ sie sich vom Zaun gleiten: Die grazile Bewegung ließ keinen Zweifel zu, daß es eine Frau war. Außerdem hatte ich die üppigen Brüste unter dem groben Hemd gesehen. Mein Herz begann zu klopfen.

Die Frau nahm den Hut wie zum Bittgruß ab. Doch

die Wellen nußbraunen Haares, die hervorquollen, warf sie mit selbstbewußter Miene in den Nacken. »Eillyn!« flüsterte ich, weil mir die Stimme wegblieb. »Warum ..? Was ..? Wie lange …?« stammelte ich. Begeisterung und eine seltsame Pein tanzten in mir. Sie hatten sie natürlich stundenlang warten lassen. Im Unterricht gab es keine Unterbrechungen für Privatbesuche. Eillyn hatte sich einem Viehhändler als Treiberin angeschlossen, um nach Baliho zu kommen.

»Hast du Zeit?«, flüsterte sie. »Eine Stunde«, blickte ich auf die Sonne, »dann ist Abendessen.« Ich packte sie bei der Hand und lief mit ihr los. Das Gejohle hinter uns galt jetzt nicht mehr dem Wasser, sondern dem Kameraden, der sich »in die Büsche schlug«. Wir liefen, bis niemand mehr um uns war als die Abendsonne und die Pferde. Dann blieben wir keuchend stehen und lachten. Ich konnte ihre Hand nicht loslassen. Wir standen da, ineinander versunken. Irgendwo summten die Bienen. Eilynns Augen waren groß wie die Welt, ihr kirschroter Mund wie der Horizont. Ich räusperte mich verzweifelt: »Daß du gekommen bist …«

Wieder schwiegen wir. Immer näher war ich ihr gekommen. Ihr Antlitz leuchtete mir entgegen wie eine Blüte, die auf den Tau wartet. Als ich seufzend nach Atem rang, öffnete auch sie die Lippen. Endlich küßte ich sie. Eillyn fiel mir in die Arme. Wir klammerten uns aneinander – wie zwei Kinder, die man wieder auseinanderreißen wollte. »Du darfst«, flüsterte ich, während ich ihr Gesicht mit Küssen bedeckte, »nie wieder fortgehen.« Sie sah mich weiter an, aber ihre braunen Augen waren jetzt geheimnisvoll wie der stille Wald. »Was denkst du?« fragte ich und küßte ihre Finger.

Ihre Stimme war sanft und kam wie von weit her: »Ich will Rahjageweihte werden. Vater Perainyn vom

Perainetempel hat schon nach Havena geschrieben.« Ich stand wie vom Donner gerührt. Ich hielt noch immer ihre Hände, aber ich fühlte, wie mir Eillyn entglitt.

»Du bist«, stotterte ich, »gekommen, um Abschied zu nehmen?« Lange schauten mich ihre unergründlichen Augen an.

Dann sagte sie mit einzigartiger Würde: »Ich bin gekommen, weil ich nicht möchte, daß ein Rahja-Geweihter mein erster Mann wird!«

»Urlaub?«, sagte Frau von Gringelbaum: »Kommt nicht in Frage! Heute ist ein gewöhnlicher Wochentag. In einer Viertelstunde beim Abendgebet. Wegtreten!« Ich schlug die Faust zum Gruß auf das Herz und ging enttäuscht an den Tischreihen der essenden Kameraden vorbei. Ich selbst hatte keinen Bissen heruntergebracht. In einem der Korridore trat ich an ein Fenster. Die Abendsonne warf lange Schatten – und einer dieser Schatten war Eillyn, die wieder auf einem Gatter wartete. Sie würde die ganze Nacht warten, das wußte ich, aber vergeblich.

»Na, Albernierhengst?« klatschte mir Meister Korwin auf die Schulter: »Wo hast du sie denn her?« Er blickte beiläufig aus dem Fenster und schien alles zu wissen.

»Winhall, Meister«, sagte ich steif.

»Verdammt weiter Weg, besonders wenn er umsonst ist«, hackte er in Weidener Mundart weiter: »Komm ja nicht auf dumme Gedanken! Ich weiß, was verliebte Schüler denken. Aber heute nacht habe ich Wache – und ich werde den Ostkorridor heute besonders gut im Auge behalten.« Er boxte mich noch einmal und ging. Ostkorridor? Unser Jahrgang war im Westkorridor untergebracht, das mußte er wissen …

Die Sterne spiegelten sich im Wasser des Burggrabens, als ich hineinstieg. Mitternacht – erst vor zwei Stunden war das letzte Abendrot entschwunden! Ich trug nichts außer einem Gürtel, durch den ich vorne und hinten ein Lendentuch gezogen hatten. Das Wasser war stockschwarz, aber noch immer warm. Ich lief zwischen den Gattern zur Brücke. Die nasse Haut trocknete schnell. »Psst«, hörte ich durch das Zirpen der Grillen, und Eillyns Schatten schälte sich aus dem eines Wassertroges. Wir liefen wieder Hand in Hand durch die Weideflächen. Im Norden kletterten wir über den Zaun und gingen bis zur Mitte der Wiese.

»Wird uns niemand sehen?« flüsterte Eillyn.

»Höchstens ein Fuchs«, lächelte ich. »Sogar die Pferde sind heute auf der anderen Seite.« Eillyn nickte. Ihre Hände fuhren über meine Oberarme.

»Wie stark du geworden bist!«

»Du bist aber auch … gewachsen«, stammelte ich und zog sie in meine Arme. Ich fühlte ihren festen Busen auf meiner Brust.

»Du bist ganz kalt«, flüsterte sie und umarmte mich ebenfalls.

»Nur meine Haut. Innen brenne ich!«

»Ich auch«, seufzte sie und hob mir ihr Gesicht entgegen. »Seit zwei Jahren. Seit du zurückgekommen bist …«

»Du auch?« fragte ich überrascht.

»Ich habe dich immer geliebt«, flüsterte sie in mein Ohr, »wußtest du das nicht?«

Ich schüttelte nur den Kopf. »Du warst doch meine Schwester!«

»Und du mein Bruder«, hauchte sie, »aber jetzt nicht mehr. Jetzt bist du mein Mann.«

Wie selbstverständlich sanken wir nieder. Wir bedeckten einander mit Küssen. Als meine Zunge das erste Mal in ihren Mund drang, glaubte ich bersten zu müssen vor Glück. Doch noch viel stärker war, was aus meinem Lendenschurz drängte. Ich legte mich ungeschickt halb über sie und stieß hervor: »Ich will dich haben!«

»Dann nimm mich endlich!« hauchte sie atemlos.

Tausend Meilen, dachte ich, sie war tausend Meilen gereist, um mir das zu sagen! Unbeholfen zerrte ich an ihrem Hemdsaum, worauf sie es entschlossen über den Kopf zog.

Ihre weiße Haut leuchtete im Sternenlicht. Sie hatte den großen Busen ihrer Mutter, der jedoch in seiner jugendlichen Straffheit besonders beeindruckend wirkte. Begeistert begann ich ihn zu liebkosen. Sie beantwortete jeden Kuß mit einem Seufzen, und ihre Beeren wuchsen mir entgegen.

Dann griff ich nach dem Gürtel ihrer schweren ledernen Hose, und mit vereinten Kräften schälten wir ihr das Stück vom Leib. Ich war sprachlos, als sie in ihrer weißen Pracht vor mir lag. Die Hose war so unförmig gewesen, daß ich nicht einen Augenblick an ihre Weiblichkeit gedacht hatte. Dabei waren ihre Hüften ausgeprägt und rund geworden, ihre Schenkel weich. Und inmitten all dieser Schönheit erwartete mich ein buschiges, braunes Pelzchen, aus dem ein betörender Duft stieg. Unschlüssig fuhren meine Hände über ihre langen Beine, den festen Bauch und die Hüften.

Eillyn lachte leise. »Hast du Angst, daß ich dich beiße?« Dann ergriff sie meine Hände, führte sie an ihren Schoß und rieb sie mit sanftem Druck darüber hinweg. Wie eine tulamidische Frucht platzte ihre Weiblichkeit auf und lag purpurn glitzernd vor mir. Schwer atmend drückte sie meine Hand immer fester auf ihren Leib. Ich war erstaunt, wie wenig Rücksicht sie von mir verlangte.

Plötzlich stieß sie die Hände weg und setzte sich auf.

»Schnell, jetzt, komm zu mir.« Ich fetzte mein Lendentuch förmlich aus dem Gürtel und befreite endlich meine Lanze. Eillyn umarmte mich und zog mich zu sich herunter. Ihr glühendes Gesicht ließ mich schaudern, die Berührung ihrer Brüste auf meiner nackten Haut ließ sich mit nichts vergleichen, was ich zuvor erlebt hatte. Doch als ich in sie glitt, war es um mich geschehen. Ehe ich mich nur bewegt hatte, tobte ein Sturm aus meinen berstenden Früchten durch meinen ganzen Körper. Zuckend verharrte ich über meiner Geliebten. Für Augenblicke und Ewigkeiten wußte ich, wo der Mittelpunkt der Schöpfung war.

»Was kann ich tun,« fragte ich in ihren Armen liegend, »damit es für dich auch schön ist.«

»Tu es einfach noch einmal«, flüsterte Eillyn, »noch einmal und noch einmal – und höre nie wieder auf.«

Mein sechzehnter Geburtstag brachte die Erfüllung meines größten Wunsches. Damit meine ich nicht die traditionelle Einführung im Rahjatempel, die die meisten Kameraden als Glückseligkeit erwarteten. Eillyn war gegangen, wie sie gekommen war, aber sie hatte mir ein Geschenk gemacht, das für immer bei mir blieb: Für zwei oder drei Jahre war mein Herz gefeit gegen den Anblick jeder anderen Frau. Auch als die Rahjageweihte mir die Geheimnisse der Liebeskunst zeigte, dachte ich nur daran, wieviel ich Eillyn vorenthalten hatte.

Nein, der Traum, der wahr wurde, war mein eigenes Gespann. Je zwei der über Sechzehnjährigen hatten nämlich ein Gespann zu versorgen, das sie gemeinhin als ihr eigen betrachteten. Mir ›gehörten‹ zwei rote Tulamidenshadifs, feurige Hengste aus dem Norden der Khomwüste, die auf die Namen *Südfuchs* und *Kupferling* hörten. Genau genommen mußte ich mir das Gespann zwar mit Waldemar teilen, doch der ließ keinen

Zweifel daran, daß er am ›Novadi-Wägelchen-Fahren‹ wenig Interesse hatte. Zudem kehrte er bald an die Akademie von Trallop zurück. So oblag es fast mir alleine, das Gespann regelmäßig auszuführen und einen Trupp von Stallknechten zu dirigieren, Schüler der ersten zwei Jahrgänge. Im Frühling fuhr ich das erste Rennen gegen Fürst Udalbert. Schon das zweite im Ingerimm gewann ich, und danach konnte mich niemand an der Akademie mehr einholen. Auch als wir den alljährlichen Besuch bei der Kriegerakademie in Wehrheim machten, holte ich den Siegerkranz für meine Schule. Mit den schneidigen, aber blutleeren Wehrheimern pflegten die Balihoer eine uralte Rivalität, die bei den jährlichen Ausritten und Ausfahrten jeweils wieder ausbrach.

Auch mein Schwertkampf machte Fortschritte, wie es Mutter und Prinz Halman erhofft hatten. Kurz nach meinem siebzehnten Geburtstag gelang es mir erstmals, eine Wespe im Flug zu halbieren. (Schwierig ist dabei nur das Treffen; eine Wespe risse selbst bei einem Treffer mit einem Holzkochlöffel auseinander.) Das morbide Kunststückchen wurde in den folgenden zehn Jahren eine meiner gefragtesten Vorführungen.

In jenen Jahren verbreitete sich eine neue Feldfrucht aus dem Bornland in Weiden. Die Bornländer hatten sie von ihren neuen Kolonien auf den Waldinseln mitgebracht und nannten sie darum Iltok-Knolle. Die geschäftstüchtigen Festumer hatten schnell erkannt, daß die gelbe Frucht ihrer ständig vom Hungerwinter bedrohten Provinz nur nützlich sein konnte. Als die ersten Bauern in Baliho sie aussäten, nannte man sie bereits Kartoffel.

Manche Barone und Grafen verboten ihren Untertanen den Anbau, andere versuchten, gleich ganze Landstriche zum Kartoffelbau zu bewegen. Das brachte Ärger, denn niemand ist so traditionsbewußt wie ein Landmann. Viele Weidener murrten, als aufgeschlossene Landesherren und unternehmungslustige Freibauern keinen anständigen Roggen mehr säen ließen, sondern gelbe Knollen im Boden verscharrten, deren Kraut und Blüten zudem giftig sein sollten. Manche Bauern wurden dank der Kartoffel schnell wohlhabend, andere verloren mehrere Ernten hintereinander und verarmten völlig. Als die neue Frucht die Menzheimer Au erreichte, kam auch noch die alte Rivalität zwischen rückständigen Weidenern und reichen Darpatiern dazu. Gegenseitige Beschuldigungen wucherten, Kartoffeln wurden gestohlen, Felder angezündet. Überall sprach man von Hexerei und Druidenflüchen.

In jener Zeit benötigte die Gräfin oft jeden Waffenfähigen, um Bauern, die sich zusammenrotteten, zurück auf ihre Felder zu treiben. Irgend jemand kam auf den Gedanken, daß man Männern hinter Helm und Schild ihr Alter nicht ansieht. So rückten wir mehrfach bis an die Zähne bewaffnet aus. Wir durften natürlich kein Wort von uns geben, statt dessen ließ man uns, auf einen Befehl hin, im vollkommenen Gleichklang blank ziehen. Das machte auf die armen Bauern gewaltigen Eindruck. Schnell fiel ihnen ein, daß sie eigentlich gar nicht wußten, wem sie die Schuld an allen Mißständen geben sollten. Dann genügten einige Worte vom Peraine-Geweihten, und die braven Leute kehrten auf ihre Äcker zurück.

Nach diesen Erlebnissen fühlten wir uns natürlich als Kriegshelden. Abends herrschte in den Schlafsälen eine Stimmung, als hätten wir zwei Dutzend Orks geköpft. Vor allem Praiodane Falkenstein und Ilselind rümpften die Nase über ›das aufständische Gesindel‹. Ilkfried ließ sich lauthals darüber aus, wie er das Pack das nächste Mal über die Klinge springen lassen werde. Die Unruhen legten sich dann jedoch schnell. Schließlich empfing der neue Kaiser versöhnlich den Adelsmarschall des Bornlandes – erstmals, seit sich dieses über zweihundert Jahre zuvor vom Reich getrennt hatte.

Im dritten Schuljahr ging eine Welle von Gerüchten durch das Reich. Es schien, daß ein verbannter Verwandter der Kaiserlichen Geschwister den Thron bedrohte. Ich muß heute annehmen, daß meine Eltern drei Jahre zuvor mit der Angelegenheit zu tun gehabt hatten. Der etwa 35 Jahre alte Prinz war seit über zehn Jahren Botschafter auf Maraskan. Er war mit der Tochter des Königs verheiratet gewesen, die jedoch bei der Geburt ihres Sohnes gestorben war. Wer aus der Verbannung zurückkehrt, kann nur zwei Gründe haben: Er fleht um Gnade oder er sinnt auf Rache. Beides ist verboten, denn eine Verbannung kann nur durch kaiserlichen Erlaß aufgehoben werden. Es war das erste politische Ereignis, das ich bewußt erlebte. Wir beredeten es mit dem wichtigtuerischen Ernst, mit dem Siebzehnjährige antreten, die Welt zu verbessern. Natürlich wußten wir so gut wie nichts über die Tatsachen – das hielt uns jedoch nicht davon ab, uns ein fast einhelliges Urteil zu bilden. In unserem kurzen Leben hatten immer Bardo und Cella auf dem Kaiserthron gesessen. Dieser Prinz Reto hingegen war ein bislang unbekannter Unruhestifter. Allerdings war uns nicht klar, warum Prinz Retos Rückkehr derartige Beunruhigung erzeugte.

Heute weiß ich natürlich viel besser über die Zusammenhänge Bescheid. Die Tatsache, daß Reto überhaupt die Insel verlassen konnte, hieß, daß er mächtige Freunde gefunden hatte: Maraskanische Freunde, die bereit waren, das Neue Reich zu reizen, und mittelreichische Freunde, die bereit waren, einem direkten kaiserlichen Befehl zuwiderzuhandeln. Die Tatsache, daß seine Gattin die Tochter des maraskanischen Königs gewesen war, war natürlich die Grundlage dieser Freundschaften. Aber wo Reto allenfalls neuerliche Verbannung drohte, mußten seine weniger edlen Verbündeten mit Krieg oder Todesurteil rechnen.

Binnen weniger Monate hörten sich die Nachrichten ganz anders an: Von der Kaiserwürde der Zwillinge schien plötzlich keine Rede mehr zu sein. Bardo, so hieß es, war unversöhnlich und schmollte auf den prinzlichen Vetter. Cella hingegen hielt eine öffentliche Rede. Sie verzichtete ebenso wie ihr Bruder auf den Kaiserthron, dessen Würde sich, so sagte sie, nicht mit einer Zweiteilung vertrug. Zu ihrem Nachfolger und Erben ernannten sie ihren nächsten lebenden Verwandten: Prinz Reto. Augenzeugen haben mir berichtet, daß Cella das Wort »lebend« sehr merkwürdig betont haben soll. Wie auch immer, sie hatte vernünftig gehandelt. Bardo mußte ins Exil gehen, zuerst ins Liebliche Feld, dann wegen politischer Streitigkeiten ins Bornland. Cella dagegen wurde aus unerfindlichen Gründen nie gezwungen, Gareth zu verlassen. Sie stand formell gesehen in einem garetischen Lustschloß unter Hausarrest. Dieses hat sie während der folgenden vierzig Jahre, so weit ich weiß, nicht verlassen.

Am Sonnwendfest, zum Beginn des neuen Jahres, wurde Reto zum Kaiser des Neuen Reiches gekrönt. Die Zeremonie erfolgte durch die Hand der Botin des Lichtes, der obersten Praiosgeweihten, die man an der Westküste, wegen ihrer enormen Oberweite, gut thorwalsch die ›Mopsendronning‹ nannte. An seiner Seite stand der neue Kronprinz, ein blasser und zarter Knabe namens Hal. Fortan schrieb man das Jahr 1 Reto. Als ersten Akt führte Seine Allerzwölfgöttlichste Majestät wieder das große Kaiserturnier von Gareth ein: Jeder Ritter, jede Kriegerin war nun wieder aufgerufen, sich in der Waffenkunst zu messen und eine der unvergleichlichen Waffen des Kaisers zu erringen. Damit machte er natürlich Eindruck an der Akademie. Binnen eines halben Jahres war Reto für uns alle ein großer Held. Auf allen öffentlichen Plätzen und auf den neuen Dukaten erschien das Antlitz des Kaisers: Er hatte einen kühnen Blick, der in die Zukunft wies, eine Adlernase und einen eigentümlichen, breiten Kinnbart. Viele Würdenträger und Gelehrte ließen sich so einen Retobart stehen. In Havena war kurz zuvor Fürst Emerald gestorben, sein Sohn Halman wurde gekrönt, dessen Page ich gewesen war. Die Welt begann zusehends größer zu werden.

17 v. H.:

Kriegerbrief

Kurz nach meinem achtzehnten Geburtstag standen die meisten Schüler unseres Jahrganges vor der Schlußprüfung zum Kriegerbrief. Außer Thorun, der in einigen Bereichen einfach unheilbar dumm war, bestanden wir alle. Wir hatten den Ehrgeiz, zur Verleihung mit einem ansehnlichen Almadaner Schnauzer zu erscheinen, einem ›Kaiser-Alrik-Bart‹, wie ihn die Zivilisten nannten. Das Haar trugen wir im charakteristischen Wehrheimer Bürstenhaarschnitt. Wir müssen zum Fürchten ausgesehen haben, als wir den tausend Jahre alten Kriegereid auf den Kaiser sprachen: »Auf die Zwölf, die Ehre und alles, was wir lieben und was uns heilig ist.« Rittmeisterin Frau von Gringelbaum überreichte uns die Kriegerbriefe, die vor unseren Augen gesiegelt wurden. Von nun an hatten wir das sonst nur dem Adel gewährte Recht, in Waffen vor jedem Landesherren zu erscheinen, das ausschließliche Recht, Zweihandwaffen und Ritterrüstungen zu tragen, und die Pflicht, uns im Kriegsfall beim Heerbann des Kaisers zu melden. Natürlich verschwiegen die feierlichen Ansprachen, daß es mit den Vorrechten der Krieger schon seit Rohals Zeiten nicht mehr weit her war: In Kuslik gab es ganze Kompanien von Doppelsöldnern, die sich ihr Geschick mit dem Bidenhänder mit schnödem Silber bezahlen ließen. Ritterrüstungen trug man ohnehin nur noch in der Schlacht und beim Turnier. Und ein Kaiser, der stark genug war, alle

Edlen und Krieger des Landes unter sein Banner zu rufen, war nicht einmal der Reichbegründer Raul gewesen.

So folgte dem feierlichen Ernst der Zeremonie und dem hemmungslosen Gelage auch jener Morgen, wo wir Alle vor der Frage standen: »Was nun?« Manch einer glich einem jungen Roß, das schon mit den Hufen scharrt, aber manch einem erschien die Zukunft auch wie eine Wüste, die dem Auge keinen Punkt der Orientierung bietet.

Mehr als einmal erwog ich, mich am albernischen Königshof vorzustellen, doch letztlich fehlte mir der Mut dazu. Vielleicht, sagte ich mir, konnte sich Prinz Cuanu an mich kaum noch erinnern. Vielleicht hatte ihn das Leben bei Hof so verändert, daß er mit mir gar nichts mehr zu tun haben wollte. Auch hatte Fürst Halman schon mehr als genug für mich getan.

Dies waren meine Gedanken. Aber wenn ich ehrlich bin, war der eigentliche Grund ein nebelhaftes Gefühl generationenlanger Unterlegenheit: Die Conchobairs hatten stets den Kürzeren gezogen, wenn sie mit den Bennain zu tun gehabt hatten.

Ansonsten hätte ich mich gerne Waldemar angeschlossen. Aber er hatte im Jahr zuvor seinen Kriegerbrief in Trallop erhalten und war sofort in die Welt gezogen. Sein Oheim war indessen siebenundachtzig Jahre alt, es war zweifelhaft, ob er sein sechzigjähriges Regierungsjubiläum noch erlebte. Waldemar wußte also, daß der Thron geradezu nach ihm rief. Bis dahin wollte er – so gut kannte ich ihn – noch etwas Spaß haben.

»Willst du nicht doch zu den Rundhelmen mitkommen?« fragte mich Olorande nun schon zum fünften Mal. Gemeinsam mit zwei Kameraden träumte sie vom Herzogshof. »In ein paar Jahren sind wir schon in der Leibgarde des Herzogs. Die Weidener haben sie immer aus den Rundhelmen bestellt.«

Ich lächelte geringschätzig: »Und dann dürft ihr ihn sogar auf den Abtritt begleiten. Es weiß doch jeder, daß der alte Mann so furchtsam ist, daß er zittert, wenn es donnert.«

»Ach was«, protestierten die drei im Chor: »Wallfried ist über achtzig Jahre alt. Bis wir soweit sind, herrscht längst Waldemar.« Olorande fügte hinzu: »Dann ziehen wir mit ihm gegen die Orks und die Goblins.« Nein, so stellte ich mir meine Zukunft nicht vor: Im Wilden Norden jahrelang die Grenzen abklappern, als größten Stolz das traditionelle Bärenfell um die Schultern, das man einem alten Veteranen mit erfrorenen Zehen abgekauft hatte – nur um dann selbst eines Tages als versehrter Kämpe zu enden ...

Die meisten anderen Schüler hegten weniger deutliche Vorstellungen, was ihre Zukunft anging, waren aber nicht minder unbeirrbar: Trallop oder Gareth hieß es allgemein. Doch ich konnte mir einfach nicht vorstellen, wie der Herzog oder selbst der neue Kaiser ein Dutzend Krieger unseres Ausbildungsstandes in Dienste stellen sollten.

Beatrissa und Ilselind hingegen hatten schon immer davon geträumt, ins Liebliche Feld zu gehen. Sie wollten nur noch schnell nach Hause und von ihren Familien das Reisegeld erbitten. Weitere Pläne hatten sie nicht. Im Lieblichen Feld war einfach alles besser: ständiger Sonnenschein, freundliche Menschen, herrliche weiße Paläste und Reichtum, nach dem man sich nur bücken mußte. »Das Liebliche Feld, stell dir einmal vor!« pflegten sie in Gesprächen zu sagen, als wäre das ein Argument an sich. Bei Praiodane Falkenstein hingegen war unvermeidlich, daß sie ihren Platz finden und einnehmen würde: Die Falkensteins waren die Grafen von Baliho und Praiodane war die älteste Tochter.

Ilkfried hatte ebenfalls keine Zweifel, was LOS für ihn bereithielt: »Ich gehe ins Hippodrom von Gareth. Ich werde vor der Kaiserfamilie und zwölftausend Zuschauern fahren und die Fasarer Sichelwagen an die Wand kleben.« Das erzählte er uns seit mindestens zwei Jahren, und wir waren uns alle einig, daß er dorthin kommen würde. Was allerdings an der Vorstellung bestechend sein sollte, beim Im-Kreis-Fahren der anerkannte Beste zu sein, wollte mir nicht einleuchten. Und im Gegensatz zu Ilkfried hatte man mir durchaus gesagt, daß ich das Zeug dazu hatte, im Hippodrom der Beste zu werden.

»Und in fünf Jahren gewinne ich sowieso das Donnersturmrennen«, warf sich Ilkfried immer dann in die Brust, wenn man Bedenken an seinem Aufstieg in der Arena äußerte. Davon allerdings träumte nicht nur er. Dieser großartigste aller rondrianischen Wettbewerbe fand nur alle fünfundzwanzig Jahre statt. Siegespreis war der *Donnersturm* selbst, das Gefährt der Göttin, das wohl schon jeder einmal über den Himmel donnern gehört hat, ein magischer Schatz aus Göttergold und himmlischen Juwelen. Den *Donnersturm* zu gewinnen war fast schon die Heiligsprechung. Im Gegensatz zu Ilkfried hätte ich mein Ziel nie so deutlich ausgesprochen. Die Dinge, von denen ich insgeheim träumte, waren ungreifbar, ja fast quälend unnennbar; jedenfalls nicht so offensichtlich wie ein Sieg im größten Rennen Aventuriens. Aber natürlich war ich entschlossen, mich dort, im Geiste Rondras, mit den anderen zu messen.

Das jedoch setzte voraus, daß ich eines der besten Gespanne Aventuriens besaß. Drei Jahre waren beunruhigend kurz, um dieses Ziel zu erreichen. Jedem von uns stand es frei, sein Streitroß durch eine Ablöse zu erwerben; ein großzügiges Angebot, aber für mich waren selbst die zweihundertfünfzig Dukaten für

Rauhbein unerschwinglich. Eigentlich konnte ich es mir auch gar nicht leisten, mich von *Südfuchs* und *Kupferling* zu trennen. Mit dem Sold eines jungen Kriegers würde es Jahre dauern, bis ich selbst ein solches Gespann kaufen konnte.

In jenen Tagen, die wie von Nebel verhangen waren, kam wie die Strahlen der Sonne ein Angebot, wenngleich, um bei dem Bild zu bleiben, es sich nur um die Kerze im heimatlichen Fenster handelte: Der Oberst-Wagenmeister nahm mich eines glücklichen Tages beiseite und meinte, es sei eine Schande für die Akademie, mich zu verlieren. Er habe mich der Schulleiterin als Lehrer empfohlen. Ehe ich mich also versah, war ich Lehrer für Schwert und Streitwagen an der Akademie zu Baliho! In der ersten Woche jedes Mondes assistierte ich Fürst Udalbert, die übrige Zeit sorgte ich dafür, daß die Schüler regelmäßig ihre Übungen durchführten. Es war recht merkwürdig, bei Frühstück und Abendmahl mit meinen sechs früheren Lehrern zu Tisch zu sitzen und von den folgenden Jahrgängen mit dem gleichen Respekt behandelt zu werden, den ich diesen sechs Personen noch immer entgegenbrachte. Durch mein Alter war ich bald etwas wie ein Mittelsmann zwischen Schülern und Lehrern. Reine Wonne war es jedoch, daß ich jeden Morgen *Südfuchs* und *Kupferling* anzuschirren und mit ihnen meine Runden zu drehen hatte.

Übrigens habe ich die meisten meiner Kameraden nie mehr gesehen. Etliche fielen in den Kriegen gegen Ungeheuer, Thronräuber und Schwarzmagier, die uns fünfundzwanzig Jahre später heimsuchen sollten. Viele sind wohl auch auf bescheidene Posten verschwunden, als Korporal der Büttel von Menzheim oder als Söldnerweibel bei den Uhdenberger Breitäxten. Olorande fiel im ersten Jahr des Orkkrieges. Sie hatte es mit ihren dreißig Jahren nicht einmal bis zum Bärenfell der Rundhelme gebracht, obwohl sie in herzoglichen Diensten stand.

Im zweiten Frühjahr verabschiedete sich Schwertmeister Landrin von mir. Er war sechzig Jahre alt geworden. Ein Dutzend alte Verletzungen machten ihm zu schaffen. Er pilgerte nach Donnerbach und suchte den Rondratempel hinter dem Wasserfall auf. Wie so viele alte Krieger und Geweihte vor ihm glitt er aus, und der Donnerbachfall riß ihn mit. Natürlich trug der Schwertmeister, der Tradition folgend, Kettenhemd und Waffen …

14 v. H.: Dreifaches Duell in Wehrheim

An meinem einundzwanzigsten Geburtstag konnten mich nicht einmal mehr meine geliebten Rösser an der Akademie halten. Ich war vierzehn Jahre lang kaserniert gewesen und der Horizont erschien mir verlockend wie ein Zauberstreifen. Also quittierte ich den Dienst, meinerseits ohne Bedauern. Einem Bauern kaufte ich eine alte Nordmähne namens *Flachs* ab; es war mir gleichgültig, daß mein erstes Roß ein Ackergaul war. Dann endlich tat ich das, was man macht, wenn man jung ist, alle Möglichkeiten hat und keine Erfahrungen: Ich machte Dummheiten. Ich legte mir sogar eine Lanze zu, um für meine erste Begegnung mit einem Drachen gerüstet zu sein. Natürlich habe ich in meinem ganzen Leben keinen Drachen getötet.

Ich ritt in Wehrheim ein, in der festen Erwartung, jeden Augenblick werde sich mir eine hilfesuchende Prinzessin oder zumindest ein bedrängter Kaufmann vor das Roß werfen. Im Rondratempel ließ ich meine Waffen weihen. Dann setzte ich mich in ein viel zu teures Gasthaus, gleich neben dem Arsenal. In meinen Taschen klimperte der Lohn dreier Jahre, in meinem Kopf war der Gedanke erwacht, daß ich tun konnte, was immer ich wollte. Eine gefährliche Mischung! Etliche Tage lang zog ich von einer Taverne zur nächsten. Ich betrank mich mit Offizieren, ich verführte drei Offizierinnen, ich würfelte mit Offizieren. Die ganze Stadt war voll von ihnen, alle gleich zackig, gleich hochmütig, alle gleich engstirnig. Ich wurde immer übellauniger – und heute weiß ich, daß ich an ihnen vor allem haßte, daß sie verkörperten, was aus mir zu werden drohte: Ein Mann, der nur zum Waffenhandwerk taugt und nichts kennt außer seiner Provinz, die er für die Welt hält.

An einem Nachbartisch zechten drei Offiziere, alle das Haar im charakteristischen Wehrheimer Bürstenhaarschnitt. Immer wieder wehte der Name Albernia herüber, gefolgt von Gelächter und Schmährufen der umstehenden Gemeinen. Ich hatte mich zu diesen Zuhörern gesellt, ehe es mir bewußt wurde. Die drei Offiziere, zwei Männer und eine Frau, ließen sich über die albernischen Freiheitsbemühungen aus. Sie übertrumpften einander mit Schmähreden auf die Untreue, die Rückständigkeit und die Prahlerei der Blauweißen. Ich warf einige kühne Worte in die Runde, die, wie ich fand, von Witz und Stolz zeugten. Die drei wurden noch ausfallender, worauf ich aussprach, was ich von den Wehrheimern hielt. Der Jüngste antwortete mit einer Zote, die mein albernisches Blut endgültig überkochen ließ.

»Für diese Worte«, schrie ich, »werdet Ihr mir mit dem Schwert gerade stehen.« Die Offizierin daneben warf blasiert irgend etwas über darpatische Bräuche ein. Darauf zog ich meinen Handschuh aus dem Gürtel und warf ihn ihr in den Schoß: »Wenn's Euch vielleicht so genehm ist, könnt Ihr Euch gleich hinter Eurem Kameraden zum Zweikampf stellen.« Der Älteste, ein Korporal mit eisgrauem Haar, erhob sich: »Seid Ihr so vermessen, zwei Wehrheimer zum Duell zu fordern?«

»Verzeihung«, knurrte ich, plötzlich von eisiger Kälte erfüllt, »was für ein Fehltritt! Natürlich werde ich Euch allen dreien gegenübertreten.« Und dabei reichte ich ihm den zweiten Handschuh mit der Spitze meines Schwertes. Aus dem Gejohle der Umstehenden war beunruhigtes Murmeln geworden. Die Stimmung in der Taverne war derart geladen, daß wir geradezu auf den Viehmarkt hinausgedrängt wurden. Es schien, daß ich plötzlich mit der ganzen Stadt einen Ehrenhandel hatte. Ein Novize der Rondra konnte eben noch die Bedingungen für mich aushandeln.

Ich muß heute zu meiner Schande gestehen, daß ich auch nicht einen Augenblick nur daran dachte, etwas zu tun, um einem Kampf aus dem Weg zu gehen. Ohne Rüstung traten wir in den Ring der Schaulustigen, der zusehends anwuchs. Als erster trat mir der junge Weibel entgegen. Er zog blank und küßte das Heft: »Für Wehrheim und den Kaiser!«

Ehe Beifall laut werden konnte, konterte ich: »Für Albernia – und den Kaiser!« Die letzten Worte waren wie Öl ins Feuer der Einheimischen, die sich wohl alle für Loyalisten und mich für einen Rebellen gehalten hatten.

Von seinen Landsleuten bejubelt, ging der Weibel vor. Ich fühlte jenen Schauer der Wut, der einen hieb- und stichfest zu machen scheint. Mit zwei Sätzen war ich bei ihm und deckte ihn mit einem Hagel von Schlägen ein. Er parierte fünf, sechs Mal und wich schon fast bis zu den Zuschauern zurück. Ich fintete und brach damit den Rhythmus, dann fuhr ihm meine Klinge schräg über den Sonnenpunkt. Ein Aufschrei ging durch die Menge – ein Leibtreffer, derart schnell, in einem Kampf aufs erste Blut! Aschfahl preßte der

Weibel die Hand auf seinen Leib. Das Blut schoß zwischen den Fingern hervor. Mit einem Aufstöhnen brach er in die Knie.

Ich habe mich oft gefragt, was wohl aus mir geworden wäre, hätte dieser Treffer nicht so schmerzvolle Wirkung gezeigt. Wäre mein erster Gegner ein Veteran gewesen, der meinen ersten Treffer ohne sichtbare Regung weggesteckt hätte: wäre ich dann, fest überzeugt, daß man einen Gegner in Stücke hacken muß, um ihn zu überwältigen, eine jener gefühllosen Kampfmaschinen geworden?

Die Offizierin trat in den Kreis. Ihr Gesicht war ernst, nur vereinzelt erklangen Hochrufe. Wir umkreisten uns eine Weile, fast anderthalb volle Runden, ehe wir uns auf drei Schritt Entfernung angenähert hatten. Sie fintete ein, zwei Mal von der Hüfte aus. Ich antwortete ebenfalls im leichten Arivorer Stil: eine Finte, ein langer Stoß, eine Doublette. Sie war schnell, aber hinter den Hieben lag nicht viel Kraft. Wir jagten einander dreimal über den halben Platz. Plötzlich fühlte ich mit wölfischer Gewißheit, daß ich sie durchschaut hatte. Bei ihrem nächsten Ausfall konnte ich jeden Hieb vorhersagen. Ich parierte beinahe gemütlich, wich zurück und ließ sie immer näher kommen. Dann schlug ich ihr Schwert mit einem darpatischen Haken beiseite, streifte sie an der linken Schulter und stieß ihr die Klinge dann tief in die Rippenweiche. Sie fiel mir fast noch in die Klinge und klappte lautlos zusammen.

Die Stadt hielt den Atem an, als der Eisgraue hereintrat. An seinen Augen erkannte ich, daß ich Schwierigkeiten haben würde. Er war doppelt so alt wie ich und hatte Gelegenheit gehabt, mein Repertoire an Hieben zu studieren. Wir kämpften vorsichtig, schlugen Achten und Zirkel. Immer wieder kam er mir mit einem Nachschlag gefährlich nahe. Jeweils rettete mich nur, daß ich den Schlagwechsel mit einem Perricumer

Block unterbrach. Doch jedesmal, wenn ich ihn danach zurückstieß, kam er wieder. Mein Rücken streifte schon fast die Wand der Zuschauer. Er bestimmte jeden Schritt. »Nicht im Kopf besiegen lassen«, erinnerte ich mich an Landrins Worte. »Er ist nicht doppelt so erfahren, du bist halb so alt«, hätte der Schwertmeister gesagt. Ich tänzelte, wich zur Mitte aus. Irgend jemand verhöhnte mich. Als der Alte mir nachdrängte, ging ich auf ihn los. Ich entfesselte ein Khunchomer Schwertgewitter: über ein Dutzend schräge Kopfhiebe, eintönig, kraftvoll, tödlich. Er parierte mit gellendem Schwert und brauchte alle Kraft dazu. Als seine Abwehr das erste Mal nachgab, täuschte ich einen Schädelspalter vor. Er hob beide Arme, alle Kraft über dem Kopf. Da sprang ich an ihm vorbei, ging in die Knie und traf ihn mit einem maraskanischen Seitenhieb unter den Rippen. Er keuchte mit haßerfülltem Blick. Als ich bereits erwartete, daß er weiterkämpfte, streckte er die Waffe.

Zunächst herrschte eisiges Schweigen, dann brandete Jubel auf. Die Menge bewundert immer den Sieger, auch wenn sie ihn zu Beginn gehaßt hat. Die meisten der Zuschauer zerstreuten sich, aber etwa fünfzig geleiteten mich in den Rondratempel, wo mein Triumph traditionsgemäß verzeichnet wurde – ein sinnloser Triumph, wie ich es heute sehe, aber damals der Grundstein meines Ruhmes. Drei Wochen lang verstummte jedes Gespräch, wenn ich eine Taverne betrat.

Rückkehr nach Winhall

Es war Frühling, als ich heimkehrte. Sechs Monde lang hatte ich die inneren Provinzen bereist. Der Traviamond mit dem Tag der Heimkehr erinnerte mich daran, daß ich eine Mutter hatte, die mich seit sieben

Jahren nicht mehr gesehen hatte. Aber erst nach einem ungewöhnlich strengen Winter ritt ich los.

»Gut, daß Ihr da seid, Herr«, meinte unser Hausmeister Lughaid mit sorgenvollem Gesicht. Während ich *Flachs* schon absattelte, stand er noch immer mit diesem betroffenen Blick da. »Ist irgend etwas geschehen?« fragte ich noch gönnerhaft, dann plötzlich voller Angst: »Ist etwas mit meiner Mutter?«

Er stotterte bestürzt: »Ich dachte … ich hatte geglaubt, man hätte Euch schon in der Stadt …«

Ich war zu spät gekommen. Meine Mutter war seit über einem Monat tot. In dem vergangenen harten Winter hatte die Blaue Keuche ein halbes Dutzend Leute auf der Burg hinweggerafft. Ich konnte es einfach nicht glauben, daß meine Mutter, diese starke, lebensfrohe Frau, sich einfach das Leben aus dem Leib gehustet hatte! Ein Conchobair steht und fällt im Kampf, hatte sie immer gesagt. Aber als ich später den Nachlaß ordnete, stellte ich in der Ahnengalerie fest, daß auch Conchobairs ganz gewöhnliche Tode starben: Vom Schlag getroffen, vom Jahresfieber zerrüttet, auf der Treppe zu Tode gestürzt. Selbst der große Oberst Targuin war einfach entschlafen.

Erst langsam kam mir der Gedanke, daß ich es verhindern hätte können – wenn ich da gewesen wäre. Natürlich stimmte das nicht. Aber die Vorstellung, daß sie so alleine gewesen war, quälte und verfolgte mich. Ich schwor mir, niemanden, der mir nahe stand, so lange Zeit zu verlassen. Doch es war ein vergeblicher Schwur. Wenn ich es mir recht überlege, habe ich mein ganzes Leben hindurch versäumt, einem Freund im Augenblick des Todes zur Seite stehen zu können. Diejenigen jedoch, die in meiner Gegenwart starben, fielen im Kampf. Sie starben, während ich ums Überleben kämpfte, blieben im Feld, während ich entkommen konnte, fielen, während ich vorwärtsstürmte und siegte. Aber niemals war mir vergönnt, bei ihnen zu bleiben, ihre Hand zu halten oder gar ihre letzten Worte zu hören. Ist das der Sturm, der mich weiter treibt? Ist mein ganzes Leben wie der Ritt auf dem Rondrikan, wie die Fahrt auf dem Donnersturm? Ist das der Preis für die Kraft, die mir die Elemente gegeben haben?

Die Bestattung wurde durch den Hüter des Raben, den Hochgeweihten des Boron, zelebriert. Mir zur Seite stand Baranos, der schon vor Jahren in den Tempel eingetreten war. Ich fühlte nur Befremden, als er mir – so schien es – mit allgemeinen Beileidsfloskeln und Glaubensbekenntnissen das Hinscheiden meiner Mutter begreiflich machen wollte. Welchen Trost konnte mir dieser Junge bieten, der immer abseits gestanden hatte und der nie aus dem rückständigen Winhall gekommen war? Heute weiß ich, daß Baranos' Worte gleichermaßen tief empfunden wie auch angebracht waren: So unbegreiflich der Tod eines Einzelnen ist, so ebenmäßig und natürlich ist er doch in der Selbstverständlichkeit und Allhäufigkeit, mit der er jedes Lebewesen erwartet.

Ich war jetzt Herr von Burg Conchobair. Aber fast alles, was mir Mutter außer der verfallenden Burg und den Schulden hinterlassen hatte, waren ihr Pferd und ihr Schwert. *Nachtlied* war ein Teshkaler, ein Kaltblutrappe, aus der gleichen Zucht wie jener Schwarze, auf dem mich Mutter so oft mitgenommen hatte. Mit *Angwarding* hatte ich ein schönes Langschwert aus den Angbarer Schmieden geerbt, mit schmaler Blutrinne, schlanker Parierstange, Pilzknauf und einem Hirschfellriemen um das Heft. Die Waffe rettete mir zumindest zweimal das Leben, auch wenn sie heute am Grund des Perlenmeeres liegt.

Zwei Wochen später brach ich auf, um vor dem Fürsten von Albernia den Lehenseid meiner Mutter zu erneuern. Fürsten Sinjer hatte seinerzeit Hjalbin, als er sein Erbe verspielte, die Landesunmittelbarkeit zugestanden: Die Conchobairs waren keine Vasallen eines Barons, auch nicht des Grafen von Winhall, sondern nur dem Fürsten selbst untertan. Ich ersparte mir damit die Peinlichkeit, einmal dem guten Kernhelm Gefolgschaft schwören zu müssen. Der gutaussehende Fürst Halmar, dem die Frauen in Scharen nachliefen, zeigte sich großzügig: Als ich vor ihm knieend Mutters *Angwarding* präsentierte, erteilte er mir, damit ich den Lehenseid als Edler sprechen konnte, gleich den Ritterschlag, obwohl dies üblicherweise erst mit Vollendung des zwanzigsten Lebensjahres geschieht. Danach war ich bereit, wie meine Vorfahren endlich hinaus in die Welt zu ziehen.

PRA 13 v. H.:

Das Kaiserturnier

Gegen Jahresende zog es mich mit unwiderstehlicher Macht nach Gareth, zum Kaiserturnier. In den fünf Jahren, seit Kaiser Reto den Thron innehatte, war diese ehrwürdige Institution wieder zum Prüfstein der mittelreichischen Waffenehre geworden. Kaiser Raul hatte dieses Turnier vor beinahe tausend Jahren begründet, gemeinsam mit dem Neuen Reich. Die Priesterkaiser hatten es mit ihrer praiosgerechten Tyrannei nicht ausmerzen können, auch die Rohalszeit nicht mit ihrem elfischen Pazifismus. Unter dem Almadaner Kaiser war es wieder aufgeblüht. Den Todesstoß hatte ihm sein größter Anhänger versetzt: Kaiser Perval, der aus den Kaiserlosen Zeiten als Sieger hervorgegangen war, bestand darauf, daß das Turnier mit scharfen Waffen ausgetragen wurde. Fünfzehn Jahre später dachte kein Edelmann mehr daran teilzunehmen. Die Strafgefangenen und die Bastarde aber, die Perval schnell zum Ritter schlug, ehe er sie auf die Pferde zwang, wollte nicht einmal das Publikum sehen. Bardo und Cella schließlich liebten wohl die Puniner Gladiatoren, doch die traten nur vor ihren Hofschranzen auf. Unter Reto aber durfte ein junger Ritter wieder davon träumen, vor dem Kaiser und den Bürgern Gareths Kranz und Schwert zu erringen.

Noch vor den Namenlosen Tagen erreichte ich das Herz Aventuriens: die Goldene Au von Gareth. Efferd hatte alle Feuchtigkeit, die er Praios für diesen Sommer abgerungen hatte, aufeinandergehäuft zu weißen Wolkenburgen, Türmen und Schiffen, die unbeweglich am strahlend blauen Himmel standen. Garetien war die mit Abstand dichtest besiedelte Provinz des Reiches, hier lebte fast ein Drittel aller Untertanen des Kaisers. Manche Baronien hatten so viele Einwohner wie andernorts die Grafschaften. Drei Tagesreisen weit lagen, wohin das Auge reichte, ein Gehöft neben dem nächsten. Dazwischen lagen Äcker voll goldfarbener Gerste, Felder mit mächtigen Kürbissen und Haine, in denen Äpfel und Birnen leuchteten. Bis zur Straße reichten die weitläufigen Bewässerungsanlagen, Hunderte kleiner Seen, Weiher und Fischteiche. Diese Fruchtbarkeit hat Gareth zu einer Stadt goldener Türme gemacht und zur Herrscherin über den Kontinent bestimmt. Garetien hat nie etwas anderes getan als Nahrung zu schaffen und seine Bevölkerung zu mehren. Andere Waren – Holz, Stein, Vieh und Gold – lieferten seit fast zweitausend Jahren die anderen Provinzen nach Gareth, zunächst im Handel, dann als Abgaben.

Kein Aventurier, der in einem Städtchen wie Winhall aufgewachsen ist oder gar auf einem Bauernhof, kann sich Gareths Menschenmasse vorstellen. Einhundertfünfzigtausend Menschen auf einem Fleck! Das bedeutet, daß nicht nur die Patrizier sich drei- oder vierstöckige Bauten leisten; nein, auch viele Arme wohnen in Mietshäusern, hoch wie Bäume, aus grobem Ziegelwerk und von üblen Gerüchen erfüllt. In den Straßen herrscht den ganzen Tag ein Gedränge wie andernorts nur markttags am Hauptplatz. Ja, die Garether sind so abgebrüht, daß sie es nicht einmal bemerken, wenn sie von anderen Bürgern angerempelt werden.

Ich hatte bis dahin Havena für eine reiche Stadt gehalten. Aber in Gareth trugen die Tempel tatsächlich goldene Dächer. Einige der Prunkstraßen, Alleen und

Promenaden waren eine Meile lang und so breit, daß darauf zwei Streitwagen Seite an Seite galoppieren konnten oder ein ganzes Regiment ausrücken – und dafür waren sie auch gedacht. Die Paläste schließlich, die Alte Residenz, die Neue Residenz und die Stadt des Lichtes, waren eigenständige Städte von Gold und weißem Marmor.

Unübersehbar für einen Krieger waren die Werkstätten der Schwertfeger, Harnischmacher, Hufschmiede, Lanzenschäfter, Armbruster, Lederer, Sattler und Stellmacher; sie bildeten ganze Straßen, die ich wochenlang erkundete. Dabei lernte ich auch Thorn Eisinger kennen, den sie später den ›Schmied der hundert Helden‹ nennen sollten. Wir freundeten uns an. In den folgenden Jahrzehnten habe ich jedes Schwert, das ich errang, als erstes zu ihm getragen, um mir seine Meinung anzuhören. Zunächst erwarb ich hier ein ungeschliffenes Turnierschwert und einen Stirnreif mit Scheitelbügel, den ich fortan trug: Mein zweihändiger Kampfstil vertrug sich nicht mit einer geflügelten Helmzier, ein geschlossener Helm schränkte meine im Grenzland erprobten Sinne ein.

Zunehmend brennender Ehrgeiz trieb mich zur Arenaverwaltung, wo ich mich in die Turnierrolle eintragen ließ; das Nenngeld riß mir ein echtes Loch in die Tasche. Als frischgebackener Ritter mochte ich nicht ohne Knappen antreten, doch dazu mußte ich mir einen Novizen des Rondratempels ausborgen. Zur Tjoste meldete ich mich nicht an, obwohl ich in Baliho eine der besten Ausbildungen im Lanzenkampf erhalten hatte: Vollrüstung war unbedingte Voraussetzung für die Königsdisziplin des Rittertums. Ich aber hätte mir keine fünf der traditionellen einunddreißig Teile leisten können, ganz zu schweigen von einem Pferdepanzer für *Nachtlied*.

Am ersten Praiostag des neuen Jahres Reto 5 zogen wir in der Alten Residenz ein. Es gab Volksspiele, ein Meisterschaftsspiel im Imman, Wettbewerbe im Bogenschießen, Axtwerfen und Ringstechen. Es war fast eine Schande, daß ich nur mit den Schwertern antrat. Damals bettelten vor den Mauern noch nicht so viele Krüppel und Invaliden wie heute. Doch auch der Anblick dieser wenigen Unglücklichen verdeutlichte mir schlagartig, was jeder Krieger stets zu vergessen sucht: Der Preis der Niederlage, ja sogar des Sieges ist oft nicht das Leben, sondern die Unversehrtheit des Leibes. Auf dem Kampfplatz stand auch der Boron-Geweihte für den Fall bereit, daß einer der Kontrahenten zu Tode kommen sollte. Ja, wir waren angetreten, um einander mit eineinhalb Schritt scharfem Stahl zu Schrott und Klump zu schlagen. Denn natürlich kann auch die sogenannte ungeschliffene Waffe einem Gegner Schädel und Rippen brechen.

Der Kampfplatz war mit Sägespänen und Hobelscharten bestreut. Vor der Kaiserloge war die aranische Tigergarde angetreten, damals noch des Kaisers treueste Truppe. Tausende Bürger ließen die Ränge überquellen. Der Rondradienst erfüllte mein Herz. Dann sprachen wir den Schwur: »Möge IHR Zeugnis und Schwertarm mich niederstrecken, so ich die rondrianischen Tugenden frevle.« Für die Bewerber mit den Einhand- und Zweihandwaffen waren Rüstungen aus Leder oder leichtem Metall erlaubt. Ich trug daher abwechselnd Kettenhemd und Kettenzeug oder Lederzeug aus dreifach genietetem Leder. Über fünfhundert Edle, darunter auch einige Hochadelige, traten paarweise an. Diese erste Runde dauerte einen ganzen Tag. Schon hier wählte das Publikum seine Favoriten, wenn diese auch meist nicht länger auftauchten als eine Viertelstunde, in einem unaufhörlichen Strom von Zweikämpfen.

Gleich mein erster Gegner war der höchstrangige Adelige, mit dem ich je die Klingen kreuzte: Blasius vom Eberstamm, der Fürst von Kosch, war zwanzig Jahre älter. Irgendeine obskure Tradition nötigte ihn, Jahr für Jahr am Turnier teilzunehmen, obwohl er nur das beherrschte, was der beste Lehrer selbst dem unbegabtesten Schüler beibringen kann. Eine Mischung aus Achtung und dem Gefühl sicherer Überlegenheit ließ mich jene Kampfweise prägen, die mich beim Publikum in den nächsten Jahren so beliebt machen sollte. Statt den Gegner vom Platz zu prügeln, gönnte ich allen einen Schaukampf: ihm, dem Publikum und mir. Ich parierte ein Dutzend Schläge, daß der ganze Kampfplatz hallte, und wenn ich traf, dann mit einem jener seltenen Hiebfiguren, die in den letzten Lektionen eines Meisters wie Landrin Platz fanden, aber kaum in der Hitze eines mörderischen Kampfes. Später warf man mir vor, ich hätte mit dem Fürsten gespielt; das traf mich sehr. Aber Blasius gestand mir Jahre später, daß er diesen Kampf als einzigen jemals genossen habe.

Nach jedem Durchgang schmolz die Zahl der Kombattanten auf die Hälfte. Wie im Rausch fegte ich am zweiten Tag ein halbes Dutzend Gegner hinweg. Es war, als ob ich ihre Gedanken lesen konnte. Keinen der Gegner warf ich nieder, ohne nicht zumindest eine kunstreiche Attacke, Finte oder Hiebfolge geschlagen zu haben. Das Publikum belohnte meine Bemühungen von Kampf zu Kampf mit deutlicherem Jubel, einmal glaubte ich gar von der kaiserlichen Loge einen Zuruf zu hören.

Am zweiten Nachmittag stand ich vor dem Endkampf. Mit diesem Bewußtsein konnte ich die Entscheidung über meinen Kontrahenten beobachten. Einer der beiden Kombattanten war Dexter Nemrod zu Waldstein, ein junger Absolvent der Akademie Rommilys, der der kaiserlichen Garde beitreten wollte. Er war mir während der Festlichkeiten durch seine Rechtschaffenheit aufgefallen. Er erinnerte mich an meinen Schulfreund Baldur Greifax von Gratenfels. Aber wo Baldur stets das Übel in sich selbst auszumerzen strebte, schien der Edle zu Waldstein keinen Zweifel zu haben, wo sich in seinem Gegenüber Unrecht und Sündhaftigkeit verbargen. Ja, sogar im Kampf schien er seinen Gegner zu tadeln, wann immer dieser nicht aufs Ehrenhafteste focht. Ich erwähne Dexter Nemrod, weil wir einander alle Jahrzehnte wieder trafen, stets im Dienst der Krone – obgleich unsere Methoden nicht unterschiedlicher hätten sein können. Heute ist er wohl der mächtigste Mann hinter dem Thron. Doch damals scheiterte er im Zweikampf, denn der beruht auf Ebenbürtigkeit: Dexter Nemrod aber war Jäger und nicht Krieger.

So stand ich im Endkampf Gerwine Breitenfurter gegenüber. Sie war etwas älter, ungewöhnlich besonnen und äußerst raffiniert. Da mich mein linkes Bein – mein ganzes Leben lang meine Schwachstelle – nach etlichen Treffern schmerzte, ging auch ich den Kampf langsam an. Wir tasteten einander ab und finteten unschlüssig, bis die Spannung unerträglich wurde. Nach all den Duellgegnern, deren Hiebe ich kommen sah wie ein Raubtier am Horizont, war mir Gerwine Breitenfurter völlig undurchsichtig. Eine Finte nach der anderen narrte und traf mich – und hätte mich ausgeschaltet, wäre nicht sie selbst ebenso verwirrt gewesen. Mehrfach grinsten wir uns an, wenn wieder eine bislang unfehlbare Finte am Mißtrauen des anderen scheiterte. So trafen wir einander ein Dutzend Male ohne vollen Kraftaufwand. Aber diese Treffer zehrten an der Ausdauer, ebenso wie das Lauern in der Sommerhitze. Meine Mutter hatte mich gelehrt, mit Schmerzen umzugehen, und Meister Korwin mit Erschöpfung. Doch dieser Kampf führte mich an meine Grenzen. Mehrfach erwog ich, die Waffe zu strecken. Nur die Anstrengung im Gesicht meiner Gegnerin ließ mich bestehen.

Dann endlich begriff ich: Wir waren beide so weit gekommen, daß wir nichts *mehr* fürchteten als eine Niederlage. Um diese zu vermeiden, opferten wir sogar die Aussicht auf den Sieg. Einem dumpfen Impuls folgend wandte ich mich zur Flucht. Ich lief zehn, fünfzehn Schritt. Vom Rand der Arena gellten mir erste Hohnrufe entgegen. An der Mauer stieß ich mich ab und stürmte los, ohne mich zu vergewissern, wieweit mir Gerwine gefolgt war. Doch sie kam mir unschlüssig und langsam entgegen. Ich stieß einen langen Kampfschrei aus, dumpf, röchelnd, mit den letzten Resten meiner Kraft. Gerwine Breitenfurter erwartete mich mit spitzem Schwert. Wenn ich sie erreichen wollte, mußte ich durch diese Klinge hindurch. Mein Schrei ebbte auf und ab, meine Füße stampften schwer und hinkend – aber ich verlangsamte nicht. Da flackerte Begreifen durch ihren Blick: Sie erkannte, daß ich nun zu verlieren bereit war – um zu siegen. Sie war das nicht. Mit gellendem Klang schlug sie mein Schwert beiseite. Krachend stießen wir zusammen und stürzten. Aber nur ich kam wieder hoch. Ich denke, daß ihr Leib sie wohl getragen hätte – aber nicht ihre Seele. Denn sie wußte, daß ich alles tun würde, um sie zu besiegen.

Siegestrunken fühlte ich kaum, wie mir eine Heroldin den Siegerkranz auf die Schläfen drückte und einen Pokal mit Heiltrank reichte. Fanfarenstöße gellten, Gardisten und weitere Herolde geleiteten mich zur Loge des Kaisers. Ich stieg zwölf Stufen empor und fiel schwer auf die Knie. Kaiser Reto kam mir entgegen und segnete mich mit dem Zepter. Er trug zwar den berühmten Kinnbart, sah aber nicht ganz so heroisch aus wie auf den Büsten und Münzen. Er hatte die ausgeprägte lange und hohe Nase aller Pervaliden, eher füchsisch als rondrianisch wirkend. Aber in seinem Blick glomm etwas Loderndes und Begeisterndes. Allerdings war ich viel zu stolz, um wirklich zu empfinden, daß ich hier zu Ehren des Kaisers gefochten hatte, wie es die Turnieretikette mich nun deklamieren ließ. Und auch für Reto war es wohl nur ein unbedeutender Staatsakt, als er mir *Ken'gan'kir* überreichte – ein Zyklopenschwert, geschmiedet von den einäugigen Riesen, die als Ingerimms Kinder galten. In der ausgeprägten Hohlkehle waren zyklopische Runen eingraviert, die, so erklärte mir später Thorn Eisinger, den Namen nannten.

Ich war außerstande, mich zwischen Mutters *Angwarding* und des Kaisers *Ken'gan'kir* zu entscheiden. So ließ ich mir das erste Mal ein gekreuztes Rückengehänge anfertigen; ich trug meine Waffen also genau, wie sie mein Wappen zeigte. Wann immer ich in den folgenden Jahren blank zog, sahen sich meine Gegner zwei Waffen gegenüber – und ich konnte mit Recht behaupten, keine Waffe bevorzugt oder schlechter zu führen.

13 v. H.:

Die Prinzessin von Weiden

Der Schatz im Neunaugensee

Und was werdet Ihr jetzt tun, Wohlgeboren?« Auf meinen tagelangen Zechtouren war ich im *Torkelkeller* gelandet. Unterhalb eines langweiligen Wirtshauses in der Kaiser-Menzel-Straße lag das geheime Paradies der Schnapstrinker. Der Bursche, der mich angesprochen hatte, war etwa so alt wie ich. Er trug einen Almadaner Schnauzer unter einer enormen Nase und machte ein schelmisches Gesicht.

Seine Frage war neu für mich. Seit dem Turnier wurde ich ständig angesprochen. Man fragte mich nach meinem Sieg, meinen Waffen, dem Kaiser, meiner Familie – immer wieder das gleiche, bis es unerträglich wurde. Aber dieser Kerl, er hatte sich als Frumel vorgestellt, sprach mit seiner ersten Frage aus, was ich die ganze Zeit verdrängte. Ich hatte nicht weiter als bis zum Turnier geplant. Nun stand ich da: Ein Volksheld für zwei Wochen, doch es kamen keine Angebote als Gardeoffizier, keine liebestollen Baronessen, niemand, der einen Drachentöter suchte.

Ich ließ mich an Frumels Tisch nieder, um die besagte Frage zu erörtern. Dort saß, hinter sechs leeren Schnapsbechern, die sorgfältig aufgereiht waren, ein weiterer Bursche. Er stellte sich als Swaflyn vor. Sie waren augenscheinlich Glücksritter: ausgehungert, trinkfest, sonnengebräunt, in abgetragenem

Gewand, aber mit Schwert, Pfeil und Bogen in Griffweite.

Wir ließen schnell zwei weitere Runden kommen und bauten die nächste Reihe leerer Becher auf. Frumel war Nordmarker, trug jedoch einen zerschlissenen andergastischen Uniformrock; sein Vater war nämlich einmal Söldnerkorporal in Andergast gewesen. Swaflyn stammte aus Havena und deutete an, daß seine Urgroßmutter eine Elfe gewesen sei – das erzählt, wie gesagt, fast jeder Albernier. Tatsächlich war er ungewöhnlich groß, schlank und feingliedrig. Angesichts seiner Ungeschicklichkeit, die er später in der Wildnis zeigte, mußte ich jedoch das Erbe bezweifeln.

Frumel und Swaflyn hatten eine einnehmende Art, so zogen wir die nächsten Tage gemeinsam durch Gareth. Die beiden waren witzig und schienen schon etwas herumgekommen zu sein in Aventurien. Natürlich kamen wir bald – da ich keine hatte – auf ihre Zukunftspläne zu sprechen. »Den Alchimisten Tyros Prahe kennt Ihr doch gewiß«, fragte Frumel. Ich hatte den Namen in Havena wohl schon gehört. Die beiden Abenteurer berichteten, daß der bekannte Alchimist eine Belohnung für den Schatz im Neunaugensee ausgesetzt hatte. Herzog Kunibrand von Tobrien, der während der Thronfolgekriege einer der mächtigsten Bewerber war, soll den Schatz versenkt haben, nachdem er die Lande, die er sich mit anderen Rivalen in den Wehrheimer Akkorden gesichert hatte, durch den Vorstoß seines Konkurrenten Barduron verlor. Kunibrand mußte sich nach Tobrien zurückziehen und wurde in der Schlacht von Eslamsbrück vernichtend geschlagen. Ich habe die gleiche Sage später allerdings über den Zwielichtberg in Festum gehört. Also hat Kunibrand entweder regelmäßig seine Kriegskasse versteckt, oder es handelte sich um eine Volkssage.

Dennoch war ich bereit, mich der Suche anzuschließen. Ehrlich gesagt interessierte mich das Ungeheuer vom Neunaugensee viel mehr als der Schatz. Ich polierte meine Lanze auf und ließ sie im Rondratempel segnen. Einen ganzen Tag lang besuchte ich den Hesinde-Tempel von Gareth, in dessen legendären Katakomben achtzehntausend Bücher und das Wissen von hundert Generationen liegen sollen. Eine junge Mentorin, wie die unterrichtenden Geweihten heißen, war bereit, für mich in den Hallen der Gelehrsamkeit alles zusammenzutragen, was über das Ungeheuer bekannt war – wie sich herausstellte, beschämend wenig. Obwohl die Geweihte mehrere Dutzend Quellen überprüfte und mir etliche selbst zu lesen gab, war nicht einmal die Existenz dieses Ungeheuers gesichert. Die Beschreibungen reichten von solchen, die wohl eher einem Krokodil entsprachen, bis zu solchen, die selbst einem Riesenlindwurm Angst gemacht hätten. Ein Autor sprach sogar von einer Riesenmuschel, zwei oder drei von einer ganzen Stadt am Grund des Sees. Viele erwähnten auch die Neunaugen, die angeblich Schiffe anbohrten und damit die ganze Seefahrt nach Donnerbach zum Erliegen gebracht hatten. Einig waren sich nur die Anwohner des Sees darüber, daß es Wahnsinn war, sich dem Ufer auch nur zu nähern.

Eines Spätsommertages bestieg ich also *Nachtlied* und brach mit Frumel und Swaflyn auf. Die beiden ritten ausgediente Armeeklepper, neben denen mein alter *Flachs* wie das blühende Leben gewirkt hätte. Heutzutage würde mir schon das zu denken geben, aber damals wollte ich nicht dünkelhaft sein.

In Baliho mußte ich natürlich meine Akademie besuchen. Die Lehrer gratulierten mir allesamt voller Begeisterung zum Turniersieg und wollten mich gar nicht mehr fortlassen. Ich wurde allen Zöglingen als leuchtendes Beispiel vorgestellt und mußte lange von meinen Erlebnissen berichten.

Endlich sah ich das erste Mal Trallop, diese einzigartige, in den Neunaugensee hineinragende Stadt mit ihren teilweise doppelten Wassermauern und den einzeln bewehrten Inselvierteln, die nur durch jeweils eine Brücke verbunden waren. Die Jahrhunderte im Kampf gegen Orks und Goblins hatten hier eine der wehrhaftesten Städte des Kontinentes entstehen lassen. Dahinter dehnte sich der unheimliche, ständig von düsteren Gewittern verhängte See bis zum Horizont. Aus Rücksicht auf meine Gefährten nutzte ich nicht mein Vorrecht, mich auf der Bärenburg vorzustellen. Ein Fehler, wie ich heute weiß: Meiner Aufwartung wäre gewiß eine Einladung gefolgt und dieser einige Monate, in denen ich dem alten Herzog, dem Oheim meines Freundes Waldemar, den einen oder anderen Dienst erweisen hätte können. Statt dessen mied ich gleich auch noch jeden Baron, Ritter und Geweihten, kurz, jeden, der in Trallop irgend etwas zu sagen hatte. Wenn ich ehrlich bin, fürchtete ich wohl auch den Spott Frumels, der sich gerne über meine ›Allüren als verarmter Adeliger‹ lustig machte.

Wegen der Warnung, den See näher zu untersuchen, ritten wir nach und nach alle Straßen und Orte rings um den großen See ab. Wir hatten kaum Geld, und das wenige verbrauchten wir für Bier und Wein, wenn wir die Einheimischen befragten. Wir versuchten möglichst oft im Freien zu schlafen und unsere Nahrung selbst zu erlegen. Frumel war ein noch besserer Speerfischer als ich, und an Pandlaril, Braunwasser, Rathil und Donnerbach wurden wir fast immer satt.

Besonders interessant für unsere Suche erschien mir der Ort Mandelihr, der abseits der Straße am Ostufer des Sees lag. Meine paar Brocken Elfisch ließen mich vermuten, daß der Ortsname aus *mandra*, also Zauberei, und *lyr*, also Gewässer, gebildet war. In der einzigen Herberge gesellte sich eine Frau im Wappenrock der Herzöge von Weiden zu uns. Sie war, so stellte sie sich vor, dafür zuständig, daß aller Kairan, der im See geerntet wurde, in die Hände des Herzogs ging.

»Und was ist Kairan?« fragte ich.

»Ein magischer Schachtelhalm, der nur hier wächst. Die großen Zauberer brauen ihre Tränke daraus, die sie noch mächtiger machen. Kairan wächst nur im Neunaugensee. Es heißt, daß der Dunkle Brunnen, der Quell aller Magie, auf seinem Grund liegt oder in den Salamandersteinen.«

»Deswegen können die Elfen alle zaubern«, erklärte Swaflyn. Irgendwie hörte sich bei diesem alles immer so einfach an. Ich begann mich zu fragen, ob das nicht vielmehr daran lag, daß er alles etwas zu einfach sah.

»Es gibt also doch Leute, die sich an den See heranwagen?« stellte ich mißtrauisch fest.

»Die darin tauchen«, verbesserte die Strandvögtin, »allerdings nur die Abgebrühtesten. Und vor allem nördlich der Reichsgrenze, wo wir keinen Zugriff haben.« Danach ließ sie sich ausführlich über die Bösartigkeit der Kairanschmuggler aus, die den Herzog betrogen. Je später es wurde, desto gesprächiger wurde sie und desto näher rückte ihr Frumel. Ich ging recht bald schlafen. Irgendwie gab es sehr viele Geschichten um den See – nur von einem Schatz wußte niemand etwas.

Donnerbach stellte ebenfalls eine Sehenswürdigkeit dar. Erbaut rings um den höchsten Wasserfall Aventuriens, den man bis auf zehn Meilen hörte, lag eine wildromantische Ortschaft, in der Rondra-Geweihte, Heilmagier und Auelfen das Straßenbild prägten. Ich stieg zum Tempel hinter dem Wasserfall hinauf und betete für meinen geliebten Landrin – im sicheren Glauben, daß ihn Rondra zu sich genommen hatte.

Wenigstens hier stellte ich mich der Herrschaft vor. Die kleine Stadt war seit Jahrhunderten unabhängig. Die Herrscherin auf Donnerhall trug den ungewöhnlichen Titel einer Fürst-Erzgeweihten und war Meisterin des Bundes für Nordaventurien, also die zweithöchste Vertreterin Rondras auf Dere. Aldare VIII. Donnerhall von Donnerbach war eine attraktive, starke Frau mit einer blonden Mähne; leider war sie seit einigen Monaten verheiratet. Außerdem benahm sich Frumel bei der Audienz derart ungebührlich, daß sie sich auf Förmlichkeiten beschränkte.

Über zwei Monde trieben wir uns in der Nähe des Neunaugensees herum. Immer öfter blieben wir gleich mehrere Tage in einer Taverne in Trallop oder Donnerbach hängen. Frumel und Swaflyn erwiesen sich zusehends als Traumtänzer.

Frumel war wenigstens äußerst geschickt und überraschte uns immer wieder durch Vielseitigkeit und Einfallsreichtum. Allerdings vergraulte er jeden Wirt, jeden Handwerker, jede Schankmaid und jeden Fuhrmann, den wir besser kennenlernten. »Man muß den Leuten die Wahrheit sagen«, meinte er ungerührt, wenn er wieder einen Zuträger wegen irgendeiner Kleinigkeit vor den Kopf gestoßen hatte.

Swaflyn hingegen war ein ausgemachter Schussel: Wenn er am Lagerfeuer nachlegte, hatten wir kurz darauf eine Lohe, die man fünf Meilen weit sah, und eine halbe Stunde später kein Feuerholz mehr. Einmal hockte er sich hin, um das Lagerfeuer zu schüren, und stieß sich dabei ein Messer in den Oberschenkel, das er sich blank in den Gürtel gesteckt hatte. Allerdings verstand Swaflyn sich hervorragend darauf, Leute kennenzulernen. In jeder Stadt und auf jedem Hof brachte er binnen einer Stunde jemanden zu uns, der uns, so schien es, weiterhelfen konnte. Außer haltlosen Gerüchten kam aber nie etwas heraus. Nach und nach stellte sich heraus, daß Frumel und Swaflyn einander auch erst in Gareth kennengelernt hatten. Beide pflegten sich wie jedermanns ältester Freund zu benehmen, das hatte mich getäuscht.

Der Efferdmond zog mit seinem widerlich kalten Herbstnieselregen übers Land. Unsere Laune verschlechterte sich zusehends. Wir kauerten unrasiert und in speckigen Rüstungen in unseren Sätteln und sprachen manchmal einen ganzen Tag nicht miteinander. Eine falsche Fährte zu einem Druiden hatte uns an den Rand der Roten Sichel geführt. Dort machten wir Lager, zwischen rotem Geröll und bizarren Schiefertürmen. Vor uns versank die Abendsonne, während wir abwechselnd aus einem Weinschlauch tranken. Ausnahmsweise regnete es nicht. Ich kümmerte mich gerade um die Pferde, als Frumel fröhlich vorschlug, sich bei den Uhdenberger Breitäxten als Söldner zu verdingen – so als hätten wir nicht eben erst einen ganzen Sommer unseres Lebens verplempert.

»Jetzt reicht es mir aber«, knurrte ich und warf den Sattel auf *Nachtlieds* Rücken. »Euch mag das gleichgültig sein, doch für einen Edelmann und Krieger ist es schon demütigend genug, einen Schatz zu suchen, von dem niemand etwas weiß außer einer Tavernenbekanntschaft in Gareth.« Swaflyn blickte auf und wirkte beleidigt. Ich hatte eigentlich seinen Alchimisten gemeint – aber plötzlich wurde mir klar, daß er selbst für mich eigentlich auch nur eine Tavernenbekanntschaft war. Er wollte etwas sagen, doch meine Wut galt noch immer Frumel. »Aber als Söldner bei der vermutlich schmutzigsten Einheit Aventuriens Wagenladungen nach Festum zu eskortieren – das ist ja wohl wirklich das Letzte.« Swaflyn sprang auf und versuchte zu vermitteln: »Den Winter hindurch wäre Uhdenberg wirklich …«

»Den Winter hindurch?« tobte ich nun erst richtig

los: »Denkt ihr, ich will die nächsten Jahre mit dieser Suche zubringen? Oder mit euch beiden? Mit selbsternannten Abenteurern, die die meiste Zeit in Tavernen und mit Traumgespinsten verbringen? Wenn ihr wenigstens zugeben könntet, daß ihr einem Gerücht aufgesessen seid. Daß wir alle seit Monaten nur einem Märchen nach dem anderen nachgeritten sind!«

»Natürlich«, legte jetzt Frumels kalte Stimme los, »wir sind Wohlgeboren nicht gut genug.« Diesmal war ich es, dem er ›die Wahrheit sagte‹. Mit einigem, was er mir an den Kopf warf, hatte er sogar recht: daß ich mich für etwas Besseres hielt, daß meine Träume noch viel hochfliegender waren als der von ihrem Schatz, und daß ich am wenigsten geleistet hatte in den letzten Monaten. Genau das war es, was mich jetzt wortlos aufsteigen und wegreiten ließ. Frumel rief mir noch einige Beleidigungen hinterher, für die ich ihn zum Duell gefordert hätte – hätte ich mich halb so sehr als Edelmann gefühlt wie noch vor einem Jahr.

Es war eine ziemliche Schnapsidee, jenseits des Mittelreiches alleine durch die nächtliche Wildnis zu reiten. Ich hatte großes Glück, daß mich weder Goblins noch Wölfe angriffen. Aber ich wollte schleunigst weg: Nicht so sehr von Frumel und Swaflyn als von dem, was ich an ihrer Seite geworden war. Ich ritt fast die ganze Nacht, während das volle Madamal den Tau aus den Wiesen zog. Erst am nächsten Vormittag fand ich einen kleinen roten Tafelberg, in dessen zerschieferten Flanken ich Rast machte. Hier gönnte ich mir und *Nachtlied* einige Stunden Schlaf. Ich dachte an das große Turnier zu Gareth, an den Kaiser und an das Donnersturm-Rennen. Wenn ich daran noch teilnehmen will, sagte ich mir, muß ich eben ein halbes Jahr in die Armee eintreten, um das Geld für das Gespann zu bekommen. Ich fluchte. Dann hätte ich auch gleich zu den Uhdenbergern gehen können! Ich fühlte wieder einmal in mir das unstillbare Bedürfnis auflodern, mich durch etwas Großartiges, noch nie Dagewesenes auszuzeichnen.

Die Dunkelheit war schon hereingebrochen, ehe ich den Rathil erreichte. Nahe der Furt schimmerte ein kleines Lagerfeuer durch das Gebüsch. Zwei Menschen saßen beisammen und grillten einen Fisch. Die Feuerstelle war augenscheinlich viel zu groß für die beiden. Vermutlich wurde sie regelmäßig von den Fuhrleuten des Trallop Gorge benützt und erneuert. Damit war auch deutlich, daß ich keine bessere Stelle für ein Lager finden konnte.

»Travia zum Gruß«, rief ich aus höflicher Entfernung. Die beiden blickten auf ohne zu antworten. Es war ein Pärchen, das wohl schon bessere Zeiten gesehen hatte. Beide waren um die Vierzig, die Gesichter wettergegerbt, Mäntel und Hosen vielfach geflickt. Goldsucher vielleicht – sie schienen weder größere Waffen noch Jagdgerät oder Felle mit sich zu führen. »Etwas dagegen, wenn ich auch an der Furt übernachte?« versuchte ich den knappen Ton der Grenzländer nachzuahmen. Der Mann, er hatte einen schwarzen Ziegenbart, grunzte etwas Zustimmendes und deutete mit dem Fischspieß auf die andere Seite des Feuers.

Während ich absattelte, sprachen die beiden kein Wort. Wann immer ich hinblickte, wichen mir ihre Blicke aus. Irgendwie hatte ich den Eindruck, daß sie nicht einfach nur abweisend waren, sondern wirklich etwas zu verbergen hatten. Ich beschloß vorsichtig zu sein.

Nachtlied stellte ich mit langer Leine auf einen nahen Grasflecken, die Vorderbeine hobbelte ich lieber nicht an. Ich legte mich etwas weiter weg zwischen die Büsche, der Feuerstelle die Füße zugewandt, den Kopf auf dem Sattel, die Decke um Brust und Bauch gewickelt, aber so, daß die Beine frei beweglich blieben. Die Rechte ruhte auf dem Griff von *Angwarding*. Ich habe fast mein ganzes Leben mit einem blanken Schwert an meiner Seite geschlafen. Etliche Kameraden und Geliebte haben mich deswegen ausgelacht. Aber entweder hatten sie kein sehr gefährliches Leben – oder sie sind schon lange tot.

Ich starrte noch kurz in den Sternenhimmel, der sich über dem Kreis der Bäume beiderseits der Furt spannte. Ich ärgerte mich, daß ich Tyros Prahe auf den Leim gegangen war. Der Rathil plätscherte leise. Einige Male flatterte eine Fledermaus über das Feuer.

Ein leises Scharren weckte mich. Das waren keine grasenden Pferdehufe, das waren Stiefel! Ich sah mich um, ohne den Kopf zu bewegen. Da scheute auch schon *Nachtlied*, und aus dem Gebüsch stürzte sich ein Schatten. Ich sah einen Dolch blitzen. Ich ließ die Beine versetzt hochschnellen. Mit dem einen ließ ich den Angreifer straucheln, mit dem zweiten hob ich ihn über mich hinweg, zum Fluß hin. Ich rollte mit seinem Sprung über die Schulter ab, während er fluchend aufschlug.

Wir kamen gleichzeitig hoch, ich das blanke Schwert in der Faust, er nur das lange Jagdmesser. »Travia verdamme dich«, brüllte ich wutentbrannt.

»Wartet!« keuchte der Ziegenbärtige, die zweite Hand abwehrend ausgestreckt, »ich dachte … Ihr wäret jemand anderes.« Die absurde Erklärung des Angreifers kostete mich ein eiskaltes Lächeln. Oder sollte er wirklich …?

Da hörte ich schon linkerhand vom Feuer hastige Schritte, *Nachtlied* schnaubte wieder. Die Frau kam wohl ihrem Kumpan zu Hilfe. Mit einem Schrei zückte der Bursche ein zweites Messer und warf es nach mir. Ich wich mit einer Drehung aus und schlug die Waffe mit dem Schwert beiseite. Deutlich beeindruckt brach er seinen begonnenen Ansturm ab. Seine Gefährtin jedoch stürmte als dunkler Schatten auf mich zu, einen Säbel zum Schlag erhoben. Ich wartete nicht länger, sondern griff meinerseits an. »Ihr dreckigen Halsabschneider!« Eine Finte zum Waffenarm, die sie weitauslegend zu parieren suchte, ein lockerer Kreisel nach rechts und eine glatte Terz direkt unter die Rippe – sie atmete pfeifend aus und sackte zusammen, während ich die blutige Klinge zurückzog.

Zu langsam. Ich war zu jung, um zu erwarten, daß der Mann erneut angreifen könnte, wenn ich seine Gefährtin niederstreckte. Doch er heulte auf und warf sich auf mich. Ich brachte die Klinge nicht mehr zwischen uns und stieß ihm den Ellbogen vor die Brust.

Er riß mich im Fallen mit und blieb wie ein Luchs an mir hängen, während wir das Ufer hinab rollten. Er umklammerte das Handgelenk meiner Rechten mit dem Schwert, während ich seinen Dolch blockierte. Als ich im Rollen wieder obenauf war, ließ ich das Schwert fallen und griff auch mit der zweiten Hand nach seinem Waffenarm. Zwei entgegengesetzte ruckartige Drehungen entwaffneten ihn, mit einer erneuten Rolle warf ich ihn in die Furt.

Als er prustend wieder auftauchte, hatte er tatsächlich ein drittes Messer in der Hand. »Du läßt einem Mann wirklich keine Wahl«, brüllte ich, rasend vor Zorn, und warf mich auf ihn. Unter meinem Gewicht schlug er rücklings ins Wasser. Meine Fäuste umklammerten Hals und Handgelenk, und meine Arme waren lang genug, um ihn in den Schlamm zu drücken, während ich selbst den Kopf noch über Wasser halten konnte.

Er wand sich wie ein Wels, doch als ich ihm auch noch ein Knie auf die Brust setzte, stiegen blubbernde Luftblasen auf. Bald erschlafften seine Griffe und Stöße, ohne daß er auch nur mit dem Fuß noch einmal an die Wasseroberfläche gekommen wäre. Ich fühlte enorme Wut in mir, zerrte den Leichnam ans Ufer und stapfte triefend zu der Frau hin. Sie lag noch immer bäuchlings da. Ich packte sie am Schopf und hob ihr bleiches Gesicht vom Boden auf. Sie lag in den letzten Zügen.

»Wenn ihr vor Praios tretet«, brüllte ich die Sterbende an, »sagt ihm, daß Raidri Conchobair euch schickt, und fleht um Gnade vor Travias Vergeltung. In ihrem Namen habe ich um Gastfreundschaft gebeten.«

Als ich aufgesattelt hatte, war sie bereits tot. Noch immer zornbebend begrub ich die beiden und warf ihre spärlichen Habseligkeiten hinterher, ohne die Ranzen und Taschen auch nur zu öffnen. Und nur die Erinnerung an Belfionn brachte mich dazu, zähneknirschend um Borons Geleit für die beiden zu bitten, damit sie hier nicht für alle Zeiten als Gespenster Reisende heimsuchen mußten. Wieder gab ich das Nachtlager auf und ritt davon.

Die Prinzessin von Weiden

An den Rückweg durch Trallop kann ich mich nicht erinnern, düstere Gedanken umwölkten meinen Ritt. Ich hatte zwei Menschen getötet:! Zwar in Notwehr und so, daß ich jedem eine Gelegenheit zur Aufgabe gegeben hatte. Aber die Bilder, wie ich den Mann ersäuft hatte wie einen tollwütigen Hund und wie ich der Frau, deren Blick bereits brach, meinen Fluch hinterherbrüllte, suchten mich noch Jahre später heim.

In Braunsfurt nahm ich die Tobrische Straße nach Osten. Mir war der Gedanke gekommen, über den Sichelstieg nach Tobrien zu reiten. Jenseits der Schwarzen Sichel, von einem Bogen aus Gebirgen abgetrennt, reichte die größte Provinz des Kaiserreiches bis zum Perlenmeer. Die transysilischen Wälder und die tobrischen Sümpfe waren berüchtigte Wildnisgebiete, an deren Grenzen starke Kämpfer immer gebraucht wurden. Der Herzog von Ehrenstein galt als mächtiger und ehrgeiziger Mann, der, so hieß es, seine Kräfte mit dem neuen Kaiser noch maß. Kurz kam mir der Gedanke, daß es gewiß einträglich war, in seine Dienste zu treten. Aber der Eid in meinem Herzen und das Schwert auf meinem Rücken hätten mir nichts anderes erlaubt, als mich zu den treuen Vasallen Kaiser Retos zu gesellen, die Beistand gewiß brauchen konnten. »Ruhmreich und ehrenvoll«, schalt ich mich selbst, »doch so kommst du nie zu einem Gespann.«

Ich folgte dem Braunwasser aufwärts. Bei Braunenklamm passierte ich die berühmte Schlucht, die sich der junge Fluß durch die Ausläufer der Sichel geschnitten hatte, den Drachenspalt, wo seinerzeit die Priesterkaiser die letzten Rondrianer aufgerieben haben. Hier begannen die mächtigen zusammenhängenden Wälder, die sich fünfzig Meilen bis zum Fuß der eigentlichen Sichelberge erstreckten.

Um die kläglichen Reste meiner Barschaft zu schonen, übernachtete ich weiterhin möglichst im Freien. Am zweiten Abend schlief ich in einem kleinen Ort namens Wolfshag gleich neben dem Brunnen. In der Früh ergriff ich durchgefroren die Flucht vor einem Haufen keifender Bauernweiber und Wasserträger.

Bereits nach zwei Stunden erreichte ich Salthel. Hier gabelte sich die Straße. Diesen Wegweiser habe ich in meinem Leben noch oft passiert: Links verlief der Goblinpfad ins Bornland, rechts der Sichelstieg, der übers Gebirge zu einem der Quellflüsse der Tobimora führte. Damals jedoch befragte ich sicherheitshalber mehrere Einheimische, um mich nicht zu verirren. Ein stachelbärtiger Ziegenhirt endlich gab mir zuverlässige Auskunft: »Ein Rittersmann wie Ihr, Herr, ist gewiß heut abend am Fuß der Bergstraße angelangt.«

Während des Tages mußte ich über diesen Satz immer wieder schmunzeln. Die meisten Albernier hätten den Weg, den ich nahm, bereits jetzt als Bergstraße bezeichnet. Immer wieder galt es, wellenartige Hügel von zwanzig oder dreißig Schritt zu ersteigen und auf der anderen Seite hinabzureiten. Zum Glück war ich jedoch in den Hügeln von Winhall aufgewachsen, und so wußte ich, daß der eigentliche Aufstieg mich erst am Horizont erwartete, wo sich die skurrilen dunklen Tafelberge und Stufenpyramiden eines der wenigen Schiefergebirge Aventuriens abzeichneten.

Die Einsamkeit des herannahenden Winters begann mir aufs Gemüt zu schlagen. Der Monat Travias, der Göttin des Herdfeuers, war schon fast vorüber. »Wer jetzt allein ist, wird es lange bleiben«, hatten die Geweihten traditionsgemäß am Tag der Heimkehr gesagt.

Travia schickte noch einige letzte Sonnentage, aber der Himmel begann bereits grau wie Hylailer Blei zu werden. Zwischen einigen zerzausten Wellenwolken stand vor mir eine einzige große, schwere, graue Regenwolke. Hexenwetter, dachte ich, so nannten das die alten Leute. Da spielte irgend jemand mit dem Wetter …

Aus dem Wald kam wiehernd eine weiße Stute gelaufen, etwa zweihundert Schritt zu meiner Rechten. Es war ein Tralloper Riese, weißer als die Dolden der Schafgarbe, durch die sie trabte. Irgend etwas stimmte mit dem Pferd nicht: Sie war gesattelt und kümmerte sich nicht um den weithin blühenden Rotklee. Sie hatte mich und *Nachtlied* gesehen und kam auf uns zu.

Sie war mißtrauisch, wie man das von einem ausgebildeten Streitroß erwarten kann, das seinen Reiter verloren hat. Es war ein wunderschönes Tier, edler als alles, was ich beim Kaiserturnier gesehen hatte. Das Brandzeichen auf dem rechten Oberschenkel war das ›T‹ mit der dreizackigen Krone des Marstalles der Herzöge von Weiden. Und ich wäre ein schlechter Ritter gewesen, hätte ich das Sattelwappen nicht sofort erkannt. Es war der silberne Bär auf grünem Grund, das Wappen der Herzöge von Weiden.

Ein Angehöriger des Herzogshauses, schoß mir durch den Kopf, vermutlich ein Jagdunfall. Waldemar? Unwillkürlich schüttelte ich den Kopf. Er war angeblich inzwischen so groß, daß ihn kein Pferd mehr tragen konnte. Davon abgesehen gab es fast nichts, was ihn hätte aus einem Sattel werfen können. Außerdem war er nicht in Weiden. Inzwischen war ich abgestiegen und hatte die Stute angelockt. Streicheln kam bei einem fremden Streitroß, zumal dieser Rasse, nicht in Frage. Ich ging vorsichtig um sie herum, doch sie wandte den Hals und ließ mich keinen Moment aus den Augen. Braves Tier!

Die Zügel waren eingerissen, in der sorgfältig gebürsteten Mähne standen wirre Strähnen ab. Gierige Hände hatten den Ritter vom Roß gerissen, kein Zweifel.

»Wo ist dein Herr?« fragte ich: »Such ihn! Komm!« Dann schwang ich mich auf *Nachtlied*. Die Stute wieherte, wendete und trabte los. Es war ein Vergnügen, ein derart treues Pferd zu sehen. Sechshundert, eher tausend Dukaten, schätzte ich neidisch, ach was, eigentlich überhaupt unbezahlbar. Ein solches Pferd suchte sich ein Prinz aus einer der drei besten Zuchten des Kontinentes aus – und zwar nur dann, wenn diese durch LOS' Gnade seinem Vater gehörte.

Vorbei an betörend duftendem, violettem Lavendel und übermannshohen Goldruten führte die Stute mich in den Wald, mit der Unerschütterlichkeit eines geborenen Streitrosses. An ihren Vorderhufen klebte hellrotes Blut – kein Pferdeblut! Sie hatte gekämpft, ehe man ihr den Reiter genommen hatte. Das Blut war höchstens eine halbe Stunde alt. Merkwürdig erschien mir die Farbe: Menschenblut hellte nicht so schnell aus.

Wir folgten zwischen Fichten und Rotbuchen einem Wildwechsel. Die Spuren des Pferdes schienen schon jetzt hinein und hinaus zu führen. Warum war der Prinz ohne Gefolge auf die Jagd gegangen, hundert Meilen von Trallop? Vielleicht ein dunkles Geheimnis, eine Intrige? Ich fühlte das Kriegsfieber in mir erwachen.

Der Kampfplatz war unübersehbar: Eine Lichtung voll zertrampeltem Farn und Knäuelgras, das Waldmoos und der Boden darunter zerstampft und zerwühlt von Hufen und Füßen. Ich zog das Schwert und glitt vom Pferd. Nichts war zu hören, außer dem Schlagen der Finken und Stieglitze, die sich, nach der Aufregung des Kampfes, bereits wieder beruhigt hatten.

Ich war kein Waldläufer, doch Meister Firnhelm hatte mir genug beigebracht, um einige der Spuren lesen zu können. Die Angreifer waren von allen Seiten gekommen. Sie hatten bloße Füße, klein und mit langen Nägeln. Orks? Eher Goblins, das paßte auch besser: In der Schwarzen Sichel sollte es noch ganze Stämme geben.

Es war ein Hinterhalt gewesen, schnell vorbereitet: Am Rand der Lichtung, unter Brombeeren und Wurmfarn, war das Knäuelgras zerdrückt; dort hatte jemand gelauert. Auch fand ich neben einem Baum Rindenstücke, abgeschürft beim Klettern oder Herabspringen. Noch vielsagender war ein Stück groben Strickes aus Rindenbast, wahrscheinlich von einer Schlinge abgerissen. Diese Goblins waren bestens vorbereitet gewesen.

»Rätsch«, rief eine viertel Meile bergan ein Eichelhäher, die übelste Petze des Waldes. Mit gezücktem Schwert drückte ich mich ins Unterholz und fand sogleich einen ausgetretenen Pfad. Jetzt hieß es schnell sein. Die Goblins hatten noch immer eine Viertelstunde Vorsprung, und sie kannten in ihren Jagdgründen gewiß jeden Baum. Es ging leicht bergan. Irgendwo murmelte ein Bächlein. Wo das Waldmoos von vielen Füßen abgeschabt war, blickte dunkler Schiefer durch.

Schwer atmend stieg ich bergan. Ich war nicht gut genug, um ständig der Spur zu folgen, aber immer wieder fand ich Zeichen dafür, daß vor mir eine größere Schar den Hügel erklommen hatte. Um einen besseren Überblick zu haben und Kraft zu sparen, ging ich im Zickzack: Nach jeweils fünfzig bis hundert Schritt wechselte ich die Richtung.

Zusehends ging das Gelände in Bergwald über: Flammend gelbe Lärchen, knorrige Zirbelkiefern und strauchartige Grünerlen herrschten vor. Die Sonne, die seitlich von mir im Westen zwischen den Stämmen glitzerte, erinnerte mich daran, daß die Jagd schon mehr als eine Stunde dauerte. Wann immer ich glaubte, die Spur verloren zu haben, hörte ich einige hundert Schritt bergan Ästeknacken, beunruhigte Vogelrufe oder sogar kehliges Schnauben. Schieferbrüche bildeten kleine Wände von fünf Schritt Höhe, die ich weitläufig umgehen mußte.

Irgendwann, es begann schon kühler zu werden, hörte ich endgültig nichts mehr. Die Goblins waren tatsächlich schneller als ich – trotz des Gefangenen. Mangelnde Ortskundigkeit, ärgerte ich mich. Aber inzwischen glaubte ich, ihre Marschrichtung erkannt zu haben. Mehrmals hatte ich vor mir zwischen den Bäumen einen Bergsattel gesehen, auf den wir wohl zusteuerten. Es war eine jener abgerundeten, aus der Nähe bizarren Formationen, die sich aus mächtigen, aufeinanderliegenden Schieferplatten zusammensetzte. Notgedrungen stapfte ich weiter darauf zu.

Konnte es sein, daß die Rotpelze die Geisel längst zurückgelassen hatten? Nein, es schien mir widersinnig, zunächst einem Opfer mit Schlingen aufzulauern und es dann beiläufig zu töten. Außerdem hätten sich dann schon die ersten Krähen über dem Leichnam versammelt. Die Geröllhalden wurden immer größer. Von der eigentlichen Kette der Schwarzen Sichel war ich nach wie vor fünfundzwanzig Meilen entfernt. Aber jener Sattel mochte durchaus auf tausend Schritt Höhe liegen, die Berge auf beiden Seiten waren teilweise bereits kahl, also jenseits der Baumgrenze.

Hinter mir färbte sich die Sonne travienrot, so rot, wie sie eben nur im Monat Travias wird. Es wurde schnell kühler. Ich konnte nur hoffen, daß ich keiner Einbildung nachlief und daß die Goblins wirklich dort oben lagerten.

Das schwarz-graue Gestein schien sich in der beginnenden Dämmerung fast aufzulösen. Der Sattel war noch fünfzig Schritt über mir, als ich dort oben einige huschende Schatten sah. Dann folgte eine längere Reihe gedrungener Gestalten, zwischen denen eine ging, die mindestens zwei Köpfe größer war. Erleichtert blieb ich stehen, um zu verschnaufen.

Jetzt galt es, statt meiner Waden mein Gehirn anzustrengen. Selbst wenn die Goblins den Rittersmann verspeisen wollten, würden sie erst Vorbereitungen treffen. Ich mußte mir jetzt noch Überblick über das Lager verschaffen, ehe die Dunkelheit es völlig verbarg.

Also stieg ich senkrecht bergan, um rechts vom Sattel einen etwas erhöhten Punkt zu erreichen. Eine Viertelstunde später lag ich auf einer Fläche, von der aus ich den Sattel gut überblicken konnte. Vorsichtig, vorsichtig schob ich mich an den Rand heran; der Schiefer zerbröselte mir unter den Fingern. Weit vorkriechen konnte ich nicht.

Ich ließ den Blick über die grauen Formen und Schatten gleiten. Da unten loderte ein Feuer auf. Noch einige Schritte tiefer glitzerte das Wasser eines Sees, keine zwanzig Schritt durchmessend – der tiefste Punkt des Sattels. Anscheinend floß von der anderen Bergschulter ein Bach herab. Ringsum standen Lärchen und Föhren, zwischen denen sich manchmal die Schatten der Goblins bewegten. Ab und zu wehten quäkende Laute zu mir herauf. Ich konnte die Geisel nicht erkennen. Allerdings blinkte oberhalb des Feuers bisweilen etwas auf: möglicherweise ein Widerschein auf dem Metall, das der Prinz gewiß als Einziger am Leib trug.

Ich hatte keine rechte Vorstellung, was ich tun mußte. Anschleichen hatte Meister Firnhelm uns zwar gelehrt, sogar einen Gefangenen zu befreien, doch es war gewiß kein ausführlicher Unterricht gewesen. Also würde ich mich im Schutz der Dunkelheit anschleichen, bis sie mich bemerkten, und dann darauf vertrauen, daß die kleinen Biester *Angwarding* und *Ken'gan'kir* nichts entgegensetzen konnten.

Der Nachtwind hatte eingesetzt, der stets bergabwärts bläst. Also mußte ich zur anderen Senke des Sattels, damit mich die Rotpelze nicht finden konnten. Ich drückte mich vorsichtig durch das karge Unterholz und stieg rechterhand wieder bergab. Dann begann ich, den Wind im Gesicht, geduckt vorzurücken. Das Feuer loderte immer heller, die Goblins schienen darumherum zu tanzen. Auch wurden sie immer lauter.

Ich war auf fünfzig Schritt herangekommen, als ich die erste Wache sah. Der Goblin hockte auf dem Boden und wippte im Takt des Geschreis mit. Er wandte mir die Seite zu, war also nur mit einem Ohr auf Wache.

Also glitt ich zu Boden, beide Schwerter noch am Rücken. Ich hielt immer eine Baumlänge Abstand zwischen mir und dem Lagerfeuer. Ich erinnerte mich sogar daran, die Augen nicht zu weit aufzureißen: Ein simpler Fehler, der den besten Schleicher im Schein des Lagerfeuers verraten kann. Ich ließ mir Zeit und stellte wieder fest, wie einfach Schleichen ist: Ein Lagerfeuer blendet derart, daß man sich ungesehen bis auf wenige Schritt heranschleichen kann.

Das galt natürlich nicht für einen Hundert-Stein-Krieger, der einen wilden Goblin beschleicht. Aber immerhin war ich auf fünf Schritt heran, als er endlich zu mir herblickte. Ich sprang sofort auf und zog blank. Er erhob sich erst jetzt und griff zu einer Steinaxt. Als er die Waffe hochriß, traf ihn *Ken'gan'kir* am Hals und trennte ihm den Kopf ab. Er sackte mit leisem Rascheln ins Berggras.

Ich fühlte Begeisterung aufwallen. Von Baum zu Baum huschte ich näher. Die Rotpelze sprangen inzwischen auf und ab, von einem rhythmisch kreischenden Chor begleitet: »Kunga Suula, Kunga Suula!« Irgendwo dröhnte sogar eine Art Trommel.

Links und rechts sah ich keine weiteren Wachen. Es waren etwa dreißig Goblins. Vermutlich hatten sie nur vier Wachen in die vier Windrichtungen gestellt. Ich schlich näher. Dabei trat ich in einige übelriechende Haufen: Die windabgewandte Seite eines Lagers dient naturgemäß als Abtritt für den ganzen Stamm. Sorgfältig wischte ich den Stiefel im Gras ab: Das fehlte gerade noch, daß ich nachher beim Sturmangriff auf Goblinscheiße ausglitt! Dann duckte ich mich hinter einer letzten Lärche. Zehn Schritt links von mir lag der See. Das Feuer vor mir war noch fünfzehn Schritt entfernt – ohne weitere Deckung.

Da sah ich sie! Leicht oberhalb des Feuers, vor einer Höhle im Schiefer, stand eine Föhre, deren untere Äste abgeschlagen worden waren. Daran gefesselt war eine großgewachsene Frau im Jagdrock. Sie blickte gefaßt auf eine Gestalt, die bergab vor ihr stand und ihr so kaum bis zum Bauch reichte: eine Goblinhexe. Die Mähne der Rotpelzin stand beeindruckend in alle Richtungen ab. Über den haarigen Eutern, die aus dem roten Brustpelz ragten, hingen ein Dutzend Spiegelscherben. Die Hexe schwang eine Ratsche, die ein schnarrendes Geräusch von sich gab. In der anderen Hand hielt sie ein Auerochsenhorn.

Diese kleinen Ungeheuer führten da ein unheiliges Marterritual durch! Ich war mir sicher, daß sie die Prinzessin irgendwelchen Götzen opfern wollten. Ich hatte keine Zeit zu verlieren. Womöglich stach die Hexe gleich mit dem Horn zu, obwohl sie es eher wie ein Trinkhorn hielt. Die Prinzessin war zum Glück so gefesselt, daß ihre Arme am Körper lagen. Die Baststricke verliefen also hinten um den Stamm, sodaß ich sie durchtrennen konnte, ohne die Gefangene zu verletzen. Wenn ich durchkam …

Ohne weitere Überlegung stand ich auf, zog beide Schwerter und stürmte los. Ich war auf drei Schritt an den Kreis der Tänzer heran, als der erste Goblin quäkend auf mich zeigte. Sein Warnruf ging im Gekreische unter. Ich rannte am Kreis vorbei und stürmte den Hang hinauf. Zwei Goblins begriffen, was ich tat, und versuchten sich mir in den Weg zu stellen. Zwei versetzte Doppelhiebe fuhren durch ihre verwachsenen Leiber, ohne daß ich nur verlangsamt hätte.

Ich war schon fast bei dem Stamm angelangt. Die Schamanin reagierte überraschend schnell. Sie sprang zurück und kreischte irgendeinen Fluch. Rechts vom Stamm sprang eine Goblinfrau aus dem Schatten, deren Pelz schon stellenweise grau und kahl war. Sie hob einen reich geschmückten Knochenstab – da fuhr ihr schon *Ken'gan'kir* über Gesicht und Brust.

Ich wich ihrem fallenden Leichnam aus und gelangte hinter den Baum. Noch einmal überzeugte ich mich davon, daß die Hände der Prinzessin vorne waren, dann durchtrennte ich die Stricke mit zwei Hieben. Die Hexe wich zu meiner Rechten bergan zurück, in Richtung der Höhle. Ich umkreiste den Baum weiter und stellte mich schützend vor die Prinzessin. Ich war mir meiner grauenerregenden Wirkung sicher: Zwei Schritt groß, zwei blitzende Schwerter beiderseits ausgestreckt, vom lodernden Feuer beleuchtet, stand ich über den Goblins. Sie knurrten und fauchten, doch keiner wagte sich näher.

Ich hörte, wie die Prinzessin hinter mir einige Schritte machte. »Könnt Ihr laufen, Hoheit?« rief ich, ohne mich umzudrehen. Sie mußte erschöpft sein, aber ich war sicher, daß sie die Ausdauer ihres Bruders Waldemar hatte.

»Gib mir mein Blut zurück«, hörte ich die Prinzessin aus rauher Kehle schreien. Ich brauchte mehr als einen Augenblick, bis ich begriff. Die große Frau hatte sich bergwärts gewandt und stampfte auf die Goblinhexe zu. Diese stieß einige gellende Rufe aus. Sofort antworteten einige der Goblins, die sich vor mir drängten, und in kürzester Zeit stimmten alle in das Geheul ein.

Dann flog der erste Speer; ein dünnes Ding zum Glück, das ich gerade noch beiseite schlagen konnte. Sicherheitshalber wich ich ebenfalls bergwärts aus, fort aus dem Feuerschein! Eine Steinaxt wirbelte durch die Luft. Ich wich aus, worauf mich eine zweite an der Hüfte streifte.

»Prinzessin, wir müssen weg hier«, brüllte ich und rannte bergan. Die Frau hatte indessen die Höhle erreicht, in der die Hexe, so glaubte ich, verschwunden war. Sie wirkte nicht, als ob sie mich gehört hatte.

Ich drehte mich wieder um: die Goblins kamen wie ein Wolfsrudel angehechelt. Schon schwärmten die Ersten beiderseits aus. Sobald sie aus dem Lichtschein verschwunden waren, konnten sie uns völlig überrumpeln.

Also sprang ich zur Seite: Ausfall, Stich, Sprung zurück, das gleiche auf die andere Seite. Die beiden vordersten Verfolger krümmten sich röchelnd am Boden. Ich wirbelte einmal herum, um mir Überblick zu verschaffen. Die Prinzessin war nun ebenfalls in der Höhle verschwunden. Ich fluchte und drang wieder auf meine Gegner ein. Kläffend wichen drei, vier Goblins zurück. Rechts formierten sich die ersten, die auf den Gedanken gekommen waren, Speere gegen mich einzusetzen.

»Himmelkaiserorknocheinmal«, brüllte ich jetzt wutentbrannt, »Walderia, ich kann diese Meute nicht länger aufhalten.«

»Dann schlagen wir uns gemeinsam durch«, sagte hinter mir eine ruhige Stimme, die mich ungemein an Waldemar erinnerte. Die Prinzessin hatte ihr Schwert zurückerobert!

»Rondra!« rief sie und sprang an meine Seite. Die Goblins zögerten. »Wir müssen die Kunga Suula fangen«, rief die Prinzessin mir zu, »sie hat mein Blut genommen.« Dann wandte sie sich um und stürmte an der Höhle vorbei den Berg hinauf. Sie wußte anscheinend, wohin die Hexe verschwunden war. Notgedrungen folgte ich ihr. Diese Tralloper Dickschädel!

Wir hasteten durch die Dunkelheit. Lärchenäste und Föhrenzweige schlugen uns ins Gesicht. Vor uns blinkten die Spiegelscherben der Hexe, die zudem immer wieder kreischende Rufe von sich gab. Hinter uns keuchte die Meute der Goblins, die sich dabei möglicherweise nach ihren Befehlen richteten. Walderias ganze Aufmerksamkeit galt der Kunga Suula, wie sie die Hexe bezeichnet hatte. Also achtete ich darauf, daß uns keiner der Goblins einholte. Die Kerle waren unglaublich flink.

Zweimal ließ ich mich zurückfallen: Ich drehte auf dem Absatz um und stürmte bergab. Rücksichtlos brach ich zwischen Bäumen hervor, die ich eben passiert hatte, mitten unter die kleinen Rotpelze. Meine Klingen fuhren fauchend durch Pelz, Bein und Leder. Die überlebenden Goblins kreischten und fuhren auseinander. Die Kunst bestand darin, den Ausfall rechtzeitig abzubrechen und wieder bergan zu hasten, ehe mir irgendein besonders kluger Rotpelz in den Rücken fiel. Nach dem zweiten Mal war es nur noch ein halbes Dutzend, die mir auf den Fersen waren. Natürlich mußten sich ringsum im Wald noch mehr verbergen, aber ihre Reihen lichteten sich.

Irgendwo vor mir rumpelte ein Steinschlag herab. Knirschend zerbrachen große Schieferplatten entzwei. Walderia! »Gib mir mein Blut zurück«, schrie die Prinzessin wieder, und diesmal klang sie verzweifelt. Ich brauchte eine ganze Weile, bis ich sie einholte. Vor uns lag eine Schlucht, flankiert von zwei mächtigen Schichttürmen. Walderia war gerade dabei, eine kleine Geröllhalde zu erklimmen, die sicher eben erst entstanden war.

»Wie beim Namenlosen hat sie das gemacht?« rief ich und kletterte hinterher.

»Sie ist eine Hexe«, schimpfte Walderia, und das Echo ließ es doppelt schaurig klingen. Nun gut, für eine aus dem Hause Weiden war das eine ausführliche Antwort. Wir tasteten uns über den Geröllhaufen und stiegen auf der anderen Seite hinab. Hier plätscherte wieder der Bach, der unten in den See floß. Wir mußten uns vorantasten, so dunkel war es am Fuß der Schlucht.

Plötzlich wurde die Klamm von einer hallenden, schrillen Stimme erfüllt: »Ihr werrdet mich niiicht einholen. Ich bin Kunga Suula. Für iiimmerrr!« Mich fröstelte. Was für eine eigenartige Selbstsicherheit in diesem Ruf lag! Ganz zu schweigen davon, daß sie plötzlich Garethi sprach. Wir tasteten uns beiderseits des kleinen Baches weiter, deutlich weniger zuversichtlich. Nach einer Viertelstunde weitete sich die Schlucht zusehends. Der Bach war irgendwo in der Wand verschwunden. Hinter uns rumorten und platschten die Goblins.

Als wir ins Freie traten, ließen uns Mada und die Sterne die Landschaft gleißend hell erscheinen. Rechterhand erhob sich der eine der Türme weiter zu einem einzelnen Gipfel. Allenfalls hundert Schritt trennten uns von dem höchsten Punkt, wo die Goblinhexe mit weit ausgebreiteten Armen stand. Sie kreischte irgend etwas und ließ die Ratsche kreisen. »Schnell«, rief ich, plötzlich abergläubisch, »bevor sie wieder zaubert.« Aber Walderia brauchte keine Ermunterung. Sie warf sich geradezu in den Hang, der zusehends in einen schmalen Grat überging.

Jetzt wurde die Verfolgung halsbrecherisch. Rechts und besonders links fiel der Berg steil ab, unter unseren Füßen und Händen jedoch bröckelte der Schiefer wie morsches Holz. Die kleine Hexe mochte da hinaufgekrochen sein, aber wir wogen beide an die hundert Stein. Wir hatten beide die Waffen gescheidet und kletterten auf allen Vieren. Vor uns wurde das Kreischen und Ratschen immer lauter. Wir waren auf fünfzig Schritt heran, als Walderia das erste Mal abrutschte. Unter ihrem Fuß bröckelte der halbe Grat weg. Ich konnte sie gerade noch um die Taille fassen. Vorsichtiger krochen wir weiter. Am Fuß des Grates konnte ich das Gezeter der ersten Goblins hören. Ich war damals viel zu jung, um mir darüber Gedanken zu machen, daß wir uns in eine dreifache Todesfalle begaben.

Als wir auf zwanzig Schritt heran waren, verstummte die Kunga Suula. Sie schien auf uns zu warten. Das war irgendwie beunruhigend. Ich versuchte sie im Auge zu behalten, während wir weiter kletterten. Sie strahlte eine eigenartige Erhabenheit aus, wie sie da im Mondlicht stand: rotbepelzt, klein und dürr, über und über mit abergläubischem Tand behängt, mit Hauern, die leicht schimmerten – als wäre sie die Verkörperung ihres ganzen Volkes. Ich mußte daran denken, daß die geschmähten kleinen Rotpelze das Liebliche Feld geplündert und zwei Heere der Theaterritter vernichtet hatten. Durch List und Tücke und in Stunden der Schwäche, wohl – doch befanden wir uns nicht gerade in einer ebensolchen Lage?

»Sei nicht traurik, Könik-Kind,« gellte plötzlich die Stimme, »bist niiicht erste, bist niiicht letzte, von der niiimmt Kunga Suula Blut.« Walderia sprang auf, und mit der Geschicklichkeit, die die Verzweiflung verleiht, stürmte sie über den letzten Rest des Grates. Mir blieb nichts anderes übrig als hinterherzulaufen, so schnell ich konnte. Walderia versuchte die Kunga Suula zu packen. Die jedoch drehte sich fast spielerisch zweimal im Kreis und sprang dann in die Tiefe! Walderia strauchelte und schlug rücklings hin. Bröckelnd brachen tellergroße Platten aus dem Gipfel und stürzten hinterher. Ein ungewöhnlicher Aufwind brauste mir entgegen, als ich mich auf den Bauch warf. Ich bekam Walderia an den hochgeworfenen Händen und am Haar zu packen und hielt sie mit rücksichtslosem Griff fest. Ich wurde vorwärtsgezogen, als die Prinzessin weiter abrutschte. Unbewußt grätschte ich die Beine und verhakte mich dabei mit dem Fuß in einer Spalte. Wir kamen zum Stillstand.

Nachdem wir uns auf dem sichersten Platz des Gipfels zusammengekauert hatten, harrten wir eine Stunde aus. Die Goblins waren abgezogen, geräuschvoll und zeternd, aber nicht bösartiger als Zecher nach der Sperrstunde. Was für eine seltsame Macht hatte diese Schamanin gehabt? Wir kletterten vorsichtig von dem Grat herunter, auf dem uns nun jeder Schritt als Wahnsinn erschien. Wir wagten nicht, durch die Schlucht zurückzukehren. Also kletterten wir eine Weile durch die Finsternis, bis wir eine Nische im Schiefer entdeckten. Walderia war durch den Blutverlust sehr erschöpft und zitterte vor Kälte. Ohne Feuer, ohne Decken, ohne Mantel war es selbstverständlich, daß ich sie in die Arme nahm. Sie war stark und stolz und wirkte zugleich unglaublich verletzbar. Leise schluchzte sie an meiner Schulter. Sie hob mir ihr Gesicht entgegen, das breit und großknochig war und doch im Sternenlicht sanft leuchtete: »Ich fühle mich, als hätte sie mir eine Hälfte meines Selbst geraubt.« Tränen glänzten in ihren blauen Augen.

»Ihr seid noch immer so stark und stolz wie alle Eures Geschlechtes, Euer Liebden«, tröstete ich sie. Ehrliche Bewunderung floß mir wie Honig von den Lippen. Aber ich fühlte, daß Worte allein sie nicht trösten konnten.

So kam es, daß ich tat, was kein Ritter mit einer geretteten Prinzessin und Jungfrau tun darf. Doch für uns beide war es in jener Nacht das Natürlichste auf der Welt. Meine Fürsorge schlug in Begehren um, Walderias Hilflosigkeit in Hingabe. Jeder glühende Kuß, den ich auf ihren zitternden Leib streute, schien sie zu wärmen. Jedes verschwitzte und verschmutzte Kleidungsstück, das wir ablegten, brachte uns einander näher in der Einsamkeit. Jede Berührung, die über ihre festen und weiblichen Formen glitt, ließ sie ihren Stolz wiedergewinnen. Jede Umarmung, mit der ich ihren Leib umfing, ließ sie ihre Stärke wieder ahnen. Jeder sanfte Stoß, mit dem ich tiefer in sie eindrang, ließ die Lebenskraft in ihr aufflackern. Und als ich mich in ihr verströmte, klammerte sie sich fester an mich als jede Frau, die ich später geliebt habe, und stöhnte voller Leidenschaft, im Bewußtsein, jetzt und für immer eine ganze Frau zu sein.

Gemeinsam kehrten wir an den Herzogshof von Trallop zurück. Das schlechte Gewissen ließ mich noch wortkarger sein als Walderia – und die Tatsache, daß die Prinzessin offensichtlich hell entflammt war für mich, machte die Sache nicht leichter. Ich weiß nicht, ob ich ihrem Bruder ins Gesicht hätte schauen können. Doch Waldemar war, dem Willen seines Onkels folgend, auf einer Abenteuerreise im Lieblichen Feld. Er sollte die Welt kennenlernen und genießen, ehe die Pflicht ihn für immer an die Bärenburg fesselte. Denn natürlich kannte seine Mutter seinen Aufenthalt, damit sie ihn im Fall des Ablebens des Herzoges rufen konnte.

Ich nutzte die erste Gelegenheit, um unter einem Vorwand von Trallop zu fliehen. Walderia, so erfuhr ich später, sperrte sich Monate lang in ihre Gemächer ein. Dann überredete sie ihren Oheim, ihr die Grafschaft Bärwalde zu geben, die sie bis heute regiert und im Orkkrieg auch heldenhaft verteidigte. Einer Heirat widersetzte sie sich ihr ganzes Leben lang. Über die Kunga Suula konnte ich später in Erfahrung bringen, daß sie eine sagenumwobene Schamanin der Goblins war. Sie oder eine Vorgängerin gleichen Namens hatte vor tausend Jahren das Bornland regiert und vor sechshundert Jahren ein Heer des Theaterritterordens zerschlagen. Es schien, daß ihr Einfluß noch immer auch Goblinstämme weit außerhalb des Bornlandes umfaßte. Ich habe nie daran gezweifelt, daß die Hexe den

Sprung in den Wind überlebt hat – und jene Stärke, die sie dabei zeigte, läßt mich vermuten, daß sie viel älter war als jeder Mensch. Was sie allerdings mit dem Blut Walderias – und, wie sie behauptete, anderer Königskinder – zu tun beabsichtigte, konnte ich nie in Erfahrung bringen.

12 v. H.:
Das Donnersturm-Rennen

Im Praiosmond wurde ich erneut Sieger des Turniers von Gareth. Diesmal war ich völlig glattrasiert, ich habe den Schnauzbart der Almadaner und Wehrheimer danach nie mehr getragen. Als Wiederholungssieger hatte ich eine Wahl, die Kaiser Raul eigens für verarmte Ritter wie mich geschaffen hatte: Statt eines weiteren Schwertes wählte ich lieber ein Streitroß aus den kaiserlichen Gestüten.

Alle Ergebnisse des Turniers wurden überschattet von einem Ereignis: dem ersten Auftritt von Kunibald Frankward, dem jungen Herzog von Tobrien, und den neuen Markgrafen von Beilunk und Warunk. Kaiser Reto hatte dem Herzog von Tobrien diese beiden reichen Grafschaften weggenommen, vermutlich, weil ihm der Ehrensteiner zu mächtig wurde. Immerhin hatte sein Vorfahre Kunibrand vor achtzig Jahren versucht, sich des Thrones zu bemächtigen und damit die Thronfolgekriege der Kaiserlosen Zeiten ausgelöst. Daß die Einrichtung von Markgrafschaften ein schönes Mittel des Kaisers war, treue Anhänger zu belohnen und zu mächtige Provinzherren zu schwächen, bewies ja meine eigene Familiengeschichte.

Sofort preschte ich auf *Nachtlied* nach Baliho. Des Kaisers Roß verkaufte ich an einen alteingesessenen Adeligen. Mit dem Erlös und allem, was ich sonst zusammenkratzen konnte, erwarb ich von der Schule mein Gespann. *Südfuchs* und *Kupferling* erinnerten sich an mich, als wäre ich niemals fort gewesen. Ich spannte ein und war fortan nur noch auf den Reichstraßen unterwegs: Ich hatte nur einen Monat Zeit, Gespann, Wagen und mich so in Form zu bringen, daß wir am Donnersturm-Rennen teilnehmen konnten.

Nach der Sage ging das Rennen auf den Helden Leomar zurück, der vor über achtzehnhundert Jahren gelebt hatte. Er war einer der größten Krieger Aventuriens gewesen, einer der wenigen, die das legendäre Schwert *Siebenstreich* führen konnten, Eroberer Perricums und Sieger über die Tulamiden. Vor allem aber war er der beste Streitwagenfahrer des Kontinentes. Auf dem Höhepunkt seiner Karriere trat er in Baburin ein Rennen an gegen die Tulamiden mit den von Respekt erfüllten, aber stolzen Worten: »Nur Rondra selbst kann mich noch schlagen!« Zu aller Überraschung geschah genau das: Die Kriegsgöttin erschien und nahm an dem Rennen mit ihrem himmlischen Streitwagen teil. Natürlich gewann die Göttin überlegen, doch schenkte sie Leomar als Zeichen ihrer Achtung das Recht, ihr göttliches Gefährt, den *Donnersturm*, rufen und benützen zu können. Dazu kam die Auflage, daß der Inhaber nach jeweils fünfundzwanzig Jahren ein neues Rennen zu veranstalten hatte und den *Donnersturm* an den Sieger – unter den gleichen Umständen – weitergeben mußte.

In allen Gestüten, Tempeln und Kriegertavernen, die ich besuchte, kursierten die wildesten Gerüchte und Vermutungen: Was für ein Rennen würde die Rondrageweihte Xaviera vom Berg veranstalten, die den *Donnersturm* innehatte? Es hatte tagelange Ausscheidungsrennen in der Arena von Punin gegeben, solange, bis nur ein Gespann übrigblieb, und Langstreckenrennen über den halben Kontinent. Es hatte Königswagenrennen mit Bedeckung gegeben, wo dem Recken ein Streitwagenfahrer und ein Bogenschütze auf dem Fahrzeug und bis zu vier Mann Eskorte beigestanden hatten. Ein gewisses Rennen soll eher eine Schlacht gewesen sein, bei der der Sieger jener wurde, der sich auf dem Feld bis zum Abend behaupten konnte. Mindestens zweimal kamen Veranstalter auf den Gedanken, die Insel Maraskan als Etappe zu verwenden und die Teilnehmer so zur Organisation einer Seefahrt zu zwingen. Unter den Klugen Kaisern soll ein Maraskaner das Rennen sogar mit der alljährlichen Diskusstafette zwischen Tuzak und Boran kombiniert haben; die Aufzeichnung darüber sind allerdings – typisch für Maraskan – äußerst widersprüchlich, und das ganze Ereignis scheint unter den Meucheldolchen von einem Dutzend maraskanischen Sekten untergegangen zu sein. Ja, bei allen Rennen hatte es Tote gegeben, bei manchen kaum Überlebende!

Im Tempel von Gareth, gleich neben dem Hippodrom, erfuhr ich, daß Xavieras Gut vor Gareth Sammelpunkt und mein Gespann zugelassen worden war. So kam es, daß eines schönen Sommertages in der Goldenen Au zwei Dutzend Recken zusammensaßen, umgeben von Streit- und Sichelwagen, feurigen Shadifs und einer riesigen Menge Schaulustiger. In der Teilnehmerliste prunkten die Namen bedeutender Adelsgeschlechter wie Sturmfels, Gareth-Streitzig und Mersingen – ganz zu schweigen von Xavieras Tochter Hitta vom Berg. Mehr als ein Drittel der Teilnehmer waren Tulamiden oder sogar Südländer. Meinem Schulkameraden Ilkfried war es tatsächlich gelungen, einen Wagen aufzutreiben, nachdem er ein Dutzend Rennen im Hippodrom gefahren war. Wir waren die Jüngsten, unser Aufzug geradezu ärmlich neben den anderen. Naturgemäß waren auch etliche ältere Absolventen der *Schwert und Schild zu Baliho* dabei: »Rondras Beste« waren nun einmal fast die einzigen im Reich, die eine vollständige Streitwagenausbildung vermittelten. Zwischen allen Teilnehmern herrschte jene seltsame Mischung aus Respekt, Zuneigung und Spannung, die unvermeidlich ist, wenn so viel Ehre, aber auch so viel Ehrgeiz versammelt sind.

Leiser Trommelwirbel näherte sich von Süden. Einige der Veteranen erhoben sich. Dann schöpfte auch ich Verdacht: Das war kein Trommelwirbel, das war ein Gewitter. Der Himmel war azurblau und wolkenfrei. Aber auf der Reichsstraße ballten sich schwere Regenwolken zusammen und wälzten sich auf uns zu, schneller als die Sturmflut von Havena. Rotes Feuer sprühte aus diesen Wolken. Ein heiliger Schauer fuhr über meinen Rücken und krallte sich um meinen Kopf. Die ersten Böen trafen uns knatternd. Der sommertrockene Staub fegte fauchend beiseite. Donnernd rissen die Wolken auf: Der Anblick der Lenkerin traf mich wie ein Blitz. So mußte Rondra aussehen, wenn sie über die Wolken donnerte. Nein, schalt ich mich selbst mit zum Himmel erhobenen Blick, während ich auf die Knie fiel. Natürlich konnte auch Xaviera nur der Schatten der Göttin in all ihrer kriegerischen Pracht sein. Rondra ist die Göttin der im Gewitter wie im Kampf entfesselten Urgewalten. Wenn sie ihr Schwert zieht, kann man Wetterleuchten sehen, wenn sie ihren Blitzspeer schleudert, zieht er seine Spur über den ganzen Himmel, wenn sie auf ihrem Streitwagen vorüberrollt, kann man den Donner hören. Ihr entfesselter Zorn ist der Rondrikan, der gefürchtete Regensturm aus Nordwest. Mir schwindelte bei dem Gedanken, wie Rondra selbst einem Sterblichen wohl erscheinen mußte. War unser Auge, unser Verstand überhaupt imstande, eine Gottheit wahrzunehmen?

Glitzernd, tropfend und dampfend kam der Wagen zu stehen, ein Wunderwerk aus goldenem Eternium und himmlischen Juwelen. Die vier Rappen schnaubten, daß uns die Funken um die Ohren flogen. Das Messing im roten Zaumzeug glühte ebenso wie die Hufe der Tiere. Xaviera wickelte die Zügel um die Haltestange und sprang vom Wagen. Sie war eine ehrfurchtgebietende Frau um die fünfzig, mit einer wallenden, grau-blonden Mähne. Sie hatte das Gesicht einer Person, die zu herrschen und zu gehorchen, zu siegen und zu leiden gewohnt war. Natürlich trug sie den Ornat der Geweihten mit bronziertem Kettenhemd und Schwertfibeln.

Die Zeremonie war wie ein Rausch, der zudem im Sturmschritt über mich kam. Wir gelobten mit der heiligsten Segensformel, die Regeln des Turniers zu wahren: »Im Namen der dreifach geheiligten Rondra, der zweifach geheiligten Alveraniare und der geheiligten Schwerthelden.« Dennoch begutachtete Xaviera jedes Gespann und jeden Fahrer persönlich, begleitet von einem Hellseher, der die Magieprüfung übernahm. Außer *Angwarding* und *Ken'gan'kir* trug ich nur eine einfache Lederrüstung und breite lederne Armbänder. Für mehr hatten weder Zeit noch Geld gereicht. Aber nach Xavieras Segen fühlte ich mich nicht mehr verloren zwischen all den reichen Helden mit ihren blinkenden Kriegerinsignien.

Das Rennen sollte vor die Mauern Wehrheims und zurück führen. Zumindest der Fahrer, ein Pferd und die Deichsel mußten die Ziellinie passieren; keiner lachte, als diese Regel formuliert wurde. Ich überlegte, wie lange mein alter Schulwagen wohl durchhalten konnte. Unsere Gespanne wurden in einem weiten Kreis um zwei Pfähle aufgestellt. Wo man auch startete, es galt, zwischen diesen Pfählen hindurchzufahren, ehe man nach Norden schwenkte. Wir würden alle sternförmig aufeinander prallen …

Aus heiterem Himmel schlug ein Blitz zwischen den Pfählen ein, ein langes Donnern rollte auf uns zu. In das Grollen mischte sich der atemberaubende Lärm von zwei Dutzend Wagen und fast fünfzig Pferden und anderen Zugtieren, die zum größten Rennen Aventuriens aufbrachen! Begleitet vom Gebrüll der Fahrer und dem Jubel der Zuschauer rasten wir aufeinander zu. Hatten die Gespanne zunächst noch hundert Schritt Abstand voneinander, schmolz er nun so schnell, daß die Katastrophe unausweichlich schien. Schon blieben die ersten vorsichtig zurück, während andere entschlossen waren, die Markierung als Erste zu nehmen. Ich kam von der rechten Seite: Also hatte ich ohnehin scharf zu wenden und zudem auch nicht vor, *Südfuchs* und *Kupferling* in dieses Gemetzel zu führen. Vor mir verkeilten sich zwei Wagen ineinander. Pferde strauchelten wiehernd, Holzsplitter wirbelten auf. Eine Deichsel schnellte hoch, ein Tulamide flog in hohem Bogen über das Gespann eines Konkurrenten. Der Wahnsinn des Krieges war über sie gekommen!

Im lockeren Trab lenkte ich meine Tiere an einem Fahrer und vier Rössern vorbei, die sich am Boden wanden. Einen zersplitterten Wagenkasten, der mehr Gold trug als ich je besaß, mußte ich beiseiterempeln. Endlich passierte ich die Pfähle, zwischen denen der Boden noch aschen qualmte. Die Blicke von Ilkfried, einer alten Bornländerin und mir trafen aufeinander: Wir waren die letzten, von den fünf zerschmetterten und führerlosen Gespannen hinter uns abgesehen. Dann ließen wir die Peitschen knallen. Vor uns lagen fast zweihundert Meilen Reichsstraße. Das waffenstarrende Gewühl der Wagen vor uns kämpfte, als seien es nur noch zwei Meilen!

Ein Tulamide lief elfengleich auf der Deichsel bis zwischen die Köpfe seiner Tiere und durchtrennte seinem Nachbar mit einem Säbelhieb den Hauptzügel. Der holte ihn dafür mit einem Speerwurf vom Wagen. Dieses Rennen wurde zu Ehren Rondras gefahren und unsere Wagen waren für den Kampf gebaut. Wir hatten zu kämpfen, mit zwei Einschränkungen, die die Kriegerehre ohnehin gebot: Der Gegner war der Mann, nicht das Roß. Ebenso waren alle Gespanne, die sich nicht in Bewegung befanden, sei es, daß sie ausruhten oder bereits ausgefallen waren, vom Kampf ausgenommen.

Nach zehn Meilen im scharfen Galopp waren nach meiner Zählung noch vierzehn Gespanne im Rennen – allesamt vor mir. Die Wagen gewannen Abstand, das eigentliche Rennen begann. Meine Shadif waren schnell und mein Gefährt leicht, das wußte ich. Es war Zeit, das auszunutzen. Binnen dreier Stunden zog ich an zwei älteren Schulkameradinnen vorbei. Bei Wagenhalt drangen wir in den Reichsforst vor. Meile um Meile schnitt sich die Straße durch Blautannen und Rotfichten, bisweilen winkte eine Holzfällerin uns zu.

Ein Novadi war der erste, der mich angriff. »Rastullah!« rief er seinen Wüstengott an und zog mir die Peitsche über. Eine Zeit lang fuhren wir fast Rad an Rad und hieben aufeinander ein. Dann bekam ich seine Peitsche zu fassen, die er dummerweise ums Handgelenk gewickelt trug. Ich riß ihn vom Wagen, ließ dann jedoch sofort los und sah, wie er in eine Holzschneise kollerte. Gegen Abend passierte ich zwei Teilnehmer, deren Pferde lahmten.

Wie wohl die meisten Konkurrenten setzte ich im Dunkeln die Fahrt im Schritt fort. Neben einer verlassenen Köhlerhütte gönnte ich mir und den Tieren zwei Stunden Ruhe. Immer wieder schreckten wir hoch, wenn wir überholt wurden. Im Morgengrauen geriet ich an eine Kriegerin, mit dem Kopfpelz eines Wolfes angetan, die ihren Wagen eben wieder auf die Straße lenkte. Sie versperrte mir den Weg mit gezücktem Schwert. Darauf enterte ich ihren Wagen, *Angwarding* und *Ken'gan'kir* in den Fäusten. Wir fochten auf engstem Raum. Ich hätte sie wohl früher bezwungen, aber da ich den Fehler machte, ihren Wagen besetzt zu halten, kämpfte sie bis zum Umfallen. Ein Treffer spaltete ihr Wolfsfell und ihren Kiefer. Das hätte ich klüger machen können, schalt ich mich, als ich weiterfuhr. Jeder kämpft grimmiger, wenn es um sein Eigentum geht, statt um ein paar Schritt Boden.

Als ich die Stadtmauern von Wehrheim schon sehen konnte, kam mir Hitta vom Berg bereits entgegen; sie lag offensichtlich in Führung. Wir zogen beide blank. Ich hatte nur einen Angriff frei, denn verfolgen konnte ich sie nicht. Sie wußte das und parierte meinen ersten Hieb souverän, doch versetzt folgte *Angwarding* und schlitzte ihr den Oberarm bis zum Knochen auf. Da ich freihändig kämpfte, fiel ich beinahe vom Wagen, doch Hitta mußte wegen der Wunde eine halbe Stunde später aufgeben. Während ich mich den Mauern näherte, setzte ich diese Taktik noch zweimal ein. Sie war zwar nicht so wirkungsvoll wie die Wegelagerei einer Straßensperre, doch dafür ehrenhaft wie ein Treffen beim Turnier. Der Edle von Sturmfels warf einen Speer nach mir, dem ich um Haaresbreite entging, und entkam mir so. Aber einem älteren Tulamiden spaltete ich beim Aufeinandertreffen die Waffenhand.

An der Fähre standen die Gespanne der Damen und Herren Gareth-Streitzig und Mersingen verkeilt, die wohl einen Erbstreit ihrer Geschlechter auszutragen hatten. Ein Ordensritter aus Arivor wendete soeben, nachdem er die Halbstrecke ordnungsgemäß beendet hatte. Einer spontanen Eingebung folgend, sprang ich vom Wagen und griff ihn in weitem Bogen laufend an. Er hatte mich wohl übersehen, als ich von hinten kam, und so machte ich mich bemerkbar: »Rondra!« Gegen seinen tapferen Widerstand erklomm ich den Wagen. Er verpaßte mir einen üblen Schnitt, natürlich an meinem linken Bein. Dann kamen wir ins Ringen. Mehrfach drohte der Wagen zu kippen, ehe ich meinen Gegner von seinem Fahrzeug warf. Ich mußte ihn dreimal treffen, bis ich sein Kettenhemd sprengte. Als Ordensritter durfte er natürlich nicht aufgeben. Erst als sein Waffenarm so lahm war, daß ich ihm die Waffe entschlug, gab er auf. Wieder schalt ich mich: Man zwingt niemand um seinen Wagen zu kämpfen, den man gar nicht haben will. Das hatte viel Zeit gekostet. Aber die zwei Hochadeligen waren beide noch immer zugange und kein weiterer Gegner in Sicht. Ich lief zu der Rondra-Geweihten, die als Zeugin bereitstand, und ließ mir den Segen geben, damit ich nach Gareth zurückkehren konnte.

Nach meiner Zählung hätten mir mehr Gegner entgegen kommen müssen. Es schien mir unmöglich, daß schon während meiner Nachtruhe jemand bereits in der Gegenrichtung vorbei gekommen war. Die fehlenden Teilnehmer mußten also ausgefallen sein, oder ich hatte sie meinerseits in der Nacht beim Rasten überholt. Ilkfried war mir noch nicht begegnet, den Rest der bunten Schar konnte ich im Geist nicht überblicken. Konnte es wirklich sein, daß ich Zweiter nach Sturmfels war, der mir ja als einziger beim Treffen entkommen war?

Den ganzen Tag trieb ich die Pferde und mich weiter. Mein Bein schmerzte, *Südfuchs* stand der Schaum vor dem Maul, und *Kupferling* drohte ein Hufeisen zu verlieren. Kein Gegner war zu sehen. Manchmal glaubte ich, die Route falsch verstanden zu haben. In der Nacht machten wir wieder im Reichsforst Rast. Ich versorgte Hufeisen und Schnittwunde – in dieser Reihenfolge. Die Fesselgelenke meiner armen Tiere waren geschwollen und heiß. »Bald haben wir es vollbracht«, flüsterte ich ihnen ins Ohr. Ich schlief wie ein Stein und schreckte viel zu spät hoch. Es war fast Morgen und Gareth noch fünfzig Meilen weit. Ich trieb uns weiter, obwohl die Erschöpfung wie ein wartender Geier schwer auf meinen Gliedern und Schultern saß.

Nach zwanzig Meilen zog ich an einem angeschlagenen Gespann vorbei: Es war ein gewisser Gerborod der Blonde, den ich bei Wehrheim wohl auch irgendwie übersehen hatte. Erwähnenswert ist, daß Gerborod einer der ganz wenigen ist, dem es fünfundzwanzig Jahre später gelang, nochmals zu dem Rennen anzutreten. Ringsum blühten bereits die Weizenfelder, als ich am Horizont eine Staubwolke sichtete: Das war Sturmfels. Ich brauchte anderthalb Stunden um ihn einzuholen. Er sah verflucht prächtig aus: Er fuhr eine Troika blaugeschmückter Falben, sein Wappenhemd leuchtete trotz des vielen Staubes, halblanges schwarzes Haar umrahmte sein edles Antlitz. Er war mit dem Adel des halben Mittelreiches verwandt, sein Geschlecht galt seit Generationen als das sprichwörtliche Edelgeschlecht, er wußte, daß er seit zwei Tagen führte und daß mein Gespann schon fast reif für den Schinder war. Als ich aufschloß und er mir einen fast gelangweilten Blick zuwarf, haßte ich ihn. Er focht mit aufdringlicher Eleganz, die Zügel fest in der Linken. Angesichts unserer halsbrecherischen Geschwindigkeit konnte auch ich nur *Ken'gan'kir* führen. Wir tauschten einige laut schallende Hiebe. Plötzlich schwenkte er fort, kehrte mit

Schwung zurück und rammte mich. Die Räder kreischten auf, Funken und kleine Holzsplitter flogen. Ich fühlte, wie das Rumpeln immer stärker wurde, während sein teurer Wagen makellos dahinrollte. Zähneknirschend mußte ich den Überholversuch abbrechen. Ich zügelte meine Tiere und versuchte das Schaukeln einzudämmen. Leomar steh mir bei, Sturmfels zielte auf mich. Der Speer kam auf mich zu geflogen. Ich riß die Rosse nach rechts und warf mich zugleich fast aus dem Wagen. Als die Tiere über den Straßengraben setzten, bockte der Wagen und warf mich endgültig ab.

Ich erhob mich mühsam. Die Deichsel war teilweise gesplittert, der Wagenkasten hing schief – und mein Unterarm war gebrochen. Ich beruhigte *Südfuchs* und *Kupferling* und führte sie auf die Straße. Das Leuchten am Horizont mußte Gareth sein. Höchstens noch zehn Meilen. Die Frage war, ob der lädierte Wagen die noch überlebte. Ich hätte mich auch mit einem zweiten Platz bescheiden können, der mir fast sicher schien. Doch ich hatte im kaiserlichen Turnier gelernt, was der Unterschied zwischen Gewinnen und Siegen war. Siegen kann nur, wer noch im letzten Augenblick zu verlieren bereit ist: was er zu Beginn hatte – und was er inzwischen errungen hat.

Noch einmal peitschte ich meine Füchse auf. Es dauerte eine halbe Stunde, bis ich Sturmfels erneut eingeholt hatte. Entweder fuhr er auf Sicherheit oder er hatte keine Reserven mehr. Ich sah die Scheuerstellen des Geschirrs auf seinen drei Falben. Diesmal versuchte ich ihn links zu überholen – rechts hatte ich noch ein heiles Rad. Sturmfels' Blick war jetzt von eherner Schwärze. »Sieg oder Radbruch!« brüllte ich und rammte. Der Aufprall ließ uns beinahe aufeinander stürzen, unsere Klingen bissen ineinander. Krachend splitterte Holz. Hinter uns sah ich ein Rad davonrollen. Aber es waren beide Wagen, die einknickten. Während wir schlitternd weiterrasten, packte mich Sturmfels am Kragen. Er versuchte mich vom Wagen zu zerren. Wir boxten und rempelten und rutschten zusehends von den beiden Fahrzeugen. Kreischend brach mein Wagenkasten auseinander. Ich fiel hintüber und riß nun meinerseits Sturmfels mit. Instinktiv preßte ich den gebrochenen Arm an den Körper, als ich rollte. Mein Kopf schlug gegen einen Meilenstein: »2 Meilen nach Gareth«.

Rote Ringe tanzten vor meinen Augen, als ich hochkam. Da drüben stand in Blau und Gelb der Edle von Sturmfels. Wir hoben unsere Schwerter und hinkten aufeinander zu. Kaum gelang es uns noch die Klingen zu kreuzen, meist schlugen wir die Hiebe des Gegners einfach beiseite. Nur zuweilen fingen wir einen Angriff mit einem Zirkel ab, der bereits mehr dem selbständig denkenden Handgelenk entsprang. Es war nur noch mein Wille und der meiner Mutter, der mich aufrecht hielt. Ich fragte mich, was ihm seine Mutter beigebracht hatte über das Geschlecht derer von Sturmfels. Mir hat sie etwas über Schmerzen beigebracht, Herr Sturmfels. Ich bin ziemlich gut, was Schmerzen angeht. Völlig unerwartet für uns beide ging meine Gerade durch seine Verteidigung, mitten in sein herrliches Wappenhemd. Er knickte ein, schlug noch eine Schattenfinte und prallte verkrümmt auf die Straße.

Müde blickte ich auf ihn herab. Ich erwog ihm zu helfen, aber ich hatte ein Rennen zu gewinnen. Ringsum kamen einige Bauern gelaufen. »Kümmert Euch um den Edlen von Sturmfels«, befahl ich. Dann lief ich meinem Gespann nach. Meine Füchse und die Falben standen am Straßenrand und schnaubten erschöpft. Ich weiß nicht, ob sie auf einander schmollten oder sich fragten, ob ihre Herren noch bei Verstand waren. Ich scheidete *Ken'gan'kir*: »So, Jungens, einmal müssen wir noch …«

Sieg

Tausende von Garethern säumten die Straße, als ich daher gerumpelt kam. Viele mußten lachen. Da die Regel verbot zu reiten, hatte ich nur eine Möglichkeit gehabt: ich hatte die gebrochene Achse vom Wagenkreuz getrennt und stand nun auf der Deichsel, die mein erschöpftes Gespann hinter sich herzog. Wir boten keinen sehr heldenhaften Anblick, wir konnten nicht mehr rennen – aber dennoch waren wir die Sieger des Rennens der Helden. »Rondra hat gewählt!« begrüßte mich Xaviera mit den traditionellen Worten. Ich wurde verarztet. Bis zum Abend trafen noch vier andere Teilnehmer ein. Unter den drei Toten war auch Ilkfried, der schon beim ersten Überholversuch nach zehn Meilen fast geköpft worden war. Ich muß an dem Sterbenden vorübergefahren sein und habe es nicht einmal bemerkt.

Ich war so angeschlagen an Leib und Seele, daß ich erst am nächsten Tag begriff, was ich vollbracht hatte. Zur Rondrastunde, der zweiten nach Mittag, fuhr Xaviera mit mir auf einen nahen Hügel, um eine Zeremonie zu vollführen, die seit achtzehnhundert Jahren von einem geheiligten Sieger zum nächsten weitergegeben worden war. Nur neben ihr zu stehen, als wir auf dem *Donnersturm* losfuhren, war wie in den Himmel entrückt zu werden. Funken fuhren mir glühend über die Haut, ohne sie zu versengen.

In altertümlichem Bosparano gab Xaviera mir den überlieferten Bericht über Leomars Sieg auf den Feldern von Baburin weiter. Danach sprach sie Worte, die, so muß ich annehmen, Rondra selbst damals zu dem Heiligen sprach. Besonders prägte sich mir der Satz ein: »Glaube nicht, daß es nur eine Gnade ist, den *Donnersturm* zu führen.« Dann lehrte sie mich eine geheime alveranische Hymne, mit der ich den Wagen rufen konnte.

Bring mir den Wagen der voll Feuer,
bring mir des Sturmwinds Hauch,
bring mir den Donner ungeheuer,
bring mir die Blitzkraft auch.
Bring mir des Kriegers Ehre,
bring mir des Sturmes Mut,
bring mir des Kriegers Wehre,
bring mir der Waffen Glut.
Bring mir der Hörner Schallen,
bring mir der Mannen Schreie,
bring mir der Peitsche Knallen,
bring mir des Blutes Weihe.
Mein Leib sei's der DIR fährt,
DEIN Geist jedoch in meinem Tun.
Meine Hand sei's die DICH ehrt,
DEINE Tat vollbring ich nun.

Als ich ausgesprochen hatte, bäumten sich die Rappen auf. Ihre Hufe ließen die Erde beben, ihr Wiehern zerriß mir fast die Ohren. Denn auch ihre Namen hatte ich ausgesprochen: Astaran (Die Ehre des Kriegers), Thorra (Der Mut des Sturmes), Ronnar (Der Schild des Kämpfers) und Zyathach (Das Aufblitzen der Waffe). Ein letztes Mal trat Xaviera an den *Donnersturm* heran. Sie drückte mir die Zügel in die Hand, Zaumzeug aus Iryanleder, gesäuert in den Brabaker Sümpfen, um feuerfest der Hitze zu widerstehen. Feierlich und langsam stieg ich auf den Wagen. Die Quadriga gehorchte mit einer Treue und einer Wildheit, die nur unsterbliche Tiere kennen können.

Kleine Flämmchen fuhren aus ihren Nüstern, als sie auf ein leises Zügelschnalzen hin antrabten. Dann fuhr ich in eine Zukunft, die mir nun vorgezeichnet schien wie die Bahn, die sich die Rappen brachen: voll Lärm und Blut und Glut, unaufhaltsam, urgewaltig, schneller als jedes Roß, schneller als jede Schwalbe, schnell eben wie der Blitz.

Weitere Siege

Das Entschwinden des *Donnersturmes* ließ mich in einem seltsam leeren Leben zurück. Ich beschloß, wieder in die nördlichen Provinzen zurückzukehren. Denn inzwischen war Waldemar Herzog von Weiden geworden. Im Lieblichen Feld hatte er die liebliche Yolina von Aralzin kennengelernt, als Kammerdame ihre Muhme, der Gräfin Udora von Bethana. Und wenig später war sie seine Gattin.

Natürlich mußte ich wieder in Baliho haltmachen. Diesmal hielt mich nicht nur die Akademie fest. Die Höflichkeit verlangte, daß ich dem Haus Falkenstein meine Aufwartung machte. Des Grafen Tochter Praiodane bestand darauf, daß ich auf der Burg Quartier nahm. Sie trug inzwischen den Titel einer Baronesse und war deutlich weniger affektiert als zu unseren Schulzeiten. Ihr Interesse an meinem Sieg schien ehrlich zu sein. Ich blieb über eine Woche auf der Burg und wurde fast allen Baronen vorgestellt.

Eines Abends lenkte mich die Baronesse auf einen Söller der Burg. Es war eine lauschige Spätsommernacht. Unter uns lag der Pandlaril, indem sich die Lichter Balihos hinter uns spiegelten. Praiodane fragte mich nach meinen Zukunftsplänen. Sie sah sehr hübsch aus: Das braune Haar war nach Garether Art hochgesteckt, der schlanke Leib in einem weißen Kleid aus Belhanker Linnen, mit roten Samtborten bestickt. Ihre Augen schimmerten im Halbdunkel.

Plötzlich begriff ich: Hochgeboren war eine gräfliche Erbin – und die sollte bei Thronantritt verheiratet sein. Ich verließ die Szene fast fluchtartig. Merkwürdig, wie Rahjas Segen weht: Mit siebzehn war Praiodane für mich die schönste aller Maiden gewesen. Und hätte sie sich mir zehn Jahre später genähert, wäre ich in schwerste Versuchung geraten, mich als Graf von Baliho niederzulassen. Zu diesem Zeitpunkt aber war ich so jung, daß der Gedanke blankes Entsetzen auslöste.

Während ich mein Gepäck schnürte, konnte ich förmlich Praiodanes Mutter sprechen hören: »Diesen Mann mußt du dir holen, mein Kind. Wohlhabend ist Baliho selbst, dein Adel ist ohne Makel, aber Ruhm ist unbezahlbar – und den hat Raidri Conchobair. Der Kaiser ist schwach, der neue Herzog unerfahren. Balihos Zukunft ist offen und voller Möglichkeiten. Ein echter Held an deiner Seite …« Nach einer sehr kurzen Nacht verabschiedete ich mich hastig von den Grafen und täuschte Pflichten beim neuen Herzog vor.

Über Trallop ritt ich nach Norburg im Bornland. Vor einigen Jahrzehnten war die Frau des Grafen von Norburg als Werwolf entlarvt worden, nachdem ein Schäfer dem Ungeheuer die Pranke abgeschlagen hatte und die Gräfin darauf mit verstümmelter Hand erwachte. Aber außer der Jagd auf einige Sumpfrantzen gab es hier keine Heldentaten zu vollbringen. Also drang ich in den Bornwald ein. Es gelang mir tatsächlich den Riesen Milzenis zu sehen. Danach war ich sechs Stunden auf der Flucht vor ihm. Ein halbes Dutzend Mal stöberte er mich unter umgefallenen Baumriesen und in Wassergräben auf. Immer wieder entwischte ich ihm, aber mit seinen riesenhaften Schritten holte er mich immer wieder ein. Erst als ich mich in eine Schlucht voll Dornen warf, entkam ich ihm.

Hernach bekam ich es in der Gegend des Rabenpasses zwischen Norburg und Gerasim mit einer Mischung aus Walbergwidder und Khoramsbestie zu tun. Das Ungeheuer, geschaffen von dem Magier Zurbaran, fiel wie wahnsinnig in die Schafherden ein, bis ich es mit meiner Drachentöterlanze erlegte. Für mich war diese Kreatur damals einfach eine künstliche Mißgeburt. Hätte ich gewußt, daß – zumindest nach Ansicht der Weißen Magie – die Erschaffung von Chimären zur Dämonologie gehört, hätte ich wohl auch Zurbaran zu töten versucht. Wer dämonische Hilfe ruft, die ein oder zwei Kreaturen derart umgestalten kann, öffnet dabei auch Mächten das Tor, die die ganze Welt ihrer Form berauben wollen.

Im Frühling war ich in Perricum und erwog, beim großen Turnier von Punin teilzunehmen, wo vom 17. bis zum 20. Ingerimm die besten Fahrer aufeinandertrafen. Da wurde ich beim Tempelbesuch von einem Rondra-Geweihten gerufen: »Ihr seid in das `Register der rondragefälligen Recken´ aufgenommen worden.« Für einen Augenblick verharrte ich in stummem Erstaunen. Ich fühlte, wie der Mantelsaum der Göttin mit dem Hauch der Ewigkeit über mein Gesicht strich. Dann fiel ich auf die Knie, die beiden Fäuste triumphierend zum Himmel erhoben. Die Bewegung war so widersprüchlich, voll Demut und Triumph, wie ich mich fühlte. »Ja, Rondra, ich preise dich!« seufzte ich aus voller Brust.

In den folgenden vier Jahren trat ich weitere drei Mal beim Turnier von Gareth an und wurde Sieger aller Bewerbe – mit Einhandwaffen, Zweihandwaffen und Anderthalbhändern. Eine Zeit lang hatte ich den Eindruck, daß das Turnier von nur einem Krieger in hundert Leibern besucht wurde: zwei Schritt groß, mit blondem Haar, Retobart oder Almadaner Schnauzer, nur darauf aus, seinen Gegner im ersten Ausfall in die Schranken zu prügeln. Finten und kunstvolle Hiebe sah man selten. Um so besser für mich: Ich war stark genug, um diesen Totschlägern standzuhalten, und oft genügte ein unbekannter Hieb, um sie aus dem Gleichgewicht zu bringen.

Die Zuseher brüllten begeistert auf, wenn ich, statt meinerseits zurückzuprügeln, nun einen kunstfertigen Treffer nach dem anderen landete. Ein Seitenhieb, ein Peitschenhieb oder ein ysilischer Wolfsbiß richteten mit stumpfen Waffen natürlich kaum Schaden an, aber der Jubel des Publikums trieb mich voran, bis der Gegner schließlich, von einem Dutzend Treffern zermürbt, ins Sägemehl stürzte.

Seit damals weiß ich, wie sehr Begeisterung, Unterstützung und das Gefühl, im Recht zu sein, einen Kampf entscheiden können. Wie recht hatte doch Landrin, als er sagte, daß ein Kämpfer im Kopf besiegt wird. Vor allem meiner Begeisterung, die wiederum die Begeisterung der Menschen war, verdanke ich wohl meinen Ruhm. Ich kann mich nicht erinnern, wann erstmals ein Barde oder eine jubelnde Menge mich den Schwertkönig nannte. Spätestens, als ich das dritte Mal auf den Schultern meiner Bewunderer zum Sieg getragen wurde, geschah das im stolzen Bewußtsein, des Namens würdig zu sein. Bis heute hat mich niemand im Zweikampf geschlagen.

Die Preise, die ich gewann, machten mich mehrfach recht wohlhabend. Aber ich hatte nun einfach keine Hand für Geld. Viel bedeutender waren mir auch die Freundschaften, die ich schloß. Die Amazonenkönigin Yppolita trat mehrfach ungeschlagen vom Turnierplatz ab. Sie kämpfte mit dem klassischen Amazonensäbel, jener gekrümmten, zweischneidigen Waffe mit der scharfen Spitze. Ich kann von Glück reden, daß wir nie als Gegner ausgelost wurden: Es wäre ein

Kampf geworden, den wohl keiner von uns hätte gewinnen können. Einmal traf ich auch den Roten Pfeil, der binnen fünfzig Jahren acht Mal beim Bogenschießen antrat und Schützenkönig wurde. Tenobaal, so hieß er wirklich, war der einzige Elf, dem ich jemals nahe kam.

Im Jahr 10 v. H. heiratete der achtzehnjährige Prinz Hal Alara Paligan. Retos Bruder Storko, der Samtene Prinz, hatte noch als Botschafter in Al'Anfa diese Hochzeit eingefädelt, die eine der gefährlichsten Familien des Kontinentes mit der des Kaisers versippte. Mit seiner Volljährigkeit wurde Hal auch König von Garetien und damit designierter Thronfolger. Neun Monate später wurde Prinz Brin geboren, der, so hieß es, ganz nach seinem Großvater Reto geriet.

Fürst Halman starb in Havena, Albernias Frauen trauerten ein Jahr lang um ihn. Da Prinzessin Algei kurz nach der Volljährigkeit auf den Thronanspruch verzichtet hatte, folgte ihm Cuanu ui Bennain als neuer Herrscher nach. Ein Bursche, dem ich zwei blaue Augen geschlagen hatte, war jetzt mein unmittelbarer Lehnsherr! Auch der Graf Galahan von Honingen, der südliche Nachbar Winhalls, starb, seine neunjährige Tochter Franka Salva nahm seinen Platz ein.

Um diese Zeit kam es in Almada zu einem erneuten Überfall durch die Novadis, bei dessen Abwehr die Fürstin fiel. Ich sprang auf *Nachtlied*, packte *Angwarding* und *Ken'gan'kir* und eilte zu der Festungskette am Yaquir, die das Dreiländereck gegen Novadis und Altes Reich beschützte. Vor 50 Jahren hatte hier Kalif Malkillah II. die ganze Grafschaft Süd-Almada erobert. Dieser Angriff mochte nur ein Vorstoß einiger Räubersultane sein, es konnte jedoch auch wieder ein Feldzug wie der Kalif Chamallahs gegen das Liebliche Feld fünfundzwanzig Jahre zuvor sein, bei dem das unabhängige Chorhop gefallen war. Es hieß, daß der Kalif fast zehntausend Reiter befehligte, weil jeder erwachsene, männliche Novadi durch seine Religion zum Kampf verpflichtet war. Mehr erfahrene Gardetruppen konnte das Liebliche Feld auch nicht aufbieten – und das Kaiserreich an dieser Grenze auch nicht. Wie auch immer: Meine Muhme Ruada war bei einem solchen Angriff gefallen, und ich hatte gelernt, jeden Kampf ernst zu nehmen.

Aber außer einigen Scharmützeln und langwierigen Verfolgungsjagden gab es überraschend wenig Kämpfe. Ich erbeutete vier Shadifs, ein Kamel und fünf Khunchomer, die mir ein ansehnliches Leben in Punin erlaubten. Wir übten uns in der Almadaner Askese, wie man das Verkosten sämtlicher Weine eines Jahrganges nannte, verloren viel Geld bei den Fasanenkämpfen und lernten das Brettspiel Pentagramma. Auf einem der letzten Abwehrritte wurde *Nachtlied* irrtümlich – kein Novadi hätte ein Pferd angegriffen – so schwer verletzt, daß ich ihn töten mußte. Ich schämte mich meiner Tränen nicht, als ich ihn am Rande der Wüste mit bloßen Händen vergrub. Lange bildete ich mir ein, im Sternbild der Stute ganz schwach einen neuen Stern zu sehen. Trauernd wählte ich den kräftigsten der erbeuteten Shadifs aus, den ich *Al'Sharif* nannte, also etwa Königspferd. Das feurige Tier ritt sich ganz anders als mein treuer *Nachtlied*, und bei den Almadanern lernte ich viel darüber, mit so einem empfindsamen Tier umzugehen.

Aranien: Vaters Schwert

Im Jahr 8 Reto, als ich eben dreiundzwanzig wurde, führte mich das Schicksal endlich nach Aranien, das Land meines Vaters. Es mag seltsam klingen, von der

Führung des Schicksals zu sprechen, wenn man so sehr dessen Schmied ist wie ich es war. Aber seit dem Donnersturmrennen war ich nicht mehr so frei, mein Pferd einfach in eine ferne Provinz zu lenken. Fast jeder Edelmann empfing mich als Held und wollte sich in meinem Ruhm sonnen – oder aber zum Dank meine Hilfe erhalten.

Auch in Aranien war das nichts anders, dem altertümlichen Oron; hier hatte Leomar die Hauptstadt Nebachot, das heutige Perricum, erobert, ehe er den *Donnersturm* gewann. Das Leben war bunt und farbig, ein Schmelztiegel der Kulturen. Die Frauen waren herrisch und stolz, die Männer nachgiebig, gutaussehend und kunstfertig. Ich bekam mehrere Einladungen, mit herrlichen Gespannen zu fahren. Denn im Land der Ersten Sonne und ganz besonders in der Gegend von Baburin wird die Tradition des Streitwagens noch immer gewahrt – eigentlich seltsam, denn als die Tulamiden den halben Kontinent beherrschten, kannten sie nicht einmal das Pferd. Ich nahm auch an einigen aranischen Jagden teil, wo die Ritterin mit ihrem Hund und ihrem Falken in kürzestmöglicher Zeit eine Gazelle, ein Kaninchen und eine Taube erlegen muß. Angesichts meiner Unkenntnis im Abrichten durfte ich mich hier aber gewöhnlich mit dem letzten Platz begnügen.

Aus dem Novadigrenzkrieg brachte ich genug Gold mit, um in Zorgan eine Sklavin freizukaufen, in die ich mich bei meinem ersten Besuch auf einem Sklavenmarkt verliebte. Sie hatte ausgeprägte Mandelaugen – ein Erbe der Vermischung vieler Tulamiden mit ihren mohischen Sklaven – und einen kirschroten Schmollmund. Sie hieß Sharisad, was Schmetterling bedeutet und eigentlich der Ehrenname einer Schleiertänzerin ist. Die Tatsache, daß ich sie gekauft hatte, stand immer zwischen uns. Wohl verbrachten wir einige tulamidische Liebesnächte wie aus den Geschichten aus Tausendundeinem Rausch. Aber als Sharisad begriff, daß ich wirklich keine Ansprüche an sie stellte, ging sie mit dem Stolz einer freien Frau. Sie gebar mir später eine Tochter, die Shanhazadra hieß und eine wunderbare Rahjageweihte wurde.

Endlich lernte ich die Baburiner Familie kennen, der mein Vater entsprungen war, ehe er den Namen Conchobair angenommen hatte. Sie waren allesamt stolze Rondrianer: Geweihte, Kriegerinnen, Offiziere, Seekrieger. Mein Vater war wie erwartet nicht anwesend, eine geweihte Mission hatte ihn über die Ausläufer des Raschtulswalles nach Mhanadistan geführt.

Über die Rolle, die Connair Conchobair bei Kaiser Retos Rückkehr gespielt hatte, fand ich nie Bestimmtes heraus. Aber ich wußte, daß meine beiden Eltern als stolze und selbstbewußte Einwohner ihrer zwei Länder separatistischen Ideen gegenüber aufgeschlossen waren. Ich kann weder ausschließen noch beweisen, daß sie sogar zu jener Kette von Freiheitskämpfern gehört hatten, die Reto von Tuzak nach Gareth gebracht hatte. Wie auch immer: Heutzutage steht Albernias Loyalität dem Kaiserreich gegenüber außer Frage – und die der Familie Conchobair ebenfalls.

Daß diese Familie Conchobair nur noch aus mir bestand, erfuhr ich einige Wochen später. Eine Reisebegleiterin meines Vaters kehrte zurück und berichtete, daß er von einem Kaiserdrachen getötet worden war. Die Umstände waren der Kriegerin nicht näher bekannt, doch jene, die den Charakter meines Vaters und den eines Kaiserdrachen kannten, hatten recht genaue Vorstellungen von der Begegnung: Wahrscheinlich hatte der Drache die Waffen und Schätze des Wanderers gefordert. Wo jeder andere – vermutlich sogar ich –

auf den ›Plunder‹ verzichtet hätte, sah der Rondra-Geweihte nur die Herausforderung zum Kampf seines Lebens, und die konnte er nur mit blankem Schwert beantworten.

Ich war keine fünfundzwanzig und bereits der letzte Überlebende meiner Familie: ein Kriegerschicksal. Angeblich gab es zwar noch andere Conchobairs, aber die waren von der Hauptlinie Generationen entfernt. Die Baburiner Sippe behandelte mich zwar wie einen Verwandten, doch das machte mir nur noch deutlicher, daß ich die Geborgenheit einer Familie nie wirklich kennengelernt hatte. Das Bitterste daran war, daß ich es vermutlich auch noch selbst verschuldet hatte. Ich war stets zu spät gekommen: als Belfionn starb, als meine Mutter starb, als mein Vater starb.

Doch es gab etwas, das ich für meinen Vater tun konnte. Natürlich dachte ich daran, den Drachen zu töten. Aber im Gegensatz zu meinen Träumereien am Neunaugensee wußte ich inzwischen, daß eine solche Tat selbst die Möglichkeiten des Schwertkönigs und Donnersturmsiegers überstieg. In der güldenländischen Geschichte ist es nur drei Helden gelungen, alleine einen Drachen zu töten. Die Tulamiden und die Zwerge berichteten Ähnliches. Doch einen anderen Weg, als es alleine zu tun, gab es nicht, denn zwanzig Bogenschützen ergreifen ebenso die Flucht wie ein einzelner, wenn ihr Herz nicht das eines Helden ist. Was ich tun konnte, war den Leichnam meines Vaters zu bergen oder zumindest seinen Verbleib für die Tempelbücher zu klären. Ich sattelte *Al'Sharif* und wählte schmuckloses Zaumzeug, das mich nicht durch sein Klirren verraten konnte.

Ich drang in die immergrünen Nadelurwälder an der Südostseite des Raschtulswalls vor, vorbei an uralten Eiben, Zedern, Maulbeer- und Gespensterbäumen.

Von hier, so hieß es, waren die Tulamiden vor Urzeiten ins Tiefland vorgedrungen. Etwas seltsam Urwüchsiges lag über dem Bergland. Ich hatte wenig Anhaltspunkte, aber ich entdeckte auf der Karawanenstraße die Spuren eines Kampfes. Nach insgesamt vier Wochen Suche war ich mir sicher, die Höhle des Drachen gefunden zu haben. Es war eine gähnende Öffnung in den graugrünen Flanken des Raschtulswalles. Ich verbarg *Al'Sharif* in einem Wäldchen und stieg hinauf, Mutters *Angwarding* in der Hand. Aus der Höhle blies mir eiskalter Wind entgegen, der nach Blut, Aas und Schwefel roch.

»Rondra steh mir bei«, flüsterte ich. Dann kam mir in den Sinn, daß Rondras Gefährte der löwenhäuptige Drache Famerlor war, der Herr des Kampfeszorns und des Ruhmes. Vielleicht verstieß es gegen den Willen meiner höchsten Herrin, einen Drachen seiner Kriegsbeute zu berauben?

Nein, schüttelte ich den Kopf. Mir fielen die Worte so vieler Rondrapredigten ein: »Der Kampf ist das Weltengeschick, seit der Ewige LOS die Riesin Sumu überwand, um die Welt zu erschaffen. Der Kampf ist das Leben selbst.« Ich grinste grimmig: »Und dem Sieger gehört die Beute.« Dann stieg ich in die Höhle ein.

Es war eine Kaverne, von einem kleinen Bächlein am Boden ausgewaschen. Wie ein Füllhorn verjüngte sie sich und bog sich nach rechts. Ein leises Schimmern drang mir vom hinteren Ende entgegen. Ich würde nun gerne eine großartige Saga zum Besten geben. Aber die Geschichte war sehr simpel. Am Ende der Höhle türmte sich ein mächtiger Haufen von Knochen und Leder auf, zwischen denen Waffen, Rüstungen und aufgeplatzte Säcke voll Gold glänzten – wohl die Beute von zwei Jahrhunderten. Wie ein Wächter lehnte an der Wand ein Mann, in dem ich trotz all der Zeit meinen Vater erkannte, angetan mit einer versengten und zerfetzten Kettenrüstung und den Insignien der Rondrakirche. Neben ihm lehnte der Anderthalbhänder *Leifbrand*, mit dem er mich vor Zadig von Volterach gerettet hatte. Es erfüllte mich mit grimmiger Befriedigung, daß Vater so offensichtlich die bedeutendste Trophäe des Drachen war: der Einzige, so hoffte ich, der ihm jemals entgegengetreten war und seinen Schuppenpanzer durchschlagen hatte.

Das trockene Klima hatte den Leichnam weitgehend ausgedörrt. Dennoch kostete es mich alle Sohnesliebe, ihn zu schultern. Als ich die bronzefarbenen Beinschienen neben mir sah, erinnerte ich mich daran, wie diese Beine über mir gestanden hatten: »Ganz ruhig, es ist vorbei.« Mit der Linken nahm ich *Leifbrand*, auf dem dunkles Drachenblut klebte. Dann machte ich mich auf den Rückweg. Jeder Laut ließ mich zusammenzucken. Wenn der Drache jetzt in die Höhle kam, würde er bald zwei Wächter haben – falls er mich überhaupt dessen für würdig befand. Über eine Stunde brauchte ich für den Abstieg in das Wäldchen. Aber nicht einmal am Himmel konnte ich einen Drachen fliegen sehen. Und auch später hatte meine Tat keine Folgen. Weder verfolgte der Drache meine Spur noch überfiel er Nachbardörfer oder entsandte bezauberte Sklaven.

Was für ein Wahnwitz, muß ich heute sagen, daß ich mich nicht davon überzeugte, daß der Drache ausgeflogen war. Drei, vier Tage Warten im Dornicht hätten damals genügt, um darüber Gewißheit zu erlangen. Statt dessen hatte ich mich auf LOS verlassen, daß er die Conchobairs schon nicht im Mannesstamm erlöschen lassen würde. Darüber hinaus kann ich heute nur glauben, daß mir jener Drache wohlgesonnen war – vielleicht so, wie ein darpatischer Graf, der mit

Erstaunen zusieht, wie ein Hirsch eine seiner Lieblingsjagdtrophäen von der Wand abnimmt.

Wie auch immer: So kam es, daß ich ein Schwert erbte, das das kochende Blut eines Drachen gekostet hatte. In den folgenden Jahren gewann ich mit *Leifbrand* auch die Kaiserturnierbewerbe im Kampf mit dem Schwert zu anderthalb Hand.

8 v. H.:

Wajahd

Die Expedition

Die Zeit um meinen siebenundzwanzigsten Geburtstag verbrachte ich in Festum und Khunchom. Ich hatte mich dem Kauffahrer Ardo Stoerrebrandt angeschlossen, der in jenen Jahren die Khomwüste bereiste. Er begründete damit nicht nur das größte Vermögen Aventuriens, das sein Neffe Stover später verwalten sollte, sondern schrieb auch ein bedeutendes Buch über »Kamele und Kalifen«, wie er es nannte. »Dürfte ich Euch einladen, mich nach Khunchom zu begleiten – natürlich auf meine Kosten?«, hatte er gefragt.

»Es wird mir eine Ehre sein«, hatte ich schmunzelnd geantwortet. Im Grunde hatte er mich als Söldner angeworben – aber auf die taktvollste Weise, die zwischen einem wohlhabenden Gemeinen und einem abgebrannten Edelmann möglich war.

Dann schloß ich mich einer Expedition des Erzmagiers Rakorium an, die der Suche nach dem sagenumwobenen Unterwasserreich Wahjad galt. Die Barone Uribert von Kieselburg und Fredo von Plötzingen-Eberstamm waren Glücksritter wie ich, der eine durch Unglück, der andere durch bornländisches Erbrecht dazu verflucht, ihre rondrianischen Fähigkeiten für klingendes Gold zur Verfügung zu stellen. Vor allem aber lernte ich Ruban ibn Dhachmani kennen, den sie später den Rieslandfahrer nennen sollten. Der Tulamide hatte nicht die Hemmungen, die uns Edelleute plagten. Er verstand es, mit seinen Entdeckungsreisen den Grundstein für ein Vermögen zu legen. Eine seltsame Freundschaft verband uns: Ich mochte seinen Humor, seine Anpassungsfähigkeit und seinen leidenschaftlichen Gleichmut, während er an mir, denke ich, Mut, Treue und Abenteuerlust schätzte.

Alle diese unsere Fähigkeiten sollten aufs äußerste strapaziert werden auf unserer Reise, die uns bis an den Rand des Feuermeeres führte. Der Drachenodem und die tobrische Brise trugen unsere moderne Dreimastkaravelle, die *Königin von Festum*, binnen 24 Stunden 300 Meilen weit südwärts. So meldete uns der Ausguck im Morgengrauen des fünften Tages das Blitzen der Morgensonne auf den Kuppeln Khunchoms. ›Land der Ersten Sonne‹ nennen die tulamidischen Dichter ihre Heimat, gewiß, weil hier die erste Hochkultur erblühte, unzweifelhaft aber auch, weil Praios' morgendliche Strahlen zuallererst dieses Land wachküssen. Es mag mit dem Licht jenes Morgen zu tun haben, aber ich verliebte mich beim ersten Anblick in Khunchom: die Paläste und Tempel, das Gedränge von Wasserträgern, Eseln, Tiefverschleierten und Säbelkämpfern, das Salbadern der Händler, das Quengeln der Kabasflöten und hunderte Düfte, die sich zu einem einzigen Erlebnis mengten. In den Tavernen saß man meist auf Kissen oder gar nur Teppichen, die niedrigen Tischchen bestanden aus dreibeinigen oder ähnlichen Gestellen, auf denen kunstvoll getriebene Kupferplatten lagen.

Viel zu schnell stachen wir wieder in See. Nach zwei Tagen passierten wir das Thalus-Massiv mit seiner romantisch zerklüfteten Küste. Wir wandten uns westwärts und segelten in die Tränenbucht. Jedes Festumer Schiff läuft Kannemünde an, eine bornländische Kolonie zwischen der mörderischen Khomwüste und den brütenden Echsensümpfen. Die Fahrt in dem fast windstillen Gewässer dauerte anderthalb Tage. Aber die Festumer Krämer wußten, daß Schiffsladungen voll Unauer Salz auf sie warteten, und die waren jeden Weg wert.

Wir verließen die *Königin von Festum* und wechselten auf die Kogge *Meermaid*. Auf der großen Insel Altoum galt es Kajuboknospen zu ernten, die erlaubten, unter Wasser zu atmen; deswegen wurden sie von den einheimischen Haipu eifersüchtig gehütet. Mehr als einmal mußten wir wegen einer Handvoll Knospen eine halbtägige Verfolgungsjagd überstehen. Die Kajubos waren Vorbereitung für eine Tauchexpedition, die der Erzmagier sodann ausrüsten wollte. Rakorium hatte uns gezeigt, wie wir mit der Essenz der Blüten fünf Zauberhalsbänder vollenden konnten. »Ihr belegt die Halsbänder dadurch mit einem klassischen Zauber der Auelfen,« hatte der Erzmagier gesagt, »aber gebt acht: Sobald ihr sie angelegt habt, wird eure Brust zu der eines Fisches.«

Soweit ich es weiß, habe ich an dieser Tauchexpedition nie teilgenommen. Ja, es gibt da eine seltsame Lücke in meiner Erinnerung und Alpträume von schwarzen Tiefen, die ich nie gesehen habe. Auch Ruban ibn Dhachmani hat einmal Ähnliches angedeutet. Manchmal habe ich die Vermutung, daß wir damals etwas so Schreckliches erlebten, daß unser Geist sich weigerte es aufzunehmen. In noch düstereren Momenten habe ich den Erzmagier selbst im Verdacht: Ob er die Geheimhaltung, die ihm stets so wichtig war, damals bis zu einem unheimlichen Zauber trieb?

Wie auch immer: Ich glaube, mich erinnern zu können, daß sich auf der Rückfahrt über das offene Perlenmeer ein Sturm zusammenbraute, wie ich ihn nie wieder gesehen habe. Unzweifelhaft war der Kauca ein leibhaftiger Gigant, dessen Leib aus schwarzen Wolken auf uns zuraste. So dicht fiel der Regen, daß wir an Bord beinahe ertranken. Dann traf uns Welle um Welle, eine jede höher als die vorige, bis Berge schwarzen Wassers uns unter sich begruben. Das letzte, was ich wahrnahm, war der Klang des berstenden Mastes, als die *Meermaid* mitschiffs auseinanderbrach.

Allein

Ich tauchte auf wie ein Korken in einem Weinfaß. Entsetzt warf ich mich herum, noch einmal, dann ruderte ich im Kreis. Das Schiff war fort! Ringsum sah ich bis zum Horizont nichts als glitzerndes Wasser, auf dem sich die Sonne des Südens blendend brach. Im gleichen Augenblick fühlte ich einen brennenden Schmerz in der Brust. Verzweifelt holte ich Luft, doch etwas wie flüssiges Feuer drang in meine Lungen. Instinktiv tauchte ich unter. Das Halsband! Ich mußte es im Augenblick des Ertrinkens angelegt haben. Rakorium hatte uns gewarnt, daß es seinen Träger wie ein Fisch atmen ließ. Wassertretend löste ich es vom Hals und tauchte wieder auf. Erleichtert atmete ich bis in die tiefsten Lungenspitzen ein.

Irgendwie hatte ich erwartet, damit mein eigentliches Problem ebenfalls gelöst zu haben. Doch ich fühlte, wie statt dessen Panik mein Herz umklammerte. Ich befand mich in einer der grauenvollsten Situationen, die ich mir bis heute vorstellen kann: alleine und verwundet, Hunderte Meilen weit von Wasser umgeben, ohne die leiseste Vorstellung, wo ich war. Ich weiß nicht, wie lange ich wie gelähmt im Wasser trieb. Immer wieder merkte ich, daß meine Gedanken um dic Frage kreisten, wie ich meinem Leben ein schnelleres und einfacheres Ende bereiten konnte. *Angwarding* und *Ken'gan'kir* waren versunken, Holzsplitter hatten mir den Arm bis auf den Knochen zerschnitten. Es war nur eine Frage der Zeit, bis ein Tigerhai, ein Dekapus oder ein Seeungeheuer mich zerfetzte oder verschlang. Und in ein, zwei Tagen würde ich selbst um solch ein Schicksal zu beten beginnen, wenn mir die Sonne das Haupt verbrannte und das Salzwasser das Fleisch auflöste.

Ich wurde wütend. Ich verfluchte die treulosen Gefährten, den verrückten Erzmagier, den unfähigen Kapitän. Dann richtete sich mein Zorn gegen mich selbst. »Sieger des Donnersturmrennens, ha!« brüllte ich. Wäre ich doch auf meinem Streitwagen geblieben! Welcher Wahnsinn hatte mich getrieben, über fremdes Meer zu schiffen, zehn Tagesreisen weit von jedem Land entfernt? Ich mit meinem unstillbaren Drang nach Abenteuern … Jetzt hatte ich ein Abenteuer gefunden, das größte, das man sich vorstellen konnte.

»Du kannst schreien«, hatte meine Mutter gesagt, »aber der Schmerz darf nicht stärker sein.« Das galt auch für die Angst. Ich hatte keine Probleme – ich hatte nur Angst. »Was sind schon zweihundert Meilen Wasser?« knurrte ich und lachte freudlos. Wenn man zweihundert Meilen gehen konnte, dann konnte man sie auch schwimmen. Zehn Tage Hunger halte ich auch aus, sagte ich mir. Über den Durst nachzudenken, kam mir glücklicherweise nicht in den Sinn.

Ich begann eilig mit den Vorbereitungen, um eine Stimme zu übertönen, die flüsterte: Wieso bist du sicher, daß es nur zweihundert Meilen sind? Wenn du südlich der Feuerinseln bist, kannst du bis zum Ende der Welt schwimmen. Ich packte das Halsband in einen Beutel im Gürtel. Damit konnte ich notfalls sogar nach Fischen oder Muscheln tauchen, beruhigte ich mich. Aus den Resten des zerfetzten Schwertgehänges bastelte ich mir einen einfachen Verband und einen Kopfschutz gegen die Sonne.

Es mußte eher Nachmittag als Vormittag sein. Also stand die Sonne im Westen. Wo immer der Wirbelsturm uns hingebracht hatte, es war gewiß nicht westlich von Brabak. Irgendwo im Perlenmeer oder im Feuermeer. Ich lachte gequält: »Na ja, das ist ja kaum mehr als die halbe Welt.« Also mußte ich nach Westen oder Norden schwimmen. Nordwesten, die einzige Möglichkeit, kein Land zu verfehlen. Während dieser Überlegungen begann ich bereits zu schwimmen. Es war vermutlich das Wahnwitzigste, was ich jemals getan habe – aber dies war wohl auch die wahnwitzigste Lage, in der ich mich jemals befunden habe.

Die Tage vergingen so zäh wie Walfrischtran, der aus einem Faß tropft. Das Schlimmste war, daß mein Schwimmen nicht die leiseste Wirkung zeigte. Nur mein Verstand sagte mir, daß mich jeder Stoß einen Schritt näher zu einem unbekannten Ziel brachte. Ich schwamm viel mit geschlossenen Augen, die mir, wenn ich sie aufschlug, ohnehin nichts zeigten als blendende Helligkeit. All mein Geist verteilte sich in meinen Armen und Beinen, die stumpfsinnig ihre Bewegungen ausführten.

Die Wunde war eine klaffende, weiße Öffnung in meinem Fleisch. Sie blutete nicht, doch sie heilte auch nicht. Meine Haut quoll auf und wurde madenartig weiß. Auch Hals und Schultern röteten sich unter der Sonne und platzten widerlich auf. All das ahnte ich mehr als daß ich es sah: Tagsüber schwamm ich; wenn die Sonne unterging, drehte ich mich auf den Rücken und schlief. Es gab weder Wind noch Wellen, und die Dünung war so sanft, daß ich darauf schlafen konnte.

Wenn ich Durst hatte, legte ich das magische Halsband an und trank aus Efferds überreichlichem Angebot. Manche Seeleute behaupten, daß man gräßliche Krämpfe bekommt, wenn man Salzwasser trinkt. Fische, sagte ich mir, kriegen keine Krämpfe – und falls ich mich täuschen sollte, würde ich mich dann zwischen Versinken und Verdursten entscheiden. Tatsächlich hatte ich keine Probleme mit dem Salzwasser. Übler war der Hunger. Ich brauchte viel Kraft beim Schwimmen. Beim ersten Tauchgang begriff ich, daß sich kein Fisch von einem solchen Plumpsack wie mir fangen ließ. Der Meeresgrund war ohne Bleigewicht unerreichbar weit, Muscheln oder andere Efferdsfrüchte waren ohne Licht nicht zu finden. Also kaute ich an den Lederresten, die ich dabei hatte. Sie schmeckten nach der Jauche, mit der sie gegerbt worden waren. Salzwasser und Pferdepisse, welch Festmahl!

Gerettet

Ich weiß nicht, wie lange das Schiff schon da war, bis mein eingepökeltes Gehirn es registrierte. Es war der achte Tag auf See, das wußte ich genau: Rechnen und zählen war meine einzige Abwechslung. Es war eine Thalukke, das typische Segelschiff des Südens: ein schlanker und flacher Rumpf, ein spitzes Heck, ein Dreieckssegel an einer schrägen Rahe, keine Aufbauten, nur am Heck eine halboffene Hütte. Sie segelten nordwärts – und sie würden mindestens drei Meilen vor mir meinen Kurs kreuzen.

Ich unterdrückte die Regung, wie ein Wahnsinniger zu schreien und zu winken. Ganz ruhig, sagte ich mir, keine Kraft verschwenden, sondern alles in *einen* Schrei legen. Ich begann Wasser zu treten, richtete mich auf und atmete fest durch. Dann versammelte ich all meine verbliebene Lebenskraft in einem weittragenden, schrillen Schrei. Das Winken fiel unendlich schwer.

In mir kam wieder Panik hoch. Sie hatten mich übersehen! Da wendete das Schiff und kam auf mich zu. »Efferd, sei gepriesen«, ließ ich mich zurücksinken. Was für ein Glück, daß sie meinen Kurs vor mir gekreuzt hatten. Ich Dumpfschädel, kam mir in den Sinn, habe nicht ein einziges Mal hinter mich geblickt in all den Tagen.

Braunhäutige Burschen blickten vom Schiffsrumpf herab, kleingewachsen, kräftig, vollbärtig. Sie erschienen mir schön wie Elfen. Die Bordwand war anderthalb Schritt hoch, unerreichbar für mich. Der Mann im Bug warf mir ein Seil entgegen. Wie schnell das Schiff fuhr! Schon war das Seil vorbei. Aus der Mitte des Schiffes warf mir ein zweiter eine Schlinge zu und brüllte etwas. Ich folgerte, daß ich sie mir um die Brust legen sollte. Ich bekam gerade eine Schulter durch, dann zog das Seil an. Sie brauchten drei Mann, um mich einzuholen. Die Schlinge schnitt in meiner Wunde ein, und ich hing wie ein toter Fisch darin.

Ich sollte mich bedanken, dachte ich todmüde. Da halfen mir zwei Seeleute mit einem kräftigen Ruck auf die Knie. Dann legten sie mir zwei hölzerne Balken um Hals und Handgelenke und schraubten sie zu. Ich schlug neben dem Mast hin, mit einer rasselnden Kette hinter mir, ehe ich begriff, daß die drei zerlumpten Gestalten, die dort saßen, Sklaven waren – so wie ich.

Ich muß mindestens achtzehn Stunden geschlafen haben, denn die Sonne stand im Osten schon wieder einige Stunden hoch. Ein Tritt weckte mich. Über mir stand eine etwa Achtzehnjährige, dürr, mit einem exotischen, aber häßlichen Gesicht. »Hast sicher Hunger«, sagte sie überraschend fürsorglich. Dann stellte sie die halbe Schale einer Kokosnuß vor mich hin, die mit einem unbestimmbaren gelben Brei gefüllt war. Mein Magen knurrte wie ein bornländischer Bär, aber meine Arme in dem Joch waren wie Stein. Es blieb mir nichts übrig als mich bäuchlings hinzulegen und die Nase in den Brei zu stecken.

Meine Mitgefangenen waren bronzehäutige Insulaner, die mir kaum bis zur Brust reichten: zwei Männer, eine Frau. Sie hatten wunderschönes schwarzes Haar, in dem bunte Blüten verwelkten. Sie starrten mich kurze Zeit scheu an, glotzten dann jedoch wieder trübsinnig vor sich hin.

Die Thalukke hatte etwas mehr als ein Dutzend Mann Besatzung, die allesamt Tätowierungen einer schwarzen Schlange trugen. Was ich erfuhr, mußte ich mir aus den knappen Gesprächen der Leute zusammenreimen. Anscheinend kam sie aus Charypso. »So verkommen wie Al'Anfa«, hatte der Kapitän unserer Kogge auf Altoum gesagt, »aber ohne dessen kulturelle Errungenschaften.« Kapitän der Piraten, denn das waren sie unzweifelhaft, war ein etwas größerer Schwarzhaariger von fünfundzwanzig Jahren; er hieß Vrak, und es war klar, daß er jeden an Bord ohne ein Wimpernzucken erschlagen hätte.

Wir kreuzten etwa drei Wochen, ohne daß die Charypter Beute entdeckt hätten. Aufgrund der Kurswechsel weiß ich also bis heute nicht, wo ich aufgefischt wurde – oder wo Wajahd liegt.

Langsam kam ich wieder zu Kräften. Ich bekam regelmäßig doppelt so viel zu essen wie die Eingeborenen – oder besser gesagt: diese bekamen halb so viel wie ich. Die häßliche Schiffsköchin verarztete sogar meine Stichwunde und die entzündeten Schultern. Augenscheinlich hatten sie vor, mich in brauchbarer Form zu verkaufen. Die Insulaner bekamen Tritte, wenn sie sich mehr als einen halben Schritt vom Mast entfernten. Mir war das wegen der Kette an meinem Joch ohnehin nicht möglich.

Ich überlegte, ob ich mich als Edelmann zu erkennen

geben und Lösegeld versprechen sollte. Doch da es niemand gab, der für mich zahlen würde, hätte ich meinen Aufenthalt bei Vraks Leuten nur verlängert. Ich versprach mir mehr vom ersten Landgang.

In der vierten Woche fiel mir auf, daß wir gezielt nordwärts fuhren. Wie ich hören konnte, steuerten wir Selem an. Eines Nachmittags tauchte die Stadt im Süden der Khomwüste am Horizont auf. Selem ist, wie jemand einmal gesagt hat, das größte Drecksnest der Welt. Ehemals eine der tulamidischen Metropolen, ist die Stadt seit einer himmlischen Katastrophe vor tausend Jahren nur noch eine enorme Ansammlung verfallender Lehmbauten. Ich sah einige Paläste, deren Glanz dereinst wohl die Khunchoms und Mherweds erblassen lassen hatte. Jetzt waren es Markthallen voll stinkender Bettler.

Ein Lotse kam an Bord, der nach längerem Feilschen das Ruder übernahm. Ich war erschrocken, wie selbstverständlich ihm Vraks menschliche Fracht schien. Der Mann steuerte uns durch ein Gewirr von Inselchen und Schlammbänken in die Mündung des Szinto. Die alten Hafenanlagen am Westufer wurden nicht mehr genutzt: verfallende Mauern, eingestürzte Lagerhäuser, die vermodernden Reste schiefer Kräne. Statt dessen liefen wir ein Inselchen an, das *Klein-Al'Anfa* genannt wurde. Anscheinend hatten sich die Händler hier nach Kulturen getrennt niedergelassen: Auf zwei Inseln sah ich sogar unverkennbare Fachwerkbauten, wie man sie nur in Grangor oder Havena kennt.

Klein-Al'Anfa fiel hingegen vor allem durch die weitläufigen Pferche auf – und es war deutlich, daß hier nicht nur Vieh verkauft wurde. Wir legten an und wurden unter Peitschenhieben an Land getrieben. Auf dem Weg vom Kai durch die Pferche gab es mindestens drei längere Aufenthalte. Fette Schreiber, brutale

Aufseherinnen und grimmige Söldner hielten Vraks Leute auf, und stets ging es um Geld. Ich fühlte eine häßliche Befriedigung, als ich merkte, daß Vrak herablassend als Kleinlieferant behandelt wurde. Beim dritten Halt bekam er einen Wutanfall und weigerte sich, Fußeisen für uns zu mieten – zu unserem Glück.

So wurden wir schließlich durch ein Labyrinth von Zäunen bis an den Nordrand der Insel getrieben, etwa hundertfünfzig Schritt entfernt. Der Boden war schlammig, von Tausenden Füßen zerstampft. Neben einem Pferch, in dem sich ein Dutzend Selemferkel suhlten, steckte man uns in einen weiteren von vier mal zwei Schritt.

Ich lehnte mich an die Wand. Alles drehte sich: Ich war seit fast zwei Monaten ununterbrochen auf See gewesen. Ich schüttelte den Kopf, um ihn klarzumachen und an das Wichtigste zu denken. Zunächst zog ich mich am Zaun hoch, um mich zu orientieren; meine seit Wochen eingespannten Arme hatten kaum mehr Kraft. Ich betrachtete die drei Mitgefangenen und erwog einige Möglichkeiten, die Bewacher zu überlisten.

Da näherten sich Schritte, Stimmen und Kettenrasseln. Man hob den Balken außen vom Tor und öffnete den Pferch. Es waren drei Leute: Ein kahlköpfiger kräftiger Mann mit Lederschürze stand da, Ketten und Fußschellen in den Fäusten, ließ dann aber zwei Piraten vortreten, die ich von der Thalukke kannte. Der eine, den ich heimlich Narbenfresse nannte, stellte sich zwischen mich und das Tor, während seine Kumpanin zu den Waldmenschen trat. Dann kam auch der Schmied herein und trat zwischen mich und die anderen: »Auf deinen Arsch!«

Ich unterdrückte fünfundzwanzig Jahre Stolz und sackte so zu Boden, daß ich beinahe lag. Alles hing davon ab, daß der Bursche mich für einen gebrochenen Feigling hielt. Ich mußte handeln, ehe sie mir Fußeisen anlegen konnten – sonst würde ich sie mein Lebtag nicht mehr los werden.

Ich streckte die Beine aus und tat, als könne ich ihm nicht in die Augen blicken. Während er niederkniete und die Ketten bereitlegte, schielte ich nach Narbenfresse. Der stierte in unsere Richtung, während die Piratin die Insulaner auf den Boden nötigte. Der Schmied griff nach meinen Fußknöcheln, dann wieder nach den Ketten. Er fluchte und wandte sich zu Narbenfresse: »Warum sagt'n keiner, daß der Kerl Beine hat wie'n Ochse?«

Das war die Gelegenheit! Ich schwang die Beine hoch und legte ihm meine Unterschenkel zangenartig um Hals und Schultern. So riß ich ihn rücklings zu Boden. Instinktiv hatte ich die Füße überkreuzt, um ein Widerlager zu haben. Nun drückte ich zusammen. Er bäumte sich auf, ging in die Brücke. Sein Kopf wurde purpurrot, seine Hände krallten sich um meine Schienbeine. Aber die Beinmuskeln sind die kräftigsten Muskel, die ein Mensch hat. Als der Widerstand des Mannes am heftigsten war, warf ich mich ruckartig auf den Bauch. Mit einem lauten Knacken brach sein Genick.

Ich hörte Narbenfresse fluchen und sein Kurzschwert ziehen, das er nach südlicher Art in einem Gehänge in Rippenhöhe trug. Brüllend ging ich wie ein Stier auf ihn los. Wie erhofft, setzte er einen hohen Schwinger nach meinem Kopf. Ich duckte mich und rammte ihn in Hüfthöhe – mit dem Joch. Er flog gegen den Pferch. Ich kam ruckartig zur vollen Höhe hoch. Das Joch schrammte über seine Rippen und traf krachend sein Kinn. Ich drehte mich, um für die Piratin bereit zu sein, und trat Narbenfresse dabei noch schnell die Beine weg.

Während er umsackte, durchbohrte mein Blick die Frau. Mein Körper schien in Flammen zu stehen: was für ein Gefühl, endlich wieder meine Kraft einzusetzen! Ich stand jetzt zwischen ihr und dem Ausgang. Sie war die Erste, die begriff, daß ich auch im Joch ein ernstzunehmender Gegner war. Sie hob drohend den Khunchomer.

Mein Zorn befreite sich in einem höhnischen Lachen: »Ja, tu das, Sklaventreiberin! Schlitz mich auf!« Sie zögerte und holte dann folgsam aus. Als die Klinge herabsauste, wich ich nicht zurück, sondern sprang vor, wobei ich den Oberkörper zurückbog. Ein gefährliches Manöver – aber die Klinge fuhr tatsächlich viel zu hart in das Joch. Ehe meine Gegnerin noch wußte, daß ihr Säbel festsaß, traf mein Knie sie auf die Herzrippe. Dann ließ ich mich einfach auf sie fallen und begrub sie unter mir.

Sie versuchte sich zu befreien und drückte meinen Oberkörper empor. Ich gab ihr nach und kam so rittlings auf ihr zu sitzen. Dann drehte ich die Schultern und versetzte ihr mit der Außenseite des Jochs einen harten Schlag auf die Schläfe. Sie griff schützend nach ihrem Kopf, da kehrte ich die Bewegung um und traf sie mit der anderen Seite des Joches. Hin- und herpendelnd deckte ich die Piratin mit brutalen Schlägen ein. Sie kauerte unter mir, die Arme um den Kopf geschlungen. Daraufhin warf ich mich hoch und ließ mich seitlich fallen. Diesmal traf das Joch senkrecht Stirn und Nase der Sklavenjägerin. Sie stöhnte dumpf auf, ihre Gegenwehr erlahmte.

Ich sprang auf. Die Frau röchelte und ihre Hände tasteten nach dem zerschmetterten Stirnbein. Meine Erziehung verbot mir, sie weiter anzugreifen. Doch dann hallte eiskalt ein einziger Gedanke durch meinen Kopf: Sie wird wieder Sklaven jagen – und der nächste, der den Mut hat sich zu befreien, wird sie nicht mehr überraschen können. Diese Frau war fast die Einzige in meinem Leben, die ich aus eiskalter Überlegung getötet habe.

Narbenfresse lag noch immer reglos am Boden. Auch die Waldmenschen saßen noch immer da und glotzten mich fassungslos an. Ich kniete vor den Dreien hin und hielt ihnen das Joch hin. »Aufschrauben«, bat ich heiser. Sie verstanden nicht – oder sie fürchteten mich.

Ich holte tief Luft und versuchte mich zu beruhigen. Wieviel Zeit hatte ich? Mit dem Joch konnte ich unmöglich hinaus. Ich trat zurück und verbeugte mich vor jedem der Drei. Dann blickte ich Jeden von ihnen an und nickte dann zur Tür: »Du – gehen!« Dann ging ich betont würdevoll in Richtung Tor. Sie glotzten nur. Sollte ich das Joch gegen die Wand schmettern, damit sie begriffen?

Ich Dummkopf! Warum sollten eigentlich sie mich befreien? Ich kniete mich vor den Ersten hin. Er wich zurück, aber ich war soviel größer, daß ich ihn schließlich einklemmte, um sein Joch zu erreichen. Ingerimm steh mir bei, war das schwer mit den halbgelähmten Fingern! Es schien ein Jahrhundert zu dauern, bis ich beide Schrauben gelöst hatte. Ich trat zurück, bedeutete ihm zu gehen und wandte mich schicksalsergeben zu der Frau.

Die schnatterte etwas und plötzlich hatten sie begriffen. Während ich sie losschraubte, befreite der Mann den dritten Gefangenen. Jetzt waren doch tatsächlich alle ihre Fesseln los – außer mir. Ich blickte die drei flehend an. Die Frau lächelte und trat an mich heran. Sie mußte sich auf die Zehenspitzen stellen, um die Schrauben zu entfernen. Ich ließ die Arme fallen, ein befreites Lachen gurgelte aus meiner Brust. Dann umarmte ich sie und hob sie hoch. Sie erstarrte und schenkte mir einen Blick wie einem Verrückten.

Dann griff ich mir den Khunchomer und eine Kette. Das Kurzschwert überreichte ich ihr, um keinen der Männer zu kompromittieren. Sie wog die Waffe mit abergläubischem Staunen, und die beiden Männer blickten neidisch über ihre Schultern.

Wir schlichen aus dem Pferch. Linkerhand führte der eingezäunte Weg zurück zum Kai, aber rechts endete er nach zehn Schritt. Dort kletterten wir über den Zaun. Hier wucherten Mimosen und Schachtelhalme, umgeben von einem Gürtel von Brabaker Rohr. Die nächste Insel war dreißig Schritt entfernt, das Ufer zur Rechten etwa vierzig. Wir krochen durch Gesträuch und Schilf und tauchten in die gelbe Brühe, über der die Sumpffliegen tanzten. Die Ketten ließ ich zurück.

Die Waldmenschen schwammen wie Seeotter und überholten mich schnell. Ich versuchte sie zu einer Stelle am Ufer zu lotsen, wo wir, so schien es mir, unbemerkt ans Land steigen konnten. Doch auf halbem Weg rief der vorderste der Waldmenschen »Pan!« und bog plötzlich flußaufwärts ab. Schlagartig schwammen alle drei so schnell sie konnten. Ich blickte flußabwärts und sah etwas auf uns zu treiben, was wie ein bemooster Baumstamm aussah. Dann tauchte es ab.

Wenn die Insulaner flohen, wußten sie, was sie taten. Aber ich schwamm ohnehin zu langsam, um mein Heil in der Flucht suchen zu können. Also zog ich den Khunchomer. Ich rechnete jeden Augenblick damit, in die Tiefe gerissen zu werden. Das Halsband! Die Piraten hatten mich armen Schiffbrüchigen nicht durchsucht. Ich klemmte die Klinge zwischen die Zähne, riß den Beutel hervor und nestelte das Halsband um mich. Da kräuselte sich das Wasser vor mir.

Ich warf mich zur Seite, etwas Horniges schrammte über meinen Schenkel. Bitteres Wasser drang in meine Lunge und ließ mich atmen. Aus dem trüben Wasser kam pfeilschnell der Kaiman daher, mindestens drei Schritt lang waren alleine der Leib und das Maul. Ich stieß zu, als das Maul sich öffnete. Wir wichen einander halb aus und prallten halb zusammen. Ich wurde auf den Rücken geworfen, als die Bestie über mich hinwegwalzte.

Ohne nachzudenken klammerte ich mich fest. Meine Beine schloßen sich wieder zur Schere, auch meine Arme hielten die Echse umschlungen. Ein ruderndes Bein zerkratzte mir die Schulter. Der Kaiman tauchte und drehte sich um die eigene Achse. Was für ein Glück, daß ich ein Fisch war! Weiter hinten peitschten zwei Schritt Schwanz, von denen jeder Treffer mir vermutlich das Rückgrat brechen konnte.

Ich weiß nicht, wie lange ich an der Bestie hing. Irgendwann bockte er so, daß ich oben den Halt verlor – zumal ich mich ja nur mit meiner Hand festhalten konnte. Doch bald hing ich etwas seitlicher wieder an seinem Rumpf. Der Rückenkamm schnitt mir rote Striemen in den Oberschenkel. Lange konnte ich mich nicht mehr halten. Mein Arm lag jetzt über der helleren, gerippten Bauchseite: die weichste Stelle, kein Zweifel, und nach dem Ritt kannte ich sie wirklich gut. Als der Kaiman wieder bockte, ließ ich den Oberkörper nach hinten pendeln. Mit der Linken hielt ich mich am Vorderbein fest. Ich brachte die Klinge zwischen mich und den sich windenden Echsenleib und stieß mit aller Kraft zu. Der Kaiman bäumte sich auf, bräunliches Blut quoll hervor. Ich verlor den Halt, ein ungeheurer Peitschenhieb des Schwanzes schrammte über meine Brust.

Ich ließ mich auf den Flußgrund sinken und verbarg mich zwischen dunkelgrüner Wasserpest und Hornblatt. Mein Blick reichte nur wenige Schritt weit. Doch die Raubechse kam nicht wieder.

Mit dem magischen Halsband war es mir ein Leichtes, ungesehen das Ufer auszukundschaften. Dennoch konnte ich mir nicht zu lange Zeit lassen, ehe ich an Land ging: In der Flußmündung brodelte das Wasser, Echsenschwänze peitschten umher. Ich wollte nicht wissen, ob dort der Kaiman von seinen Artgenossen zerfetzt wurde oder einer der Insulaner, von denen ich nie wieder etwas sah. Ich war von oben bis unten zerschunden, meine Kleider hingen nur noch in Fetzen und waren voll Algen. Aber wenn es in Aventurien eine Stadt gibt, in der auch eine lebende Wasserleiche nicht auffällt, dann ist das Selem. Über der ganzen Stadt lag der Geruch von Verfall und Fäulnis. Die Strohhäuser moderten in der feuchten Luft, die Steinbauten versanken langsam im Schlamm. Selbst die Menschen trugen Kleider, die nach Fischschnaps, Rauschkraut und jenem allgegenwärtigen Moder rochen. Zwischen den weitläufigen Ruinen liefen sogar Echsenmenschen umher.

Nach all den Erlebnissen graute mir vor dem Gedanken, ein Schiff zu besteigen. Doch es war nicht schwierig, eine Reisegruppe zu entdecken, die landeinwärts nach Norden zog. Allerdings mußte ich mich dabei als Zureiter verdingen und verbrachte noch einige Wochen mit Pferdefang im Shadif. Jahre später erfuhr ich, daß die Piraten der Schwarzen Schlange von Charypso einem unheiligen Blutkult angehörten. Es hieß, daß sie der Tiefen Tochter, der sagenumwobenen erzdämonischen Widersacherin Efferds, Blut opferten. Und Vrak sollte Jahrzehnte später noch die Meere heimsuchen, zunächst im Dienst Al'Anfas, dann in dem eines hundert Mal gefährlicheren Meisters.

6 v. H.:

Die Eroberung Maraskans

Nach der Sklaverei bekam ich Heimweh nach Albernia. Ich reiste durch Honingen nach Winhall. Die süße Franka Salva Galahan – nominell bereits Gräfin von Honingen – war schon dreizehn Jahre alt, schlank wie ein Reh, mit rotblondem Haar bis zu ihrem kleinen Popo und mit blauen Augen, die mich begeistert anstrahlten. Burg Winhall sah noch kleiner und verfallener aus – und vertraut wie eh und je. In Aywens roten Haaren zeigten sich die ersten weißen Strähnen.

Nach einigen Wochen in Winhall lockte mich schon wieder die Ferne. Ein Thorwaler Drachen war den Tommel heraufgerudert, nicht um zu plündern, sondern um Handel zu treiben. Ehe ich's mich versah, segelte ich mit den Nordmännern nach Thorwal und von dort durch das ganze Eismeer nach Paavi und zurück. Die angebliche Urheimat meiner Familie hatte etwas herrlich Unkompliziertes. Wenn man jemand mochte, klopfte man ihm so auf die Schultern, daß er mit dem Gesicht in die Rübenpampe knallte. Wenn man jemand nicht mochte, schlug man einfach noch härter zu.

Am Fürstenhof

Im Frühjahr des zu Ende gehenden Jahres 11 Reto erreichte Thorwal eine Nachricht, die mich mit unwiderstehlicher Macht zurückrief: Kaiser Reto wollte Maraskan erobern! Sobald ich das Gerücht bestätigt wußte, verabschiedete ich mich von Thorwal und bestieg das erste Schiff nach Havena. Was immer ich für Befürchtungen hatte, jetzt, da Cuanu mein Landesherr war: Wenn Seine Kaiserliche Majestät zum Heerbann rief, dann durfte ich in den Scharen meines Fürsten nicht fehlen – das verlangte meine Ehre ebenso wie das Kriegsfieber, das mich mit aller Gewalt gepackt hatte.

Bangen Herzens betrat ich den Fürstenpalast mit seiner achteckigen Mauer und den Türmen, auf denen das Blau-Weiß Albernias wehte. Hier war ich Page am Hofe des Großvaters des jetzigen Fürsten gewesen. Cuanu, sagte ich mir, war nicht mehr mein Gefährte aus Jugendtagen.

»Euer Durchlaucht«, beugte ich Knie und Haupt, den Stirnreif unter dem Arm. »Raidri Conchobair«, rief er erfreut aus. Mit ausgebreiteten Armen stieg er die drei Stufen herab: »An mein Herz, an meine Seite.« Sieben Generationen hilfloser Unterlegenheit fielen von meinem Herzen ab. Er übersah meinen überraschten Blick und umarmte mich. Eine Knappin brachte einen Schemel und stellte ihn neben die beiden Thronsessel.

»Wo habt Ihr all die Jahre gesteckt? Ist das eine Art? Gewinnt ein halbes Dutzend der vornehmsten Titel in der Welt und findet kein einziges Mal in seine Fürstenstadt!« Es war keinerlei Herabwürdigung in seinem Tadel. Ich fühlte mich peinlich berührt. »Überrascht?«, lachte er: »Ihr seht mich gut unterrichtet. Die Barden singen überall von Euch. Sie nennen Euch den Schwertkönig.« Wie jeder verstehen wird, hatte Fürst Cuanu mein Herz erneut gewonnen – und bis zum heutigen Tage schlägt es für ihn.

Ich mußte fast eine Stunde erzählen und mir vom Hofbarden Balladen über meinen Taten vorsingen lassen.

Erst dann konnte ich erklären, warum ich gekommen war. Cuanu war nicht überrascht, daß ich eiligst meiner Vasallenpflicht nachkam, doch seine Begeisterung darüber war ehrlich: »Hervorragend. Ich denke, ich gebe Euch ein Banner der Winhaller Grenzgarde. Albernia muß zwei seiner Garderegimenter stellen, und erfahrene Offiziere sind rar nach all den Friedensjahren. Ich möchte ohnehin, daß jemand der Obristin Haimlyn zur Seite steht.«

Nun war *ich* begeistert: Ich war gerade zum Hauptmann ernannt worden, noch dazu mit Stabsbefugnis. Aber Cuanus Großzügigkeit ging weiter: »Was wollt Ihr denn? Leichte Reiter? Schwertkämpfer zu Fuß? Bei Rondra! Ihr werdet ja natürlich mit dem *Donnersturm* kämpfen. Da muß ich Euch die schnellste Einheit geben, die Albernia hat – sonst fahrt Ihr Euren Mannen davon.« So kam ich statt zu den Winhallern zu den Abilachter Leichten Reitern, von denen ich mir die besten fünfzig aussuchen durfte.

Als nächstes ließ ich mir vom Fürsten und seinen Beratern die Hintergründe des Feldzuges erklären. Die Kaiserlichen Geschwister Bardo und Cella hatten zu Beginn ihrer Herrschaft dafür gesorgt, daß mögliche Thronfolger keine Bedrohung für sie waren. Sie gingen nicht so rücksichtslos vor wie ihr Vater Perval, der während der Kaiserlosen Zeiten fast ein Dutzend Verwandte beseitigt hatte. (Es hieß ja sogar, daß Pervals siegreicher Vater nach der entscheidenden Schlacht bei Albenhus seinen Verletzungen erst nach einem Besuch seines Sohnes im Kaiserzelt erlegen war …) Bardo und Cella hingegen hielten sich an die uralten Spielregeln der höfischen Intrige. Insbesondere die Kinder Prinzessin Zerlines, der letzten Schwester Pervals, ihre Vettern und Basen also, waren ihnen zu nahe: Also wurde Prinz Reto als Botschafter nach Tuzak geschickt, Prinzessin Samia mit dem alten Rabenmund verheiratet und der kleine Storko, der ungefähr mein Alter hatte, als Botschafter nach Al'Anfa entsandt, kaum daß ihm der Bart sproß. Im Exil heiratete Prinz Reto Damaris von Maraskan, die einzige Tochter des Dajiniden-Königs Harlijin. Aufgrund einer Prophezeiung fürchtete der König, daß seine leiblichen Nachfahren ihm den Thron streitig machen könnten. Daher mußte die Prinzessin, um eine Thronfolge durch Adoption nicht zu gefährden, auf Erbrecht und Thronname verzichten. Fortan nannte sie sich Rohaja. Doch eine Woche nach der Niederkunft mit dem gemeinsamen Sohn Hal verstarb die Prinzessin – nachweislich im Kindbett, für maraskanische Verhältnisse also ein fast schon unnatürlich natürlicher Tod.

Inzwischen herrschte der verbannte und verwitwete Prinz als Kaiser Reto über das Neue Reich, während in Tuzak Harlijin die Herrschaft bereits an seinen Adoptivsohn Frumold übergeben hatte. Nun, nach über zehn Jahren als mächtigster Mann Aventuriens, fühlte er sich bereit dafür, die Geburtsrechte seiner Gattin einzufordern. Ich muß zugeben, daß mir Retos Anspruch nicht ganz einleuchtete. Zwar war sein Sohn Hal im Palast von Tuzak geboren, aber seine Mutter hatte – zumindest laut Erwiderungen aus Maraskan – auch für alle ihre Nachfahren verzichtet. Es fiel mir schwer das anzuerkennen, aber hier ging es um Politik und nicht um Recht. Man ging allgemein davon aus, daß Reto vor allem wirtschaftliche Interessen hatte. Seit Jahrhunderten lagen fast alle bedeutenden Erzvorkommen Aventuriens außerhalb der Reichsgrenzen: bei den Zwergen, bei den Thorwalern, in Uhdenberg und in Maraskan. Lediglich die Khunchomer Berge gehörten dem Kaiser, doch das Vordringen der Novadis gefährdete die Versorgung des Reiches. Maraskans Eisenminen waren schier unerschöpflich, der daraus gefertigte Stahl unbestritten der beste von Menschenhand gefertigte. Hinzu kamen Maraskans andere Schätze, insbesondere die sagenumwobene Enduriummine in der Maraskankette. Aus dem magischen Schwarzstahl ließen sich unzerbrechliche Schwerter schmieden.

Obristin Haimlyn, die mein Regiment anführte, war eine kleine Frau mit kurzen, grauen Haaren. Sie hatte die letzten Tage der Kaiserlosen Zeiten noch erlebt, aber sonst kaum kämpferische Erfahrung. Sie galt als begabte Drillmeisterin, doch Humor und Fantasie waren ihr fremd. Unter den Offizieren begegnete mir eine echte Firnelfe. Elodiron Kristallglanz, genannt ›Die Jägerin‹, führte Albernias Schützen. »Die Jägerin«, erklärte Cuanu, »hat meinem Vater auf dem Totenbett versprochen, sich im Kriegsfall um unsere Schützen zu kümmern.« Ich habe in meinem ganzen Leben niemand getroffen, der so traurig war wie diese Elfe. Es war, also ob ein Fluch über ihrem unsterblichen Leben läge. Und es war unübersehbar, daß ihr graute bei dem Gedanken, im Krieg Menschen zu töten.

Als Hauptmann einer Gardeeinheit kommandierte ich ein Banner von 50 Mann. Für das Ausrücken rief ich erstmals den *Donnersturm*. Statt meines üblichen Stirnreifes mit Scheitelbügel trug ich einen imposanten Helm. Wo immer ich vorüberfuhr, erhoben sich die Krieger, ergriffen ihr Gepäck und ihre Waffen und machten sich marschbereit. Ihre Lanzen, Speere und Piken waren traditionsgemäß mit den weißen Blüten von Phexenbecher und Perainenbecher geschmückt. Es ist ein unglaubliches Gefühl, wenn du weißt, daß eine ganze Armee nur auf dich gewartet hat!

Die Leichten Reiter ritten alle auf prächtigen Elenviner Vollbluthengsten. Ich erfuhr, daß es unter den Abilachtern zu Duellforderungen gekommen war um die Frage, wer in mein Banner durfte. Wir hatten ja damit gerechnet, daß wir niemanden zwangsversetzen mußten; aber die fünfhundert Mann hatten sich geschlossen freiwillig gemeldet!

Als ich das erste Mal vor mein Banner trat, blickten sie mich an, als ob ich vom Himmel käme. Dabei waren einige grauhaarige Veteraninnen und einige hochdekorierte Burschen darunter. Aber ich konnte mich an das Gefühl erinnern, als ich Xaviera vom Berg das erste Mal auf dem *Donnersturm* gesehen hatte.

Hinter uns marschierte das Windhager Technische Regiment mit seinen Schanzkompanien, Sappeuren und Brückenbauern, die schwere Wagen und die Eisenteile für Geschütze und Belagerungstürme mitführten. Dahinter folgte ein mächtiger Troß. Natürlich war das Ausrücken reine Schau für die Havener, denn wir würden den Kontinent nicht zu Lande durchqueren. Wir mußten hinunter zum Hafen, der für die Dauer des Einschiffens auch für Kriegsschiffe geöffnet wurde. Der Großteil der Truppe wurde in Pötten verstaut, jenen dickbauchigen Kornschiffen, die seit Jahrhunderten benützt wurden.

Der Seeweg hatte durchaus seine Tücken: Immerhin mußten wir eine Armee an den Küsten des Lieblichen Feldes, Al'Anfas und des Kalifates – also der größten Rivalen des Neuen Reiches – vorbeiführen. Nach zwei Tagen sichteten wir Grangor, den Hauptkriegshafen des Lieblichen Feldes, weitere zwei Tage später Rethis.

»Unter Eslam V. ist hier eine kaiserliche Kriegsflotte von den Zyklopen aufgerieben worden«, munterte uns der Admiral auf.

»Mitsamt zwei seiner Söhne«, fügte ein Seeoffizier ebenso fröhlich hinzu. Die Große Havarie war das Ende des gesamt-aventurischen Reiches gewesen, der endgültige Niedergang von Havenas Seemacht – und Auslöser für die Kaiserlosen Zeiten. Jetzt wurde dem letzten in der Kabine klar, was es bedeuten konnte, Geschichte zu schreiben.

Aufgrund der schwachen Brise brauchten wir sechs weitere Tage nach Brabak. König Mizirion – sprichwörtlich bekannt für seine Geldknappheit – nutzte die Gelegenheit, ein Vermögen für Liege- und Wasserrechte zu kassieren; politisch eher leichtsinnig, denn bei solchen Gelegenheiten sind schon stärkere Hafenstädte ›nebenbei‹ eingenommen worden.

Hier begann das eigentliche Abenteuer: Wir hatten über einen Monat auf See vor uns, mit sanftem Gegenwind, über das offene Meer und durch die Gewässer der Schwarzen Armada. Ein Sturm, eine Seuche an Bord oder eine Blockade konnte das Ende von zweitausend Soldaten und Matrosen sein. Ich konnte nicht umhin mich zu erinnern, wie ich hier vor kaum zwei Jahren um mein Leben geschwommen war – direkt in die Sklaverei. Zeitweise mußten wir kreuzen, zwei Tage lang mußten die Galeeren sogar die Pötte ins Schlepptau nehmen und rudern. Auf dem letzten Stück bekamen wir die Ausläufer der Altoum-Winde ab, die uns sehr schnell nordwärts trugen. Im ganzen Golf von Tuzak waren keine maraskanischen Schiffe zu sehen; die Perlenmeerflotte machte mit ihren großen Triremen seit Monaten Jagd auf jede Thalukke. Insgesamt sechs Wochen, nachdem wir Havena verlassen hatten, erreichten wir Khunchom.

Retos Feldzug

Der Kaiser wollte den Feldzug mit zehntausend Mann führen. Das mag erstaunlich wenig scheinen, wenn man bedenkt, daß das Reich nach den letzten Volkszählungen unter den Eslamiden etwa zweieinhalb Millionen Einwohner haben mußte. Aber große stehende Heere gelten seit Rohals Zeiten als reine Kriegstreiberei und sind auch kaum zu unterhalten. Zu Verteidigungszwecken konnte jede Grafschaft beeindruckende Truppenstärken aufstellen, doch diese Milizen der Baronien desertierten oder meuterten fast grundsätzlich, wenn sie nur die Grenzen ihrer Grafschaft überschreiten sollten – und ihre Kampfstärke beruhte ohnehin nur auf der Kopfzahl. Genau betrachtet beruht auch meine eigene Karriere darauf, daß hundert Bauern zehn bewaffneten Räubern nicht Einhalt gebieten können – ein einzelner, gut ausgebildeter Krieger jedoch schon.

Für einen Eroberungskrieg verblieben also nur die Gardetruppen – je nach Größe einer Provinz zwei bis fünf Regimenter, insgesamt fast vierzig Regimenter, also zwanzigtausend Mann. Wem das Kommando darüber zustand, darum stritten die Provinzherren seit Jahrhunderten mit dem Kaiser. Kaiser Reto hatte mit seinem Allgemeinen Militär-Organisations-Gesetz wieder einmal die Waagschale zugunsten des Thrones gekippt. Aber diesen Erfolg wollte er nicht überstrapazieren: Die Hälfte der Garden sollte im Reich bleiben – als Schutz gegen ehrgeizige Provinzherren, vor allem aber gegen das Liebliche Feld und die Novadis. Um seine Oberhoheit zu zeigen, faßte der Kaiser je fünftausend Mann zu einer Expeditionslegion zusammen – unter seinem Befehl und dem seines Reichsmarschalls Voltan von Rommilys. Um dessen Ernennung zum Kaiserlichen Reichsmarschall – es gibt ja insgesamt zwölf Marschälle für die einzelnen Provinzen – hatte es ebenfalls wüste Intrigen gegeben.

Man mußte damit rechnen, daß König Frumold ähnliche Truppenstärken hatte: Maraskan hatte etwa achtzigtausend Einwohner, von denen einer Faustregel zufolge jeder Vierte waffenfähig ist. Frumold hatte gewiß ebensolche Gefolgschaftsprobleme – doch man mußte damit rechnen, daß er zumindest die Hälfte, also auch zehntausend Mann sammeln konnte.

Da die albernischen Truppen zu Kaiser Retos Erster Legion gehörten, mußten wir weiter nach Elburum. Wir wurden wieder eingeschifft und besprachen während der Fahrt die Bedeutung dieser Verlegung. Obristin Haimlyn und einige Hauptleute hielten die Trennung für eine rein organisatorische Lösung, um die aranischen Hafenstädte nicht zu sehr zu belasten. Ich hatte den Verdacht, daß Reto plante, Jergan und Tuzak gleichzeitig anzugreifen, die durch über vierhundert Meilen Dschungel und Gebirge getrennt waren. Aber was Pläne anging, hielt ich es mit meinem alten Schwertmeister Landrin, der gesagt hatte: »Kein Plan überlebt die Begegnung mit dem Feind.«

Kaiser Reto war natürlich noch in Gareth: Ein Heerführer wartet nicht auf seine Truppen, sondern regiert solange, bis die letzten Nachzügler vor Ort sind. In diesem Fall trug die Elenviner Garde die Rote Laterne, die im Gegensatz zu uns den ganzen Weg über die Koschberge genommen hatte und erst ab Perricum über See fuhr. Sie mußten sich tagelange Frotzeleien gefallen lassen: »Ihr Nordmarker seid ja bekannt für eure Langsamkeit, aber daß ihr den Krieg fast verschlaft …«

Die Einquartierungen und Requirierungen lösten bei den Araniern starken Unmut aus. Der gleichaltrige Dexter Nemrod zu Waldstein war inzwischen bereits Oberst der Panthergarde, einer der fünf Leibgarden des Kaisers. Als dieser hatte er sich sogar mit aranischen Morddrohungen gegen Kaiser Reto auseinanderzusetzen. Der Kaiser jedoch vermittelte einige bedeutende Zugeständnisse. Insbesondere bekam mein alter Freund Ruban der Rieslandfahrer über seinen Mittelsmann Warrlinger die Konzession, die Truppen transportieren zu helfen gegen Bezahlung – und dafür später mit der eroberten Insel bevorzugt Handel treiben zu dürfen. Es ist nicht übertrieben zu behaupten, daß dieses Arrangement Ruban binnen zwanzig Jahren zu einem der zehn reichsten Männer Aventuriens machte.

Die Reiterei landete mit Galeeren, die bis zum Strand rudern konnten. Die Pferde mußten dann mit Ladebäumen nur noch in hüfthohes Wasser gehoben werden. Der Großteil der Fußtruppen mußte an Land gehen, wo es keines gab: Je nach Gegend war es Schilfsumpf, Papyrussumpf, Mangrovensumpf, Palmsumpf oder Zuckerrohrsumpf! Der Bergkönig Gilemon, Sohn des Gillim, der heldenhaft freiwillig dem Kriegsruf des Kaisers gefolgt war, wurde so seekrank, daß er bald wieder abreisen mußte. Trotzdem hatte er sich einen Orden verdient.

Die Gegend hieß Arubor'burob – ich kann mich nur erinnern, weil ich den Namen damals tagelang memorierte, um ihn vor meinen Leuten niemals falsch auszusprechen. Es war schweißtreibend schwül. Blutsaugende und giftige Insekten verfolgten uns vom ersten Augenblick an. Die Einheimischen wußten schon, warum sie ihre Dörfer wie Schwalbennester an die Felswände klebten und dazwischen Seilbrücken spannten. Wir dagegen mußten durch den Dschungel – oder das, was wir damals dafür hielten: Randgebiete, die die Maraskaner fröhlich als Forst bezeichnen. Der eigentliche Dschungel lag weiter landeinwärts.

König Frumolds Schwierigkeiten waren deutlich größer als vermutet. Sein Vorfahre (oder wahrscheinlicher: Vorgänger) hatte vor zweihundert Jahren die Unabhängigkeit Maraskans vom Neuen Reich proklamiert. Was ich nicht gewußt hatte war, daß es seither über dreißig Könige aus dem Haus der Dajiniden gegeben hatte. Exemplarisch war ein Perjin I., der einer Fischvergifung erlag, und ein Perjin II., der bereits elf Tage später mit einem Messer im Rücken endete. Um die völlig zerstrittenen Adelsfamilien zu einen, mußte Frumold mit seinem Heerbann durch das Land ziehen. Damit war klar, warum der alte Fuchs Reto zwei Legionen gebildet hatte. Frumold sollte nicht wissen, ob er mit seinem Heer zuerst Tuzak oder Jergan zu verstärken hatte. Unsere ganze Landung war also zunächst eine Finte.

Der eigentliche Schlag erfolgte im Süden: Tuzak lag auf einer Hochebene, hundertfünfzig Schritt über dem Hafenbecken. Marschall Voltan von Rommilys nutzte das für einen Sturmangriff auf den Hafen – zur See! Die riesigen Galeeren der Perricum-Klasse preschten wie Stiere in den Hafen und vernichteten die gesamte maraskanische Flotte im Hafen! Besonders tat sich dabei Rudon von Mendena hervor, der als Verbindungsoffizier zur Flotte das Erste Wehrheimer Garderegiment einschiffte und damit im Hafen einen Brückenkopf bildete. König Frumold hatte seine Hauptstadt verloren, ehe er sich zur Schlacht stellte. Voltan zog in die Weiße Residenz ein, wobei es zu vereinzeltem, aber bisweilen tagelangem Widerstand kam.

Wir schlugen ein Lager auf, rechneten aber täglich mit dem Marsch auf Jergan, die zweite Großstadt der Insel, die als besonders schwer einzunehmen galt. Im Lager traf ich auch Frumel wieder, mit dem ich sieben Jahre zuvor nach dem Schatz im Neunaugensee gesucht hatte. Plötzlich wußte ich, woran mich der Name unseres Feindes Frumold seit Wochen erinnerte. Ich erkannte Frumels hämische Stimme, noch ehe ich ihn sah. Er saß gerade im Kreis einiger andächtig lauschender Rekruten, während er sich voll Spott über die Organisation des Feldzuges ausließ.

Mein kurzes Verharren genügte, daß sich die Blicke der jungen Soldaten auf mich richteten. »Der Schwertkönig«, stieß einer den anderen an. Frumel blickte sich um. Es war ihm sichtlich unangenehm, sich ausgerechnet von mir die Zuhörer abspenstig machen zu lassen. Noch peinlicher mußte ihm der Hauptmannsmantel um meine Schultern sein, vor dem die Gemeinen jetzt alle Haltung annahmen. Seinen Abzeichen zufolge war er Korporal unserer Pfadfinder. Widerstrebend salutierte er.

»Sagt bloß, Korporal«, erwiderte ich den Gruß, »Ihr habt den Kaiser von Euren Ortskenntnissen auf Maraskan überzeugt?«

Er bleckte die Zähne zu einem Grinsen, als er merkte, daß ich nicht vorhatte, die Rangordnung gegen ihn einzusetzen: »Wer sich in den Salamandersteinen zurechtfindet, der kommt auch durch den maraskanischen Dschungel.« Wie ich später von seinem Hauptmann erfuhr, war Frumel tatsächlich in Donnerbach hängengeblieben und hatte sich dort einen Ruf als erfahrener Fallensteller und Pelzhändler aufgebaut.

»Man muß den Leuten die Wahrheit sagen«, wurde ich meinerseits breit grinsend die Bosheit los, die mir seit seinem ersten Anblick auf der Zunge lag. Er feixte, aber ich war nicht sicher, ob er die Anspielung verstand.

Die Schlacht von Jergan

Nun begann etwas, was ich bislang nur aus Geschichtsbüchern kannte: Es galt, sich zur Schlacht zu stellen. Beide Seiten manövrierten tagelang, um dem Gegner ein Schlachtfeld ihrer Wahl aufzuzwingen. Frumold versuchte einer drohenden Zange zwischen den beiden Legionen zu entgehen und nutzte die besseren Ortskenntnisse. Unsere Späher waren Tag und Nacht im Einsatz, um jedes größere Feld in der Nähe unseres jeweiligen Nachtlagers auszukundschaften. Voltan, so meldeten seine Boten, legte die Strecke nach Norden in Gewaltmärschen zurück, wobei ihm Hinterhalte der sogenannten Kleinen Gruppen zusetzten. Diese unrondrianische Taktik aus Volksaufstand, Überraschungsangriff, Hinterhalt und Meuchelmord bekamen auch vor allem unsere Späher zu spüren. Alleine Korporal Frumels Zug von Pfadfindern geriet zweimal in einen mörderischen Hinterhalt. Er selbst mußte wirklich ein recht geschickter Kämpfer geworden sein, denn er entkam beide Mal, einmal als einziger Überlebender und mit einem Giftpfeil im Oberschenkel.

Als Voltan nur noch hundert Meilen entfernt war – im maraskanischen Dschungel noch immer bis zu fünf Tagesmärsche – begann Reto auf Jergan zu ziehen. Gleichgültig, ob Frumold glaubte den Feind weichen zu sehen oder die Bedrohung seiner zweitgrößten Stadt erkannte, er drängte jedenfalls nach. Am 27. Travia überquerten wir die Schluchten des Hira. Unsere Angbarer Schanzmeister hatten hier eine dreißig Schritt lange Holzbrücke über den Fluß geschlagen, der fast ebenso tief schlangengleich durch die Felsen brauste. Auch an der Mündung ins Perlenmeer hatte der Hira nur einen engen Kessel gebildet: So hatte Jergan selbst kaum mehr Platz zur Verfügung, seine Gebäude türmten sich auf engstem Raum förmlich aufeinander. Die charakteristischen, einander immer höher überragenden Lehmtürme gaben der Stadt etwas von einem Igel. Es hieß, daß manche Gassen Praios' Licht nur zu Mittag sahen.

Auf der Hochebene im Osten lag das Oktagon, die achteckige Zwingfeste aus der Zeit der Priesterkaiser; hier residierte Harlijin, der Vorgänger und Verbündete Frumolds. Ringsum erstreckten sich Felder, auf denen Tee und Obst angebaut wurde. »Endlich keine überfluteten Reisfelder mehr«, soll der Kaiser gesagt haben.

Unser Windhager Regiment begann sofort mit dem Zusammenbau der Katapulte. Am nächsten Morgen flogen die ersten Steinkugeln gegen die mächtigen Mauern der Zwingfeste. Unser Hauptaugenmerk galt jedoch noch immer Frumolds Heer, das durch die Bedrohung von Stadt und Feste angelockt werden sollte.

Zu einer Schlüsselstelle wurde die Pionierbrücke, die intakt bleiben mußte: Sollte die Zange sich schließen, mußten sowohl die Maraskaner als auch Voltans Legion den Hira überqueren können. Reto postierte daher nur eine berittene Kompanie Freiwilliger an der Brücke. Als die Maraskaner anrückten, lieferten die Unsrigen der Form halber ein Rückzugsgefecht. König Frumold zögerte, überquerte aber am nächsten Tag unter breitgefächerter Deckung die Brücke. Ich konnte selbst beobachten, wie sein Heer nordwärts schwenkte, um Reto zu erreichen.

Fast unsere ganze Reiterei, insgesamt beinahe tausend Mann, lag nämlich in den bewaldeten Hügeln südlich der Brücke. Auf ein Zeichen der Obristin preschte ich los, denn der *Donnersturm* war wiederum unübersehbares Zeichen für die anderen. Die Abilachter Leichten Reiter und das Schwere-Reiter-Regiment *Goldene Lanze* aus Garetien brachen in breiter Front aus den Wäldern. Natürlich hatte König Frumold eine starke Brückenwacht zurückgelassen, und als wir angriffen, wendete auch die Nachhut, um dieser zu Hilfe zu kommen. Während die Schweren Reiter sich in die Piken warfen, nahmen wir die heranstürmende Nachhut an.

Ich hatte für die Schlacht ein Kettenhemd angelegt, dazu Arm- und Beinschienen aus überlappenden Metallplatten. Ich brauchte beide Hände, um das Gespann zu lenken. Immer wieder züngelten Flämmchen an den roten Lederriemen entlang und leckten nach meinen Fingern. Ich sah, wie die Hufe der Rappen Blitze aus dem Boden schlagen ließen. Schwere Wolken wallten um mich herum. Ich weiß, daß mein Angriff wie ein Sturmwind Furcht in den Reihen meiner Feinde säen mußte. Aber auch der Anblick meines Gegenübers schnürte mir den Hals zu: Ich griff soeben alleine fünfhundert Bogenschützen und Schwertkämpfer an! So schnell war der himmlische Streitwagen, daß ich schon in Schußweite kam, als sich hinter mir Schwere und Leichte Reiter eben erst trennten. Vor mir sah ich maraskanische Unteroffiziere hin- und herlaufen, die versuchten, kleinere Einheiten auszurichten. Dann begannen die ersten Pfeile zu fliegen.

»Thalionmel, hilf!« rief ich und versuchte mich im Radkasten zu decken, ohne die Zügel fahren zu lassen. Zwanzig, fünfzig, dann hundert Schützen legten an, und ich alleine war ihr Ziel! Aber Rondra selbst war es, die mir beistand – die mir beigestanden hatte, als sie mir den *Donnersturm* verlieh. Die erste Salve segelte auf mich herab, spickte jedoch den Boden fünfzehn Schritt hinter mir. Die nächste Salve war schon so groß, daß sie kurz den Himmel verdunkelte. Die Sturmböen, die mich umtosten, fegten den Großteil auseinander, doch ein Dutzend Pfeile prasselte in den Wagen, und zwei bohrten sich mir in Schulter und Oberarm. Die dritte Folge schließlich – Geschosse, die schon in unmittelbarer Sichtlinie auf mich abgefeuert wurden – scheiterte an meinen unverwundbaren Rossen. Funken schnaubend, bäumten Astaran, Thorra, Ronnar und Zyathach sich auf. Klirrend schlugen einhundert Geschosse gegen ihre erzenen Brustmuskeln.

Dann brach ich in die zwei Kompanien ein. Schützen warfen ihre Bogen fort, um entkommen zu können, und prügelten sich durch die Reihen der Kameraden. Dann trampelten sechzehn stählerne Hufe über ihre Leiber, gefolgt von zwei glühenden Rädern. Triumphierend schwang ich *Leifbrand*. So dicht gedrängt standen die zurückweichenden Reihen, daß jeder Hieb der langen Klinge einen Schädel traf. Ich hörte ein gurgelndes Lachen und ahnte kaum, daß es mein eigenes war. Als ich die Schlachtreihe durchbrochen hatte, wendete ich scharf und raste an der Rückseite der zerbrechenden Formation vorbei. *Leifbrand* hielt Ernte wie eine Sense des Todes, Klinge, Arm und Gesicht troffen vom Blut der Feinde. Vor mir wichen die Schwertträger der nächsten Kompanie, hinter mir setzten brüllend zwanzig Reiter nach.

Inzwischen hatten auch meine Abilachter die Schlachtlinie erreicht und brachen ein. Ich ließ die Quadriga schneller laufen und gewann Abstand zu den zwanzig Verfolgern. Dann wendete ich schlitternd und kreischend. Erdschollen sprühten um mich. Mit voller Kraft warf ich mich jetzt den Reitern entgegen. Angstvoll stiegen deren Pferde auf, verkeilten sich ineinander. Ich wollte den Angriff zügeln, aber Rondras Rappen kannten keine Gnade. Ausgewachsene Hengste wurden beiseitegestoßen wie Strohballen. Ein stürzender Reiter schlug krachend mit dem Kopf gegen den Wagen und verschwand. Mir begann zu grausen.

Ich ließ die Tiere frei laufen, um das Blutvergießen zu vermeiden. Schräg hinter mir brandeten die garetischen Schweren Reiter gegen die Turmschilde der Brückenwacht. Ein Kampfmagier der Tuzaker Akademie streckte einen unserer Ritter mit einem Flammenstrahl nieder. Und dann sah ich vier Männer mit Eimern und Fackeln die Brücke entlang laufen. Öl – kein Zweifel! Noch einmal peitschte ich die Himmelsrösser auf und fegte, wie es nur der *Donnersturm* kann, über das freie Gelände zwischen Nachhut und Brücke. Die Maraskaner hatten unseren Schweren Reitern bislang standgehalten, doch selbst diese schwere Infanterie mit den mannsgroßen Schilden konnte mich nicht aufhalten. Vier oder fünf Maraskaner wurden unter ihren eigenen Wehren begraben, die wie Straßenplatten niedergedrückt wurden. Darüber hinweg tobte der Zorn Rondras, der glühende Hufspuren auf Metall und Leder und Fleisch hinterließ. Die Saboteure hatten die Mitte der Brücke erreicht. Donnernd raste ich über die schweren Bohlen. Zwei der Pioniere zögerten und wandten sich um. Einen fuhr ich nieder, um die anderen zwei zu erreichen, die weiterliefen. Heldenhaft schüttete der dritte Mann den Eimer Palmöl aus und steckte ihn mit der Fackel an. *Leifbrand* streckte ihn nieder. Dann mußte ich erneut wenden, zwischen den Geländern selbst mit den himmlischen Rössern ein Kunststück, das auf den Bohlen zwei schwarze Doppelbögen qualmenden Holzes zurückließ. Die Brücke brannte an zwei Stellen. Als ich wieder vorpreschte, sprang einer der Maraskaner kurz entschlossen von der Brücke: dreißig Schritt tief! Nur ein Saboteur war übriggeblieben und versuchte, zurück zu seinen Kameraden zu fliehen. Er kam keine fünfzehn Schritt weit. Die Brücke war unser, Voltans Übergang gesichert, die Falle um König Frumolds Heer geschlossen.

Im kleineren Maßstab setzte sich der Wettbewerb um das Schlachtfeld fort. Wir hatten drei Tage Zeit gehabt, unsere Schanzen auszubauen. Diese wollten die Maraskaner uns nicht überlassen. Sie ihrerseits trachteten natürlich danach, das Oktagon zu erreichen: mit einer Festung im Rücken kämpft es sich ganz anders.

Immer wieder begann das gleiche Spiel: König Frumold schickte seine verbleibende Kavallerie aus, um einen vielversprechenden Höhenzug zu besetzen, unsere Reiterei galoppierte los, das zu verhindern. Indessen setzten sich größere Fußtruppen in Marsch, und stets mußte der Gegner sich fragen, ob jetzt fünfzig, fünfhundert oder fünftausend Mann verlegt wurden.

Vor allem meine Abilachter waren wegen ihrer Beweglichkeit fast Tag und Nacht im Einsatz. Insbesondere mußten wir fast ein halbes Dutzend Mal ausrücken, um unsere Brückenwacht zu entsetzen: Frumold ahnte inzwischen offensichtlich, wie wichtig der Übergang war, und ließ dort Tag und Nacht angreifen. Zur Entlastung führten einige Freiwillige der Panthergarde zwei Attacken auf das Feldlager der Maraskaner durch. Der Weibel Heldar von Arpitz gelangte dabei fast bis zur Standarte, verlor dann sein Pferd, wurde schwer verwundet und entkam dennoch zwischen den Teesträuchern.

Zweimal gelang es den Maraskanern, ihre doppelte Kopfstärke nutzend, so viele Mannen zu einer Stellung zu schicken, daß wir sie aufgeben mußten. Mehrmals kam es auch zu nächtlichen Ausbrüchen und Zusammenstößen. Eine Schwadron unserer Reiterei lief in der Dunkelheit in zwei maraskanische Kompanien und wurde übel zugerichtet. Die Schleuderer waren auf dem Rückweg und hatten zuvor bereits einige unserer verschanzten Einheiten empfindlich getroffen.

Überhaupt waren die Maraskaner unübertrefflich, was Heimlichkeiten anging. Hinter jedem Teestrauch konnte ein Halsabschneider sitzen. Vier unserer Troßwagen gingen in Flammen auf, drei Offiziere wurden an ihrem eigenen Wachfeuer gemeuchelt, und der ›Postenklau‹ war Schreckgespenst der gemeinen Soldaten – so nannten sie das spurlose Verschwinden ihrer Kameraden, die Wache hatten.

Im Morgengrauen des 3. Boron war die Schlacht schließlich unvermeidlich: Die zweite Legion war angeblich nur noch einen Tag entfernt; der mußten die Maraskaner zuvorkommen, solange sie noch überlegen waren. Wir wiederum mußten vorrücken, ehe sie die gewonnenen Höhenstellungen ausbauen konnten. Insbesondere hatten sie über Nacht den kleinen Weiler Hemandu besetzt, der wegen seiner Hütten, Schweinepferchen und Bewässerungsgräben für unsere Kavallerie kaum zugänglich war. Auf der Überlegenheit unserer Reiterei beruhten aber fast alle unsere Erfolge.

Es liegt etwas über einem Schlachtfeld am Morgen der Schlacht, das nicht beschreibbar ist: Es ist der bleierne Vorgeschmack von Rondras Gewitter, der Funken auf deiner Haut tanzen läßt. Es ist der Flammenhauch Famerlors, der dir unsterblichen Ruhm verheißt. Und es ist der heiße Atem aus dem Maul Kors, der dich nach Blut und Leibern gieren läßt. Fünfzehntausend Menschen waren angetreten, um einander mit Stahl und Holz und Feuer in die Reiche Sumus und der Götter zu schicken.

Die Schlachtreihe der Feinde zog sich über drei Meilen hin, selbst aus fünfhundert Schritt Entfernung unüberschaubar. In Hemandu stand die berühmte dreifache Schlachtreihe der Maraskaner: das Gros der Stangenwaffenkämpfer, großteils neue Rekruten, die das Kriegshandwerk buchstäblich erst ›von der Pike auf‹ lernen mußten, aber gewiß auch einige Veteranenkompanien, an deren Hellebarden, Glefen und Turmschilden jeder Kavallerieangriff verrecken mußte.

Frumold hatte sein Königsbanner mit der gelb-purpurnen Lilie zweihundert Schritt dahinter aufgepflanzt. Daneben stand auch das Familienbanner Harlijins, des Vorgängers und Adoptivvaters des Königs. An den Flanken des Feldherrenhügels hatte ein Heerhaufen von mindestens zweitausend Mann Aufstellung genommen. Diese Aufstellung zeugte nicht von Feigheit, sondern von Berechnung. Dieser Reserve mußte Voltan entgegentreten, wenn er heute eintraf – und wenn er bis zum Abend nicht kam, würde sie frisch und ausgeruht über uns herfallen!

Man sah dem Heer der Maraskaner an, wie buntgemischt es war und wie wenig die einzelnen Adeligen einander vertrauten. Allenthalben standen die Heerhaufen von hundert oder zweihundert Mann beieinander, offensichtlich nicht nach Waffengattungen, sondern durch ihre Wappenfarben getrennt: Panzerreiter, Schwertkämpfer, Speerträger, Schleuderer und Plänkler auf einem Haufen.

Die Kaiserlichen dagegen hatten Aufstellung bezogen wie die Zinnfiguren in der Sandkiste meiner alten Akademie: zehn Garderegimenter Seite an Seite, über jedem das Banner im Wind flatternd, hundert Kompanien, jeweils in der ihr eigenen Formation. Da waren die waffenstarrenden Karrées der Axt- und Schwertschwinger, die perfekt gestaffelten Phalanxen der Pikeniere, die Keile der Schweren Reiter und die fünffachen Schützenlinien der Bogen- und Armbrustschützen. Vor ihren Einheiten standen unbeweglich die Hauptleute, während die Weibel auf und ab gingen oder ritten, um die Männer auszurichten und anzufeuern.

Kaiser Reto saß an der Spitze der Panthergarde auf seinem Rappen. Sein Schlachtharnisch blinkte von Gold und Silber. Er hatte den Helm mit dem blau-gelbroten Zierbusch in der Hand, weithin sah man den berühmten Retobart. Ich denke, daß jeder Soldat das gleiche fühlte wie ich: Unser Kaiser ficht an unserer Seite. Auch ließ seine Position wenig Zweifel über unsere Strategie: Wir würden den doppelt überlegenen Feind angreifen, vorstoßen, unsere sicheren Stellungen hinter uns lassen, den Feind vor uns hertreiben.

Kaiser Reto hob die Hand. Obwohl die Fernsten ihn gewiß nicht erkennen konnten, wurde es schlagartig totenstill. Nur einige Pferde schnaubten. Dann das Signal: Hinter uns gellten die Trompeten los. Über jeder Kompanie und jeder Schwadron wurde mit einem einzigen, hundertfachen Rascheln die Standarte entfaltet.

Dann dröhnten die Pauken los und gaben, dem Herz der ganzen Armee vergleichbar, den Marschschritt vor. Über tausendfünfhundert Streitrösser trabten an.

Unsere Leichten Reiter brachen sofort aus und galoppierten vor. Aus der gegnerischen Linie lösten sich da und dort Plänkler. Elodiron Kristallglanz führte ihre fünfzig Schützen in scharfem Galopp bis hundert Schritt an den Weiler heran. Dann saßen sie ab und eröffneten das Feuer. Im Vorüberpreschen verlor ich sie aus den Augen, aber ich sah, wie im Zentrum die Leute im Pfeilhagel zu Boden gingen.

Das Ziel der Reiterei hingegen waren die Schwachstellen beiderseits des Zentrums. Rechts bebte die Erde, als Kaiser Reto mit der Panthergarde vortrommelte, links zog der *Donnersturm* vor den Abilachtern her. Ich ließ die Peitsche knallen, Funken tanzten auf den Rücken der Rappen. Das Donnern ihrer Hufe wurde immer unirdischer und vermengte sich zu jenem Grollen, das man nur vom Himmel kannte.

Die dreifache Schlachtreihe vor mir brach, bevor ich auf fünfzehn Schritt heran war. Pikeniere warfen Waffen und Schilde weg und boxten sich rücksichtlos durch die Stehenden. Ich glaube nicht, daß ich an ihrer Stelle standgehalten hätte …

Diesmal kam kein Feind mehr in meine Nähe. Der Preis des Ruhmes ist der Verzicht auf die Freude am Kampf, sagte ich mir. Wenn man ein greifbares Wunder der Donnergöttin lenkt, ist man ihr Werkzeug, mit dem einzigen Zweck, die Unwiderstehlichkeit der Göttin zu symbolisieren.

So konnte ich ungewöhnlich viel von der Schlacht sehen, auch wenn ich beide Hände brauchte, mein Gespann in der Bahn zu halten. Während ich in weitem Bogen hinter das Zentrum gelangte, brachen gegenüber Retos Panzerreiter durch. Ich sah die blutbesudelten Pferdepanzer, als die Reiter über etwas hinweg stampften, was eben noch Menschen gewesen waren.

Der bereits erwähnte Weibel Heldar von Arpitz galoppierte mit zwei Gefährten geradeaus weiter. In den Steigbügeln stehend, griff er den Feldherrenhügel an. Während die zwei anderen sofort im Pfeilhagel fielen, gelangte er tatsächlich bis zur Schwertgarde des Königs; dort verschwanden Roß und Reiter unter den blitzenden Klingen. So unglaublich es scheint, aber der tollkühne Junge überlebte auch das. Er besorgte sich sogar später ein drittes Pferd und griff noch einmal Frumolds Garde an.

Möglicherweise erschrocken durch die Tatsache, daß die Kaiserlichen bis zu ihm durchbrechen konnten, gab König Frumold den Befehl, Hemandu aufzugeben. Langsam wich das Zentrum zurück. Dabei verwickelte die erste Reihe der Pikeniere die nachdrängenden Kaiserlichen ins Gefecht, während die anderen zwanzig Schritt weiter eine neue Phalanx bildeten. Danach hieß es für das erste Glied: Rette sich, wer kann.

Für uns hieß es weiter nachzudrängen, ohne daß sich der Bogen der noch immer doppelt überlegenen Feinde dabei in einen Kessel verwandelte. Hierfür erwies sich der *Donnersturm* wahrhaftig als Wunder, der sich fast nach Belieben durch die gegnerischen Reihen bewegte und in Windeseile zuschlug, wo immer es vonnöten war.

Außerdem kam uns die Zerstrittenheit der Maraskaner zugunsten. Kaiserliche Soldaten, meinetwegen auch Liebfelder oder Thorwaler, hätten ihre Stellung an den Flanken gehalten, auch wenn das Zentrum nachgab. Die Heerhaufen der maraskanischen Adeligen jedoch dachten nicht daran, sich für ihren König umzingeln zu lassen, und wichen im gleichen Schritt zurück.

Ich kann mich erinnern, daß während der ganzen Schlacht eine Gruppe von fast dreihundert Mann, ein halbes Regiment also, unbeteiligt stehen blieb. Es stellte sich später heraus, daß es das Gefolge irgendeines Angehörigen der Dajiniden war, der mit Reto einen typisch maraskanisch-doppelbödigen Vertrag geschlossen hatte. Seine Leute überlebten fast unbeschadet. Daran konnte sich der Prinz allerdings nicht lange erfreuen, weil er unvermeidlich einem Schlangenattentat zum Opfer fiel.

Bis Mittag hatten wir das Heer fast anderthalb Meilen über die Ebene zurückgetrieben. Aus dem Höllenlärm klirrenden Metalls und brüllender Menschen gellte das Jauchzen der Sieger und das Schreien der Sterbenden. Hinter uns lag die Ernte: zerstampfte Erde, zertrampelte Teesträucher und die Leiber der Hundertschaften, über die der Krieg hinweggetrampelt war.

Das zeitweise überhastete Zurückweichen brachte nicht nur den Feind, sondern manchmal auch unsere Leute in Bedrängnis. Am frühen Nachmittag gelang dem Schwere-Reiter-Regiment *Goldene Lanze* ein Durchbruch am rechten Zentrum. Die ganze Flanke der zermürbten Maraskaner wich zurück – und plötzlich sah sich eine Kompanie der Garetier von mindestens vierhundert Maraskanern umzingelt. Es waren viele schwer Gepanzerte mit Tuzakmessern darunter, die Hausgarde irgendeines Grafen. Diese Klingen drangen auch durch die schweren Pferdepanzer, sodaß die Reiter bald zu Fuß kämpfen mußten. Der schlammige Boden machte ihnen zu schaffen: Wer stürzte, kam nicht mehr hoch, und verschwand unter einer Meute maraskanischer Hunde.

Ein versprengter und verletzter Ritter der *Goldenen Lanze* machte mir von der Zwangslage seiner Kameraden Meldung. Spornstreichs überquerte ich das Schlachtfeld. Der Kessel der Maraskaner war derart dichtgedrängt, die Leute alle so schwer gewappnet, daß selbst die Annäherung des *Donnersturms* das Kampfgetümmel nicht löste. Wohl sprangen die leichteren Feinde wie die Hasen, aber als ich eindrang, stampften Rondras Rappen erstmals massenhaft über die Leiber von sterblichen Gegnern. Ich führte alle vier Zügel mit einer Faust und ließ *Leifbrand* kreisen: Links und rechts wirbelte die Klinge, spaltete Lederhelme und durchtrennte Arme.

Der Wagen bockte und holperte, als wir über die ersten Pferdeleiber rollten. Aber es gab wohl nichts auf Dere, was diese vier Rappen aufhalten konnte. Vier, fünf heldenhafte Maraskaner warfen sich ins Zaumzeug. Sie ließen schreiend los, als ihnen Feueratem über die Haut fuhr. Ich sah sogar, wie Zyathach einer Kriegerin glattweg den Arm durchbiß, und Thorras dröhnende Hufen zerschmetterten zweien die Brust.

Längst hatte ich zu kämpfen aufgehört und versuchte beidhändig die Rosse zu bändigen. Es war, als ob sie Blut geleckt hätten. Immer gieriger warfen sie sich in die dicht gedrängten Menschenleiber und schnappten nach den Schultern der Fliehenden. Ronnar empfing mit erhobenem Haupt die Schwerthiebe der Verzweifelten, seine mächtige Brust drückte sie nieder. Sogar der ehrenhafte Astaran zur Linken schnaubte Funken und Rauch nach denen, die zur Seite wichen. Ich fühlte das Grauen des Krieges wachsen. »Glaube nicht, daß es nur eine Gnade ist«, hatte Xaviera vom Berg gesagt. Also zerrte ich an den Zügeln und gab den Rössern die Peitsche. Nicht, weil sie sie gefühlt hätten, sondern weil ich mir dann einreden konnte, daß ich den *Donnersturm* noch lenkte. So gelangten wir in das Innere.

Vergeblich suchte ich nach kaiserlichen Reitern. Nur noch eine Handvoll der Recken standen aufrecht, jeder von ihnen von mehreren Gepanzerten bedrängt. »Hierher«, rief ich. Aber bereits der Blick zu mir hin kostete einen der Ritter sein Leben. Ich ließ die Rosse näher stampfen. Einer der Garetier warf sich herum und griff nach der Haltestange des Wagens. Drei senkrechte Hiebe trafen ihn in den Rücken; kurz noch umklammerten seine Hände die goldene Stange, dann verschwand er im Gewühl.

Nur noch drei, nein, zwei. Sie standen fünf Schritt voneinander entfernt, jeder von einem Rudel schnappender Wölfe umzingelt. Ich ließ die Zügel fahren und sprang dazwischen. Vaters *Leifbrand* fuhr mit mächtigen Sensenhieben unter die Maraskaner. Fast jeder Treffer lichtete den Ring der Belagerer.

Die Garetierin vor mir war nicht sehr groß. Ihre Rüstung war nur noch Splitterwerk, ihr Helm längst verloren. Die kurzen, mittelblonden Haare waren blutverkrustet. Sie wich der Übermacht erst, als ich an ihrer Seite focht. Gemeinsam gingen wir Schritt für Schritt rückwärts. Der *Donnersturm* rumpelte indessen im Schritt weiter und zermahlte Menschen und Pferdeleiber unter sechzehn Hufen. Kurz fühlte ich die Panik, daß er mich zurücklassen könnte.

»Mitkommen«, rief ich und gemeinsam wandten wir uns zur Flucht. Im Lauf sah ich den zweiten Überlebenden. Er taumelte bei jedem Schritt. Ich warf ihn mir über die Schulter und stöhnte unter dem Gewicht auf. Die blonde Reiterin sprang von hinten auf den Wagen. Ich stampfte ächzend auf den Wagen zu. »Laßt ihn fallen«, rief sie mir zu, »sie sind hinter Euch.« Doch ich stemmte den Mann trotzig mit dem Ellbogen des Schwertarmes hoch und schleuderte ihn halb auf den Wagen. Zu meiner Erleichterung gelang es der Frau, ihn hochzuzerren.

Keuchend wandte ich mich um. Erst jetzt wurde mir bewußt, daß rings um mich vierhundert Maraskaner standen. Die vordersten vier trugen schwere Fünflagenharnische. Sie brüllten vor Freude. Ich parierte ein halbes Dutzend tödliche Hiebe. Jeden Augenblick mußte ich die ersten Gegner im Rücken haben. Von links und rechts schnitten die ersten Hiebe durch meine Rüstung: feige, aus weitem Abstand geführt, noch ohne Kraft.

Da begann der Boden zu beben. Die Maraskaner vor mir verharrten, hoben die Tuzakmesser senkrecht zur traditionellen Abwehrhaltung in Herzhöhe. Ein warmer Windstoß blies mir in den Nacken. Das Dröhnen wurde immer stärker. Die Feinde wichen zurück. Plötzlich bedroht schnellte auch ich herum.

Das erste Mal sah ich den *Donnersturm,* wie ihn meine Gegner wahrnahmen. Schwarze Wolken waberten um Hufe und Räder, glühende Funken flogen davon. Der himmlische Wagen kam führerlos auf uns zu. Es schien ihm gleichgültig, wen er begrub. »Wer auf dem Tiger reitet, darf nicht absteigen«, sagen die Tulamiden. Also gut, wenn das die Strafe Rondras war, dann wollte ich sie annehmen. Ich stieß *Leifbrand* in die Rückenscheide und lief dem Gespann mit ausgebreiteten Armen entgegen.

Die Rappen schnaubten, daß die Funken flogen. Thorra und Ronnar, die in der Mitte liefen, warfen die Köpfe weit auseinander. Das nahm ich als Zeichen: Der Mut des Sturmes und Der Schild des Kämpfers. Ich rannte los und sprang hoch, als mich das Gespann erreichte. Fauchend fuhr mir der Sturm in die Ohren. Meine Füße fühlten die Deichsel, meine Hände das Geschirr. Ich ließ mich mit einer Drehung fallen und klammerte mich in die Mähnen von Thorra und Ronnar.

Ich lag rittlings auf der Deichsel und kam wenigstens in die Hocke. Es war der Ritt auf dem *Donnersturm*, kein Zweifel. Während wir durch die ersten Maraskaner brachen, hielt ich mich fest. Dann balancierte ich zurück, wie ich es bei den Tulamiden gesehen hatte. Pfeile und Schleuderscheiben flogen mir um die Ohren. Ich kann nur glauben, daß es zum Wunder Rondras gehörte, daß ich zurück in den Wagen gelangte. Auf einem normalen Streitwagen hätte ich das Kunststück wohl unbeschadet vollbracht, doch der Tanz durch Sturm und Blut und Feuer konnte nur gelingen, weil ich dagegen gefeit war.

Ich brachte die Garetier zum Rand des Schlachtfeldes. Die Frau hieß Lutisana und stammte aus Perricum. Sie hatte eiskalte graue Augen und einen bitteren Zug um den Mund. Ihr Kamerad lag, als wir ihm den Helm abnahmen, im Sterben. Doch er ging, so schien mir, mit der Gewißheit von uns, daß ihn Rondras Wagen schon geholt hatte.

Um die vierte Stunde des Nachmittages breitete sich am Horizont ein neues Heer aus. Die Zweite Legion war angekommen. Wir hatten ihr die Feinde nach allen Regeln der Kriegskunst zugeschanzt. König Frumold gelang es, die auseinandergezogenen Truppen zu sammeln und gegen Marschall Voltan erneut eine dreifache Schlachtreihe zu bilden. Indessen warf er uns die Reserve entgegen. Die ausgeruhten Truppen bildeten ein neues starkes Zentrum, das unseren Vormarsch für fast eine Stunde stoppte.

Marschall Voltan ließ seine Mannen kaum Aufstellung nehmen. Die hinteren Einheiten waren noch in Bewegung, die Nachhut noch gar nicht eingetroffen, als das Zentrum sich bereits in Marsch setzte. In Wehrheimer Perfektion glitten die Glieder nach links und rechts auseinander, als der Marschall das Zentrum aufs Bedenklichste ausdünnte. Dann ließ er das Manöver abrollen, mit dem er berühmt wurde: die Ferdoker Flankenzange.

Mit dieser Taktik waren im Orkkrieg die Horden der Tscharschai von den Ferdokern besiegt worden: Eine zahlenmäßig unterlegene, aber gut berittene Truppe teilte sich überraschend und griff die Flügel des Feindes an. Dessen starkes, aber unbewegliches Zentrum mußte tatenlos zusehen, wie seine Plänkler, leichten Reiter, Schützen und Hilfstruppen zerschlagen wurden. Die Fliehenden retteten sich natürlich ins Zentrum, wo sie die Schlachtreihen in Unordnung brachten. Die nachsetzenden Angreifer hatten also nirgends organisierten Widerstand, womit sie die zahlenmäßige Unterlegenheit ausgleichen konnten.

Letzteres war vor Jergan natürlich nicht nötig. Als König Frumolds Zentrum zu wanken begann, gab auch der Widerstand gegen die Erste Legion nach. Kaiser Reto und die Panthergarde sowie die Reste der anderen Reitereinheiten unter meiner Führung trieben zwei weitere Keile in das Heer der Maraskaner. König Frumold und Harlijin gelang es, sich mit ihren Schwertgarden durch die verwaisten Stellungen Marschall Voltans abzusetzen. Dabei müssen sie mindestens drei Kompanien verloren haben, die sich nachsetzenden Reitern entgegenstellten, darunter wiederum Heldar von Arpitz.

Binnen einer Viertelstunde hatten wir einen Kessel gebildet, in dem die Maraskaner, endgültig ineinander verkeilt, systematisch niedergemacht wurden. Zu dieser Zeit wendete ich den *Donnersturm*, weil ich keine Ehre darin sah, ihn weiter einzusetzen. Indessen waren auch Retos Fußtruppen angelangt, die das Schicksal der Maraskaner besiegelten.

Wenn der Rausch des Kampfes nachläßt, beginnt der Teil, der an Widerwärtigkeit nicht zu überbieten ist.

Und das widerlichste daran ist, daß man es selbst kaum fühlt.

Man geht, die bluttriefende Waffe noch in der Hand, umher und versucht sich zu erinnern, wer man ist und wozu all das geschehen ist. Man sucht Kameraden, um ihnen von den eigenen Heldentaten und Verlusten zu berichten – doch man findet keinen, der die gleiche Schlacht erlebt hat. Man wandert über das Schlachtfeld, um das Los der anderen zu klären, entsetzt angesichts des hohen Blutzolls und doch bei jedem Leichnam erleichtert, der sich nicht als Bekannter erweist. Man versucht sich zu erinnern, wie es geschehen konnte, daß in Menschengesichtern Hufabdrücke zu sehen sind und daß Hände, ja ganze Arme gefunden werden, die zu keinem der zahllosen ringsum liegenden, verrenkten und verstümmelten Leiber gehören.

Das beste, was einem Krieger geschehen kann, ist, einen Verletzten zu finden, der Hilfe braucht und aller Voraussicht nach überleben wird. Endlich etwas Sinnvolles zu tun: Man schneidet Rüstungen auseinander, die vor der Schlacht Reichtum und während der Schlacht Lebensretter waren, aber jetzt nur Hindernis. Man zerreißt den Toten die Kleider, um den Lebenden das Blut zu stillen. Die Nähe und die Not des Einzelnen hilft, das Elend der Tausenden zu vergessen. Aber gleichgültig, wohin du später gehst: Du wirst vergebens einen Ort suchen, wo dieses Schlachtfeld wirklich hinter dir liegt.

Ich lenkte den Wagen zurück zu der Stelle, wo die Gepanzerten unsere Reiterei aufgerieben hatten. Meine Hände und mein Gesicht war rußgeschwärzt, auf den Armen wuchs weiße Asche statt der Härchen. Doch ich wollte endlich ein Tuzakmesser in der Hand halten. Tatsächlich fand ich den einen Gepanzerten wieder, von dem ich sicher wußte, daß ihm *Leifbrand* den Hals durchtrennt hatte. Niemals hätte ich eine Waffe an mich genommen, die ich nicht als persönlich erbeutet bezeichnen konnte. Nach maraskanischem Vorbild prüfte ich die Klinge später an Stein und Seide, also auf Härte und Schärfe. Dabei hörte ich die Legende, daß ein maraskanischer Herr ein Tuzakmesser erst anerkannt, wenn er damit mit einem Hieb drei knieende Bauern enthaupten oder einen zweiteilen kann ...

Kaiser Reto erobert Jergan

Retos Erste Legion hatte massive Verluste hinnehmen müssen, mindestens die Hälfte der Leute war ernstlich verletzt. Der Grund, warum die Schlacht von Jergan in allen Akademien des Reiches als beispielhaft gelehrt wird, ist, daß Marschall Voltan seine eigenen Verluste so gering gehalten hatte.

König Frumold entwich spurlos, während sich König Harlijin ins Oktagon gerettet hatte. Einer Anekdote zufolge soll er bei der Rückkehr die Torwache gefragt haben: »Sind schon viele Deserteure angekommen?« »Nein,« habe diese geantwortet, »Ihr seid der erste, Majestät!« Allerdings habe ich die Geschichte schon früher über zwei andere gestürzte Herrscher gehört.

In zwei schlangenartigen Haufen wälzten sich die zwei Legionen heran und umzingelten die Festung. Bis zur Rohalszeit hatten die Arethiniden von hier aus die ganze Insel geknechtet. In der Mitte des Burghofes erhob sich die Innenburg, ihrerseits durch acht Rundtürme mit Zinnenkranz und eine Zugbrücke mit Graben geschützt. Alle Wirtschafts- und Wohnräume lagen in der Innenburg. Aus ihrer Mitte ragte schließlich achteckig der gewaltige Burgfried auf, beinahe faßförmig in seinem Durchmesser von etwa zwanzig Schritt, durch vorspringende Turmfüße noch größer wirkend, die bis zu den Zinnen hinaufgezogen waren. Auch der Bergfried war wiederum nur über eine Zugbrücke mit einem Graben erreichbar. So beeindruckend die Zwingfeste war, so verzweifelt war die Lage des alten Königs. Ihm konnten höchstens noch hundert Mann geblieben sein, die meisten davon Edelleute; jedenfalls zu wenig, um die Feste lange zu halten, zumal eigentlich keine Aussicht auf Entsatz mehr bestand. Alle Gefangenen hatten erklärt, daß niemand, der an diesem Tag nicht gekämpft hatte, Frumold folgen werde.

Unser erstes Ziel mußte der Brückenkopf mit Zugbrücke und doppeltem Fallgitter sein. Die Zugbrücke war durch den vortägigen Beschuß schon deutlich angeschlagen. Irgendwann wurde sie sehr überraschend niedergelassen. Soweit ich weiß, war ein Stoßtrupp in den Brückenkopf eingedrungen: Ein zwergenhafter Beilunker Kampfmagier namens Saldor Foslarin soll die Torwache gezwungen haben, das Tor zu öffnen – eine plausible Geschichte von einem Mann, der einen Feind mit einer Geste der Hand rösten kann und der später zum Leiter der Beilunker Akademie und sogar zum Oberhaupt der Weißen Magiergilde wurde.

Unsere Gardetruppen drangen ungehindert ein und schwärmten aus. Die spärlichen Mauerbesatzungen verschanzten sich in den Türmen, die einer nach dem anderen umzingelt und gestürmt wurden. Dann jedoch mußte jeder Raum einzeln eingenommen werden, wobei es noch zu langwierigen Einzelgefechten kam. König Harlijin, so fanden die Späher heraus, hatte sich mit zwölf Schwertmeistern in den Burgfried zurückgezogen. Sie standen, so meldete man, in einer Halle, deren Tor weit geöffnet war – eine für jeden Edelmann unmißverständliche Geste.

»Ich will unsere zwölf besten Schwertkämpfer«, befahl Kaiser Reto und zog *Silpion*, das berühmte Kaiserschwert. Neben ihm stand sein Waffenträger mit dem guten vierhäutigen Schild. Unter den Auserwählten waren Graf Paske von Roßhagen, zahlreiche Offiziere, die ich nicht kannte, sowie Heldar von Arpitz und Lutisana von Perricum. Des Kaisers Gardeoberst Dexter Nemrod war zu schwer verwundet, um dem Kaiser nochmals beizustehen. Niemand widersprach, als ich mich an die rechte Seite des Kaisers stellte.

Unter Trommelwirbel schritten wir in den Korridor und passierten ein zweiflügeliges Tor, das mit schwarzen Eisenbändern beschlagen war. In der Halle stand der König mit seiner Garde, in der Hand Banner und Szepter – allerdings ohne das Herrschaftssymbol der Lilie. Die meisten der Maraskaner trugen einen prächtigen Spiegelpanzer, ein langes Kettenhemd oder einen unscheinbaren Fünflagenharnisch, in jedem Fall also solide Rüstungen; dazu meist Kettenhaube oder Baburiner Hut, jenen tulamidischen Kegelhelm mit gekettetem Nackenschutz. Sie alle standen in der typischen abwartenden Haltung des maraskanischen Stils, die Waffe beidhändig ergriffen und in Herzhöhe senkrecht erhoben.

In der Mitte fiel mir gleich ein düsterer Hüne auf, im Kettenhemd mit Schulter- und Herzplatten, mit Lederhelm und Nackenschutz, in den Händen eine Boronssichel: Dieses mannsgroße, gekrümmte Zweihandschwert sieht man außerhalb Almadas selten, doch dieses war gewiß von einem Maraskaner geschmiedet und demnach rasiermesserscharf.

»Euer Allerzwölfgöttlichste Majestät! Reto, mein lieber Sohn!« Der maraskanische König, klein, breitschultrig, um die fünfzig, wirkte tatsächlich so freudig überrascht, als erhielte er unerwartet Verwandtenbesuch. Die Anrede jedoch war genau richtig. Die erste Titulatur anerkannte Retos übergeordneten Adel in der feudalistischen Hierarchie, die zweite wies daraufhin, daß Harlijin dem Kaiser in den Familienbanden vorgesetzt war.

»Ihr seid überrascht, Harlijin?« brüskierte Kaiser Reto den Schwiegervater mit grimmigem Lächeln: »Doch wohl nur darüber, daß der erste feindliche Soldat, den Ihr seht, gleich der Kaiser ist?«

»Ihr seid keineswegs der erste kaiserliche Soldat, der vor Uns steht«, lächelte König Harlijin dämonisch. »Wir haben viele Gefangene gemacht.«

Reto bezweifelte das offensichtlich ebenso wie ich, doch darauf ging er nicht ein. Jedes seiner Worte kam klar und präzise: »Hier und heute werden keine Gefangenen gemacht.« Schlagartig wurde die Stimmung in dem Thronsaal eisig. Zwei Dutzend Recken auf beiden Seiten verharrten noch etwas starrer: Kampf bis zum Tod also – dazu hatte der Kaiser auch seine Gefolgsleute verurteilt.

König Harlijin breitete die Hände in friedvoller Geste aus, blieb aber breitbeinig stehen; die seltsame Haltung wirkte unaufrichtig. »Wieso tretet Ihr Uns mit der Waffe entgegen, Reto? Mit jener Waffe, die Wir Euch zur Hochzeit geschenkt haben?«

»Das einzige vom Erbe Maraskans«, knurrte der Kaiser wie ein hungriger Drache, »das Ihr den rechtmäßigen Erben ausgehändigt habt.« Reto schob nicht mehr seine Gattin vor, er bezeichnete sich eindeutig selbst als Erben.

»Rechtmäßig?« echote der König, als hörte er den Anspruch zum ersten Mal. Er war so vollkommen in seiner höfischen Maskerade, daß Reto neben ihm wie ein tobsüchtiger Räubersmann wirkte. »Unsere geliebte Tochter Damaris, die Wir Euch zur Gattin gaben, hat einen eindeutigen Vertrag unterschrieben – einen Vertrag unter Königen und Prinzen.«

»Einen Vertrag«, klang Retos Stimme plötzlich kalt wie ein Schwert, »wie man ihn auf der Insel schließt, wo jeder Dolch auf einen Rücken zielt. Einen Vertrag, wie man ihn einer Prinzessin diktiert, deren sogenannter Bruder ihr nach dem Leben trachtet, wie man ihn einem Prinzen diktiert, der von seiner Verwandtschaft in den Dschungel verbannt wurde.« Das war also Retos Sicht der Dinge – zumindest seine öffentliche. Aber ich glaubte die Verletzung des jungen Edelmannes zu hören, der von einer brudermörderischen Familie zur anderen geschickt worden war. Das war also das Geheimnis der Ehe mit Damaris: Zwei Königskinder, vom Tod bedroht, versuchten beide, im Adel des anderen Sicherheit und Schutz zu finden. Und das war ihnen ja auch gelungen ...

»Ihr habt geschworen ...«, setzte König Harlijin zu einer Erwiderung an. Seine in der Friedensgeste erstarrte Haltung verriet, daß er tatsächlich mit leeren Händen da stand.

»Nicht vor Praios, dem Herrn des Gesetzes«, spielte Reto donnernd einen Trumpf aus, den er seit über zehn Jahren hütete. Im politischen Streit zweier Königshäuser mochte dieser Unterschied nicht viel bedeuten. Aber für mich und die anderen Ritter, die Reto auch in Zukunft folgen würden, war er entscheidend. »Und ein Schwur, der aus Not und unter Zwang getan ist, kann jederzeit widerrufen werden.«

»Das ist Thronraub, wie immer Ihr es wenden wollt«, keuchte Harlijin. Er war jetzt außerstande zu verbergen, wie sehr er in die Enge getrieben war. Aber er konnte nicht verhindern, was Reto jetzt tat.

Der Kaiser hob *Silpion* gen Himmel und deklamierte: »Vor Praios und Rondra, die Unsere Ehre sind, erklären Wir, Reto von Gareth, im Namen Unserer Gattin Damaris von Maraskan, daß Unser und ihr und Unser Kind Anspruch auf den Thron niemals erloschen ist und bestehen bleibt für alle Zeiten, die LOS werden läßt. Wenn Wir oder Unser Weib jemals anderes gesagt haben, so geschah es aus Not und unter Zwang. Für diese Lüge möge der Bote des Lichtes Uns eine Sühne auferlegen. Unsere Worte doch, die Wir vor den Göttern sprechen, sind lauter und wahr.«

Diese Erklärung war für König Harlijin wie das Katapultgeschoß, das in seinen Palast geschlagen hatte. Er mußte – ebenso wie wir, die dem Kaiser nicht so nahe standen – davon ausgehen, daß Reto den Segen der Praioskirche für sein Unternehmen hatte. Für fast eine Minute verharrten wir, während der König das Schicksal der Insel in seinem Geist wog.

Dann trat er vor, mit jenem seltsamen Ausfallschritt, der im maraskanischen Schwertkampfstil auf den Kampfplatz führt. Wenn die Sünde der Lüge getilgt war, dann mußte er Reto zu einer noch größeren zwingen: zum Königsmord.

Mit ebenbürtigem Pathos deklamierte nun König Harlijin: »Vor Rur und Gror, den göttlichen Zwillingen, erklären Wir, daß Wir, Harlijin aus dem Hause Dajin, der einzig rechtmäßige und wahre König Maraskans waren und sind. Unser einziger und wahrer Erbe jedoch ist Frumold aus dem Hause Dajin, dem Wir an Sohnes Statt den Thron übergeben haben und der einzig rechtmäßiger und wahrer König Maraskans ist. Möge die Schönheit der Welt für immer bestehen.« Der Widersinn in seinen Worten ließ auch mich Unkundigen ahnen, welche Intrigen unter den Maraskanern tobten und getobt hatten. Ich fragte mich, wie freiwillig die Adoption des jetzigen Königs stattgefunden hatte.

»So sei es, Harlijin«, sagte Reto grimmig: »Da Ihr Uns das Recht verweigert, wie es Uns Praios gegeben hat, werden Wir Uns dieses Recht nehmen, wie es Uns Rondra gelehrt hat.« Darauf trat er ebenfalls vor, mit klirrender Rüstung und erhobenem Schwert.

König Harlijin tat wieder einen Schritt zurück. Ein Höfling sprang hinzu und kniete nieder, ein gescheidetes Tuzakmesser in den Händen präsentierend. Harlijin hob das Königsschwert zur Stirn und zog es langsam und genußvoll aus der kunstvollen Hartholzscheide. Es war schwarz! Das gleichzeitige, beeindruckte Atemholen von einem Dutzend Kaiserlichen verband sich zu einem Laut des Staunens, der den Thronsaal füllte. Reines Endurium, der legendäre Schwarzstahl – der geheime Schatz Maraskans!

Aber auch *Silpion* war schwarz, von einem maraskanischen Meister geschmiedet, aus maraskanischem Endurium. Reto ging langsam auf seinen Widersacher zu, jeder Schritt vom Scharren seiner Rüstung begleitet.

König Harlijin stieß nur ein leises Zischen aus. Schlagartig traten seine Schwertmeister vor und schlossen die Reihe vor ihm. Ein Schauer jagte über meinen Rücken. Hier standen sich die besten Schwertkämpfer Aventuriens gegenüber – und wir würden bis zum Tod kämpfen. Aber während ich noch schauderte, gehorchte der Ritter in mir. Wie ein einziger Mann traten auch wir vor, um unseren Kaiser zu decken.

Dann machte ich sofort einen diagonalen Ausfall, um genau vor Reto zu kommen. Dort stand der Schwertmeister mit der Boronssichel. Links und rechts stürmten die anderen Recken des Kaisers vor – aber ich war als erster an meinem Gegner. Der Klang unserer aufeinandertreffenden Klingen ging unter in einem einzigen gellenden Kampfschrei aller Maraskaner.

Die Waffe des Hünen war über einen ganzen Spann länger und deutlich schärfer als *Leifbrand*. Auch ich führte das Bastardschwert zweihändig – die einzige Möglichkeit, Kraft und Reichweite des Maraskaners entgegenzutreten. Wir hatten keine Zeit, einander im Kampf kennenzulernen oder miteinander zu spielen.

Um uns tobten zwei Dutzend kreischende Schwertdämonen. Das Gewitter ihrer Hiebe zwang uns seinen Rhythmus auf.

Er reagiert mit einem Spalthieb von oben. Ich wehre ab: Überkopfparade, abgleiten lassen, übergehend zu einem Schwinger auf seine Rechte. Er blockt wieder mit senkrechtem Schwert, antwortet mit dem gleichen Schlag. Ich fange den Hieb auf, seine Klinge beißt in *Leifbrands* vorgekrümmte Parierstange. Perricumer Block! Mit aller Kraft drücken wir gegeneinander. Unsere Gesichter kommen bis auf Ellenlänge zusammen. Er ist schon um die Vierzig. Seine Augen sind unergründlich schwarz, aber ohne jeden Haß. Überhaupt kämpft er wie ein Traumwandler, mit einem gleichmütigen Gesichtsausdruck, der nur bisweilen, im Kraftaufwand, zur Grimasse wird.

Langsam dränge ich ihn zurück. Plötzlich läßt er sich fallen. Mit einem Knietritt gegen meine Seite läßt er mich über sich rollen. Das zu meiner Rechten muß König Harlijin sein. Ich kann nur hoffen, daß er mich so wenig beachtet wie ich ihn. Der Saal ist ein Hexenkessel. Da kommt der Schwertmeister hoch – schon wieder mit einem Schädelspalter. Ich werfe mich gerade noch zur Seite. Die Rolle bringt mich zu einem anderen Maraskaner. Dieser weicht aus, sein Tuzakmesser vollführt ebenfalls einen waagrechten Hieb in Brusthöhe. Ich pariere halbherzig.

Mein Hauptgegner setzt nach, schickt ebenfalls einen seitlichen Schwinger nach. Sehr einfallsreich ist der berühmte maraskanische Stil ja nicht: senkrecht auf den Scheitel oder waagrecht aufs Herz. Nicht viel Auswahl – darum sind sie auch so meisterhaft dabei.

Er treibt mich weiter, doch ich habe keinen Platz mehr. Ein Tuzakmesser fährt pfeifend waagerecht durch mein Schulterleder – ich gerate in das nächste Duell. Eine Garetierin geht zu Boden, das Blondhaar geteilt von sprudelnder Röte. Jetzt habe ich zwei Gegner vor mir, beide die Klinge über den Kopf erhoben. Links werde ich gespalten, rechts werde ich gespalten.

»Reto«, gellt mein Kampfschrei. Ich täusche einen Herzstich auf meinen alten Feind vor. Dieser weicht seitlich aus, ich drehe mich zwischen die beiden. Aus der Drehung remple ich dem zweiten den Ellbogen unter die Achsel. Die Herzrippe ist auch unter der Rüstung empfindlich. Ich habe wieder etwas Spielraum. Na also: Das ist der Balihoer Stil, Euer Wohlgeboren. Dreckig, vielseitig, fantasievoll.

Beide wenden, kommen wieder mit erhobenen Waffen auf mich zu. Ich verstehe: keine seitlichen Schwinger, weil sie einander gefährden würden. Dieses Problem habe ich nicht. Ich täusche eine einhändige Sekund auf den Älteren vor – der ist zu erfahren, als daß ich ihn mit einer Finte täuschen könnte. Der zweite jedoch fällt darauf herein. Im Schwingen fälsche ich zur Seite ab und die Klinge fährt ihm unter der Rippe in den Bauch. Gerade rechtzeitig komme ich zurück, denn schon fährt Schwarzauges Klinge herab. Zu langsam. Die Maraskaner kochen also auch nur mit Wasser.

Da ich *Leifbrand* schon einhändig führe, wechsle ich mit einem Wurf in die Linke. Schneller Vorstoß. Er wischt die Klinge beiseite, aber das war meine Absicht. Hinter dem Stoß war keine Kraft. Dafür hinter dem Tritt gegen sein Knie! Er taumelt, bekommt das Schwert nicht mehr hoch, weil er eine feuerzüngelnde Finte nach der anderen abwehren muß.

Schritt für Schritt treibe ich ihn zu König Harlijin zurück. Er setzt einige waagerechte, pfeifende Befreiungshiebe. Ich lasse ihm etwas Raum. Beim dritten Hieb habe ich ihn so weit. Wieder täusche ich einen leichten Stich vor, den er mit voller Kraft abwehrt. Ich reiße die Klinge schräg hoch und lenke seinen Hieb in die Höhe ab. Dann trete ich an ihn heran und ziehe ihm die

Klinge schräg über den Hals. Durch seinen eigenen Ruck fliegt sein Nackenschutz hoch, *Leifbrand* gerät darunter, und der Schnitt fährt über nacktes Fleisch.

Er wankt röchelnd gegen seinen König. Jetzt hole ich über Kopf aus und ziehe das Schwert zu anderthalb Hand voll durch. Keine Gefangenen …

Mein Blick sucht Reto! Verdammich, er steht mitten im Kampfgetümmel. Der Schildträger steht mehr neben dem Kaiser als vor ihm. Das Schwert *Silpion* hält zwei Maraskaner auf Distanz. Sie scheinen sich nicht ganz sicher, ob sie den Kaiser angreifen dürfen. Keiner hier weiß, ob dies ein rondrianischer Ehrenhandel ist oder Krieg. Aber ich bringe es nicht über mich, hinterrücks anzugreifen. Außerdem lenkt mein Schrei ihre Aufmerksamkeit vom Kaiser ab.

Mit mehreren Sätzen bin ich durch den halben Saal, dessen Reihen sich deutlich gelichtet haben. Die beiden Feinde erwarten mich mit erhobenen Schwertern, ohne den Kaiser aus den Augen zu lassen. Wieder läßt mich eine Finte zwischen die beiden dringen. Als ich mich zwischen den Feinden hindurchdrehe, auf dem Weg zu meinem Kaiser, fährt mir ein Hieb flammend durch die Taille.

Ich pariere links, ich pariere rechts. Der Kaiser ist jetzt hinter mir. Zwei schnelle Blicke über die Schultern. Der Schildträger, offensichtlich am Kopf verletzt, deckt jetzt den Rücken seines Herren. Hier vorne kann ich Seine Majestät alleine decken – noch! Denn seine Leibgarde ist geschmolzen. Es steht noch höchstens ein halbes Dutzend der Garetier, während ich die Zahl der Maraskaner nicht überblicken kann. Mehr als sieben also, hat mich Landrin gelehrt. Ich sehe König Harlijin, der mit gleichmütigem Gesicht auf der Empore steht, das Schwert noch immer zum Schwur erhoben. Ich fühle Haß auf diesen Intriganten, der dämonengleich seine Männer in den Tod schickt.

Ein gellendes Klirren reißt mich in die Wirklichkeit zurück. Derzeit sind wir es, die in den Tod geschickt werden. Wir sind noch fünf – und vor mir gesellt sich der dritte Maraskaner zu den Belagerern.

Ich springe den Feind zur Rechten fast an. Viperngleich stößt meine Klinge vor, immer wieder auf seinen Hals gerichtet. Das ist der Ysilische Wolfsbiß: Er weiß, daß mein erster Treffer tödlich sein wird. Das treibt ihn zurück. Ruckartig werfe ich mich dem Zweiten in die Arme. Seine Senkrechte schrammt über meinen Arm, Kettenglieder platzen und rieseln zu Boden. Wir lehnen aneinander wie zwei Liebende. Sein Kinn an meiner Brust kippt nach hinten weg. Ich reiße *Leifbrand* aus seinem Bauch zurück, worauf er wegsackt.

Reto! Schon wieder drei Schritt zu weit weg durch meinen Ausfall. Der Dritte, inzwischen durch noch einen Maraskaner verstärkt, hat beschlossen, den Kaiser anzugreifen. Es gibt nicht mehr viele Zeugen, so denkt er wohl. Ich springe zwischen den Schwertmeister und meinen Kaiser. Keine Aussicht, diesen Hieb nur mit meiner Waffe abzufangen. Der Schmerz fährt wie ein kalter Blitz über meine Schulter, die Brust, die Hüfte, den Oberschenkel. Ich taumle zurück, stoße gegen den Mann, dem der Hieb galt.

Jetzt stehen wir Seite an Seite. Mein Blick ist ebenso dankbar wie seiner. Ich fechte hohen Vinsalter Degenstil, lenke die Hiebe der Gegner über Kopfhöhe ab, ehe sie volle Kraft bekommen. Eine eigentümliche Taubheit erfüllt meine linke Seite. Nun gut, ein halber Conchobair ist noch immer so gut wie ein ganzer Maraskaner.

Silpion und *Leifbrand* treffen fast gleichzeitig. Zwei Schwertmeister taumeln zurück, zumindest vorläufig außer Gefecht. Jetzt schließt auch der Schildträger zur Linken des Kaisers wieder auf. Wir beginnen vorzugehen, auch wenn ich dabei ein Bein nachziehe. Ein Maraskaner vor mir fällt, als ich ihn leicht über der Brust treffe. Gewiß nicht mein Verdienst. Viel eher wohl ein Mann von Ehre, der sich noch im Sterben vor seinen König stellte. Aus dem Nichts schließt jetzt eine weitere Garetierin zu meiner Rechten auf. Ganz drüben an der Wand hackt Lutisana von Perricum einen Gegner in der Ecke zusammen.

Vor dem Kaiser taumelt ein Weiterer zurück. Plötzlich steht kein Gegner mehr. Vor der Empore liegen sechs Maraskaner, unten Schwarzauge und zwei andere Tote, darauf drei, die uns aus blutigen Gesichtern anblicken. Der eine hebt sein Tuzakmesser, wie um seinen König um Verzeihung zu bitten. Dann entgleitet ihm die Waffe. Der Kampf ist vorüber.

Neben Reto schlägt der Schildträger bewußtlos hin. Auch ich muß mich auf die vorgekrümmte Parierstange meines Bastardschwertes stützen, um nicht zu fallen. Die Garetierin ist verschwunden, Lutisana lehnt keuchend an der Wand. Im Thronsaal stehen nur noch die zwei Herrscher.

Ich machte mir Vorwürfe. Der Kaiser war 56 Jahre alt und hatte eine Schlacht hinter sich. Er hätte diesen Kampf ohne jeden Kratzer in der Rüstung beginnen müssen, ausgeruht, mit ungeschrammtem Schwert. Dafür zu sorgen wäre in diesem Gemetzel meine Aufgabe gewesen. Aber immerhin lebte er. In meiner linken Seite erwachte ein Pochen, das mit jedem Herzschlag schlimmer wurde.

Aber es schien, daß Seine Majestät meine Hilfe gar nicht nötig hatte. Der Kampf war nicht wirklich ausgewogen. König Harlijin hatte natürlich bei den besten maraskanischen Schwertmeistern gelernt. Aber vor allem hatte er sich seit Jahrzehnten der Politik gewidmet. Kaiser Reto dagegen hatte all die Jahre seiner Verbannung nichts anderes zu tun gehabt, als im maraskanischen Schwertkampf Meisterschaft zu erlangen und von Gerechtigkeit zu träumen. Und was immer man über Perval, den Sieger der Thronfolgekriege, sagen mochte: Das Kämpfen lag ihm und den Seinen im Blut. Ich sah Reto mindestens zwei Hiebe führen, die nicht einmal ich kannte. Geheimnisse des Hauses Gareth, vermutete ich. Plötzlich sprengte ein schwerer Hieb *Silpions* den Brustpanzer des maraskanischen Königs. Harlijin stürzte und hob abwehrend die Hand. Ich konnte Retos malmendes Kinn mit dem Bart sehen. In ihm fochten Rachsucht und Menschlichkeit. Aber ich weiß, daß es vor allem die Entscheidung zwischen rondrianischer Ehre und praiosmächtiger Weisheit war, die er traf. Einen besiegten König durfte man nicht leben lassen. Harlijins Todesschrei gellte uns allen in den Ohren und ich bin sicher, daß Reto ihn hörte, bis er selbst seinen letzten Atemzug tat.

Sieg

Als wir in Jergan einmarschierten, gab es Straßen, in denen wir stürmisch bejubelt und uns Lilien gestreut wurden, und andere, wo uns Nüsse und Unrat auf die Helme prasselten. Auch die Kaiserlichen benahmen sich recht unterschiedlich: Es kam zu Verbrüderungen und großzügiger Hilfe ebenso wie zu Brandschatzungen und Totschlag. Während ich es vor allem mit der Verbrüderung bei Tuzaker Drachenblut und Zuckerrohrschnaps hielt, widmete sich Lutisana vor allem dem Totschlag: Mindestens vier Maraskaner streckte ihr neues Tuzakmesser aus nichtigem Anlaß nieder.

Im Frühling zogen wir in Tuzak ein. Von König Frumold hatten weder Gefangene noch Kollaborateure noch die Kaiserlich-Garethische Informationsagentur irgend etwas anderes als haltlose Gerüchte zu melden. Unangefochten zog Kaiser Reto in der Weißen Residenz ein – fast unangefochten. Denn im Thronsaal kam es zu einer leidenschaftlichen Auseinandersetzung zwischen Kaiser Reto und Meister Griomacon, der anscheinend nicht nur der Schmied *Silpions*, sondern auch Retos Lehrer gewesen war. Nach dem, was mir darüber berichtet wurde, mahnte Griomacon die Tugenden ein, in die er den Prinzen damals eingeweiht hatte; Reto dagegen bestand darauf, daß er zu weit gegangen war, um nun aus reinem Edelmut auf ein Reich zu verzichten, dessen dreißig Könige ihre Herrschaft allesamt auf Ansprüche stützten, die nicht halb so einsichtig waren wie die Retos. Nach einem heftigen und blutigen Duell hauchte der maraskanische Schmied und Schwertmeister sein Leben unter der Waffe aus, die er selbst geschaffen hatte. Ich fragte mich, welche Wahl ich getroffen hätte, hätte Meister Landrin mich zum Umkehren aufgefordert …

Wir Offiziere hatten indessen alle Hände voll zu tun, die Männer vom Plündern abzuhalten – oder besser gesagt, davon, Teile der Beute zu unterschlagen. Alles, was der Armee in die Hände fiel, gehörte zunächst einmal dem Kaiser. In meinem Banner mußte ich zwei Mann wegen Unterschlagung melden – Leute, die sich geschlagen hatten, um an meiner Seite zu kämpfen. Der eine kam mit zehn Peitschenhieben davon, der zweite verlor eine Hand. Traditionsgemäß durfte jeder Soldat seinen Anteil von der Beute wählen. Stundenlang defilierten die einzelnen Einheiten durch den Palast, bis jeder unter den gestrengen Augen der Quartiermeister ein Stück an sich genommen hatte. Meinen Anteil, ein prachtvolles Diadem aus Alabaster mit Smaragden, besaß ich nicht lange, weil ich es schon in Khunchom einem Juwelier verkaufte.

Von der Insel habe ich wenig gesehen außer den großen Städten und den Schlachtfeldern. In Erinnerung blieb mir die eigentümlich sauer-süß-scharfe Küche:

Marasfladen, belegt mit Pfeffer- und Paprikaschoten, Tuzaka, ein Auflauf aus gehacktem Hammelfleisch, Pfefferschoten, Gurken, Zwiebeln, Paprika, Seespinnen und Riesenkrabben, meist mit eklig-saurer Konchrinde, und süßer Tuzaker Drachenblut.

Unvergeßlich blieben mir auch die Attentate. Binnen zwei Monaten etablierten sich sieben Exilregierungen und zwei Dutzend Splittergruppen mit größtenteils ellenlangen und unverständlichen Namen wie »Befreiungstiger von Tuzak« oder »Der zweite Finger der Tsa«. Während die meisten Soldaten dazu übergingen, nur noch zu zweit und sehr vorsichtig zu patrouillieren, packte Retos Helden der Übermut. Ich kann mich nicht erinnern, wer von uns zuerst ein Glöckchen am Knauf seines neuen Tuzakmessers befestigte. Jedenfalls gehörten Heldar von Arpitz, Lutisana von Perricum und ich bald zu einer Handvoll trotziger Recken, die fröhlich klingelnd ihre Ankunft um drei Hausecken und bis in den letzten Busch ankündigten.

Der Kaiser bestimmte den 27. Peraine zum offiziellen Maraskantag, wo der Eroberung fortan jährlich mit einer Militär-Parade in Gareth gedacht wurde. Zugleich stiftete er den dreiklassigen Reichsorden »Für vorzügliche Dienste für Reich und Kaiserhaus«. Den Orden 1. Klasse am Purpurnen Band, dem stets nur zehn lebende Würdenträger angehören sollten, verlieh uns Reto eigenhändig. Wir knieten mit dem Ordensband vor dem Kaiser, der uns mit *Silpion* zum Ritter des Reichsordens schlug. Nicht nur ich mußte wohl voll Unbehagen daran denken, daß dieses Schwert bereits das Blut seines Erzeugers wie seines Schenkers getrunken hatte. In Abwesenheit wurden auch Prinz Hal für seine Regentschaft im fernen Gareth und Bergkönig Gilemon, Sohn des Gillim, ausgezeichnet. Später kam noch Graf Answin von Rabenmund hinzu.

Voltan, der Eroberer von Maraskan, durfte danach

den Orden der Templer zu Jergan begründen, dem er bis zu seinem Tod als Ordensmarschall voranstand. Dexter Nemrod zu Waldstein, Oberst der Panthergarde, behielt von der Verletzung beim Sturmangriff auf Frumolds Zentrum ein Hinken zurück und nahm seinen Abschied. Im Jahr danach wurde er Leiter der Maraskan-Abteilung der Kaiserlich Garethischen Informations-Agentur: Er jagte Hexen und Magier und ließ um ein Haar die Verwandlungs-Akademie schließen.

Der junge Weibel Heldar von Arpitz wurde zum Hauptmann befördert. Wie die meisten anderen Ordensträger gehörte auch von Arpitz nicht unbedingt zu der Art Helden, wie ich sie schätzte. Zwar hatte er ein gewinnendes Wesen und war äußerst ritterlich. Aber seine Auszeichnung verdankte er jener Tollkühnheit, die die eigene Sterblichkeit, ja sogar Verwundbarkeit schlichtweg leugnet. Immerhin war er gerade erst in den Zwanzigern. Vielleicht würde das Leben seinen Übermut noch etwas dämpfen. Aber wenn er noch immer nicht daraus gelernt hatte, daß man ihn dreimal unter seinem toten Pferd hervorziehen mußte … Andererseits muß ich zugeben, daß man mir auch oft halsbrecherischen Übermut vorgeworfen hat. Was wußte ich, welche dunkle Schuld ihn vorantreiben mochte?

Ebenfalls mit einem geringeren Orden ausgezeichnet werden sollte die traurige Elfe Elodiron Kristallglanz. Sie verschwand jedoch sofort nach der Schlacht und der Einlösung ihres Wortes, und in den fünfunddreißig Jahren seither habe ich nie wieder von ihr gehört.

In Tuzak wurde Fürst Herdin die Insel zum Lehen gegeben. Das erbeutete Stadtbanner Jergans steht heute im Garether Museum für Reichsgeschichte. Maraskans Reichsdiskus, eines der Königsinsignien, landete bald in der Festumer Wechsel- und Einlagenhalle, denn König Frumold war, so stellte sich heraus, gleich nach Harlijins Tod nach Festum ins Exil geflohen – wo er, so scherzte man, vermutlich beim Met mit Bardo von Gareth zusammensaß und über Reto den Thronsammler fluchte.

Khorinja

»Ihr seid also der unbesiegbare Raidri Conchobair?« säuselte eine dunkle Frauenstimme. Vom ersten Tag an hatten sich die Maraskaner mit der Eroberung arrangiert. Täglich kamen mehr Händler, Ortskundige und Huren ins Lager. Die schwarzhaarige Schönheit sprach mich nachts an, als ich zu meinem Quartier zurückkehrte. Sie trug eine Bluse mit weitem Schulterauschnitt und Glockenärmeln und eine knallenge, wildlederne Hose. Sie sah nicht aus wie ein Straßenmädchen und benahm sich eher wie eine Bewundererin meiner Person, und so nahm ich sie mit.

Mein Regiment hatte ein Herrenhaus am Rand des Hafenviertels requiriert, am Fuß der Steilwand, über der die eigentliche Stadt Tuzak lag. Es war schon eher ein Landhaus: luftige Wände aus armdickem Rohr, mit dem bespannt, was sie hier Bausch nannten, mit einer umlaufenden Veranda und einem Garten, der von einer gelben Lehmmauer geschützt wurde – letzteres angesichts der beengten Verhältnisse in Tuzak Zeichen für enormen Reichtum.

Die Nachtschwärmerin hieß Khorinja und war wohl etwa dreißig. Sie hatte unergründliche Rehaugen, ausgeprägte Wangenknochen und einen herrlich geschwungenen Mund. An Schläfe und Hals trug sie Narben, vermutlich verursacht von maraskanischemn Giftgetier. Sie sprach nicht sehr viel, dafür zeigte sie sich um so interessierter an meinem Körper. Ihre Finger huschten wie Katzenpfoten über meine Schultern und unter mein Hemd. Bald lagen wir auf einem der niedrigen Betten zwischen weichen Schleiervorhängen. Aus dem Garten wehte der Geruch von Orchideen und Nußblüten, während sie sich an meiner Hose zu schaffen machte. Sie glitt zwischen meinen Knien zu Boden und begann mit meiner Lanze zu spielen. Die ganze Zeit war ich in ihren schwarzen Augen versunken gewesen, nun lehnte ich mich genußvoll zurück. Ich fühlte, wie sie aufstand. Ein leises Klirren kam von da, wo meine Lederrüstung lag. Ein Windhauch bauschte die hauchfeinen Schleier.

Mein Geldbeutel! Ich sprang fluchend auf. Was für ein Luder! Sie hatte alles genauestens geplant: Ich stand barfuß da, halb bekleidet, alle Kraft dort versammelt, wo sie jetzt nutzlos in die Landschaft ragte. Welcher Mann würde ihr in diesem Zustand nachlaufen? »Ich, mein Schätzchen«, zischte ich, zog die Hose hoch und stürmte aus dem Raum. Ich blickte mich um. An der Hofmauer sah ich eine Bewegung: die Äste einer Tamariske. Sie war emporgeklettert und über die Mauerkante gesprungen. Ich flankte über den Zaun des Balkons, rollte mich im Kies ab und stürmte los. Ich wählte einen anderen Weg als die Diebin und rannte die Auffahrt hinab. »Silpion«, brüllte ich die geschmackvolle Losung dieser Nacht, »Tor auf!« Die Gardistin schreckte schlaftrunken auf, stemmte aber sofort den Balken an der Innenseite des Tores empor.

Khorinja lief zum Hafen, und ich folgte ihr mit Riesenschritten. Immer wieder konnte ich ihren schlanken Leib im letzten Licht einer Taverne aufflackern sehen. Wir überquerten drei oder vier Kreuzungen, ohne daß sie abbog. Nur einige Spätheimkehrer und Betrunkene blickten auf, als wir vorüberstürmten.

Rings um die Kaianlagen hatte der Marschall einen Ring von Soldaten postiert. Damit hatte Khorinja wohl nicht gerechnet. Sie warf einen kurzen Blick zurück und sah mich herantoben. In elegantem Bogen fegte sie in die nächste Seitengasse.

Ich konnte die enge Kurve in vollem Lauf nehmen und hatte wieder einige Schritt gut gemacht. Vor mir hörte ich das zarte Tappen ihre bloßen Füsse, die in leichtem Bogen dem Verlauf der Hafenmauer folgten. Am Ende mündete die Gasse in jene, die an der Außenmauer Tuzaks entlanglief. Die Diebin wandte sich wieder hafenwärts.

Als ich in die breitere Gasse einbog, hörte ich vor mir Alarmrufe. Auch am Ende dieser Gasse stand am Eingang zur Hafenmole ein Doppelposten mit Hellebarden und Fackeln. Khorinja hatte sich geduckt und war zwischen den beiden Wachen hindurchgehuscht. Der Alarmruf pflanzte sich zu dem nächsten Doppelposten fort. »Silpion«, brüllte ich erneut, »nicht schießen. Ich bin der Schwertkönig!« Mein Befehl galt vor allem Khorinjas Sicherheit. Auf mich hätte wohl kein Mittelreicher gefeuert, ohne mich vorher anzurufen.

Mit einem »Beiseite!« brach ich zwischen den Hellebarden durch. Die Diebin verschwand rechterhand in jener Ecke, die durch den äußeren Hafenturm gebildet wurde. Das Licht der Teerpfannen dort oben warf einen unsteten Schatten am Fuß des Turmes. Notgedrungen tauchte auch ich in die Düsternis, hinter mir die schweren Schritte der zwei Hellebardiere.

»Sackgasse, mein Füchslein«, rief ich in die Dunkelheit. Aber Frau Langfinger gab sich noch lange nicht geschlagen. Als meine Augen sich wieder ans Dunkel gewöhnten, sah ich sie am Kai stehen. Rechterhand setzte sich die Hafenbefestigung in Form einiger eingerammter Pfähle fort. Aber jenseits dieser Stämme lag der Strand – dort war Tuzak zu Ende.

Mit ausgebreiteten Armen sprang Khorinja in die Finsternis. Statt des erwarteten Platschens hörte ich ein dumpfes Knarren. Ein Boot! Geschickt balancierte die Diebin durch ein kleines Fischerboot und sprang dann zum äußersten der Pfähle empor. Sie umarmte den fünf Schritt hohen Stamm, schaukelte auf die andere Seite und stieß sich ab. Ich hörte sie in die Brandung klatschen, gerade als die brechende Welle zurückwich. Sie hatte es tatsächlich zum Strand geschafft.

»Na warte«, rief ich grimmig. Mit einem Sprung setzte ich ebenfalls ins Boot, das noch von Khorinjas Sprung schaukelte. Dieses Schaukeln wurde durch eine neue Welle noch verstärkt – ein Weg für einen Fuchs, aber nicht für einen Löwen. »Phex, leih mir dein Geschick«, grunzte ich und taumelte mehr zum Bug als daß ich ging. Ich hielt mich am Steven fest, als das Boot ins Wellental sackte.

Ah, so hatte sie das gemacht! Efferds Macht war es, die ihr geholfen hatte. Als die nächste Welle das Boot empor hob, sprang auch ich zu dem Poller. Ich umklammerte ihn und strampelte mich auf die andere Seite. Natürlich, jetzt wich die Brandung wieder, und das Wasser unter mir war nur hüfthoch. Ich klatschte in die schwarze Flut und stapfte an Land, während der nächste Brecher hinter mir nahte.

Ein dumpfer Laut erklang zwanzig Schritt entfernt am Strand. Khorinja, die sich offenbar eine Verschnaufpause gegönnt hatte, hatte mich entdeckt. Und ohne mehr als ihre Silhouette zu erkennen, wußte ich, daß sie nicht damit gerechnet hatte, daß der große Krieger ihr folgen konnte.

Das Mondlicht glänzte auf der schwarzen Nässe ihrer Lederhose. Sie lief jetzt wieder wie eine Gazelle. Ich stürmte mit raumgreifenden Schritten hinterher, barfuß wie sie, naß wie sie. Schnell umfing uns die Nacht. Unser Keuchen verwob sich mit dem stetig wiederkehrenden Rauschen der Brandung: drei Atemzüge von uns, dann wieder einer von Efferd. Ich ahnte sie mehr, als daß ich sie sah. Ab und zu hörte ich das Klingeln der Münzen in ihrer Hand. Es hatte nicht den Anschein, daß sich unser Abstand verringerte.

Wir liefen an einigen schlafenden Hütten vorbei. Zwei aufgebockte Fischerboote, im Seewind flatternde Netze. Auf einem der Boote stand ein Eimer. Ich griff ihn, ohne im Lauf zu verlangsamen. Was für ein Glück: leer! Ich lief weiter, um wieder in den Rhythmus zu kommen. Jeden Schwinger mit dem Eimer nutzte ich, um ein wenig schneller zu werden. Längst hatten wir uns beide auf einen längeren Lauf eingestellt. Jetzt gewann ich, der wieder alle Kraft in den Lauf legte, Stück für Stück an Abstand.

Fünfzehn Schritt. Bei jedem Schritt sah ich ihre Fußsohlen aufblitzen. Jetzt wurde auch sie wieder etwas schneller. Sie ahnte, daß ich näher kam. Ruckartig blieb ich stehen und wirbelte um die eigene Achse, den Arm mit dem Eimer weit ausgestreckt. Nach einer vollen Drehung ließ ich ihn fliegen. Ich taumelte einige Schritte und beschleunigte dann erneut.

Da hörte ich ein dumpfes Krachen und einen unterdrückten Schmerzensschrei. Als ich heranstürmte, kam Khorinja gerade wieder auf die Beine. Ich sah den Beutel in der Linken, den schmerzverzerrten Mund und ihre wütend aufblitzenden Augen.

Wie ein Panther sprang ich sie an, die Rechte bereit für das, was kommen mußte. Natürlich hatte sie einen Dolch. Die Klinge blitzte kurz in ihrer Rechten auf, da schloß sich meine Faust um ihr Handgelenk. Schwer prallte ich gegen sie. Sie versuchte mich über ihren Körper abzurollen, doch als sie auf den Rücken fiel, stöhnte sie auf. Vermutlich die Stelle, wo der Eimer sie erwischt hatte. Seite an Seite rollten wir durch den Sand. Geschmeidig wie eine Katze kam sie noch einmal hoch, trat nach meinem Unterleib, während der Dolch über mir aufragte.

»Gib auf, Kätzchen«, keuchte ich – für mehr reichte mein Atem nicht. Sie bleckte die Zähne und versuchte, mich in den Hals zu beißen. Ich hatte keine Hand frei um abzuwehren und stieß meinen Kopf krachend gegen ihre Stirn.

Ich nutzte ihre Betäubung, um in ihren Rücken zu kommen. Sie strampelte und trat um sich, doch ich war groß genug, um sie oben festzuhalten und unten dennoch nicht meine Weichteile preiszugeben. Sie fauchte wie ein beleidigtes kleines Mädchen. Mehr und mehr drückte ich sie nieder, sodaß sie mit Gesicht und Bauch im Sand lag. Ich meinerseits blockierte mit Hüfte und Knie ihre Fersenstöße und preßte mit dem Arme ihre Handgelenke nieder.

»Laß fallen«, keuchte ich und verstärkte den Druck um ihre Rechte. Sie stöhnte auf und verzog das Gesicht. Dann entglitt ihrer betäubten Hand der Dolch.

So lagen wir eine ganze Weile. Ihr schwarzes Haar breitete sich unter mir wie Samt auf dem Sand aus. Das Mondlicht fiel auf ihre Wange, die sie mir zuwandte. Langsam beruhigte sich das schwere Atmen und das Rasen ihres Herzens in ihrem schlanken und kräftigen Körper. Sie starrte nachtschwarz und undurchdringlich zur Seite.

Ich fühlte, wie das Raubtier in mir nach Beute verlangte. Ich griff nach dem Dolch und wog ihn vor ihren Augen in der Hand. Dann warf ich ihn über die Schulter ins Meer, ohne den Blick von ihr zu wenden. Nun bog ich ihr beide Handgelenke auf den Rücken und packte sie mit der Linken. Sie hielt noch immer den Beutel umklammert. Ohne sie aus den Augen zu lassen, griff ich nach ihrer Hose. Das Leder war feucht und warm. Ich zerrte so fest am Gürtel, daß er unter ihr riß.

Ihr Blick war noch immer unergründlich, doch ihre

Kirschlippen bebten, als ich das Leder von ihrem Leib zu zerren begann. Ihr Gesäß und ihre Oberschenkel waren braun, schlank und muskulös.

Sie leistete keinen weiteren Widerstand. Als meine Lanze in sie eindrang, seufzte sie schicksalsergeben auf. Langsam bewegte ich mich in ihr. Ich ließ mir Zeit, denn ich hatte eine besondere Vorstellung, wie mir die kleine Diebin Genugtuung leisten würde.

Plötzlich begriff sie, daß ich nicht nur ihren Körper wollte, sondern auch ihre Hingabe. Sie erstarrte und ihre Hände krallten sich in den Sand. »Du Schuft! Du Schurke!« fluchte sie: »Wie kannst du mir das antun?« Sie fauchte noch etwas weiter, doch dann begann ihr schwerer Atem sie zu verraten. »Das ist nicht … ist nicht …«, setzte sie mehrmals an, während ihr Unterleib wie das Korn unter dem Mühlstein bebte.

Plötzlich entwich ihr ein heiseres Röcheln. Ich begann heftiger zu stoßen. Noch einmal krallte sie sich wie hilfesuchend in den Sand. Dann begann ihr Unterleib im gleichen Rhythmus zu zucken. Sie schrie immer lauter, und sie hörte nicht auf, bis die ersten Wellen der Flut an unsere Fußsohlen leckten.

Amouröse Abenteuer im Lieblichen Feld

Ich verließ Maraskan fluchtartig. Auf der Insel herrschten jetzt seelenlose Planer wie Marschall Voltan von Rommilys, eiskalte Denker wie Rudon von Mendena und Fanatiker wie Oberst Dexter Nemrod. Die gefeierten Sieger waren Totschläger wie Lutisana von Perricum oder Draufgänger wie Heldar von Arpitz. Ich starrte von der Reling einer kaiserlichen Trireme ins schäumende Wasser. Selbst Kaiser Reto erschien mir wie ein Rachedämon mit einem Schwert, von dem das Blut seiner Anverwandten tropfte. Und ich selbst? Was immer ich über Recht, Gesetz und beiderseitigen Gewinn vorbringen mochte, ich hatte mir beide mit Gewalt genommen: die Insel wie auch Khorinja. Der schale Geschmack in meinem Mund wich nicht, bis wir Khunchom erreichten.

In der Stadt der Neun Flüsse hätte ich gerne Ruban den Rieslandfahrer besucht, der es so trefflich verstand, Anstand und Eigennutz, Herzlichkeit und Halunkerei im Gleichgewicht zu halten. Aber die ewige Sehnsucht hatte den großen Seefahrer schon wieder fortgetragen. Er war in den Weiten des Perlenmeeres entschwunden, und diesmal sollte es fast zehn Jahre dauern, bis er Aventurien wieder erblickte! Auch mich plagte die Sehnsucht. Meine Taschen waren schwer von Offizierssold und Beute, ich trug zwei wertvolle Schwerter. Mir kam in den Sinn, das reichste Land Aventuriens aufzusuchen: das Liebliche Feld. Eine

Woche, nachdem ich Maraskan verlassen hatte, befand ich mich auf einem Festumer Schiff, das südwärts fuhr. Wir liefen wie üblich Kannemünde und Port Corrad an. Nach zwei Wochen passierten wir die Straße von Sylla, in der dritten erreichten wir Brabak.

Während der paar Stunden Aufenthalt bis zur Weiterfahrt nach Kuslik erlebte ich die Stadt zwischen Feuermeer und Salzsümpfen in unverkennbarer Einzigartigkeit: Ich brach einem Dieb den Kiefer und einem zweiten die rechte Hand. Ich lehnte ein Angebot ab, Kapitän eines Königlich Brabaker Kriegsschiffes zu werden – welches ich zuvor erst hätte kapern müssen. Und ich wimmelte mindestens ein Dutzend Huren ab, die mir ihre Gunst kostenlos anboten – und vermutlich Sumpffieber, Krätze und Paralyse dazu.

Endlich ging ich an Bord der »Horas über den Wellen«, einer prachtvollen Viermast-Schivone. Alleine mit der vergoldeten Galionsfigur, dem Blattgold am hohen Heck und dem Tuch der Segel hätte man in Brabak ein Haus kaufen können. Als ich an der Reling zwischen den Kaufleuten und Pilgern stand, fiel immer wieder der Ausdruck ›Garderobe‹. Mein alter Wappenrock war förmlich getränkt von Schweiß, Blut und Salzwasser. Mir wurde klar, daß ich meine Kleidung erst den Ansprüchen des Reisezieles anpassen mußte. Die Schivone war ein schnelles Schiff, doch im Südwesten sind die Winde fast immer wenig günstig. So dauerte es eine Woche, bis wir das Gewirr der Zyklopeninseln durchschifften und Belhanka anliefen.

Belhanka, die Stadt der Liebe. Dutzende von Liebesdienerinnen mit blankem Busen, in feines Linnen gekleidet, drängten sich um das Fallreep, als wir von Bord gingen. Im Hintergrund blühte rosenfarben der Tempel der Rahja, das Zentrum ihrer Kirche.

Die Stadt war nicht groß, doch es hätte keinen besseren Platz gegeben, um mich ausstaffieren zu lassen. Schnell nahm ich von meiner Vorstellung Abstand, mir bei einem Schneider schnell einige halbfertige Kleider zurechtnähen zu lassen. Ich ließ die »Horas über den Wellen« absegeln, während die Schneidermeisterin Vestigia stundenlang meine Maße nahm und Tuche und Bänder vorlegte. Ich wußte plötzlich, wie sich die Thorwaler fühlen, die in Havena an Land gehen. Ich schwankte zwischen Bewunderung für Reichtum und Kunstfertigkeit, Spott über komplizierte Höflichkeiten und Wutausbrüchen angesichts einer Lebensweise, in der nichts ist, wie es scheint.

Die Schneidermeisterin verbrauchte schrittweise bestes Tuch, um meine breiten Schultern und mein Gemächt zu kaschieren und dann durch Polster erneut künstlich zu betonen. »Ich gebe wohl zu, Esquirio,« säuselte Maestra Vestigia, »daß ihr mancherorts eben jene Statur besitzt, die die horasische Mode darzustellen sucht.« Dabei griff sie mir ungeniert zwischen die Beine und befestigte scheinheilig eine weitere Nadel.

Nach zwei Tagen ständiger Anproben war ich ein Vermögen los und sah dafür aus wie ein echter Vinsalter Stutzer. Ich ließ mir sogar zähneknirschend eine Lockenperücke machen. Vor dreißig Jahren war es noch nicht so weit wie heute, daß jeder Mann von Stand im Lieblichen Feld Kunsthaar trug. Aber mein Wehrheimer Bürstenhaarschnitt wirkte zwischen all den gepuderten, wohlriechenden Langhaarfrisuren wirklich wie die Faust aufs Auge. Und wenn ich mich schon lächerlich machte, dann gründlich ...

Nun sah ich aus wie ein Vinsalter, aber deswegen gehörte ich noch lange nicht dazu. Wie konnte ich Zutritt zur vornehmen Gesellschaft erhalten? Mein üblicher Weg, die Aufwartung beim Herren der Stadt oder der Provinz, blieb mir hier verwehrt: In diesem Land hatte ich weder Pflichten noch Rechte eines Lehensmannes. Ich versuchte mich an die regierenden Geschlechter zu erinnern. Vor allem fiel mir das Haus Kuslik-Galahan ein. Wie ich hörte, hatte die Fürstin Kusmina im letzten Jahr den Thron bestiegen. Aber meine Verbindung zu der kleinen Franka Salva Galahan in Honingen war viel zu dünn, als daß sie mir das Tor zu einem Fürstenhof geöffnet hätte.

Ein naheliegendes Ziel war natürlich Arivor, das eiserne Herz des Lieblichen Feldes. Hier herrschte ein rondrianischer Ordensmarschall. Dem konnte ich allerdings nicht sehr viel mehr vorweisen, als daß ich einen seiner Ritter aus dem Donnersturmrennen geworfen hatte.

Die Ruhmeshalle zu Arivor zeigte die Statuen der berühmtesten Helden der Historie. Als ich in der Stadt ankam, merkte ich gleich, daß man zwar die Kriegerehre hochhielt, sonst aber ebenso blasiert war wie im übrigen Reich. Selbst das Klingeln meines Glöckchens am Tuzakmesser wirkte barbarisch.

Um zumindest diesen Makel aus der Welt zu schaffen, suchte ich Meister Saladan auf, der einige Jahre zuvor aus Al'Anfa geflohen war und bereits als bester Schmied seiner Generation galt. Vor allem wartete er mit einem enormen Waffenangebot auf, denn schon damals dienten ihm vierzehn Schmiedemeister und Gesellen. Wie den meisten Mittelreichern erschienen mir die Waffen, die in den zweihundert Jahren der Unabhängigkeit landesüblich geworden waren, als geckenhaft und kindisch. Welcher Krieger, der vor Rondra bestehen will, kann eine kaum daumendicke Klinge führen, die so biegsam ist wie ein Schilfrohr? Andererseits hatte ich bei ähnlichen Waffen einiger Auelfen gesehen, daß mit diesen Klingen unter ungerüsteten Gegnern ein tödlich schneller Kampf möglich war. Niemals jedoch würde ich ein Florett führen: genauso biegsam wie das Rückgrat seines typischen

Besitzers und bei fast einem Schritt Länge kaum schwerer als mein Dolch. Kurzfristig erwog ich, mir einen Kusliker Säbel zuzulegen. Eine Generation zuvor hatte der große Krieger Rondrigo Brannder das gleiche Problem gehabt wie ich und es auf elegante Weise zu lösen gewußt: Er war in ganz Aventurien als Schwertkämpfer berühmt geworden. Als er in seine Heimatstadt Kuslik zurückkehrte, kleidete er sich zwar nach heimischer Mode, und auch seine Waffe erhielt einen Degengriff mit kunstvollem Korb; doch in der Scheide verborgen steckte noch immer die breite und solide Klinge eines Schwertes.

Je länger ich mir jedoch die Rapiere und Degen betrachtete, desto stärker wurde mein Ehrgeiz, mich auch mit diesen Waffen als Meister zu erweisen. Nach ausführlicher Suche entschied ich mich für einen prächtigen Degen: mit einer schlanken, zweischneidigen Klinge, einer ausgeprägten Parierstange, vor allem aber einem kunstvollen, doppelt gewundenen Fechtkorb. Er war kräftig genug, um auch die Wucht meiner Hiebe auszuhalten, aber doch so leicht, daß ich mich an den vor allem auf Stöße basierenden Fechtstil gewöhnen konnte. »Ich nehme an, daß der Hochachtbare Herr keine Parierwaffe benötigt?« fragte Meister Saladan diplomatisch. Nein, ich hatte wahrlich nicht vor, mit einer halben Eßgabel in der Linken die gegnerischen Klingen zu fangen oder zu brechen.

Nach zwei Wochen gelang es mir endlich, der Gräfin Udora von Bethana meine Aufwartung zu machen. Denn bei dieser konnte ich mich auf ihre Nichte Yolina berufen, die mir als Gattin Herzog Waldemars wohlgesonnen war. Sofort bot sie mir ihre Gastfreundschaft an. Es war zwar nur ein Gästezimmer am äußersten Westflügel des Palastes, doch damit war ich zu allen ihren Empfängen zugelassen. Der Firunmond galt allgemein als Jagdzeit. Gräfin Udora reiste zur königlichen Jagd um Schloß Baliiri ab, zu der König Kalman nur handverlesene Gäste laden ließ. Deswegen vertraute sie mich ihrer Freundin, der Comtessa Carmissa Tegalliani an.

Deren Gatte, der Comto Tegalliani, war ein reicher Landadeliger um die Sechzig, der trotz Perücke aussah wie siebzig. Die Anrede für seinen ungewöhnlichen Titel, im Rang zwischen Baron und Graf, so ließ ich mir erklären, war Euer Edelhochgeboren. Das erste, was ich über seine Ehe hörte, war folgende Anekdote: »Das ist ja wohl der Gipfel der Frechheit. Ich erzähle Euch, daß meine Gattin guter Hoffnung ist, und Ihr fragt mich, von wem!« – »Verzeiht, Edelhochgeboren, ich dachte, Ihr wüßtet es vielleicht ...«

Natürlich war meine Neugierde geweckt, als ich dieser Frau auf ihrem Hausball vorgestellt werden sollte. Sie war um die vierzig Jahre alt und besaß die Ausstrahlung einer Frau, die bekam, was sie sich in den Sinn setzte. Sie war nicht sehr groß und von einer üppigen Gestalt, die mich an die Sanduhr eines Alchimisten denken ließ. Die dunkelblonden Haare trug sie aufgetürmt und voll Zierrat. Ihre Haut war weiß wie Alabaster, ihre Augen waren saphirblau, wenn sie liebte, und eisblau, wenn sie haßte. Sie trug ein weinrotes Atlaskleid und reichen Silberschmuck mit farblich passenden Granatsteinen. Ihr Dekolleté lockte, darin zu versinken, ihre schmale Taille, sie an sich zu reißen.

Vom ersten Augenblick an spielte sie mit mir, als seien wir alleine im Raum. Ihre Bemerkungen waren spitz und treffsicher wie mein Degen. Ohne die leiseste Unhöflichkeit machte sie mir klar, daß sie mich für eine wilde Bestie hielt. »In jedem Menschen steckt ein Raubtier«, antwortete ich: »Manche lassen es frei umher laufen, manche machen sich vor, daß sie es bändigen können. Und wieder andere sperren es im Keller ein, ganz unten.« Ich ließ meinen Blick an ihr herabgleiten. Sie begann hastig zu fächern. In ihren Augen blitzte es. Dann verließ sie eilig den Raum. Als ich ihr nachblickte, schwebte sie die Freitreppe hinauf. Sie warf mir einen Blick über die Schulter zu.

Ich lockerte meinen Halswickel und atmete kräftig durch. Niemand schien etwas bemerkt zu haben. Nun gut! Ich liebe Spiele, deren Regeln ich nicht kenne. Langsam stieg ich die breite Freitreppe empor. Die roten Samtteppiche ließen den Lärm des Empfanges verhallen. Als ich in den ersten Korridor einbog, war kaum noch etwas zu hören. Ich ging an zahlreichen edelhölzernen Türen vorbei. Dann sah ich einen Vorhang, der sich im abendlichen Beleman bauschte, und dahinter den Saum ihres roten Kleides. Sie stand auf dem Altan und blickte mich über den Rand ihres Fächers an.

»Ihr Diener«, verbeugte ich mich. »Das hoffe ich«, sagte sie vielversprechend und trat fächelnd an die Balustrade. Wir blickten auf den schneebedeckten Garten, der in nächtlicher Stille unter uns lag. Unser Gespräch war eine Spiegelfechterei voll Unergründlichkeiten. Irgendwann verlor ich die Geduld. Ich verneigte mich, und als sie mir die Hand zum Kuß bot, ergriff ich sie und zog die Comtessa zurück auf den Korridor, zur nächsten Tür hin. Schlagartig fiel die Maske der kühlen Distanz von ihr ab. Sie fächelte immer schneller, ihre Pupillen waren fingerkuppengroß, als ich sie in einen dunklen Raum zog, der hinter jener Tür lag: ein Gastzimmer, unbenützt, Rahja sei Dank. Sie lehnte kokett an einem Wandschrank, wenige Handbreit von mir entfernt. Ihre Augen blickten in ängstlicher Erwartung, ihr Busen hob und senkte sich wie das Meer vor einem Sturm.

»Es scheint«, sagte ich und trat so nah, daß mein

Knie den wallenden Rock zu teilen begann, »das Raubtier hat Euch in seinen Käfig geholt.«

Sie rekelte sich vor dem Wandschrank. »Und wird es mich jetzt fressen?« fragte sie mit belegter Stimme. Ich beugte mich vor und biß sie halbsanft in den Schwanenhals. Die Comtessa schrie unterdrückt auf. Meine Zähne fuhren über silberne Ketten und über die Schulter, zu der Weichheit ihrer Rahjasfrüchte. Dabei hinterließen sie gerötete Striemen auf der weißen Haut. Sie atmete schwer. Mit dem Fächer zwischen uns schob sie mich fort, mit der anderen Hand krallte sie sich in mein Haar und meinen Nacken. Ich kniete vor ihr nieder und hielt sie fest umschlungen. »Was macht Ihr mit mir, Ihr Barbar«, flüsterte sie. Grimmig lächelnd hob ich sie hoch, trug sie zum Bett und warf sie darauf. Sie keuchte erschreckt, dann erstarrte sie, als ich mich halb neben, halb auf sie fallen ließ. Ich begann sie wieder zu necken: sanfte Küsse wechselten mit lustvollen Bissen.

Meine Hand glitt über ihren Bauch bis zum Saum ihres Kleides. Neugierig wühlte ich mich durch schweren Stoff und Unterröcke voll Drôler Spitzen. Sie trug feinwollene Strümpfe und Unterwäsche aus feinstem Belhanker Linnen. Der Atlas raschelte, als ich nach ihrem Schatzkästlein grub. Endlich lag ihr Pelzchen vor mir, das so blond war wie ihr Haupthaar. Ich tauchte hinab und zeigte ihr, daß das Raubtier nicht nur Zähne, sondern auch eine Zunge hatte. Während der ganzen Zeit entwich ihr kein Laut, wiewohl sie sich unter mir in stiller Lust aufbäumte und wand. Schließlich tauchte ich auf, drang in sie ein und erlöste sie mit einigen schweren Stößen. Sie blieb noch lange matt liegen, aber sie gab keinen Laut von sich, bis wir in angemessenem Abstand den Raum verließen.

Niemand schien Anstoß daran zu nehmen, daß mich die Comtessa fortan auf jede Gesellschaft mitnahm. Ich war ihr Favorit, so nannten sie das; weibliche Geliebte eines Adeligen wurden als Mätresse bezeichnet. Es war unglaublich, mit welcher Selbstverständlichkeit diese Menschen ihre Zeit verschwendeten: Flanieren und Promenieren, Jagen und Dinieren, Gesprächsabende, Lesungen, Empfänge und Bälle jeder Art.

»Sagt, Hochachtbarer Herr Conchobair,« neigten die Damen sich mir verschwörerisch zu, »was für ein Gefühl ist es, sein Schwert durch einen lebenden Menschen zu stechen?« Dann begannen sie aufgeregt zu fächeln, ihre Augen hatten einen seltsam erwartungsvollen Glanz, und in ihren Dekolletés hoben und senkten sich die eingesperrten Brüste unter schwerer werdendem Atem.

»Ihr irrt, Signorina. Mit einem Schwert sticht man in den seltensten Fällen zu. Meist zieht man die Waffe mit weitem Schwung längs über den Leib, um möglichst große, klaffende Wunden zu verursachen.« Der Mund öffnete sich zu einem stillen Schrei, das Fächeln wurde angstvoll schnell oder erstarrte schlagartig, und der Busen hob sich im verzweifelten Versuch, dem im Korsett verschnürten Leib genug Luft zu geben.

Nach solchen Antworten waren die Damen wie erstarrt. Manche wagten sich nicht mehr näher als zwei Schritt heran. Wollten sie in meiner Gegenwart ein Gespräch führen, so flüsterten sie nur noch hinter dem Fächer. Aber fast alle blieben an mir haften wie flatternde Nachtschwärmer an der Laterne, die sie versengt. Wenn sie sich unbemerkt glaubten, starrten sie mich mit glutvollen Augen und glühenden Wangen an. Erwiderte ich die Blicke, schlugen sie errötend die Augen nieder und verbargen sich hinter ihrem Fächer. Sogar die meisten Männer zeigten ähnliches Verhalten, zumal die jüngeren. Sie betupften sich die Stirn mit feinsten Drôler Spitzentüchlein oder tranken hastig ein ganzes Gläschen leer. In ihrem Verhalten schienen sich

Bewunderung, Verachtung, Neid und Angst zu vermengen. Bei manch einem Geck mit gepudertem Gesicht glaubte ich auch das gleiche scheue Begehren zu sehen, das die Damen zeigten.

Ich schwankte zwischen zwei Verhaltensweisen, dieser morbiden Neugier zu antworten. Vor allem in den ersten Wochen versuchte ich oft, den Vorurteilen entgegenzutreten. Ich erklärte, daß ich bis zu diesem Tag kein halbes Dutzend Menschen willentlich getötet hatte. Daß ich den Greueln des Krieges gegenüber abgehärtet sein mochte, sie aber dennoch empfand. Diese Antworten befriedigten die Vinsalter selten. Man wechselte befremdet das Thema und der Abend konnte sehr langweilig werden. Außerdem kamen mir meine Rechtfertigungen bisweilen selber hohl und gekünstelt vor. Dunkle Bilder erschienen mir, von dem Rausch, in den ich die beiden Halsabschneider im Rathil ersäuft hatte, in dem ich über Khorinja hergefallen war, in dem ich mit dem Streitwagen über das Schlachtfeld von Jergan gedonnert war. Vielleicht war ich wirklich die Bestie, für die mich die kultivierten Bewohner des Lieblichen Feldes hielten?

So machte es mir mit der Zeit immer öfter Spaß, den Ekel und das Entsetzen, die ich selbst nicht fühlen wollte, eimerweise über meine blutgeilen Zuhörer zu entleeren. »Wie viele Menschen ich getötet habe? Euer Wohlgeboren, wenn ich nach einem einzigen Kampf noch weiß, über wie viele von mir gefällte, zuckende Leiber ich hinweggetrampelt bin, dann habe ich etwas falsch gemacht.« Solche Doppeldeutigkeiten liebte ich: Natürlich mußte ein Zivilist meine Worte so verstehen, daß ich die Toten ob ihrer Zahl nicht mehr zählen konnte – während ich damit gemeint hatte, daß ein Krieger, dessen Geist bei den Gefallenen verweilt, in der Schlacht nicht lange überlebt.

Dann und wann gelang es mir, daß ein eitler Kavalier so schnell die Gesichtsfarbe von weiß über rot zu grün wechselte, daß er die Flucht ergreifen mußte, oder daß eine Jungfer, von ihrem Korsett ohnehin fast des Atems beraubt, bewußtlos niedersank. Jene, die heldenhaft meine ersten Antworten überstanden hatten, stachelten mich dann gerne zu immer neuen Geschichten von Blut, Raserei und Tod auf. Ja, es schienen sich regelrechte Wettbewerbe im Gruseln um mich abzuspielen, bei denen jeder der feinen Damen und Herren versuchte, die anderen durch seine Ungerührtheit zu beeindrucken. Manchmal holten meine Zuhörer andere Gäste herbei und stellten sie mir vor, mit dem unverkennbaren Bedürfnis, diese Person mit ›ihrer‹ Entdeckung zu schockieren.

Nun, beeindruckend erzählen konnte ich, so fürchte ich, seit meiner Kindheit. Ein Thorwaler wäre hier in absurdes Prahlen verfallen, ein Weidener oder Tobrier wäre maulfaul geblieben. Aber die Albernier lernen von klein auf, Geschichten mit genau jenem Maß an Ausschmückungen und Übertreibungen zu erzählen, daß sie größtmögliche Länge und Wirkung erreichen. Oder vielleicht gehört dieses Talent auch nur zu dem, wie ich die Albernier gerne sehe … So widerlich mir die ganze Situation war, so stolz bin ich bis heute auf eine Antwort, mit der ich einen besonders blasierten, waschechten Comto würgend und spuckend in den nächsten Waschraum verjagte: »Richtig befriedigend ist der Kampf erst, wenn die Klinge vom Blut mehrerer Gegner trieft. Dann gleitet sie um so besser durch die Wunden des nächsten Feindes.«

Natürlich ergaben sich durch dieses Verhalten etliche amouröse Eroberungen: Auf jede Frau, die mich abstoßend fand, kam eine, für die ich unwiderstehlich war – und gleichgültig blieb ich nur wenigen. Es war eine Zeit der Rendezvous über Geheimtreppen, nächtlicher Klettereien an Spalieren und Balkonen, der schnellen Lust in Hinterzimmern, Gartenpavillons und Reisekutschen. Ich kann mich an eine stundenlange Nachtfahrt mit gleich zwei Edeldamen erinnern: Wenn wir auf den samtenen Polstern kurz voneinander abließen, wetteten wir, ob wohl ich, die Damen, der Kutscher oder die Pferde zuerst vor Erschöpfung aufgeben müßten. Schließlich war es das Vorderrad der Karosse, das in einer Furt nachgab und unser Abenteuer im Morgengrauen beendete. Viermal mußte ich ein Duell mit einem eifersüchtigen Ehemann schlagen, einmal nächtens mitten im Rahjaopfer überrumpelt, einmal schon bei der Ankunft auf einer Balustrade, zweimal ganz offiziell im Morgengrauen. Glücklicherweise verursachen die Vinsalter Degen derartig schmerzhafte Stichwunden, daß meine Gegner jeweils schnell aufgaben.

Carmissa ließ sich erstaunlicherweise keinerlei Eifersucht anmerken. Im Gegenteil, manchmal hatte ich den Eindruck, daß sie es genoß, daß ich andere Damen und gerade ihre schlimmsten Rivalinnen verführte. Weil sie es war, an deren Seite ich anschließend wieder abreiste? Oder weil sie wußte, daß andere Frauen ihrem ›Raubtier‹ noch hilfloser ausgeliefert waren als sie selbst? Nun, Carmissa hätte solche Fragen weder zugelassen noch beantwortet. Die höfische Maskerade ließ einen Ehebruch zu, doch keine persönlichen Geständnisse dieser Tiefe. Obwohl Carmissa eine meiner längsten Liebschaften war, weiß ich nicht, ob ich die Beziehung zu ihr als intim bezeichnen könnte.

»Ihr wart gewiß auch bei der Eroberung Maraskans dabei?« Es war erstaunlich, wie viele Vinsalter diese Vermutung äußerten, obwohl sie über sonstige Details sehr wenig wußten. Es dauerte Wochen, bis ich den Gedankengang begriff: Targuin Conchobair war ›des Kaisers bester Mann‹ gewesen, als er die Festung Kuslik hundert Tage gehalten hatte. Angesichts meiner Erfolge war ich also – so die Vorstellung – ebenfalls ›des Kaisers bester Mann‹. Vielfach nahm man an, daß ich sogar an der Planung des Feldzuges beteiligt gewesen war – im Stab des Kaisers.

Alles in allem waren die Liebfelder aber überraschend weltoffen und gut informiert. Es war spannend, ihre Sicht der Dinge zu hören, die weder dem kaiserlichen Standpunkt einer Befreiung und rechtschaffenen Lösung eines Erbfolgestreites entsprach, noch dem maraskanischen der gewaltsamen Unterwerfung einer friedlichen Insel durch blutrünstige Übermachten. Für die Vinsalter stellte sich die Eroberung Maraskans wohl am ehesten so dar, daß der große, doch etwas zurückgebliebene Bruder sich eines möglichen Handels- und Bündnispartners bemächtigt hatte.

Nach und nach besuchte ich alle Städte des Lieblichen Feldes. Kuslik mußte ich alleine wegen der Alten Burg sehen, die meiner Familie einmal den Markgrafentitel eingebracht hatte. Ich machte der jungen Fürstin Kusmina meine Aufwartung – übrigens eine ausnehmend häßliche Frau – und stellte fest, daß der Name Conchobair hier noch immer alle Türen öffnete. Das Haus Kuslik tat seit zweihundert Jahren alles, um die Könige in Vinsalt zu schwächen und zu reizen, und war bekanntermaßen garethfreundlich. Nur Neetha erreichte ich leider niemals, die Weiße Wacht im Süden, wo im Chabab das Schwert der heiligen Thalionmel ruhte.

Die Beziehung zu Carmissa nahm langsam bedenkliche Formen an. Am Kusliker Fürstenhof fielen wir in einem Anfall von Levthansrausch auf dem Balkon übereinander her, neben einem Saal mit achthundert Menschen – von denen einer die zweitmächtigste Person des Reiches war! Voll bekleidet und nur aufs Notwendigste entblößt, fanden wir im Stehen zueinander. Carmissas Haut glühte danach, und sie sah noch verführerischer aus als sonst. Auf ihrem Heimatschloß überraschte uns ihr Gatte, der wegen eines Todesfalles unangemeldet in ihr Schlafzimmer trat. Ich verbarg mich hinter einem Paravent, ebenso wie Carmissa, die sich neben mir hastig anzukleiden begann. Ich konnte nicht widerstehen, ihre prächtigen Hinterbacken zu liebkosen. Wir wußten beide nicht, wie uns geschah, aber plötzlich drang ich in sie ein. Carmissa hielt sich am Paravent fest und sprach mit beinahe unerschütterter Stimme Belanglosigkeiten zu ihrem Gatten, der keine zehn Schritt entfernt stand, während ich sie liebte. Nur für einen Augenblick brach ihre Stimme, als uns beide die Wollust überschwemmte.

Ich deutete dezent an, daß uns einige Wochen Trennung vielleicht hülfen, einen kühleren Kopf zu behalten. Ich meinte das genau so, wie ich es sagte, doch Carmissa, die nichts kannte als das Gespräch voll trügerischer Andeutungen, sah sich plötzlich von ihrem fünfzehn Jahre jüngeren Galan verlassen. Sie wechselte zwischen leidenschaftlichen Ausbrüchen, die ihr anscheinend bislang selbst völlig fremd waren, und eiskalten Erpressungsversuchen hin und her. Doch womit erpreßt eine Comtessa, die ihren Ruf zu wahren hat, einen Barbaren, dem die gesellschaftlichen Regeln eher lachhaft erscheinen? Ihr Leben machte sie, ohne daß sie es wußte, derart unglücklich, daß sie mich förmlich dazu zwang, sie zu immer neuen Husarenstücken der Liebe zu verführen. Wir fanden uns nackt im Frühjahrsschnee vereint und auf dem Rücken ihres trabenden Roßes. Wir wurden von Stallknechten und Gärtnern ertappt und entgingen schließlich eben noch der Entdeckung im Schlafzimmer der Königin!

Endlich begriff ich das Dilemma, in dem Carmissa gefangen war: Ich bewunderte die Comtessa für die Perfektion, mit der sie die Maske einer beherrschten und treuen Ehefrau wahrte. Während die Gefahr von

Entdeckung und Entwürdigung für mich aber nur zusätzlicher Kitzel war, war sie für Carmissa Lebenselixier und Gift zugleich. Sie gierte nach der Lebenslust und Aufregung, die ich in ihr Leben brachte, und war außerstande darauf zu verzichten, aber sie war auch außerstande, dabei noch länger ihre Selbstbeherrschung zu wahren. Sie fürchtete und ersehnte jeden Tag und jeden Frevel mit mir – so wie sie den Tag fürchtete und ersehnte, da all dies enden würde.

Die Rücksicht verlangte, ihr das Herz zu brechen: Sollte unsere Liaison jemals auffliegen, mußte ich nur das Land verlassen; Carmissa aber wäre ruiniert gewesen, auf Lebenszeit verbannt in einen Turm im hintersten Phecadien, wie eine Zuchtrose, außerhalb des Gartens, dem sie entfliehen wollte, zum Verwelken verdammt. So hinterließ ich ihr eines Tages auf dem Kopfkissen eine Schwertlilie und einen Brief: »Rondra wie Rahja schenken dem Menschen den Rausch. Sie verlangen dafür, daß er den Rausch bis zur Neige kostet. Sie verlangen aber auch, daß er lernt, ohne den Rausch zu leben. In viel aufrichtigerer Verehrung, als Ihr es ermessen könnt, Euer Raidri Conchobair.« Als Carmissa diese Zeilen las, war ich wohl schon an der Grenze zum Neuen Reich. In Almada verkaufte ich meine Verkleidung an einen neureichen Kaufmann. Ich erwarb einen wunderbaren Goldfelser Shadif, nannte ihn *Goldmähne* und zog weiter – wie jedes Raubtier.

3 v. H.:

Der Riesenoger Arzuch

Havena: Die Zwillinge

Fürst Cuanu hatte Sorgen. Ich mußte fünf Stunden lang einen Kriegerschwank nach dem anderen zum besten geben, ehe seine samtbraunen Augen wieder genug Vertrauen gefaßt hatten, um sich mir anzuvertrauen. »Ihr wißt, daß ich meine Gattin liebe«, begann er mir sein Herz zu öffnen, »und daß ich es als Gnade Travias und Rahjas empfinde, daß ich als Fürst eine Gattin mein eigen nennen darf, die ich liebe.« Ja, auch bei ihm waren es Travia und Rahja gewesen, die ihn im Widerstreit mit ihrem Segen überschüttet hatten – und dazu noch Tsa. Cuanu hatte sich mit der Baronin Isora von Elenvina verlobt, das Ehegelöbnis aber gelöst und ihre Schwester Idra geheiratet. Beide waren des Fürsten in Schönheit und Klugheit würdig. Zuvor jedoch hatte es noch eine Dritte gegeben …

Kurz und gut: Jene Dame hatte ihm Zwillinge geboren, war dann jedoch gestorben. Liebe und ein Versprechen, das es einzulösen galt, geboten Cuanu seine Kinder aufzuziehen, Staatsräson und Rücksicht auf seine Gattin verboten es ihm. Die Lösung war für meinen Freund so schwer zu finden, wie sie für mich offensichtlich war. So kam es, daß ich, der ich nicht einmal eines meiner zahlreichen leiblichen Kinder aufgezogen habe, die Verantwortung für Padraig und Padraigin übernahm. Adelige Kinder werden ohnehin so gut wie nie von ihren Eltern selbst erzogen und versorgt (und auch nicht von ihren Zieheltern), sondern von Ammen, Zofen, Lehrern und Waffenmeistern. Diese Art der Erziehung kam natürlich selbst für einen Herumtreiber wie mich in Frage, zumal sich der reiche Fürst die Finanzierung nicht nehmen ließ. Und natürlich würde ich mich um die Schwertkunst der Zwillinge eigenhändig kümmern.

»Bennain und Conchobair – Gnade Albernia, wenn sie vereint«, sagte ich. Der Fürst begann zu lachen. Er warf den Kopf in den Nacken und lachte, bis ihm die Tränen kamen. Anschließend ließen wir uns ein Fäßchen Eslamsbräu bringen und besoffen uns derart, daß uns sechs Knechte in die Betten tragen mußten.

Heruntergekommen!

Sechs Monde später hätte ich viel für dieses Lachen gegeben. Ich war im düsteren Bornland gelandet und konnte mir kaum noch das Futter für *Goldmähne* leisten. Ich schlug mich durch, indem ich für die Alchimisten vom Roten Salamander Zutaten sammelte. Für ein Kraftelixier brauchten sie Drachenblut und Trollspucke, für Waffenbalsam Greifenfedern und Schuppen eines Höhlendrachen, für Zaubertrank gar Drachentränen. Solche Ingredienzen waren fast nur mit Heldenblut zu bezahlen, und das vergoß ich reichlich. Vor allem aber bezwang ich in Begleitung einiger Waldläufer, nivesischer Jäger und Norbarden sowie eines Halbelfen enorme Strecken, die mich einmal sogar für Wochen ins Ewige Eis führten.

Danach stand ich etliche Monde in den Diensten des reichsten Aventuriers, Stover Stoerrebrandt, dessen Oheim ich schon durch die Wüste begleitet hatte. Im

Unterschied zu den meisten Glücksrittern, Abenteurern und Söldlingen zwischen Festum und Brabak fand ich nicht, daß Stoerrebrandt zu wenig bezahlte, während seine Aufträge viel gefährlicher als erwartet waren. Meines Erachtens bezahlte er *nur* zu wenig. Schließlich kam es so weit, daß ich Stoerrebrandt Vaters *Leifbrand* zum Pfand gab, weil es die einzige Möglichkeit war, das Bornland zu verlassen, ohne meine Schulden zu bezahlen.

Im Rondramond hatte ich meinen zweiunddreißigsten Geburtstag gefeiert, alleine und ohne irgendwelche Freude an Vergangenheit oder Zukunft. Der Traviamond versetzte mich, wie so oft, endgültig in trübsinnige Stimmung. Immer mehr wurde mir bewußt, daß ich ein Abenteurer geworden war – nichts als ein Abenteurer. Jahrelang hatte ich all jene bemitleidet, welche Ort und Stand und Pflicht gefangen hielten. Ob leibeigener Bauer, Soldat oder Edelmann: Jahr für Jahr hatten sie in einem Leben voll festgefügter Regeln zu verharren, mit nichts als der Hoffnung, daß das Sterben der Älteren, die mehr zu sagen hatten, ihnen etwas mehr Freiraum erlauben würde. Ich dagegen hatte die Freiheit, an jeden Ort Aventuriens zu gehen. Wenn mir irgendwo die Regeln nicht zusagten, dann konnte ich sie umgehen – oder sie hinter mir lassen.

Doch die Freiheit, mich jeder Ordnung entziehen zu können, hatte mich nur erfreut, solange ich nicht ständig davon Gebrauch machen mußte. Immer öfter geschah es, daß ich Anweisungen von Menschen erhielt, die mir an Alter, Erfahrung oder Fähigkeit weit nachstanden – deren entscheidendes Verdienst es aber war, sich seit zehn, fünfzehn, zwanzig Jahren emporgedient zu haben. Von Jahr zu Jahr empfand ich diese Gesetze und Gebräuche als störender und fremdartiger. Immer deutlicher wurde meine Freiheit zur Flucht.

Wohl war ich der Schwertkönig, der Held, den man

zu Hilfe rief, wenn alle Gesetze und Gebräuche versagten. Aber spätestens, wenn ich diese Hilfe erbracht hatte, oft schon, während ich es tat, verlangte man von mir, daß ich mich eben jenen Gesetzen und Gebräuchen unterwarf. Was half es mir, wenn mich die halbe Stadt ob meiner Freiheit beneidete und bewunderte, wenn ein einfacher Korporal mich jener Freiheit berauben oder aus der Stadt weisen konnte?

Ich begann ernsthaft über eine Söldnerkarriere nachzudenken. Tat ich letztlich etwas anderes als für Geld zu kämpfen? Nur war ich oft so dumm, zuerst meine adelige Pflicht zu tun und dann auf Lohn und Unterhalt zu hoffen. Da konnte ich doch gleich bei den Tulamidischen Reitern in Fasar anwerben! Die etablierten Söldnereinheiten richteten sich immerhin nach dem Khunchomer Kodex, der ihnen festen Sold, Beuteanteile und sogar Sterbegelder sicherte. Da wußten Söldner und Soldherr, worauf sie sich einließen. Aber in meinem tiefsten Inneren wußte ich, daß ich mir etwas vormachte: Ich war viel zu hochmütig, um Befehle von Gemeinen anzunehmen; mein Freiheitsdrang war zu groß, um mich derart binden zu können; und mein Ehrgefühl – ich mußte lachen, als ich diesen Ausdruck verwendete – versagte mir, Rondra und dem Kaiser die Gefolgschaft zu kündigen und das Niedrigste zu tun, das man mit einer Waffe tun konnte. Ich würde weiter als Glücksritter herumziehen: zu arm zum Leben, zu reich zum Sterben.

Es war Herbst, als ich in die tobrische Baronie Albers Rode ritt, die heute tief in den Schwarzen Landen liegt. Hier mündete die Straße aus Mendena ein, die entlang der Tobimora aufwärts führte. Im Gasthaus, wo ich schlecht gelaunt am billigsten Kräutertee nippte, sprach mich eine Frau an. Sie trug Brünne und Säbel, unverkennbar eine Amazone aus Löwenstein. Sie blieb knapp und militärisch, ehe sie herausplatzte: »Seid Ihr bereit, mir eine Tochter zu zeugen?« Bei Rahja und Rondra, dachte ich, manchmal lohnt es sich doch, ein Glücksritter zu sein.

»Es wird mir eine Ehre sein«, verneigte ich mich. Es war tatsächlich mehr Ehre als Vergnügen. Thornia gehörte noch zu jenen altmodischen Amazonen, die die Fortpflanzung als Opfer und Zumutung betrachteten, und war auch von den Zärtlichkeiten eines erfahrenen Mannes nicht völlig von dieser Meinung abzubringen. Ich sage das, weil ich später durchaus Gegenteiliges erlebte. Leider weiß ich nichts über die Frucht dieser Nacht. Von Thornia erfuhr ich, daß sie dreißig Jahre später bei der Eroberung ihrer Amazonenburg fiel.

Warunk

»Er ist so stark, daß er drunten in Speckfelden einem Bauern glatt die verrammelte Tür eingedrückt hat.« Ich horchte auf. Was die Fuhrleute da am Nachbartisch von sich gaben, klang irgendwie nicht nach der üblichen Prahlerei. Ich war inzwischen in Eslamsbrück angekommen, einem biederen Städtchen von der Größe Winhalls. »... und dann hat er sie alle gefressen: den Bauer, sein Weib, die Mägde und die Kinder.« Es war ein Pärchen, das die grausige Mär zum besten gab, umgeben von einem halben Dutzend Einheimischer, die mit offenem Mund lauschten. Die Erzähler waren gewöhnliche Fuhrleute, grobknochig, mit wettergegerbten Gesichtern, er mit einem buschigen Schnauzbart, sie mit einem struppigen Pferdeschwanz. Ihre Sprache war mit den keuchenden Kehllauten der Warunker durchsetzt. Sie klangen aufgeregt und fielen einander wechselseitig ins Wort: »... kommt wohl aus'm Ogerbusch drunten in den Beilunker Bergen.«

Es war das erste Mal, daß ich von diesem Menschenfresser hörte, der das mittlere Tobrien heimsuchte. Seit Beginn der Besiedelung hatten sich die meisten Oger in Gebirge zurückgezogen, wie den Finsterkamm, die Schwarze Sichel, die Trollzacken und den Raschtulswall. Dort stellten sie wohl vor allem Tieren und Goblins nach. Aber gerade im Osten und Norden des Reiches, wo die Besiedelung nicht so dicht, die Grenzen lang und die Truppenstärke gering waren, nisteten sie sich immer wieder ein. Fast jeder Ritter rückte einmal in seinem Leben aus und brachte einen Oger zur Strecke. Dieses Exemplar schien jedoch etwas Besonderes zu sein. Als ich die Barone von Rauffenberg und Speckfelden in dieser Frage aufsuchte, lautete die einhellige Antwort: »Die Lage ist viel übler, als die meisten Dörfler wissen: Das Ungeheuer hat bereits drei tobrische Ritter getötet.«

Mit der Baronie Binsenbeck erreichte ich die Warunkei, jene fruchtbare Provinz, die inzwischen unabhängig war. Der Oger war allgemeines Gespräch im Wirtshaus. Ich suchte Baronin Firisa Steinlaus auf, die als Marschallin von Warunk für die Verteidigung der ganzen Markgrafschaft verantwortlich war. Die Warunker sind ja nun dafür bekannt, daß sie sich von alters her von jeder Wehrpflicht freikaufen; sicherlich ein Relikt aus den Zeiten, als hier die tulamidischen Al'Hani unter der Herrschaft der siegreichen Güldenländer leben mußten. Dem Charakter ihres Volkes entsprechend, machten sie den neuen Herren klar, daß sie lausige Kämpfer, aber hervorragende Händler waren – und daß die Grafen und Barone dementsprechend zwischen unbrauchbaren Waffenknechten oder fleißigen Steuerzahlern zu wählen hatten. Wenn ein Kampf unvermeidbar war, bezahlten sie ihn direkt: Vor 130 Jahren hatten bei Grenzstreitigkeiten die Warunker Söldner den Beilunker Truppen eine vernichtende Niederlage bereitet. Daran schien sich auch nichts geändert zu haben, obwohl Warunk seit neun Jahren eine unabhängige Markgrafschaft war. Für eine von zwölf Oberbefehlshabern des Kaisers war die Baronin geradezu erschreckend schlecht unterrichtet.

Also tat ich – wieder einmal – meine Adelspflicht und ritt nach Warunk. Auch Markgraf Karloff mit der silbernen Hand war an seinen harten Kehllauten als Warunker zu erkennen. Als ich vom Tod der drei tobrischen Ritter berichtete, war der Markgraf überrascht und erschrocken; der Herzog von Tobrien dachte natürlich nicht daran, seinen ehemaligen Vasallen, den Markgrafen, über solche Peinlichkeiten zu unterrichten. Seine Erlaucht grübelte kurz und sprach dann feierlich: »Mir ist natürlich klar, daß man einen Mann wie Euch nicht mit schnödem Gold bewegen kann.« O doch, das konnte man, ermunterte ich ihn in Gedanken. »Doch vielleicht dürfen wir Euch im Namen Rondras, der Verteidigerin Alverans, der wir so sträflich wenig dienen, bitten ...«

Sofort lebte ich auf. Ich richtete einen Kartenraum ein und ließ Wachtmeisterin Hingevull alle Berichte über den berüchtigten Oger sammeln. Arzuch war ein echtes Monstrum. Er hatte gelernt, die tumbe Freßgier, die seiner Rasse zu eigen war, zu zügeln. Aber alle Selbstbeherrschung, die er kannte, diente nur dazu, das Leiden seiner Gefangenen zu vergrößern. Es hieß, daß er einen Korporal, dessen fünf Büttel er erschlagen hatte, auf den Stümpfen seiner abgebissenen Beine zurückgeschickt hatte, mit der Nachricht, daß es jedem, der ihn fürderhin angreife, noch viel schlimmer ergehen werde.

»Wenn Ihr jetzt so freundlich wäret, jeden Bericht einzeln vorzulesen? Und Ihr«, wandte ich mich an den Kartographen, »wollet mir bitte die beschriebenen Orte jeweils auf der Karte weisen und an jener Stelle das Datum des Überfalles eintragen.« Sehr schnell zeichnete sich eine Art Bogen durch die Markgrafschaft ab. Ich ließ den Zeichner nun noch alle Berichte hinzufügen, die ich auf der Reise gesammelt hatte. Durch Rauffenberg war ich ja selbst geritten. »Außerdem habe ich noch die Namen Heidlingen und Schwarzhofen gehört.«

»Schwürzhofen«, verbesserte der Kartograph, »die gehören zur Landgrafschaft Tobimora.« Während er die Orte auf der Karte markierte, ergänzte die Wachtmeisterin Hingevull: »Aus Becherlingen habe ich auch Kunde. Das liegt noch weiter südlich.«

All diese Orte lagen über zwei tobrische Landgrafschaften und die Markgrafschaft Warunk verteilt. Kein Wunder, daß die Büttel der betroffenen Landesherren keinen Zusammenhang erkennen konnten: Sie durften die Grenzen ihres Landes nicht überschreiten – der Oger tat das schon. Unverkennbar zeichnete sich ein sternförmiges Muster mit einem Durchmesser von etwa siebzig Meilen ab: Zwei Tagesreisen für einen hungrigen Oger, schätzte ich.

»Es ist ganz offensichtlich, daß der Oger nicht ziellos durch Eure Lande zieht, sondern von einem bestimmten Ort aus auf die Jagd geht.« Ich führte den Finger sternförmig über die Karte und deutete dann auf die Stelle, wo sich die meisten Verbindungslinien am nächsten kamen: »Was liegt hier?«

Der Kartograph beugte sich vor: »Die Gaugrafschaft Dogulsgau.« Das mochte passen. Gaugrafen waren kaiserliche Inspektoren, die fast ständig unterwegs waren, um die Abgaben der Barone und Grafen zu überprüfen. Ein Gaugraf, so tadellos er war, mochte Mißstände vor der eigenen Haustür durch seine pure Abwesenheit übersehen.

Dann fiel mir auf, daß dem Stern einige Spitzen im

Westen fehlten: Richtung Warunk. Ich schlug mit der Faust in die flache Hand. »Verflucht, das Monstrum ist klug wie ein Fuchs. Seht einmal: Die Nähe der Stadt meidet es. Magister, könntet Ihr mir den Ort ermitteln, der von allen Überfällen gleich weit entfernt ist?«

Der Kartenzeichner kramte ein hölzernes Gerät hervor, das an zwei zusammengesetzte Ahlen erinnerte: »Mit dem Kusliker Zirkel müßte das möglich sein.« Er begann nun systematisch Strecken zu messen, wobei er diesen Zirkel wie zwei Finger verwendete. Dann hob er den Kopf: »Dieser Ort liegt eindeutig hier.« Er wirkte peinlich berührt. Sein Finger lag nördlich von Dogulsgau.

»Und was ist das für ein Ort?« fragte ich mit der Leichtfertigkeit des Ortsfremden.

Der Gelehrte hüstelte: »Gräflich Apelenfelde.«

Wachtmeisterin Hingevull murmelte grimmig: »Die Güter des Markgrafen. Das kann nicht sein.« Alleine diese Antwort bestätigte mir schon, daß mein Verdacht begründet war. Für die Güter des Grafen, die er keinem Baron als Lehen weitergegeben hatte, galt noch mehr, daß der abwesende Landesherr leicht etwas übersehen konnte. Wenn alle Untergebenen des Markgrafen so waren wie Wachtmeisterin Hingevull – und das waren sie im ganzen Mittelreich – dann hätten weder Vogt noch Forstmeister gewagt, dem Markgrafen zu melden, daß sie in seinen Jagden und Gütern Ogerspuren gefunden hatten, oder daß einige seiner Leibeigenen verschwunden waren. Jedenfalls nicht, solange sie nicht sicher waren, daß sich ein Menschenfresser beim Herrn Grafen eingenistet hatte …

»Nehmt, was immer Ihr benötigt«, rief Markgraf Karloff mit der silbernen Hand: »Bei Praios, ein menschenfressender Oger mitten in meinen Gütern!«

»Vermutlich eine ganze Sippe, wenn Ihr erlaubt, Erlauchter Vater«, verbesserte Prinz Throndwig, der neben dem edelhölzernen Thronsessel des Markgrafen stand. Er war ein kleiner, rundlicher Bursche mit auffällig roten Wangen und Sommersprossen. Ein deutlicher Bauchansatz zeichnete sich unter dem grünen Seidenrock mit dem Hermelinbesatz und dem Apfelwappen ab. Er war mindestens so alt wie ich, wirkte aber recht jungenhaft. Das Herz des Thronfolgers gehörte den Naturwissenschaften. Er sollte später einmal der berühmteste Pflanzenkundler Aventuriens werden. Der alte Markgraf bedeutete seinem Sohn mit wohlwollender Geste fortzufahren. »Oger leben meistens im Sippenverband, üblicherweise ein Mann und ein bis drei Weiber, dazu natürlich die Brut. Die meisten jungen Ogermänner werden von unseren Rittern erschlagen, darum bleiben den Überlebenden viele Weiber. Und weil der Ogermann viele Weiber hat, muß er auch so unverschämt oft … jagen gehen.«

Ich verbrachte einige Nachmittage mit Prinz Throndwig, meist in seinem geliebten Burggarten. Der sonst eher zurückhaltende Prinz erzählte fast ununterbrochen: »Ihr dürft nicht vergessen, daß sie geborene Menschenfresser sind. Mehr als einmal haben mildtätige Geweihte neugeborene Ogerjungen, die man neben einem erschlagenen Menschenfresser fand, mitgenommen und aufgezogen. Bei Salat und Milch und Wurzelbrei gingen sie sofort ein. Gab man ihnen Fleisch, gediehen sie prächtig. Und unweigerlich kam dann der Tag, wo die uralte Blutgier über die junge Bestie kam und sie den Geweihten erschlug, der sie jahrelang gefüttert hatte. Ich kann Euch da zwei Stellen in meinen Folianten zeigen, wo besonders anschaulich …« Er erhob sich, offensichtlich begeistert, über sein Fachgebiet sprechen zu können. Ich wollte lachend abwinken, beschloß dann jedoch, auf kein Wort zu verzichten, das irgendwelche Gelehrten über die Menschenfresser geschrieben hatten.

Gegen diesen Oger gedachte ich alle ritterlichen Waffen zu nutzen. Aus der markgräflichen Waffenkammer durfte ich mir einen Kusliker Lamellar aussuchen, einen Panzer aus dünnen, überlappenden Metallstreifen mit einem Lendenschutz aus beschlagenem Leder. Dazu trug ich an den Gliedmaßen Lederzeug aus genietetem, dreilagigem Leder. Ich ließ *Goldmähne* einen schweren Rittersattel auflegen, mit einem Futteral für die Lanze an der rechten Seite. Dazu ließ ich mir zwei Wurfspeere bringen, wie man sie zur Großwildjagd braucht, und schob sie in die vorgesehenen Futterale zur Linken. Der Markgraf ließ mir sogar durch seinen Schildermaler einen Wappenschild mit den gekreuzten Schwertern anfertigen. Auf einen Bogen verzichtete ich; ich bin kein guter Schütze – und dies war keine Jagd, sondern ein Kampf. Ausnahmsweise nahm ich das Glöckchen von meinem Tuzakmesser.

Bei einem Warunker Waffenhändler fand sich außerdem ein sogenannter Ogerfänger. Es war ein grob geschmiedeter Dolch, an dessen Klinge vorne zwei ausklappbare Widerhaken angenietet waren. »Diesen Höllensporn«, grinste der Händler, den wir ins Schloß hatten kommen lassen, »kriegt das Ungeheuer nie mehr aus dem Wanst.« Es widersprach meiner Erziehung, eine solche phexische Trickwaffe zu führen – aber schließlich konnte ich vor Ort noch immer auf ihre Verwendung verzichten.

»Ich brauche einen Fährtenleser.« Die markgräflichen Güter von Apelenfelde hatten immerhin einen Durchmesser von fünfzehn bis fünfundzwanzig Meilen. Es würde Wochen dauern, ein so großes Gebiet zu durchkämmen, und ich konnte mir nicht leisten, Fußstapfen und Knochen zu übersehen. Der Markgraf stellte mir den Sohn seines Forstwartes, den Förster Gerulf, zur Verfügung. Auch Proviant ließ ich mir reichlich einpacken: besten Warunker Speck, feines Graubrot und einen Sembelquast, der übler roch als jeder Oger.

Die Suche

Wir ritten wieder auf der Herzogsstraße Richtung Eslamsbrück, zweigten jedoch in Binsenbeck ab. Die ersten Schneeflocken segelten herab, schmolzen aber sofort, wenn sie den Boden berührten. Gerulf war für einen Pfadfinder recht gesprächig und so plauderten wir ein wenig. Er selbst schien an meinen Reisen deutlich interessierter als an meinen Heldentaten; das war angenehm neu für mich. Natürlich sprachen wir auch viel über den bevorstehenden Kampf. Mir kam jene Sage über die Entstehung der Oger in den Sinn, und ich erzählte sie Gerulf.

»Am Anfang der Zeiten kämpften die Giganten gegen die Götter, wem denn die Schöpfung gehöre. Der wildeste der Giganten hieß Ogeron. Er hatte bereits die Mauern von Alveran erklommen und ergriff die friedliche Travia an ihrem Haupthaar, um sie zu verschlingen. Da traf ihn Praios' Sonnenszepter mit einem Blendstrahl, der alle Sphären erhellte. So groß war Praios' Zorn über den Unhold, daß Ogerons Leib in hundert mal hundert Stücke zersprang, die auf Aventurien herabregneten. Die Klumpen, von Ogerons ungestillter und unstillbarer Freßgier erfüllt, erhoben sich nach hundert Jahren, und so kamen die Menschenfresser oder Oger in die Welt.« Der Jäger schüttelte angewidert den Kopf und zog eine Grimasse des Schreckens.

In dem Gebiet von Apelenfelde lagen etwa drei Dutzend Dörfer und Weiler und etwa hundert einzeln stehende Gehöfte. Insgesamt wohnten dort etwa viertausend Untertanen. Die Straße, über die des Markgrafen Abgaben gekarrt werden mußten, war wenigstens mit Kies bestreut. Sobald wir jedoch davon abwichen, hatten die Wege tiefe Karrenspuren, in denen das Schmelzwasser stiefelhoch stand. Wo wir Markgräflichen Forst passierten, waren die Waldwege brav durch wuchernde Erlen und Ogerbeerenranken geschlagen.

Wir hielten uns zunächst an der Südgrenze, da ich ja zuerst die benachbarte Gaugrafschaft Dogulsgau als Schnittpunkt von Arzuchs Raubzügen ermittelt hatte. Wir ritten meist durch grünes Grasland, mit Hartriegel- und Schwarzdornhecken. Die Flachsbauern, Rinderhirten und Holzfäller, die wir befragten, waren scheu und verschlossen wie überall. Wenn man sie bedrängte und mit dem Landesherren drohte, gaben sie widerstrebend Gerüchte und Aberglauben zum besten: Sie erzählten von riesigen Schatten, die am Horizont dahinzogen, Warussirindern und Radromtaler Pferden, die über Nacht spurlos verschwanden, und immer wieder von enormen Fußstapfen, die meist recht geradlinig durchs Land verliefen.

»Kennt die Gegend genau, der Unhold«, brummte Gerulf.

»Und er vermeidet offenbar, zu nahe an seinem Versteck zu jagen«, stellte ich erneut fest. So wie die Leute erzählten, mochte das schon seit Jahren so gehen. Vermutlich hatte sich Arzuchs Rudel nach und nach vergrößert, anscheinend gab es seit zwei, drei Jahren auch kleinere Ogerspuren.

»Brütet mitten in der Vogtei neue Menschenfresser aus«, fluchte mein Pfadfinder.

Wir ritten die Südseite Apelenfeldes dreimal ab, ohne irgendwelche echten Hinweise zu erhalten. Dann stellten wir fest, daß wir immer wieder Höfe passierten, die wir schon kannten. Also wandten wir uns nordwärts, einem größeren Wald von Firunföhren zu: Hier standen nur noch die Katen armer Taglöhner und Holzknechte. Zweimal mußten wir uns bei solchen Leuten einquartieren. Sie erbarmten uns so, daß Gerulf ihnen Pfeifhasen und Enten schoß – als Markgräflicher Jäger durfte er das ja. Mit dem warmen Braten eroberten wir uns das Herz der armen Leute. Eine Taglöhnerin mit einer Schar kleiner, hustenkranker Kinder brachte uns endlich eine Spur. Sie hatte im östlichen Zipfel der Vogtei oft bei der Apfelernte geholfen. Dort hatten die Obstbauern behauptet, daß bei ihnen die Schatten nächtens ums Haus schlichen. Einmal habe ein Unhold ein sechsjähriges Kind abends beim Holzholen angefallen und übel zugerichtet.

»Das muß ein sehr junger Oger gewesen sein«, schloß ich, »unser Arzuch hat allen Berichten zufolge keine Schwierigkeit mit ausgewachsenen Ochsen …«

Also wandten wir uns ostwärts. Eine tobrische Brise hatte die Schneewolken nach Südosten verblasen, es wurde kälter. In der Früh waren die einzeln stehenden Feldulmen und Ahornbäume mit Rauhreif überzogen. Habichte, dann und wann ein Falke, jagten die Streifenmäuse, die im Schwingelgras nach den letzten Vorräten für den Winter suchten.

Gegen Mittag erreichten wir einen der Apfelhaine, die der Baronie den Namen und der ganzen Markgrafschaft ihr Wappen gegeben hatten. Natürlich waren die großen grünen Äpfel längst abgeerntet und die Bauern mit Dachdecken und Korbflechten beschäftigt. Es mußte jetzt jeden Tag zu schneien beginnen.

Als aus dem Wald eine Rotte hungriger Wildschweine schnüffelnd ausbrach, kam mir eine Idee. Zu Pferd gelang es Gerulf, zwei Bachen zu erlegen, ohne daß ich meine Speere gegen wütende Keiler einsetzen mußte. Wie schon zuvor bei den Holzknechten, lockerten wir mit dem vielen Fleisch den Obstbauern die Zungen. Sie waren ohnehin aufgeschlossener als andere Leibeigene, weil ihre Äpfel gleich an den Markgräflichen Hof gingen und sie deshalb bisweilen in die Stadt gelangten.

Wir ließen den Schultheiß zu einer Saubraterei auf einem der größeren Höfe bitten. Mitten im schönsten Schmausen machte ich ihnen klar, was ihnen blühte, wenn ein halbes Dutzend Oger fortfuhr, sich ihren Winterspeck anzufressen. Innerhalb einer Stunde erhielt ich ein Dutzend Vermißtenmeldungen: über ein Dutzend Menschen, die in den letzten Wochen verschwunden waren! Vor allem einzelstehende Katen und Köhlerhütten wurden immer wieder verlassen und mit zerschlagener Tür vorgefunden.

Es war den braven Leuten ernsthaft peinlich, daß so viele von ihnen gefressen wurden: Nach altem Brauch mußten die Angehörigen bei einem sogenannten Hauptfall ihr bestes Stück Vieh an den Vogt abliefern, als Schadenersatz für den verlorenen Leibeigenen. So betrachteten sie ihren Tod traditionsgemäß als eigenes Verschulden. Hinzu kam, daß, wo ganze Familien verschwunden waren, natürlich überhaupt niemand Sterbegeld bezahlt hatte; das erschien ihnen wie Steuerbetrug. Natürlich beschimpften die Vögte sie auch noch wegen ihrer Dummheit, wann immer ein solches Unglück passierte.

»Was«, fragte ich, vom Jagdfieber gepackt, »gilt denn als besonders dumm? Wo darf man gewiß nicht hingehen?«

»Bei Nacht in den Hain«, hieß es, »überhaupt über die Raine, die jenseits der Obstbäume verlaufen, nirgendwohin, wo Ogerbeeren wachsen, und natürlich nicht in die Klüfte.« Hier hakte ich sofort nach. Apfelbäume sind Flachwurzler, so störte es niemand, daß die Erdschicht dünn und der Grund felsig war. Da und dort ragten die Felsen hervor und bildeten diese sogenannten Klüfte.

Am nächsten Morgen brachen wir auf und klapperten die Steinformationen der Umgebung ab. Manche wurden nur von einzelnen aufragenden Felsen gebildet, andere von verstreut herumliegenden Brocken. Dann und wann aber türmten die Felsen sich auch so auf, daß eben dazwischen tiefe Spalten entstanden. Ginster und Wacholder bildeten darum herum und in den Schluchten dichte Hecken. Über Nacht war es noch einmal wärmer geworden, der Schneematsch weichte weithin den Boden auf. »Keine Spuren«, fluchte Gerulf: »Gestern alles gefroren und heute rinnt es davon.«

Kurz nach der Mittagsrast erhob ich mich jäh im Sattel. Ich wußte plötzlich, daß ich das Versteck gefunden hatte. Vor uns lag eine fast hundert Schritt durchmessende Anhäufung schroffer Blöcke und Platten, die aneinander lehnten und teilweise sogar übereinander lagen. Weißdorn und Ogerbeerenranken bildeten ringsumher einen undurchdringlichen Wall, der sich auch tief in die Kluft hinein zog. In diesen Schatten und in den Höhlungen hätte sich eine ganze Kompanie verstecken können.

Dazu kamen die Ogerbeerenranken, die hier wucherten wie nirgends sonst. Ihren Namen haben sie von den großen Beeren, die genauso stinken wie die Menschenfresser. Für mich bargen sie ein anderes Problem: Die Stengel der befilzten Blätter sind glashart, brechen bei Berührung sofort ab und lösen Entzündungen aus, neben denen ein Bad in Brennesseln als Lust erscheint.

Wir ritten näher, ohne daß ich meinen Verdacht geäußert hätte. Gerulf fand immer mehr Spuren. Schließlich entdeckten wir sogar einen ausgetretenen Pfad durch das Dornicht. Wer diesen Weg jeden Tag benützte, mußte ein dickes Fell haben! Vereinbarungsgemäß durfte Gerulf sich nun, da wir am Ziel waren, zurückziehen. Ich schlug ihm vor, in einigen hundert Schritt Entfernung unter einem Ahorn zu warten. Wir brauchten jemand, der dem Markgraf Meldung machte, falls …

Arzuch

Nun gut! Was konnte schon Schlimmeres geschehen, als daß mich dieser Arzuch erschlug und fraß. Feiglinge und Zauderer kommen gewiß nicht an Rondras Lange Tafel. Ich mußte *Goldmähne* zurücklassen: mit der Lanze! Also zog ich das Tuzakmesser und nahm in die Linke wurfbereit einen Speer. Ich hatte den Wind im Gesicht, das war günstig. Sehr vorsichtig drückte ich mich den Weg entlang. Glücklicherweise hatte ihn jemand gebahnt, der sogar mich noch an Größe gewaltig übertraf. Dennoch spürte ich dann und wann sengend die Blätter über meine Handknöchel fahren.

Der Pfad wand sich linkerhand leicht bergauf. Der Boden war felsig. Plötzlich knickte der Weg ab und führte schnurstracks auf die Steingruppe in der Mitte zu. Was für ein Fuchs! Die tobrische Brise weht gewiß vier Tage in der Woche – und jetzt hatte ich sie fast im Rücken. Wenn Arzuchs Nase so scharf war wie die jedes Raubtieres, konnte er mich jetzt wittern. Auszuweichen war unmöglich, denn das schulterhohe Dornicht zwang mir die Richtung auf: entweder vor oder zurück.

Ich holte tief Luft und rannte los. Waffen und Rüstung klingelten durch die mittägliche Stille. Vor mir liefen zwei Felswände keilartig zusammen zu einem dreieckigen Eingang. Einige Schritt davor lag ein freier

Platz, wo selbst das Rispengras niedergetrampelt war. Ich stürmte auf die Lichtung – und schnellte herum.

Seitlich von mir hockte der erste Oger, den ich je gesehen hatte. Er war etwas kleiner als ich, seine Haut käsig weiß, sein Fleisch schwabbelig. Er glotzte mich aus roten Augen an und sperrte ein Maul voll Haifischzähnen auf. Ich weiß nicht, ob der Jungoger überrascht war oder auf mich gewartet hatte. Jedenfalls sprang er sofort los.

Ich ließ den Speer fallen, griff das Tuzakmesser mit beiden Händen und zog es ihm schräg durch sein häßliches Gesicht. Er macht keinerlei Abwehrbewegung und taumelte, fassunglos in sein gespaltenes Gesicht greifend. Niemals nur einmal zuschlagen! Da er seine Arme erhoben hielt, ließ ich einen Querhieb folgen. Sein Wanst klaffte auf, widerlich rot im käsigen Weiß. Er stand wehrlos – aber er stand noch immer. Mein dritter Hieb trennte ihm den Kopf ab. Selbst dann fiel er so langsam, als sei er zu stumpfsinnig, den eigenen Tod anzuerkennen. Nach Prinz Throndwigs Beschreibungen entsprach ein Oger dieser Größe etwa einem achtjährigen Knaben. Ich wußte, daß ich Ärger vor mir hatte …

Ich ergriff wieder den Speer und huschte weiter. Hoffentlich hatte ich da drin genug Raum für den beidhändigen Schwertkampf. Ich wollte gerade in den Schatten der Felsplatte über mir treten, als mir ein tiefes, fast abgründiges Gurgeln entgegendrang – und dazu Raubtiergeruch, der Gestank ranzigen Fettes und ein riesiger Schatten.

Das Ogerweib kam mit ausgestreckten Händen auf mich zu gestapft – ob von Freßlust getrieben oder von Wut über ihren gefällten Bengel, ich wußte es nicht. Die Pratzen waren groß wie Teller. Als Schürze diente ihr das Fell einer ganzen Warunker Kuh, und ihre schweren Euter pendelten in Höhe meines Kopfes. Entsetzt sprang ich zurück und schleuderte den Speer. Er fuhr ihr in die Leberseite. Sie knickte etwas ein und schnaufte schwer. Als ich nach ihrem gebeugten Haupt schlug, hob sie abwehrend die Linke. Ich mußte kreuzweise zwei Überkopfhiebe folgen lassen, und erst ein Dritter spaltete ihr den Schädel. Sie kippte vornüber und zerbrach mir dabei den Speer. Ich hatte mächtigen Ärger vor mir …

Rondra steh mir bei, dachte ich, was für unbezwingbare Fleischmassen. Und ich drang nur mit dem langen Schwert bewaffnet in die enge Kluft ein … Mindestens fünfzehn Schritt lagen im Halbdunkel, ehe die Kluft sich wieder öffnete. Überall lagen Knochen herum: Menschenknochen! Ich unterdrückte ein Würgen in meiner Kehle und schlich vorsichtig weiter, den Rücken an die Wand gepreßt. Die Höhle enthielt genug Werkzeug und Material, um mir klar zu machen, daß Oger durchaus bewußt arbeiten konnten, war ansonsten aber leer.

Ich trat wieder ins Sonnenlicht. Ein halbes Dutzend Felstürme waren hier so zusammengerückt, daß ein sternförmiger Lagerplatz entstanden war. In der hellen Sonne stand ein weiteres Ogerweib, wenn irgend möglich noch häßlicher als das erste. Zwei Junge drückten sich an ihre Beine. Bei aller Monstrosität lag etwas Mütterliches in der Szene.

Ich senkte den Blick und sah den Schädel eines Kindes am Boden liegen, das wohl nicht älter als sechs Jahre geworden war. Mir schoß Wasser in die Augen, dann tobte ich mit einem Wutschrei los. Die Menschenfresserin hatte einen zwei Schritt langen Ast in der Hand, der eindeutig als Bratspieß zugespitzt worden war. Damit schlug sie nach mir, wie mit einer

Keule. Ich lief seitlich an den Ogern vorbei, um den höchsten Punkt zu gewinnen, wo mich auch keine Wände behinderten.

Dann zog ich ihr die Klinge zweimal durch den fetten Leib. Den dritten Hieb brauchte ich tatsächlich für den einen Ogerbengel, der, obwohl kaum hüftgroß, mit unverhohlenem Appetit nach meinem Schenkel schnappte. Die Ogerin heulte auf und schwang erneut den Bratspieß. Ich wich wieder aus und spaltete ihr dann endgültig Kopf und Wanst. Widerstrebend sackte sie in sich zusammen.

Ich blickte auf die tote Mutter und das Junge neben ihr und konnte sehen, daß der Bratspieß rostrot von getrocknetem Blut und Saft war. Und das Junge begann mit einem traurigen Grunzen an den Fingern der Mutter zu nagen. »Rondra, vergib mir«, stieß ich voll Ekel hervor und erschlug das Menschenfresserkind.

Ein Scharren ließ mich herum fahren. Da sah ich schon einen kolossalen Holztrog auf mich zufliegen. Ich mußte mich rücklings fallen lassen, um ihm auszuweichen. Ich rollte über die Leiber der Oger und kam wieder auf die Beine. Am Eingang einer weiteren Kluft stand eine dritte Ogerin. Ihr zotteligen Haare reichten bis zu den Achseln, ihre ausgezehrten Euter baumelten fast bis zum Nabel.

»Die Hausherrin, wie ich vermute«, rief ich. Grauen und Zorn wallten in mir auf. Sie war klug genug, um in den Spalt zurückzuweichen, aber selbst ihr ließ die Gier nach meinem Fleisch den Geifer zwischen den löchrigen Zähnen hervortriefen. Ich drängte sie zurück. Der enge Spalt war wohl so etwas wie eine Speisekammer. Undeutlich nahm ich gehäutete Leiber war. Mit vorgetäuschten Stößen trieb ich die Menschenfresserin weiter, bis ich genug Raum hatte, um sie mit drei weit ausholenden Hieben zu töten.

Ich floh diesen grauenerregenden Ort und durchsuchte die anderen Nischen. Ich fand noch ein kaum ausgewachsenes Weib und zwei Ogerjungen, von den das eine nur krabbeln konnte. Der widerliche Geschmack in meinem Mund ließ mich kaum zögern, ehe ich auch den Rest der Brut erschlug. Sicherheitshalber überprüfte ich jeden Kadaver. »Es heißt,« hatte Prinz Throndwig gesagt, »daß der Oger ein zähes Leben hat, das selbst nach seinem augenscheinlichen Tod bisweilen kurz zu ihm zurückkehrt.«

Über eine Viertelstunde ging ich umher, immer wieder fassungslos ob dieser Rasse, die klug genug war, Felle, Holz und Stein zu bearbeiten und sogar eine Wasserstelle zu umbauen – und derart monströs, daß ich an allen Ecken die Überreste ihre bevorzugten Beute fand. Irgendwann trat ich, um dem Blutgeruch zu entkommen, hinaus, wo der erste Junge am Boden lag. Ich blickte auf die Apfelbäume am Horizont und auf die Bienen, die zwischen den letzten Blüten des Dornichts schwärmten – aber irgendwie war die Welt nicht mehr wie früher.

Ein einzelner Schrei gellte von weither. Aus dem Schatten der Bäume löste sich die Gestalt eines Reiters: Gerulf. Er hing im Sattel wie jemand, der sich eben noch mit Müh und Not auf das Pferd gezogen hat. Dahinter rannte etwas, was ich kaum begreifen konnte: Es war größer als das Pferd, weiß, trug blinkendes Leder, schwang eine enorme Keule – und rannte ebenso schnell wie ein galoppierendes Roß. Die eigentümliche Trägheit all der Oger, die ich eben getötet hatte, ließ mich einfach nicht glauben, was mir mein Verstand längst sagte.

Ich lief den engen Pfad hinunter, so schnell ich konnte. Die Ranken verbrannten mir die Arme. An der Kurve glitt ich beinahe aus und fuhr mit dem ganzen Bein in die giftigen Pflanzen. Endlich war ich bei *Gold-*

mähne angelangt, der schon unruhig auf der Stelle tänzelte. Gerulf versuchte uns zu erreichen; den Oger konnte ich kaum sehen, bis ich begriff, daß er genau dahinter lief. Ich stieß das Schwert in die Rückenscheide und saß auf. Dann schnallte ich den Schild auf den Arm, legte die Lanze ein und gab dem Roß die Sporen.

Gerulf war noch immer hundert Schritt entfernt, als sein Pferd an einem Graben strauchelte. Er rollte sich katzengleich ab und kam fast sofort wieder auf die Beine. Ich brüllte und drosch *Goldmähne* die Sporen in die Weichen. Er machte einen Satz, aber ich konnte es nicht verhindern: Als Gerulf gerade wieder auf den Beinen stand, trampelte Arzuch schon mit riesenhaften Sprüngen heran. Der Förster wurde von einem fast beiläufigen Schwinger der Keule getroffen, die, so begriff ich erst jetzt, fast so groß war wie er selbst. Er flog fast vier Schritt weit. Der Oger wendete in weitem Bogen und trottete auf den am Boden Liegenden zu. Ich hatte noch immer über dreißig Schritt zurückzulegen. Gerulf kam noch einmal auf die Beine, mit der Zähigkeit eines Mannes, der noch nicht sterben wollte.

Dann geschah das Unglaubliche: Arzuch blickte zu mir herüber. Ich weiß heute, daß er begriffen haben muß, was ein Lanzenangriff bedeutete. Aber er wandte sich Gerulf zu, ging fast gemütlich zu ihm hin und ließ die Keule niedersausen. Mit gebrochener Wirbelsäule knickte der Fährtenleser ein. Dann erst wandte sich der Oger mir zu, um meinem Angriff zu begegnen.

Der Oger wuchs vor mir in die Höhe und überbot jede Größenvorstellung, die ich mir gemacht hatte. Er wich nach links aus und holte zugleich beidhändig aus. Darauf lehnte ich mich zur Rechten aus dem Sattel, hob den Schild und lenkte zugleich die Lanze hinter Arzuch her.

Der Zusammenprall war so gewaltig, daß ich mich nicht daran erinnern kann. Ich kam zu mir, ausgestreckt auf dem Boden liegend, den Wappenschild wie ein Blech um meinen Unterarm gewickelt. Drei Schritt hinter mir lag *Goldmähne*, der mit einem matten Wiehern das Haupt hob. Noch etwas weiter stand vornübergebeugt der Oger. Soeben zog er sich die gesplitterte Spitze meiner Lanze aus der linken Seite.

Stöhnend kam ich hoch. Ein stechender Schmerz fuhr durch meine Rechte, die noch immer ein Stück Lanzenschaft umklammerte. Mühsam riß ich mir den Schild, in dem einige Knochensplitter staken, vom Arm. Meine linke Schulter war völlig taub. Auch mein Knöchel knickte fast weg, als ich endlich stand. Ich konnte nur beten, daß Arzuch sich so miserabel fühlte wie ich.

Doch selbst wenn, war es ihm nicht anzumerken. Mit einem Grunzen warf er die Eisenspitze fort. Dann hob er seine Keule auf und richtete seine roten Augen auf mich. Er war mindestens vier Schritt groß. Irgendein Selbstmörder hatte ihm eine mit groben Nieten beschlagene Lederweste angefertigt, vielleicht ein entführter Schmied, den der Riese in seine Dienste gezwungen hatte. Ich brummte erschöpft, denn das machte Leibtreffer kaum noch sinnvoll.

Arzuch hob die Keule und trottete auf mich zu. Aus der Wunde troff das Blut über seinen Schurz und seine Schenkel. Was für ein Ungeheuer! Seine Arme waren dicker als meine Beine, seine Beine mächtiger als die eines Streitroßes. Die Keule bestand aus knorrigem grauen Eichenholz und war mit fingerlangen Knochensplittern gespickt – daher die Spitzen in meinem Schild. Ein Schlag dieser Keule hatte mein Roß niedergestreckt, und mich beinahe auch.

»Rondra, erweise mir Gnade und nimm mich in die Alveranischen Heerscharen auf«, begann ich unwillkürlich zu beten. Arzuchs Maul klaffte noch weiter auf. Ich schwöre, daß er grinste. Wahrscheinlich hatte er dieses Gebet schon von drei anderen Rittern gehört.

Erst jetzt zog ich das Tuzakmesser von meinem Rücken. Ich erschrak über meine Nachlässigkeit. Ein Mann wird im Kopf besiegt, hatte Landrin gesagt. Es schien, daß Arzuch dieser Sieg schon fast gelungen war.

Ich packte die Waffe zweihändig und versuchte zu tänzeln. Wegen dem verstauchten Fuß blieb mir nur übrig, stets nach links auszuweichen. Auch Arzuch hob jetzt die Keule und ließ ein grollendes Knurren aus seiner Kehle hören. Wie sollte ich diesem halben Baumstamm ausweichen? Wie ihn parieren?

Kor zum Fluche, schalt ich mich, was heißt abwehren? Mein Leben lang war ich schneller gewesen als meine Gegner. »Hiiiaiiii«, fuhr ein maraskanischer Kampfschrei aus meinem geprügelten Leib. Ich sprang vor und knickte fast ein, aber meine Klinge fuhr Arzuch senkrecht über den Bauch. Erst jetzt versuchte er abzuwehren. Ein Keulenhieb aus dem Handgelenk traf mich auf der verletzten Schulter. Ich drehte mich mit dem Hieb und taumelte dennoch vier Schritte weit.

Ich fühlte, wie der Griff meiner Linken um die Waffe erlahmte. Auch recht, knirschte ich. Für ein Tuzakmesser braucht man auch nur eine Hand. Arzuch verharrte mit erhobener Keule. Aus seinen zwei tiefen Wunden sickerte das Blut in fingerbreiten Strömen. Bei Rondra, mit solchen Wunden wäre jedes Pferd längst tot umgefallen.

Wir brüllten gleichzeitig, so laut wir konnten, und gingen aufeinander los. Um der Keule zuvorzukommen, stieß ich mit der Klinge zu. Ich sah Arzuchs weißen Bauch die Klinge verschlucken, immer näher kommen und sich auf mich werfen. Wir fielen hintüber. Dreihundert Stein Muskeln und Fett preßten mir den

Atem aus dem Leib. Arzuchs fleischige Brust, voll von Schweiß und ranzigem Fett, bedeckte mir Mund und Nase. Rote Funken tanzten vor meinen Augen.

Dann stemmte sich der Oger hoch. Der lebt noch immer, dachte ich verzweifelt. Dann sah ich den Griff des Tuzakmessers in meiner Hand. Die Klinge war eine Handbreite darüber weggebrochen.

Arzuch saß rittlings über mir. Sein Kopf pendelte hin und her. Genau vor mir klafften der Schwerthieb, die Lanzenwunde und der Stich, in dem noch das Metall meiner Klinge blinkte. Speichel troff aus seinem Maul in mein Gesicht. Wie betrunken warf er sich zurück. Dann schlug er zu. Ich versuchte die Arme zu heben, aber nur die Rechte gehorchte. Mein eigener Arm donnerte mir gegen den Kopf. Die Schleier vor meinen Blick wurden dichter. Ich versuchte mich zu erheben. Das war mein rechtes Bein da hinter diesem weißen Berg. Fast irrtümlich stieß ich mit dem Knie gegen die Stahlklinge, die hinten aus Arzuchs Leib ragte. Er heulte auf und wich kurz nach oben aus.

Krampfhaft rang ich nach Luft. Mein Stiefel! In meinem rechten Stiefel steckte der Ogertöter. Arzuch holte wieder aus, beide Fäuste über dem Kopf erhoben. Ich stieß ihm den Schwertrest unter der Achsel ins Fleisch: zweimal, dreimal, bis die Klinge zwischen den Rippen eindrang.

Arzuch brüllte und ließ die Hände fallen. Flach wie Teig legten sie sich über mein Gesicht. Er drückte, aber er hatte kaum noch Kraft. Dennoch raubte er mir den Atem.

Es wurde schnell schwarz. Meine Hand tastete an seiner Hüfte entlang, durch Blut und zerfetztes Fleisch. Luft! Sein Oberschenkel – mein Oberschenkel. Durch einen Spalt zwischen den Fingern sah ich den Himmel. Noch nicht, ich wollte noch nicht …

Irgendwie war der Griff des Ogertöters zwischen meine Finger geraten. Ich war müde, meine Gedanken wie flüssiges Blei. Was wollte ich? Ogertöter. Ich zog die Waffe. Überall feuchtes Fleisch, Arme im Weg. Ich fädelte meinen Arm hindurch. Das Herz. Meine Faust glitt über diese riesige Brust. Wie absurd, sich an der Schwelle des Todes auf den Tastsinn zu verlassen. Fast zärtlich glitt ich über seine Haut. Das mußte die Schwellung der Brust sein. Ich setzte an, als ob ich graben wolle.

Müde, so unendlich müde. Versunken in einem schwarzen Meer. Da hörte ich Worte, die die Dunkelheit zu einer wärmenden Höhle machten: »Niemals darf der Schmerz stärker sein als du.« Der Schmerz, ja, ich wollte ihn wieder fühlen! Meine Schulter begann zu pochen, ein Stechen fuhr durch meine Lunge. Der Knöchel, der Rücken, der Kopf, der Arm. Meine Hand war das einzige, was nicht schmerzte. Ich holte aus und trieb die Klinge zwischen den Rippen ins Herz.

Schlagartig war die Bedrängnis fort. Die Hände wichen von meinem Gesicht, das unglaubliche Gewicht kippte hintüber. Ein zuckendes Bein trat mir in den Bauch. Doch der Schmerz war mir willkommen. Er war das blühende Leben verglichen mit der Finsternis des Todes, der ich eben entkommen war.

Langsam und gequält setzte ich mich auf. Arzuch versuchte, die Klinge aus seinem Herz zu ziehen. Es war kaum zu glauben, welche Kraft er im Todeskampf hatte. Ich sah, wie sich seine Rippen nach außen beulten, während seine Fäuste an dem Dolch rissen. Aber die Widerhaken hielten: Er hätte sich eher das Herz aus dem Leib gerissen als den Dolch aus dem Herz.

Irgendwann starb der Riesenoger. Ich hatte keine Kraft, darauf zu achten. Nie wieder habe ich ein Schlachtfeld so verlassen wie dieses. *Goldmähne* lag im

Sterben. Mit viel Geduld lockte ich Gerulfs Pferd an. Es lahmte auf einem Vorderhuf und war übel zerschunden, aber verglichen mit allen anderen Kreaturen hier war es kerngesund. Mit äußerster Kraftanstrengung zog ich mich in den Sattel. Dann kippte ich vornüber und verlor das Bewußtsein.

Feierlichkeiten

Ich erwachte auf einem Wagen, der mich nach Warunk brachte. Markgraf Karloff mit der silbernen Hand ließ die besten Heiler der Stadt rufen. Meine linke Schulter und der Oberarm waren völlig zertrümmert. Der rechte Knöchel war gebrochen und mein ganzer Körper schien ein einziger Bluterguß zu sein. Jetzt lohnte es sich, daß Warunk eine reiche Stadt war: Man flößte mir mehr als ein halbes Dutzend Heiltrünke ein. Später ließ man aus der Halle des Lebens zu Norburg einen Magier kommen. Ich weiß nicht, was er getan hat, aber es gelang ihm, meine bereits völlig verknöcherte Schulter so kunstvoll zu brechen und anschließend durch Handauflegen zu heilen, daß ich keine bleibenden Beschwerden behielt. Nur ein unnatürlicher zweiter Knochenkamm oberhalb des Schlüsselbeins erinnert mich heute noch an Arzuchs Keulenhieb. Mir gruselt manchmal bei dem Gedanken, daß ich um ein Haar trotz meines Sieges ein Leben als verwachsener Buckliger hätte führen müssen.

Arzuchs Leib konnte nicht geborgen werden, weil sich in der ersten Nacht ein Rudel Wölfe darüber hergemacht hatte. Prinz Throndwig studierte den Kampfplatz später mit einigen Gelehrten und stellte einige Berechnungen an: Arzuch soll demnach drei Schritt und zwei Spann gemessen und zweihundertachzig Stein gewogen haben. Fortan nannte man ihn nur noch den Riesenoger. Eigentlich gab es keinen Zweifel, daß ich Arzuch getötet hatte; dennoch sollte ich Jahrzehnte später noch einmal auf heimtückische Weise mit ihm zu tun haben …

Markgraf Karloff mit der silbernen Hand vergab aus Familientradition keine Orden oder Ritterschläge, aber ich erntete die Dankbarkeit eines wohlhabenden Landesherren. Wochenlang genoß ich die Warunker Küche mit Rindsbraten und Sembelquast.

Später trudelte noch eine Belobigung und Einladung des jungen Herzogs Kunibald von Tobrien ein: Immerhin hatte Arzuch in dessen Gebiet noch größeren Schaden angerichtet, und es war augenscheinlich, daß der Herzog nicht vorhatte, meine Heldentat nur der Warunker Geschichtsschreibung zu überlassen.

Rohezal und Rakorium

Ich verbrachte den ganzen Winter als Ehrengast auf der Warunker Burg. Nach dieser Zeit war ich nicht nur körperlich, sondern vor allem in meiner Seele so erstarkt, daß mich nichts mehr halten konnte, auch nicht die Angebote des Markgrafen, die Gesellschaft des Prinzen oder das Flehen eines halben Dutzends Warunker Hofdamen. Markgraf Karloff bestand jedoch darauf, mit einer großzügigen Belohnung meine Schulden bei Stoerrebrandt abzudecken, sodaß ich *Leifbrand* auslösen konnte. Ich durfte mir sogar ein neues Reitpferd aussuchen: Die örtlichen Warunker oder Radromtaler waren nicht sehr groß und nicht gerade schlachttauglich, aber ich benötigte den kleinen Braunen, den ich mir auswählte, ohnehin nur, um wieder einmal einige hundert Meilen Reichsstraßen hinter mich zu bringen.

Die folgenden Jahre verdienten eine eigene Erzählung, denn sie bilden in meinem Leben fast eigenständige Abschnitte. In Angbar hörte ich von dem uralten Zauberer Rohezal, der seine Tochter in einem unsichtbaren Turm im Amboßgebirge gefangen halten sollte. Eine unwiderstehliche Gewalt trieb mich auf die Suche nach diesem Turm. Am Ende der unvorhersehbaren Ereignisse hatte ich einen unsterblichen Zauberer und einen goldenen Drachen kennengelernt und war Vater einen kleinen Tochter geworden, die ich Rondriga taufte.

Im Jahr darauf schloß ich mich Rakoriums berühmtester Expedition an. Innerhalb eines Jahres drangen wir ins Herz der Khomwüste vor, in die Echsensümpfe, ans Loch Harodrôl, ins Regengebirge und in die Maraskankette – kurz: fast alle Gegenden, die bis heute weiße Flecken auf den Karten der aventurischen Derographen sind, und zudem die vermutlich gefährlichsten Landschaften des Kontinentes. Es waren die Geheimnisse der sterbenden Echsenrassen und ihrer Götter, denen wir folgten und die mir eine völlig neue Weltsicht eröffnen sollten. Die Vorstellung von Rassen, die vor Jahrtausenden Aventurien beherrscht hatten, und ihren Göttern, die so fremdartig und den unseren doch so verwandt waren, kostete, so muß man es wohl nennen, den Erzmagier in den nächsten Jahrzehnten den Verstand. Ich dagegen, der nur die geringsten Zusammenhänge erahnen konnte, ging gestärkt aus diesen Entdeckungen hervor, mit dem Gefühl, daß Aventurien in Raum und Zeit viel größer und großartiger war. Das wiederum ließ all die Sorgen und Zwistigkeiten um mich und in mir geringfügiger und erträglicher erscheinen. Außerdem errang ich auf diesen Reisen die *Opallöwin*, einen mystischen Zweihänder, und einen prächtigen Shadifhengst, den ich *Al'Muqtur* nannte, den Unbezwingbaren.

Nach der Rückkehr aus dem mörderischen Dschungel von Maraskan wurde ich in Beilunk wieder von einer Amazone angesprochen, die mit drei anderen an einem Tisch gesessen hatte. Geronias Wunsch war wieder der gleiche, den auch Thornia in Albers Rode an mich herangetragen hatte – und wieder fühlte ich mich geehrt, ihm nachzukommen. Nach einer durchwegs erfreulichen Nacht traf ich die vier erneut in der Taverne. Diesmal trat eine andere Amazone an mich heran, wieder mit der nämlichen Bitte. Ich sagte ihr zu, konnte aber nicht umhin zu fragen, ob ihre Begleiterinnen ebenfalls meiner Dienste bedürften. Sie entschuldigte sich: »Wir wollten Eure Lendenkraft nicht über das Maß des Natürlichen beanspruchen.«

Ich lachte und trat an den Tisch: »Meine Damen, ich zähle eben erst dreiunddreißig Jahre. Ihr seid allesamt Frauen von edlem Wuchs und großer Leidenschaft, dessen bin ich mir sicher. Aber wenn Euch allen zu dienen heute nacht über meine Kräfte ginge, dann müßte ich mich einen alten Mann schimpfen.« So gingen wir zu viert auf die Kammer. (Die Älteste war eine Vorgesetzte, die die ›Mission‹ der Jungen nur begleitete; aber Geronia war trotz deren Nasenrümpfen entschlossen, sich das Vergnügen erneut zu gönnen.) Nachdem die Tür erst hinter uns geschlossen war, kannten die Amazonen wenig Scheu. Als Kriegerinnen war ihnen Nacktheit nicht peinlich, und wohl verband sie auch ganz andere Gemeinsamkeiten. So ging ich tatsächlich mit drei Frauen zu Bett, die zuerst scheu, dann zunehmend heißblütig, von den Freuden der Liebe kosteten.

Es gelang mir, neun Monate später die Festung in den Drachensteinen zu besuchen, von der sie stammten. Ihr seid das, gab die Torwache ungewöhnlich zugänglich Auskunft: Ja, Geronia und Hiltrud stehen vor der Niederkunft, Alwina wurde vorgestern schon von einer Tochter entbunden.

In meinem fünfunddreißigsten Lebensjahr starb Kaiser Reto. Wiewohl es mir ohnehin nicht zugestanden hätte, an sein Totenbett zu eilen, fühlte ich mich doch, als sei erneut ein Mitglied meiner Familie fern von mir gestorben. Meine Treue zur Krone ist ungebrochen; aber ich muß sagen, daß das Neue Reich in der Zeitspanne, die ich überblicken kann, keinen Monarchen hatte, der sich mit Reto vergleichen hätte können – weder vor seiner Regentschaft noch danach.

In Weiden besuchte ich die Bärenburg. Waldemar war, obwohl Herzog, der gute alte Bär geblieben. Die Gelegenheit zu einem Widersehen mit Gräfin Walderia ergab sich nicht; vermutlich war es besser so. Heldar von Arpitz war inzwischen zum Oberst des 1. Weidener Regimentes aufgestiegen und hatte sich mit der Reorganisation der Weidener Ritter einen Namen gemacht. Er war seit der Eroberung Maraskans etwas ruhiger geworden, aber noch immer loderte jener tollkühne Ehrgeiz in seinen Augen. Er erzählte – noch immer – voll Stolz, daß er in der Schlacht von Jergan drei Pferde verloren hatte. Und sein Streitroß bedachte er auch in meiner Gegenwart mit rücksichtslosem Einsatz von Kandare und Sporen.

Am 30. Efferd stand ich kurz vor dem Aufbruch aus Trallop, als mich eine ungewöhnliche Einladung erreichte, überbracht von einer Eule. Ich sollte anläßlich der Tagundnachtgleiche zum Hexentanz kommen. So ritt ich in den bekanntesten aller Hexenwälder, den Blautann in Westweiden südlich des Rhodensteins – nicht ohne daran zu denken, daß für die Einheimischen ›in den Blautann gehen‹ der übliche Begriff für Sterben war.

Drei Dutzend Hexen, die meisten davon Frauen, in enganliegenden, roten Gewändern, standen bereit, die Hexennacht zu feiern. Mit Fackeln im Wasser stehend, wurde ein unheimliches, aber anmutiges Ritual durchgeführt. Bisweilen flogen Eulen vorbei; streiften sie eine Hexe, wurde diese beglückwünscht. Wie ich erfuhr, war es alte Tradition, einen Adeligen und einige Bauernburschen zu laden, als Musikanten, so nannten sie es, um den Frauenüberschuß zu mindern.

So lernte ich Luzelin kennen, eine äußerst anziehende, große, schlanke Frau mit schwarzem Haar und einer weißen Locke, mit glitzernden Mondsichel-Ohrringen und einem großen grauen Kater an ihrer Seite. Sie war eine Katzenhexe voll Leidenschaft und Oberhaupt des Blautannzirkels. Auf dem Fest liebte ich mehrere Hexen, doch im Morgengrauen war es Luzelin, zu der es mich zurückzog. Während der Hexentanz verwehte wie der Nebel in der Morgensonne, blieb der Zauber zwischen uns bestehen, ohne daß wir ein Wort verloren hätten.

Ich folgte ihr in ihre Grotte am Finsterbach, wo wir von dem lebten, was der Kräutergarten abwarf, und von frischem Ahornsirup, getrockneten Himbeeren, gerösteten Kastanien und gebratenen Eicheln. Ich ging den ganzen Winter auf die Jagd, mit nichts als zwei Holzspeeren und einem Paar Schneeschuhen. In den Nächten wärmte uns die Glut unserer Leiber. Luzelin wußte ihre Krallen, ihren Mund und ihre Zähne einzusetzen wie keine Frau, die ich gekannt habe. Unsere Lust kam so stetig und regelmäßig wie die Glut des Feuers, das wir jeden Tag anbliesen, und ebenso heiß loderte sie dann. Eine seltsame Ruhe lag in den Tagen und Nächten dieses Liebeswinters.

Eines Morgens schenkte mir Luzelin den Ohrschmuck, den ich seither trug: das berühmte pailische

Axtgehänge, von dem ich nie erfuhr, wie sie es mitten im Weidener Hinterwald erhalten hatte. Ich meinerseits überreichte ihr die erste erblühte Frisundrose. Wir wußten beide ohne Worte, daß der Winter vorüber war. Die Katze und der Adler, so sagte Luzelin, müssen beide jagen. In den folgenden Jahrzehnten stieg Luzelin zur angesehensten, vielleicht auch mächtigsten Hexe des nördlichen Mittelreiches auf.

Eigentümlich, daß die einzigen Frauen, an deren Seite es mich zumindest einige Monate hielt, solche waren, die in selbstgewählter Einsamkeit lebten: die Comtessa Carmissa, Rohezals Tochter und Luzelin hatten jede auf ihre Art zum Alleinsein gefunden. Konnte ich nur zu einer Frau stehen, wenn niemand uns störte? Oder ertrug ich, ertrugen mich überhaupt nur Frauen, die die Einsamkeit schätzten?

In Winhall fand ich eine Einladung zum Krönungsball vor. Meran, mit dem ich mir in Kindertagen manche ritterliche Schlacht geliefert hatte, war bereits zum Freiherren zu Naris aufgestiegen. Am 1. Praios 1 Hal fand die Krönung, Salbung und Inthronisierung Kaiser Hals durch den neuen Boten des Lichtes statt. (Die gute alte Mopsendronning war im Jahr zuvor gestorben.) »Von den Zwölfen erwähltes Haupt, das Praios erleuchte, Rondra stärke und dem Boron ein langes Leben gewähren möge«, das waren die Worte Jariels. Nicht nur ich hatte das unbestimmte Gefühl, daß die Zeit der Sicherheit und Stärke, die Reto dem Reich gegeben hatte, vorbei war. In Warunk war Markgraf Karloff zurückgetreten, Throndwig Bregelsaum folgte ihm auf dem Thron nach. Er würde in Zukunft deutlich weniger Zeit für seinen geliebten Garten haben.

Die Unruhe in mir wuchs. Ich sah es als meine sichere Pflicht an, dem Reich in den kommenden Zeiten meine Stärke zu leihen. Wofür aber, fragte ich mich, war ich der Sieger des *Donnersturmes*? Wofür nannte man mich den Schwertkönig? Wenn das Neue Reich mit seinen Sorgen so unbedeutend war, verglichen mit den Äonen und den Weiten der Schöpfung, was war dann wichtig?

Wieder stachelte mich eine Nachricht auf. Gräfin Franka Salva Galahan hatte zu ihrer Hochzeit geladen. Ihr Bräutigam war der unbedeutende Sproß einer bedeutenden Familie, der Lurings, die sogar in der kaiserlichen Thronfolgeliste geführt wurden. Franka! Die Brust wurde mir eng. Ich sprang aufs Roß und galoppierte wie besessen nach Honingen. Sie sah wunderbar aus, als sie mit den regenbogenfarbenen Bändern Tsas im Haar aus dem Tempel trat, neben sich den unscheinbaren retobärtigen Knilch aus Garetien. Eine Stunde zu spät!

»Ich hätte Euch heiraten sollen und mit Euch viele Conchobairs zeugen«, sagte ich, als ich auf dem Hochzeitsball mit ihr tanzte. »Nein«, verbesserte ich mich im gleichen Atemzug, »da Euer Name der edlere ist, wären es alle Galahans geworden.« Sie sah mich aus ihren wunderbaren blauen Augen an, etwas verstört ob der Seltsamkeiten, die ich von mir gab. »Ich bin verrückt geworden«, flüsterte ich, »verrückt nach Euch.« Wir waren in einem kleinen Korridor gelandet. Sie war so jung und begehrenswert.

»Warum«, flüsterte sie, ebenfalls fast ohne alle höfischen Formen, »habt Ihr denn nie etwas gesagt, Ihr Dummkopf? Jetzt ist es zu spät.«

»Noch nicht ganz«, raunte ich und hob sie auf. Dann stieß ich die Tür des nächsten dunklen Zimmers auf …

Und wieder floh ich. Wieder eine Frau, die ich im Sturmwind genommen und verlassen hatte. Um Franka mußte ich mir keine Sorgen machen. Sie war eine natürliche und starke Frau. Sie hatte jene verbotene Stunde genossen und würde sich heute abend sittsam zu einer Brautnacht bereitfinden. Sie würde an mich denken, ohne zu leiden, und vielleicht einmal ihrer Tochter von mir erzählen. Es gab so viele Kinder, denen von mir erzählt wurde, angefangen mit meiner entzückenden Tochter Rondriga im Amboßgebirge. Ich hätte nur gewünscht, all die Geschichten hätten einen Sinn gehabt – denn ich konnte keinen darin erkennen.

2 Hal:
Blutzwillinge

Der Tuzakaufstand

Am 27. Peraine, acht Monate nach seiner Thronbesteigung, beging der junge Kaiser Hal den Maraskantag mit der von seinem Vater Reto gestifteten Militär-Parade. Prompt kam es auf Maraskan zu heftigen Unruhen. Fürst Herdins Gegenmaßnahmen – pervalische Strafexpeditionen in den Dörfern, Großzügigkeit in den Städten – erwies sich als genau falsch. Am 19. Rondra 2 Hal kam es in Tuzak zum offenen Aufstand, in kürzester Zeit war die Stadt im Besitz der Rebellen.

Aus den maraskanischen Einheiten wurde wieder eine Legion gebildet, die unter dem persönlichen Kommando Kaiser Hals stehen würde. Ein Beilunker Reiter brachte mir die Einberufung, in der mir der junge Kaiser den Rang eines Obersten ohne Regimentsbanner anbot. Anders gesagt: Ich konnte tun, was ich wollte. Ich hatte Stabsbefugnis und konnte an den Planungen teilnehmen, ich durfte selbst eine Freiwilligeneinheit bis zu Regimentsgröße aufstellen – und ich konnte völlig eigenständig handeln. Ich habe mich selten so geschmeichelt gefühlt wie in dem Augenblick, als ich diesen Brief las. Die Etikette verlangte, daß ich zunächst Fürst Cuanu um Erlaubnis fragte. Der Kaiser hatte mich seinem eigenen Vasallen abgeworben. Aber natürlich ließ mir Cuanu freie Hand: »Ich hätte Euch gerne unter dem blauweißen Banner gewußt. Aber Eure Taten werden groß genug sein, um den Ruhm der Krone und Albernias zu mehren.« Ich verließ Havena mit einem seltsamen Gefühl im Bauch. Cuanus Erwartungen, die die ganz Albernias verkörperten, waren wie Sonnenschein auf meinem Herz und wie eine gewaltige Last auf meinen Schultern zugleich.

Ich wagte nicht, den *Donnersturm* zu rufen: Die Niederwerfung des Aufstandes mochte für die Kaiserkrone von äußerster Wichtigkeit sein. Aber daß sie ein Ideal im Geiste Rondras darstellte, wagte ich nicht zu behaupten. Wieder gürtete ich mich mit *Leifbrand,* mit dem ich dem Kaiser gegen König Harlijins Leibgarde gedient hatte. Aber ich war auch entschlossen, mir, nachdem ich das erste Tuzakmesser gegen Arzuch verloren hatte, ein neues zu besorgen: von einem Meisterschmied – oder aus der Hand eines toten Rebellenführers.

In Elburum schiffte ich mich an der Seite Dalman Severins, Admiral zu Perricum, auf der legendären *Seeadler von Beilunk* ein, einer der modernsten Triremen der Kaiserlichen Perlenmeerflotte. Salutflaggen wurden für mich gehißt. Wir nahmen noch Post an Bord, ehe wir im Konvoi mit einer Bireme zur Truppenbeförderung und einigen requirierten Pötten mit Nachschub in See stachen. Sogar drei Thorwaler Schiffe, die Drachen von Llanka, beteiligten sich an dem Feldzug. Wir liefen mit einer steifen tobrischen Brise aus, die jedoch bald dem milden, schweißtreibenden Wind des Maraskan-Sundes wich. Ein Trupp Rekruten hatte *Das Feuer von Prem, das ist mir genehm!* angestimmt. Als Albernier mußte ich mich natürlich anschließen, denn wer außer uns beherrschte schon alle etwa achtzig Stanzen? »Ich trink es in Massen aus Tiegeln und Tassen!«

Im Hafen von Jergan herrschte Aufruhr. Drei Kompanien des Beilunker Seegarderegimentes, darunter ein halbes Musikbanner, waren angetreten, um uns zu begrüßen – und um uns vor dem Zorn der Jerganer zu beschützen. Oberst Rudon von Mendena, der später Oberkommandierender der Flotte werden sollte, ließ seine Mannen befehlsgemäß in Hochrufe ausbrechen. »Laßt Euch Euer Quartier zeigen, Oberst, und macht Euch erst einmal frisch, ehe Ihr Euch beim Marschall meldet«, gab er mir den Rat, der sich wie ein Befehl anhörte: »Wir haben hier einen Ruf zu verlieren.« Er selbst sah tatsächlich trotz des mörderischen Klimas und der ständigen Überfälle aus wie ein Wehrheimer Standbild. Deutlich herzlicher war die Begrüßung durch einige Offiziere, die sich freiwillig unter meinen Befehl stellen wollten, darunter auch ein Halbelf namens Talorion Tannensang. Ihnen zur Seite stand ein Praios-Geweihter im goldroten Ornat. Sie nannten ihn den Honinger, und ich brauchte einige Momente, um ihn als Phexlyn von Froschingen zu erkennen, mit dem ich meine ersten Pagenjahre verbracht hatte.

Wir drängten uns durch einen Ring von Dirnen, Bettlern und Invaliden, von Schuhputzern und Lastenträgern, die alle im maraskanischen Dialekt auf uns einplapperten. Die Stadt war schwer gezeichnet: Da und dort standen Galgen, auf denen die Raben stritten, und den frisch aufgestellten Hal-Statuen und -Büsten auf den Plätzen und in den öffentlichen Gebäuden, die jene seines Vaters ersetzt hatten, fehlten allesamt die Nasen oder gar die Köpfe.

»Ist Marschall Voltan wirklich so penibel?« fragte ich und kratzte mein verschwitztes, bärtiges Gesicht.

»Haffax«, verbesserte mich der Honinger: »Voltan ist doch Ordensgroßmeister der Templer. Und die Antwort ist nein: Haffax rasiert sich selbst nicht. Aber Rudon von Mendena ist knochenhart. Er will die Unruhe anscheinend alleine mit Wehrheimer Disziplin besiegen.«

Trotzdem bog ich beim nächsten Barbier ins Menschengewühl: »Bei Simia! Genau was ich jetzt brauche.« Eine Dirne sprang mir in den Weg, hängte sich an meinen Hals und kreischte vulgäre Zärtlichkeiten. Ich brauchte etliche Kraft, um sie mir vom Leib zu halten. Endlich konnte ich zu dem Barbier eintreten.

Der Mann war ungefähr so alt wie ich, klein, gedrungen und irgendwie schmierig. Er führte mich in den hinteren Raum, der durch einen Binsenvorhang abgetrennt war. Hier warteten ein gepolsteter Sessel und ein halbblinder Silberspiegel. »Ah, das Fürstenzimmer«, feixte ich. Vom ersten Augenblick an kam mir die Situation merkwürdig vor. Vielleicht war es die Tatsache, daß der Barbier schweigsam war wie ein Boron-Geweihter. Oder daß er selbst unrasiert war. Als er mit dem Messer aus Maraskan-Stahl und der Seife von unbekanntem Aroma herankam, tastete ich nach der Messerscheide an der Außenseite meines linken Unterarmes. Dann trat er von der Seite an mich heran, das Rasiermesser in der Hand. In dem Augenblick, als er mir die Klinge an den Hals setzte, wußte ich es – wer fängt links vom Kehlkopf zu rasieren an?

Als er die Klinge andrückte, schob ich den Dolch zwischen seinen Beinen in die Höhe: »Wenn du das tust«, knurrte ich, soweit das mit durchgestrecktem Hals möglich ist, »kannst du dich von deiner Männlichkeit verabschieden.«

Für ein halbes Dutzend Herzschläge verharrten wir, erstarrt in einer der lächerlichsten Situationen, die es gibt. Ich konnte nur den äußersten Rand seines Gesichtes sehen, aber ich fühlte seinen Atem an meinem Ohr. Dann schnitt er mir den Hals durch!

Der Schmerz fuhr mir wie kochendes Eisen ins Blut. Völlig unbewußt zuckte die Rechte mit dem Dolch empor und schlitzte über Bauch und Brust des zurückspringenden Meuchlers. Ich kam hoch. Statt eines Brüllens kam ein widerliches Gurgeln aus meinem Hals – eine Handbreit unter meinem Kinn! Mir wurde schwarz um die Augen. Ich sah mein eigenes Blut schaumig auf den Boden sprühen. Wie durch einen Hohlweg sah ich den Fuß des Attentäters, der wieder vorsprang. Mit der Tollkühnheit des tödlich Verwundeten griff ich genau in sein Rasiermesser. Ich fühlte nicht, wie es mir die Fingersehnen durchtrennte, ich fühlte nur, daß ich die Waffe im Griff hatte. Dann stieß mein Dolch dorthin, wo der Kopf des Gegners sein mußte. Er riß den Schädel zurück. Dennoch spürte ich, wie die Klinge durch seine weiche Wange glitt und sich in einer Augenhöhle verfing. Der Maraskaner schrie auf, ließ das Messer fahren und sank heulend in sich zusammen, die Hände auf das Gesicht gepreßt.

»Was, bei Praios, …?« keuchte der Honinger, der den Vorhang beiseite riß. Sofort war er an meiner Seite, das Sonnenszepter sichernd erhoben. Mit der Linken griff er nach meiner Schulter. »Raidri?« Ich hob den Kopf. Das Entsetzen auf Phexlyns Gesicht gab mir den Rest. Die Knie gaben unter mir nach. »Heiler«, keuchte ich, doch ich weiß nicht, ob er mich hörte. In meinen Ohren wurde das Rauschen immer lauter: Golgaris Schwingen. Mit jeder Faser meines Körpers nahm ich wahr, wie der Totenrabe seine Krallen nach meinen rasenden Herz ausstreckte, wie seine nachtschwarzen Schwingen sich tröstend um mich legten, wie sein silberner Schnabel ausholte, um die Seele aus meinem Körper zu holen.

Als ich erwachte, hockte der Halbelf über mir, die Hand auf meinem Hals, ein Lächeln in seinem fremden Gesicht. Er wirkte angestrengt. Anscheinend hatte er alle Zauberkraft seiner Mutterrasse aufwenden müssen, um mich zu retten. In nächsten Raum heulte der

Meuchler wie aranisches Winselgras. »Wer bist du?« fragte ich den Einäugigen eine Viertelstunde später.

»Hodaki«, knurrte er. »Andere nennen dich Held. Aber für uns bist du ein Unterdrücker. Irgendwer wird dich kriegen.« Er machte es uns einfach. Es war offensichtlich, daß der Meuchler mich erwartet hatte – oder zumindest die Anweisung gehabt hatte, den nächsten hochrangigen Offizier, der an Land ging, zu ermorden. Als ich den Barbier angesteuert hatte, sah Hodaki seine Gelegenheit. Seine Komplizin, die Dirne, hatte mich während der Vorbereitungen beschäftigt; sie war natürlich entkommen. Den echten Barbier fand man später hinter dem Vorhang. Als echter Maraskaner hatte ihn Hodaki selbstverständlich nicht nach seiner Gesinnung befragt, sondern ihm sofort den Hals durchgeschnitten.

Voltan war ja inzwischen Ordensmarschall der Templer von Jergan, eines fanatischen Rondraordens, der im Norden der Insel mit Feuer und Schwert für Ordnung sorgte. Marschall und damit Stellvertreter des Kaisers war Helme Haffax, ein fünfzigjähriger Haudegen, der in den folgenden Jahrzehnten zum größten Heerführer des Reiches aufsteigen sollte. Während Haffax die Legion bereits aufstellte, übergab Kaiser Hal nach dem Vorbild seines Vaters die Regierungsgeschäfte für mehrere Monate seinem nächsten Anverwandten, Graf Answin Rabenmund.

Jetzt zeigten sich die Maraskaner von ihrer sprichwörtlichsten Seite. Kaiser und Legion zogen gegen einen Aufruhr, der im wesentlichen von Diskusattentätern, Rauschgurken-Berserkern und Meuchlern mit Mengbillaren betrieben wurde. Die Aufständischen bedienten sich der gefürchteten Taktik der ›Kleinen Gruppen‹, kein Tag verging ohne Attentat oder Sabotage. In der Nacht warfen die Schleuderer ihre Steine oder

Wurfscheiben auf die Schatten an den Lagerfeuern, zielgenau, wie man es von ihren Verwandten, den wilden Ferkinas im Raschtulswall, kannte. Mehrfach tobten Rauschgurken-Berserker, die sich meist zudem mit Yagannüssen und Horuschenkernen gestärkt hatten, über die Palisaden oder gleich durch das Tor. Einmal erlebte ich selbst, wie so ein Tobsüchtiger neben mir einer darpatischen Gardesoldatin den schweren Eisenschild glatt vom Arm riß und sie damit erschlug, ehe ich eingreifen konnte. Eingeborene Taucher bohrten unsere Schiffe an. Es gab so viele Mengbillare, giftgefüllte Dolche, daß in der Offiziersmesse der Brauch aufkam, sich die Namen neuer Offiziere erst dann zu merken, wenn sie die ersten zwei Wochen überlebt hatten.

Die Auswirkungen auf die Soldaten waren natürlich katastrophal, zumal bei dem mörderischen Klima. Manche Einheiten verloren während des Feldzuges die Hälfte ihrer Stärke durch Fahnenflucht. Sogar die Drachengarde wurde dezimiert, obwohl dort den Deserteuren nicht nur das Ohr abgeschnitten wurde wie in anderen Einheiten. Nur Oberst Rudon von Mendena wurde durch die Disziplin seiner Beilunker Seegarde berühmt. Irgendwie brachte er es fertig, daß es in seiner Truppe kaum zu Meutereien oder Desertionen kam.

Auch Marschall Haffax, sonst eigentlich kein richtiger ›Eisenfresser‹«, griff hart durch und ließ für das Attentat auf mich zehn Aufständische öffentlich hinrichten. Das entsetzte mich. Ich war es gewohnt, meine Kämpfe selbst zu kämpfen. Ich hatte wenig Hemmungen, einen Mann zu töten, der mich angriff. Aber daß irgendwelche Menschen dafür starben, daß mich ein Einzelner angegriffen hatte, entzog sich meinem Verständnis. Um so verrückter war, daß dieser Hodaki irgendwie aus der Todeszelle entkam. Mich erleichterte der Gedanke, daß er sich befreit hatte – nicht jedoch, daß da draußen jemand voll Haß herumlief, der mir schon einmal den Hals durchgeschnitten hatte.

Die Jerganer sympathisierten natürlich alle mit dem Aufstand. Ihre Neugeborenen nannten sie Jergane, Boranfried oder Maraskania. Das Absingen des Jerganliedes, komponiert von Zendajian von der Untergasse, wurde mit bis zu zwei Jahren Kerker geahndet. Nach dem Tuzaker Aufstand wurde der Schneider Gerbalderan Schesselbart als angeblicher Komponist hingerichtet. Aber weitergesungen wurde trotzdem …

Und natürlich hielt der Krieg die maraskanischen Händler nicht davon ab, auch die Kaiserlichen mit Nahrung, Geräten und Dienstleistungen zu versorgen. Sogar die magischen Nüsse lieferten sie korbweise in die Garnison. Ein halbes Dutzend dieser Kerne der Horusche gaben einem Mann Bärenkräfte, führten allerdings auch leicht zum Tod. Eine einzelne Nuß war nachweislich unschädlich und reichte noch immer, damit man sich wie an seinem besten Tag im Jahr fühlte. Da den Kaiserlichen der Sold in der Tasche klimperte, zahlten sie auch viel besser als die Rebellen. Es gab kaum einen Soldaten, der bei einer Patrouille keine Horusche im Säckel hatte, und in manchen Offizierszelten lagen sie in den Obstschalen zwischen den Früchten wie andernorts die Walnüsse.

Das Maraskankontor machte ein Vermögen mit der Versorgung der Truppen. Fast jeden Tag lief eine von Ruban ibn Dhachmanis Zedrakken in Tuzak ein. Besonders sehnsüchtig wurde die wöchentliche Lieferung mit den Heiltränken und Gegengiften aus Khunchom und Festum erwartet. Ebenfalls einen Namen machte sich ein junger Pirat namens Kodnas Han, ein berüchtigter Waffenschmuggler für die Aufständischen. Nachdem er zwei brennenden kaiserlichen Biremen entkommen war, nannte man ihn den Tiger von Tuzak.

Irgendwie hatte ich ein Herz aus Stahl. Wenn etwa die Offiziere nach einem neuerlichen Todesfall zu jammern pflegten: »Die Guten sterben immer zuerst«, grinste ich wenig verständnisvoll: »Ja, man muß sich richtig schämen, daß man noch lebt!« Durch das Attentat hatte ich unter den Kaiserlichen in kürzester Zeit einen unglaublichen Ruf. Ich galt allgemein als unverwundbar, und natürlich wurden all meine früheren Heldentaten, wo immer möglich, noch aufgebauscht. Mehrmals kam mir der Beiname »Hunderttöter« zu Ohren. Wenn ich abends durchs Lager ging, wurde ich an fast jedem Wachfeuer angerufen und eingeladen, mich dazu zu gesellen und von meinen Heldentaten zu berichten. Jeder, der die Albernier im Allgemeinen und mich im Besonderen kennt, weiß, daß wir es genießen, uns ins beste Licht zu rücken und uns selbst zu beweihräuchern. Aber in jenen Tagen, wo, so schien es, jedermann nichts dringender brauchte als einen Helden, wurde es selbst mir bisweilen zuviel. Für solche Fälle legte ich mir eine besondere Geschichte zu:

»Gleich auf meiner ersten Patrouille geriet ich, weit vor den anderen reitend, in eine dieser typischen maraskanischen Schluchten, zehn Schritt lang und ebenso tief. Da es ringsum von Rebellen und Freischärlern wimmelte, beschloß ich hier zu lagern, wo mich immer nur einer angreifen konnte. Während ich noch absattelte, tauchte schon der erste Meuchler auf. Ich erschlug ihn. Schon sprang mich der nächste an, und hinter ihm weitere, und meine Schwerter hielten blutige Ernte. Dann stürmten die Rauschgurken-Berserker hordenweise heran. Mein treues Pferd wurde in Stücke gehackt, und ich verlor meine Klingen, die ich nicht mehr aus den Leibern der Getöteten ziehen konnte. Da stand ich, mit nichts als einem Armeedolch, und die

Berghänge waren bedeckt von heranstürmenden Maraskanern.«

Hier folgte immer eine Kunstpause, bis dann irgend jemand halb erstickt »Und dann?« keuchte. »Nun, ich hatte keine Aussicht zu überleben, umzingelt von einer Übermacht, mit nichts als einem Dolch.«

Dann fragten sie im Chor: »Und was ist geschehen?«

Nun pflegte ich tief zu seufzen: »Was soll geschehen sein? Die Maraskaner fielen über mich her und haben mich mit Begeisterung massakriert.« Mit dieser enttäuschenden Geschichte abgespeist, gewöhnten sich die meisten ab, mich ein weiteres Mal nach neuen Heldentaten zu befragen.

Der Amdeggyn-Paß

Endlich setzte sich die Legion in Bewegung, achthundert Meilen Dschungel, schlechte Straßen und hordenweise Attentäter lagen vor uns. Wir zogen den Hira aufwärts und einige hundert Meilen an der Küste entlang. Ich hatte eine Patrouille gebildet, mit der ich jeden Morgen nach kurzer Stabsbesprechung ausrückte: eine Einheit wie der Windkönig im Inrahspiel, die überall zuschlagen konnte. Kurz nach der Geisterstunde gellt der erste Hahnenschrei, gefolgt von einem kaskadenartigen Chor anderer aufgescheuchter Hähne. Das Morgenrot verwandelt den Himmel in ein wunderbares Gemälde aus Zartblau und Rosa. Ich trug wieder einmal den Kusliker Lamellar, den ich aus Warunk mitgebracht hatte, und Lederzeug aus dreifachem Leder. Im Rückengehänge hing ein neu geschmiedetes Tuzakmesser, diesmal ohne Glöckchen. Gegen Hitze und Insekten trug ich ein Ledertuch um den Kopf geknüpft. Ich hatte sogar Ersatzstiefel am Sattelknauf baumeln.

Meine Mannen waren ein fröhlicher Haufen, wenig vorschriftsmäßig mit Tarngrün und Federn am Helm, in speckigen Rüstungen und seitlich geschnürten Lederhosen. Die blau-gold-rote Greifenflagge des Neuen Reiches hing als Wimpel am Zaumzeug. Wir hatten stets einige Brieftauben dabei, um Meldungen zu machen, und einen Therbûniten, der als unser zweiter Heiler fungierte. Untereinander brauchten wir nur wenige Worte, um einander zu verstehen. Zwischen den Pfadfindern hatte seit der Eroberung das Atak allgemeine Verbreitung gefunden, die ›Sprache der schnellen Hände‹. Eigentlich, so hieß es, war das die Sprache der Phex-Geweihten – aber im Dschungel war sie ebenso praktisch wie für einen Dieb. Dazu kamen einige elfische Gesten und Zeichen von Talorion Tannensang. Unser halbelfischer Pfadfinder trug einen svelltschen Hirtenhut mit Hahnenfeder. Sein Vorname Talorion bedeutete einfach Menschling; so hatten sie ihn bei seinem Mutterstamm im Wald-wo-Regen-auf-Biberdämme-fällt genannt.

Es war eine der üblichen Patrouillen jener Tage, die auf den umliegenden Gütern nach Rebellen suchte. Wir zogen den Roab aufwärts und kamen an einem Gehöft vorbei, inmitten von Zuckerrohr- und Weizenfeldern gelegen. Dort ritten wir auf den Hof, und ich lenkte mein Roß auf eine stämmige Magd zu, um sie zu befragen. Talorion Tannensang schwang sich vom Pferd. »Laß doch, die lügt dich doch nur an!« Mit diesen Worten schritt er geschmeidig auf eine gemütlich dösende Scheunenkatze zu, ging vor ihr in die Hocke und begann leise mit ihr zu reden. Er schien überrascht, und sagte dann beiläufig und mit einem fragenden Unterton: »Im Haus der Mäuse?«

Ich überlegte einen Moment und begriff dann, was der Freund meinte: »Ein Hinterhalt! In der Scheune!«, zischte ich in breitestem albernischen Dialekt, in der Hoffnung, daß mich so nur meine Leute, nicht aber die Maraskaner verstehen würden. Da begannen auch schon die Pfeile zu fliegen …

Ich sah einige meiner Leute aus den Sätteln springen und andere fallen. Ich selber stürmte schon auf das erste Haus zu und trat die Türe ein. Im Inneren warf sich ein Heckenschütze herum und sprang durchs Hinterfenster. Als ich ihm folgte, hob eine Bäuerin einen Krug und warf ihn mir an den Kopf. Ich brüllte und quälte mich durch das Fenster, das wohl für Hühner und Maraskaner gedacht war, aber nicht für albernische Hünen. Der Schütze schoß noch einen zweiten Pfeil ab, der mich knapp verfehlte, und verschwand zwischen Bambus, Peitschensträuchern und Hakendorn. Zu beiden Seiten des Hauses setzten sich weitere Heckenschützen ab. Ich lief an der Rückwand des Hauses entlang und versuchte einige Rebellen zu stellen, aber sie rannten wie die Ratten. Als ich um eine Ecke bog, wurde ich angegriffen. Erst als der alte Mann zusammenbrach, den Schädel von meinem Tuzakmesser gespalten, begriff ich, daß dieser Maraskaner kein Rebell gewesen war – sondern ein verschreckter Bauer auf der Flucht vor meinen Männern …

Im Mond des Ingerimm setzten wir über die Berge ins Tal des Roab über, der bei Tuzak ins Meer mündete. Im Praiosmond, als das neue Jahr begann, schlugen wir unser Lager auf. Vier Regimenter brachen in die Berge auf und besetzten die Enduriummine tief in der Maraskankette, die, wenn wir ehrlich waren, Hauptgrund für all das Blutvergießen war. Eigentlich merkwürdig, wenn man bedenkt, daß Endurium nur deswegen so wertvoll ist, weil man damit besonders gut Blut vergießen kann …

Der Rondramond näherte sich und mit ihm die große Regenzeit. Während der starken Niederschläge würden die Einheimischen noch mehr Vorteile haben und die Legion kaum noch vorankommen. Das almadanische Absteigen einer Botin riß mich aus dem Mittagsschlaf: Sie zügelte das Pferd so hart, daß es mit den Hinterbacken einbrach und wie ein Hund zum Sitzen kam, und sprang ab – sehr verpönt bei Pferdeliebhabern, aber schneidig anzusehen. Sie war eine Korporalin von einem der Hilfsregimenter, die außerhalb der Legion strategische Positionen sicherten. Ich war auf ihren Bericht gespannt, denn eine Rebellengruppe hatte den Amdeggyn-Paß besetzt. Diese Stelle in den Schluchten zwischen Maraskankette und Amdeggyn-Massiv konnte buchstäblich alleine gegen ein ganzes Heer gehalten werden. Etliche Stoßtrupps waren unter grausigen Verlusten zurückgeschlagen worden. Seit einigen Tagen kursierte das Gerücht, daß die Rebellen nun gezielt Kaiserliche herausforderten.

Ich folgte der Korporalin in das Marschallszelt. Sie hatte den verbeulten Helm abgenommen und ihr verschwitztes, mit Blut und Staub beschmiertes Gesicht war zum Vorschein gekommen. Anscheinend war ihr Hauptmann beim Versuch, den nebelumwallten Paß zu stürmen, gefallen. »Wieviel Mann, schätzt Ihr, sind es?« fragte Helme Haffax routinemäßig. Die Botin nahm Haltung an und räusperte sich. Die Adlerblicke etlicher Obristen trafen sie.

Sie räusperte sich erneut und antwortete: »Wir wissen nur von einem.« Jetzt horchte das ganze Zelt auf. Die Korporalin wand sich vor Verlegenheit: »Es ist immer die gleiche Stimme. Niemand hat etwas anderes gesehen als einen Schwertkämpfer mit Pfeil und Bogen. Und wie gesagt: Der Paß bietet gewiß nicht viel Platz.«

»Und was sagt diese Stimme?« hörte ich mich fragen, ohne richtig wach geworden zu sein.

Die Korporalin wandte sich nicht um und meldete: »Wieder der gleiche Satz: `Ein wahrer Maraskaner kann ein halbes Dutzend von Euch töten.´«

»Das letzte Mal«, knurrte ein Beilunker, »waren es noch drei.«

»Jawohl, Herr Oberst«, antwortete sie, *»bevor* Hauptmann Helmbrecht mit den letzten beiden Freiwilligen hinaufging …«

Jemand fluchte, ein anderer meinte buchhalterisch: »Macht bis jetzt sechs Offiziere, die die Greifenfurter verloren haben.«

»Eine Katastrophe für die Moral der ganzen Legion«, ergänzte Oberst Rudon von Mendena. »Ganz zu schweigen von der der Greifenfurter«, meinte noch jemand: »Die werden jetzt von einem einzigen verbliebenen Weibel kommandiert.« Helme Haffax befahl, den Greifenfurtern sofort zwei weitere Kompanien Verstärkung zu schicken und einige neubeförderte Offiziere.

»Immerhin verlangen die Maraskaner nun schon ein halbes Dutzend …«, meinte ein Hauptmann beim Hinausgehen sarkastisch.

Der Paß gewann zusehends an strategischer Bedeutung. Selbst die Güldenländer, die ja in ihrem Eroberungsdrang gerne Lehen vergeben und Regierungen einrichten an Orten, wo nichts als ein einzelner Vorposten besteht, hatten nicht gewagt, die Maraskankette als kaiserliches Gebiet in das System der Grafschaften und Baronien einzugliedern. Hinter dem Amdeggyn-Paß lag der Südostteil der Insel, den selbst die Einheimischen als den unzivilisiertesten Bereich bezeichneten. Aber vor allem lag dort Boran, die heilige Stadt des Rur-und-Gror-Glaubens, die nie erobert worden war. Wenn die Legion Tuzak angriff, ohne den Paß freizukämpfen, lagen ihr die fanatischsten Gegner im Rücken. Dann konnten wir eine Befriedung der ganzen Südhälfte als Ziel aufgeben.

Innerhalb der ersten Rondratage erreichten wir die Einmündung des Amdeggja. Die Zahl der Hinterhalte nahm ständig zu. Ein einzelner Wurfscheibenwerfer konnte die Legion eine halbe Stunde aufhalten. Selbst wenn ihn unsere Reiter und Waldläufer erwischten, dauerte es lange, bis die Kompanien wieder in Marschformation vorrücken konnten. Am Ende der Woche hieß die Herausforderung: »Ein wahrer Maraskaner kann ein Dutzend von Euch töten.« Die neuen Offiziere waren fast alle gefallen, darunter vier Männer und Frauen, die sich eben erst bewährt hatten und befördert worden waren.

»Ihr wollt *was*?« fragte Helme Haffax verblüfft.

»Ich bitte um meine Degradierung zum Weibel und um die Versetzung zu der Greifenfurter Grenzgarde«, erläuterte ich meinen Vorschlag. Es war die einzige Möglichkeit, die mir im Heerbann des Kaisers offenstand. Selbst ein Stabsoffizier konnte nicht schnell die Stellung wechseln, um einen Zweikampf auszutragen. Helme Haffax war kein Mann, der zu Spiegelfechtereien neigte. Er gab mir recht. Allerdings bestand er darauf, mich nur zum Hauptmann zu degradieren. Dadurch war ich also nominell Kommandant einer der Greifenfurter Kompanien.

Schaurig erklang das Echo des Donners von den Wänden des Canyons. Zu beiden Seiten erhoben sich die Berge, viel höher als die tiefhängende Wolkendecke. Bizarre Formen, Türme, Tafeln und Schluchten mit deutlich voneinander unterscheidbaren Platten, durchsetzt mit rötlichem Eisenerzrost, da und dort auch mit Alabasterschichten. Der Weg war schon zu Pferd kaum zu bewältigen, geschweige denn für eine größere Einheit. Immer wieder durchwateten wir Furten zwischen Stromschnellen, neben denen ganze Urwaldriesen als Treibholz lagen, oder drückten uns über Saumpfade am Steilhang entlang. Am übelsten waren die Hängebrücken, wenig vertrauenswürdige Gebilde aus Lianen und Bambus, an denen jede Stelle von Rebellen angeschnitten sein konnte. Mindestens drei Dutzend Kaiserliche waren seit Beginn des Feldzuges mit solchen Hängebrücken in tobenden Flußkesseln verschwunden.

Die sintflutartigen Regenfälle, die insbesondere gegen Abend niederprasselten, spülten uns mehr als einmal das Lager fort. Wenigstens verkroch sich während des Regens das giftige Ungeziefer. Wir passierten verlassene und auch niedergebrannte Dörfer, die wie Schwalbennester an den Schluchtwänden klebten. Doch der Großteil des Weges führte uns durch Urwald: Trompetenbäume, Ginkgos, Brettwurzelbäume, Magnolien und Korallensträucher, allesamt in voller Blüte stehend. Dazwischen blühten Gadanglilien, Begonien und Eitriger Krötenschemel, rotgelbe Giftpilze, die die riesigen Maraskantaranteln anzogen. Es war ein seltsames Land voll Schönheit und Tücke. »Genau wie die Maraskaner«, sagte ich mir.

Nach achtzig Meilen lag das hölzerne Fort der Greifenfurter Grenzgarde vor uns. Suppig quoll der Nebel vom Paß herunter, zu dem eine breite Geröllhalde hinaufführte. Wir befanden uns unverkennbar im Hochland. Mandelbäume und Ebenholz prägten die Landschaft, vor allem aber Gespensterbäume, die wie Holzblöcke mit stachelblättrigen Schöpfen aussahen.

Hauptfrau Turike Hainbauer, die ich ablösen sollte, begrüßte mich, während sie sich ein frisches Wirselkraut auf eine stark blutende Wunde drückte. Wie jeden Tag war die unheimliche Herausforderung aus dem Nebel gedrungen: »Ein wahrer Maraskaner kann ein Halbbanner von Euch töten.«

»Fünfundzwanzig?« rief ich erstaunt: »Hat er das Dutzend ebenfalls bezwungen?« Sie deutete mit dem

Daumen auf die Geröllhalde, deren Röte nicht nur von Eisenerz stammte. Man hörte Geier und Raben, die sich um die Leiber der Gefallenen stritten. »Er läßt uns nicht einmal unsere Toten bestatten. Wir haben es eben wieder versucht. Aber für jeden, den wir bergen, verlieren wir zwei.«

Sie trug den Greifenstern in Silber und stammte unüberhörbar aus einfachsten Verhältnissen. Es war mir wichtig, ihren Mut nicht in Frage zu stellen. »Ich hoffe, Ihr nehmt es mir nicht übel, daß ich mich auf Euren Posten versetzen ließ ...«

»Ich nehme Euch gar nichts übel«, knurrte sie. »Entweder prügelt Ihr den Kerl vom Paß – oder Ihr seid eine weitere Leiche, die wir nicht bergen können.«

»Nimm wenigstens eine Horusche!« Talorion Tannensang versuchte zum dritten Mal, mich mit magischen Mitteln gestärkt loszuschicken. Ich schüttelte den Kopf. Das war rondrianische Ehrensache. Wenigstens hatte ich mir einen Schild geben lassen. Alle waren sich einig gewesen, daß er gegen die Giftpfeile und Schleudersteine unverzichtbar war. In der Rechten hielt ich das Tuzakmesser, am Rücken trug ich *Leifbrand*. Alle vier Kompanien waren angetreten, als ich losging. Am Fuß der Halde aus rötlichen, scharfkantigen Brocken erhob ich meine Stimme: »Ich bin kein Halbbanner – ich bin Raidri Conchobair.« Hinter mir erklang aus zweihundert Kehlen der Jubelruf: »Der Schwertkönig!« Es mag hochmütig sein, aber ich bin es gewöhnt, daß das andere hinzufügen, wann immer ich meinen Namen nenne. Ich wartete, doch vom Paß kam kein Laut.

Schritt für Schritt wählte ich vorsichtig meinen Weg. Schillernd bunte Wolken von Schmetterlingen stiegen auf. Immer wieder klatschten mir warme Regentropfen ins Gesicht. Mit dem Nebel wälzte sich mir der Geruch von Blut entgegen. Die Stimmung war seltsam unwirklich. Die Felsformationen, die von beiden Seiten näherkamen, wirkten wie Mäuler und Fratzen. Aus der Wolkendecke drang fernes Wetterleuchten. Die ersten Toten säumten oder versperrten den Weg. Krähen und Elstern flogen nörgelnd auf und landeten selbstbewußt wenige Schritt weiter: Sie mußten nur warten. Ich spähte nach oben, den Schild erhoben. Der aufsteigende Talwind hob den Nebel an und ließ ihn wieder fallen. Manchmal reichte der Blick hundert Schritt weit, machmal keine fünf. Es würde verdammt schwer sein, einen Heckenschützen schneller zu sehen als dieser schießen konnte. Linkerhand wuchs die Flanke des Berges immer näher heran, ein Wachturm, von dem aus man bald auf meinen ungedeckten Rücken zielen konnte.

Nach einer Viertelstunde tauchte vor mir eine sattelartige Stelle aus dem Nebel. War das schon der Paß? Ich stieg weiter bergan, mich angestrengt nach allen Seiten sichernd. Ich versuchte, die Hinweise der Toten zu verstehen. Rechts ein halbes Dutzend mit Pfeilen im Rücken, augenscheinlich von dem Turm zu meiner Linken abgeschossen: Ich drückte mich linkerhand in den Schatten des Berges. Vier Soldatinnen mit gespaltenen Helmen und Schilden, wohl von oben mit wuchtigen Hieben zurückgeworfen: Also sicherte auch ich nach vorne. Dann kletterte ich nur noch über Leichen, ein Dutzend wohl, von beiden Seiten in die Klamm gestürzt, die wenige Schritt weiter oben auf den Sattel führte.

Zwischen den steilen Halden zu beiden Seiten schälte sich eine Standarte aus dem Nebel. Es war die alte Fahne Maraskans, die purpurne Lilie auf Gelb. Und daß sie noch stand, bedeutete, daß keiner bis dort vorgedrungen war. Ich wartete, noch halb auf abschüssigem Gelände. Nur das leise Säuseln des Talwindes war zu hören und das Keifen der Aasfresser hinter mir. Es war mehr Ahnung als Wahrnehmung, die mich nach links blicken ließ. Dort stand er, zehn Schritt über mir, breitbeinig, regungslos, die Waffe beidhändig vor dem Herz erhoben, abwartend. Er war untersetzt, aber muskelbepackt, seine Haut tiefgebräunt. Er trug einen eigentümlichen Helm voll hölzernem Zierat. All das nahm ich wohl wahr, doch mein Blick brannte währenddessen auf der vollendeten Klinge: ein wenig Tuzakmesser, ein wenig Bastardschwert, ein wenig almadanischer Kavalleriesäbel, aber kürzer und leichter als all jene, offensichtlich maßgefertigt für seine Größe. Und sie war schwarz wie die Nacht!

»Und Ihr denkt, daß ihr so stark seid wie ein Halbbanner, Söldner?« sagte er mit gurgelndem maraskanischen Dialekt.

»Das weiß ich nicht«, antwortete ich, noch etwas kurzatmig vom Aufstieg: »Ich habe noch nie gegen ein Halbbanner gekämpft.« Er schwieg, seine Augen glühten dunkel unter dem Helm.

Ich warf einen Blick auf die Standarte. Die Situation verlangte eine gewisse Förmlichkeit: »Im Namen des Kaisers, des rechtmäßigen Herrschers von Maraskan, fordere ich Euch auf, diesen Paß freizugeben.«

Er musterte mich lange, ehe er sprach: »Es gibt nur einen Herrscher von Maraskan, und den bestimmen die Göttlichen Zwillinge Rur und Gror.« Es gab nichts mehr zu sagen: Keiner von uns wollte wirklich wörtlich die Ansprüche anderer wiedergeben. Wir wußten, daß unsere Schwertkunst entscheiden würde.

Ich warf den Schild weg, um ebenbürtig kämpfen zu können. Dann rannte ich schräg hangaufwärts: Ich mußte an Höhe gewinnen. Er kam herunter, um mich abzufangen, mit kleinen Sprüngen, die mir verrieten, wie tückisch der Hang war. Gellend parierte ich seinen Schädelspalter. Er war unglaublich stark – und schnell wie der Blitz mit seiner Enduriumklinge. Schon kam der nächste mörderische Hieb. Ich parierte zweimal, dreimal, sprang zurück, auf die Standarte zu. Sankt Rondragabund steh mir bei, ich hatte nicht ein einziges Mal angreifen können. Welch eine Waffe, welch ein Mann!

Wenigstens kam er mir nach auf den Sattel, wo der Boden sicherer war. Wieder ein Ausfall: Eröffnung von oben, Nachschlag, langer Stoß. Ein breiteres Angebot also auch noch! Im Augenwinkel sah ich, daß wir uns der Standarte näherten. Das mußte ihn zum nächsten Angriff zwingen. Wieder ein schräger Kopfhieb, doch diesmal fing ich ihn, lenkte ihn ab. Fauchend fuhr mein Tuzakmesser vor seiner Brust vorbei. Als er zurücksprang, schlug ich einhändig eine Rückhand und ließ die Waffe dann tanzen. Ich trieb ihn bis zur Klamm zurück. Mit einem Satz brach er seitlich aus, verschwand auf dem anderen Abhang in einer Nebelwolke. Er kannte sich hier wirklich aus.

Ich stürmte ebenfalls bergan, etwas weiter zur Linken, um ihm nicht genau ins Messer zu laufen. Das tat ich trotzdem – plötzlich stand er über mir. Fauchende Hiebe jagten mich wieder hinunter. Wie war er nur da hingekommen? Ich mußte wieder dreimal parieren, ohne Gelegenheit zu einer Replik. Schon war ich an der Standarte vorbei. Ich fintete leicht, um mir Raum zu verschaffen. Er wehrte mit voller Kraft ab. Warum war er darauf hereingefallen? So gut hätte er mich inzwischen kennen müssen. Natürlich war nun ich wieder im Angriff: Eröffnung nach links, Rückhand nach rechts, langer Stoß, fast schon in seine Rippen. Er wich weiter zurück, ich züngelte hinterher. Er versuchte sich zu befreien, stand plötzlich völlig offen. Mein darpatischer Haken schlitzte ihm den rechten Oberarm auf. Er rollte sich ab und kam wieder hoch.

Hinter mir! Ich schnellte mit einem Rundhieb herum und sprang zugleich zur Seite. Instinktiv parierte ich seinen Schädelspalter, da brach mir knackend die Klinge weg. Wie ein gehetztes Raubtier floh ich den linken Hang hinauf. Ich hatte bereits *Leifbrand* gezogen, als mein Gehirn zu begreifen begann. Links unten kniete der Rebell mit blutigem Arm. Rechts unter mir stand der Rebell mit abwartend erhobenem Schwert, zu seinen Füßen meine blitzende Klinge. Es waren Zwei! Zwillinge – natürlich! Deswegen: ein wahrer Maraskaner – das war ihr Idealbild. Vermutlich waren sie Rur-und-Gror-Geweihte zudem. Alle Zwillinge wurden auf Maraskan Priester.

Vor allem aber waren die beiden höllisch gute Schwertkämpfer und ihre Waffen tödliche Meisterwerke. Vor allem hielten sie den Paß – und den wollte ich haben. Ich konnte nur hoffen, daß *Leifbrand* gegen Endurium besser abschnitt. Ich tänzelte auf dem Abhang hin und her. Der Verletzte hatte sich wieder erhoben, aber nur der Erste stand kampfbereit bei der Standarte. Wollte ich den Paß wirklich? Niemand würde mir einen Vorwurf machen, wenn ich jetzt floh. Zwei Schwertmeister gegen mich alleine, noch dazu mit magischen Schwertern, ausgeruht und in voller Ortskundigkeit – das war Wahnsinn! Ich fühlte, wie ich trunken wurde von dem Gedanken. Genau das war es doch, was ich immer gewollt hatte: Eine Aufgabe, die niemand lösen konnte außer mir. Ich wußte plötzlich, was Targuin Conchobair gefühlt hatte, als er seinen Belagerern die Kapitulation verweigerte. Ja, das mußte es sein, was Rondra von mir wollte.

»Rondra!« gellte mein Schrei. Dann sprang ich den Abhang mit schweren Schritten hinunter. Ich glaube, daß der Maraskaner überrascht war. Wir tauschten einige Hiebe, sprangen weiträumig umeinander herum. *Leifbrand* lag einfach herrlich in meiner Hand. Bastardschwert nannte man den Anderthalbhänder, weil man ihn ein- oder zweihändig führen konnte, weil er zum Fechten taugte wie zum Hauen. Die Vielfältigkeit des gemischten Erbes gab ich ihm jetzt. Ausfall im Arivorer Stil: Finte zum Knie, ein langer Stoß, ein Leithieb, mit dem ich seine Parade abdrängte, an ihm vorbei. Ich wirbelte um die Achse, schlug seine Klinge noch einmal in die Höhe und traf ihn ausgerechnet mit einem maraskanischen Seitenhieb unter den Rippen. Er taumelte zurück, die Hand auf der geplatzten Rüstung.

Sofort mußte ich es mit dem Bruder aufnehmen. Der sprang heran und jagte mich mit beidhändigen Achten vor sich her. Er mußte auf der rechten Seite langsam sein, wo er verletzt war, also brach ich dort durch. Ein offener Stoß verschaffte mir die Initiative, ein Nachschlag trieb ihn zurück, eine kurze Sichel traf seinen Schenkel. Er knickte ein, worauf ich sofort seinen Zwilling attackierte, der mich bereits wieder erwartete. Er wich leicht zurück, als meine Stöße ihm immer näher kamen. Da richtete sich der Zweite zu meiner Linken wieder auf. Verdammt, der hatte immer noch nicht aufgegeben! Ich mußte in die Knie gehen, um seinen Hieb zu parieren. Ich fühlte ein leises Schnalzen, als ob mir eine Sehne gerissen sei. Dann blickte ich auf das Heft von *Leifbrand,* das einen Spann darüber weggebrochen war.

Pfeifende Hiebe des Maraskaners jagten mich wieder den Hang hinauf. Ihr seltsamer Ehrenkodex verbot ihnen wohl zu zweit anzugreifen – doch davon abgesehen hatten sie bislang wenig Hemmungen gezeigt, insbesondere jetzt, wo ich wehrlos war. Ich kletterte auf allen vieren den Hang hinauf. Einmal parierte ich mit dem Schwertstumpf. Mein Gegner war mit dem verletzten Bein langsamer, aber er ließ keinen Zweifel daran, daß er mich töten wollte. Immer weiter wich ich auf der Bergschulter zurück. Rechterhand lag die Schlucht mit den Toten, aber auch links wallten die Nebel ins Nichts.

Plötzlich war der Berg auch hinter mir zu Ende. Ich stand auf dem Wachturm, wie ich ihn genannt hatte. Dort drüben lag das Fort, vierzig Schritt unter mir der Fuß der Halde. Etwas entfernt standen einige saftig grüne Ginkgobäume. Der Fels war rutschig naß von Nebel und Regen.

»Schickt uns ein Halbbanner«, kam feixend der Maraskaner auf mich zu, der bisher noch kein Wort gesprochen hatte.

»Ich denke nicht!« Ich schüttelte grimmig den Kopf. »Ich denke, ich komme wieder.« Dann sprang ich.

»Ich brauche ein Schwert, das gefeit ist gegen diesen Schwarzstahl.«

»Schweigt«, pfiff mich der Feldscher an. Ich lag in einem Haufen von Blut und Lederfetzen und grünen Gingkoblättern, die mit ihrem zweigeteilten Wuchs als Inbegriff des maraskanischen Dualismus gelten. Ich hatte mir natürlich beide Beine gebrochen und einige Risswunden, Quetschungen und Abschürfungen bis auf die Knochen zugezogen. Doch wie erhofft hatten die Bäume meinen Sturz genügend gebremst, so daß ich wenigstens überlebt hatte. Alles weitere mußte ich jetzt den Heilern überlassen. Die Fliegen saßen so dicht und gierig auf meinen Wunden, daß man sie hätte herunterbürsten können. In meiner Hand lag noch der Knauf von Vaters *Leifbrand*.

Talorion Tannensang und der Feldscher brauchten zwei Tage, vier Tiegel Tarnelen-Salbe und alle Zauberkunst, um mich wieder einzurenken. Dann war ich jedoch nicht mehr zu halten. Die Glieder noch bandagiert, machte ich mich auf den Rückweg in die Garnison. Als ich fünf Tage später eintraf, wehten über den Palisaden nicht nur das Reichsbanner und die Regimentsflaggen, sondern auch das Fuchsbanner: Der Kaiser war eingetroffen!

Der Kniefall auf meinen geschundenen Gliedern schmerzte nicht so sehr wie der Knoten der Scham in meinem Bauch, als ich meinem Monarchen mein Scheitern berichtete. »Verstehen Wir Euch so, daß nur der Verlust Eurer Schwerter Euch aufhielt?« faßte Kaiser Hal meinen Bericht in einem Satz zusammen. Er war blond, blaß und grauäugig. Sein Gesicht mit der spitzen Nase hatte etwas Füchsisches, in seinen Augen lag eine eigentümlich traurige Klugheit. Ich bejahte und fühlte Erleichterung. Man sagte dem Kaiser nach, daß er etwas weichlich war – jedenfalls aber hatte sein Verstand die gleiche präzise Schärfe, die ich an Kaiser Reto so geschätzt hatte.

Kurz wog Seine Majestät das Zepter in der Hand. »Bringt Uns *Silpion*«, befahl er seinem Waffenträger. »Unser Allerzwölfgöttlichster Vater hat Uns berichtet, wie Ihr seinen gesegneten Leib mit dem Euren beschütztet, damit Er hernach sein Kaiserschwert gegen den falschen König führen konnte.« Ich ahnte natürlich, worauf der Kaiser hinauswollte, aber der Stolz schnürte mir den Hals zu. Ich hatte mir lediglich ein neues Schwert erbitten wollen, dem beim Schmieden Erz aus der neugewonnenen Enduriummine beigefügt worden war; schon auf eine Waffe aus gediegenem Schwarzstahl hatte ich nicht zu hoffen gewagt. Nun aber ernannte mich der Kaiser zu seinem Schwertträger. Seit es dieses Zeremoniell gab, seit fast tausend Jahren also, hatte weniger als ein halbes Dutzend Kaiser damit ihre Schwerter entsandt, wenn ihnen die Staatsräson selbst zu fechten verbot.

Silpion lag in meinen Händen, und ich schäme mich nicht zu sagen, daß sie zitterten. Es war ein langes Tuzakmesser, reich mit Diamanten besetzt, mit Handbügeln in Form zweier sich windender Schlangen – eine filigrane Gestalt, der selbst ein Meister wie Griomacon nur mit gediegenem Endurium genug Härte hatte verleihen können, damit sie sogar einem mit voller Wucht geführten Schlag widerstehen konnte. Wie im Traum trat ich ins Freie und schritt durch ein Spalier von Tausenden, die alle zu wissen schienen, welche Ehre mir eben widerfahren war.

»Ich wünsche Euch«, sagte einer der Obersten beim Abschied, »daß es gesünder ist, am Heft der Waffe zu stehen als an ihrer Spitze.« Ich wußte, was er meinte: *Silpion* hatte nicht nur König Harlijin und Meister Griomacon den Tod gebracht. Man munkelte, daß ein halbes Dutzend Recken, denen Reto damit den Ritterschlag erteilt hatte, in der darauffolgenden Schlacht gefallen war. Andererseits hatten jene Helden ihren Titel bei der Eroberung Maraskans verdient – und daß die damaligen Erfahrungen auf diesem zweiten Feldzug oft nicht ausreichten, um nicht getötet zu werden, hatte ich selbst mehrfach erlebt. Denn der Fluch lag nicht auf dem Schwert, sondern verkörperte sich in dem Streit um diese Insel.

»Ich bin kein Halbbanner – ich bin Raidri Conchobair, und diesmal wird mein Schwert nicht nachgeben.« Schaurig hallte das Echo von den Wänden. Wieder stieg ich die Halde hinauf. Seit zwei Wochen waren keine neuen Toten hinzugekommen, dafür sahen die alten um so übler aus. Spannenlange Maraskanfedern und schwarze Aaskäfer kletterten über die Opfer meiner Gegner. Inzwischen wurden diese von der ganzen Legion als die Blutzwillinge bezeichnet und ihre Schwerter als *Gift* und *Galle*. Die Legenden wuchsen schneller, als ich sie richtigstellen konnte – denn ich war noch immer der Einzige, der den Brüdern auf dem Paß entgegengetreten war und das überlebt hatte.

»Hat der Sohn des Räuberkaisers dir das Schwert gegeben, mit dem er unseren König erschlug?« Sie standen breitbeinig vor ihrem Banner, der eine etwas weiter hinten. Unglaublich, sie wußten schon Bescheid. »Und du willst dir nun Insel und Schwert nehmen, wie er es getan hat?« Der kalte Haß traf mich wie ein Schwerthieb.

»Habe ich euch gefragt, ob ihr für euch selbst kämpft oder für einen Herren?« beschwor ich die Ehrenhaftigkeit unseres ersten Kampfes.

»Nein«, sagte der Vordere mit einem seltsamen Unterton, »du hast nie gefragt, wofür wir kämpfen.«

Ein kaum merkliches Flüstern in mir wurde stärker: Ich wußte, daß ich der bessere Schwertkämpfer war – aber ich fragte mich, ob ich der bessere Mensch war. Doch damals war ich noch zu jung und zu stolz und die Stimme zu schwach, um sich Gehör zu verschaffen.

Ich habe wenig Erinnerung an diesen Kampf. So blitzschnell waren unsere schwarzen Klingen, daß nicht einmal Auge und Verstand ihnen folgen konnten. Zunächst griff mich der erste der Zwillinge an, mit einem Ungestüm, der mich zurück in die Schlucht drängte. Wenn unsere Klingen einander trafen, sprühten rote Funken und verloschen zischend in Regen und Nebel. Hell wie Feuerzungen gellte jeder Schlag und kehrte vierfach, fünffach von den Wänden wieder. Jedem von uns fuhr die Waffe des anderen zweimal hautnah durch die Rüstung, rasiermesserscharf und nur um Haaresbreite am tödlichen Treffer vorbei. Ich bekam im Hang die Oberhand, nützte das jedoch, um zum Sattel aufzusteigen. Der zweite Zwilling verharrte noch immer hinter der Standarte, von seiner Ehre an Ort und Stelle gebunden. Der Erste folgte mir mit einem lodernden Ausfall, der schließlich in einem Perricumer Block endete: Wie beißwütige Schlangen glitten die Klingen aneinander herab, bis die Parierstangen aufeinander prallten. Gleichzeitig krallten wir uns mit der freien Hand unterstützend um die Knöchel des Schwertarmes. Wir drückten, bis uns die Zornesadern schwollen. Endlich warf ich den Maraskaner zurück. Sein Befreiungsschlag im Zurückweichen pfiff vor meiner Brust vorbei, dann stieß ich nach. Unsere Arme waren wie Blei, doch mit jedem Hieb kam ich meinem Gegner näher. Das Verhängnis war nicht aufzuhalten: Jede Parade hätte ihm die Waffe aus der Hand geschlagen, jedes Zögern ließ den tödlichen Treffer näher kommen.

Da gellte hinter mir ein Kampfschrei. Sofort wich ich zurück und sicherte. Der Bruder stand noch immer unbeweglich und schritt erst jetzt nach vorne: Sein Schrei hatte mich ausdrücklich warnen sollen. Merkwürdig, meine Gegner erschienen mir jetzt viel ehrenvoller als bei unserem ersten Treffen. Die Hiebe des Maraskaners waren voll ausgeruhter Kraft und brachten mich in Bedrängnis. »Du bist müde, Söldner! Tausend Dämonen hängen an deinem Schwertarm!« Sein Wissen um meine Erschöpfung drängte mich weiter auf den Hang zu. Erst der ysilische Wolfsbiß rettete mich. Ich wechselte in die Linke. Mein Stoß zielte direkt auf seine Kehle, und während mein Gegner noch zurückzuckte, züngelte Hieb auf Hieb nach seinem Hals. Endlich parierte er kraftvoll, doch ich ging mit dem Schwung mit, wirbelte um die eigene Achse und ließ mich auf die Knie fallen. Mit einem häßlich fetzenden Geräusch fuhr ihm der Rundschlag quer über den Leib. Ich sprang auf und gewann wieder Raum, während der Maraskaner wankte wie eine Esche im Sturm. Dann brach er langsam in die Knie und kippte lautlos aufs Gesicht.

Wieder gellte ein Schrei, in dem diesmal unbezwingbare Wut lag. Der erste Zwilling drang auf mich ein, die Hiebe fegten mir wie Herbstlaub um Kopf und Schultern. Die Trauer um den gefallenen Bruder verlieh ihm unaufhaltsame Gewalt und lähmte mich fast. Kreuzförmig fuhren mir zwei Hiebe über Brust und Schulter. Ich fühlte, wie Schweiß und Regen sich brennend mit meinem Blut mengten. Erst ein Rückhandschlag beendete seinen Ausfall. Ich zog mich mit Ziegensprüngen zurück und stolperte fast über den Gefallenen. Lange belauerten wir einander – und schnellten dann fast gleichzeitig vor. Unsere Schwerter touchierten, als wir den Platz tauschten. Wieder sprang mein Widersacher vor und schlug gezielt auf die Schneide *Silpions*. Er versuchte das Kaiserschwert zu zerbrechen – oder sein eigenes! Und er wußte, daß ich das nicht zulassen konnte.

Ich fintete mehrfach, um Zeit und Raum zu gewinnen. Aber seine Angriffe zielten so genau auf meine Hände, daß mir nichts übrigblieb, als zu parieren. Wieder gellte eine Parade wie ein Peitschenhieb, der krachend von den Bergwänden wiederhallte. »Gebt auf«, keuchte ich, »ich verbürge mich dafür, daß man Euch ehrenhaft behandeln wird.«

»Gebt Ihr auf«, stieß er hervor, »und ich werde Euer Haupt eigenhändig in Boran aufpflanzen.« Wieder prallten wir aufeinander, die Waffen im Block gefangen. Statt zu drücken, rammte er mir das Knie in den Bauch. Er fiel hintüber, ich rollte zur Seite. Noch einmal standen wir uns Auge in Auge gegenüber. Ich täuschte einen Schlag auf seine linke Seite vor, doch er achtete nicht darauf und holte zum Schädelspalter aus. Notgedrungen drehte ich mich in seine Reichweite hinein und zog den Hieb in Schulterhöhe doch durch. *Silpion* fuhr ihm seitlich über den Hals, kehrte in hohem Bogen zurück und traf ihn nochmals im Rücken. Er schlug noch einmal, im Fallen, nach mir, seine unvergleichlich scharfe Waffe schlitzte mir dabei über die Hüfte.

Ich stand schwer atmend im Regen, der sich mit dem Schweiß mengte und brennend wie Khunchomer Pfeffer in meine Wunden sickerte. Der Mann vor mir starb, während ich auf ihn herabblickte. Zum ersten Mal breitete sich in mir die lähmende Müdigkeit aus, die, wie ich heute weiß, bei jedem fühlenden Wesen der Sinnlosigkeit von Kampf und Tod folgt. Hätte mich jemand gefragt, was ich auf diesem Paß wollte, ich hätte keine Antwort gewußt.

»Söldner!« drang ein Keuchen an mein Ohr. Der erste Gefallene wandte mir mühsam das Gesicht zu, auf dem nasser Kies klebte. Ich kniete mich neben ihn und half ihm, sich umzudrehen. Eine leise Stimme rief, daß er Maraskaner war und vermutlich einen Meucheldolch bereit hielt. Aber der Ritter in mir konnte nicht anders, als den Gegner ehren, der so ehrenhaft gefochten hatte. »Söldner«, ächzte er nochmals. Blutige Bläschen bedeckten seine Lippen. Ich stützte ihn im Nacken. Die Wunde zog sich quer über seinen Leib und klaffte offen, geschaffen vom Schärfsten, was Menschenhand schmieden konnte. »Die Schwerter … die Prophezeiung«, keuchte er mühsam, »ich verstehe jetzt. `Zwei Hände, in denen dasselbe Blut fließt.´ Das bist du. Du mußt sie führen. Das ist *Antworter* …« Nur seine Augen verrieten, daß er das Schwert des Bruders meinte: »… und das *Vergelter*.« Seine Hand tastete nach der eigenen Waffe. »*Antworter* und *Vergelter*, Corula und Colurna, Rur und Gror«, sein Atem ging immer schneller und gequälter, »*Antworter* und *Vergelter*, das sind wir, das bist du. Du mußt es bewahren. Es wird kommen … aus dem Herz der Kette … schwarz und rot … schwarz wie Endurium, rot wie Blut. Du mußt bereit sein. Versprich es! Die Insel hat keinen anderen

Sinn ...« Eine seltsame Intimität war zwischen uns – so als hätte sie immer schon bestanden. Ich umarmte ihn und wiederholte heiser, fast gelehrig, was ich verstanden hatte: »Ich verspreche es. Ich werde die Schwerter führen, ich werde die Prophezeiung ergründen, ich werde die Insel beschützen.« Er atmete pfeifend aus: »Die Welt ist schön!« Blut sprühte auf meine Wange. Ich wartete vergeblich darauf, daß er noch einmal Atem holte.

Ich konnte die Begeisterung der anderen nicht teilen, als ich vom Paß zurückkehrte. Die Soldaten bestaunten *Gift* und *Galle*, wie sie die Zwillingsschwerter weiterhin nannten. Ich widersprach nicht. Ich fühlte, daß mich etwas vom übrigen Aventurien trennte. Kaum nahm ich wahr, wie ich ins Fort gebracht wurde.

»Ihr dürft Euch aussuchen, welche Hälfte wir amputieren«, scherzte der Feldscher, als er die tiefen Schnitte beiderseits des Brustbeines verarztete.

»Das dürfte egal sein«, lachte der Honinger, »die sind beide gleich gut!«

»Ja«, meinte Talorion halblaut, als er wieder die Hand auflegte, »Ihr seid selber ein Zwilling!« Dankbar sah ich dem Halbelf in seine seltsamen Katzenaugen. Mit dem Einfühlungsvermögen seiner Mutterrasse hatte er als einziger erkannt, was mir widerfahren war. Ich mußte das Zwillingsgeheimnis Maraskans lüften und annehmen lernen.

An der zweiten Erstürmung Tuzaks nahm ich nicht teil. Eigentlich hatte ich ohnehin mit meinem Banner den Amdeggyn-Paß zu halten. Ich spürte kein Verlangen, mich erneut versetzen zu lassen, um schlecht bewaffnete Aufständische zu massakrieren. Nach dem Tod der Blutzwillinge war der Widerstand gebrochen. Die Anzahl der Anschläge ging auf einen Bruchteil zurück, der einigen wenigen Splittergruppen zuzuschreiben war. Weniger noch als bei der Eroberung der Insel acht Jahre zuvor waren die Maraskaner imstande, sich zu einer offenen Schlacht zu stellen. Am 24. Hesinde erstürmte die Adlergarde unter Führung des jungen Kaisers das schwerbefestigte Jerganer Tor. Marschall Haffax eroberte den Hafen, hundertfünfzig Schritt unter der Hochebene, ebenfalls binnen Stunden. Kaiser Hal tat das einzig Richtige: Er ließ die Rädelsführer unbarmherzig aufspüren und hinrichten, gewährte dem Land aber Gnade und Frieden. Der Spürhund, der die Anführer stellte, war Dexter Nemrod, der Leiter der berüchtigten Maraskanabteilung.

Mir jedoch sollte keiner mehr etwas von heimtückischen Maraskanern erzählen: Die Blutzwillinge waren Ehrenmänner gewesen, die beide ihren Bruder auf dem Altar einer Ehre geopfert hatten, die mir erst in den letzten Jahren begreiflich zu werden begann. Mir kam in den Sinn, daß mein eigener Ahnherr, der große Kriegsheld Targuin Conchobair, im Lieblichen Feld als Symbolfigur der Unterdrückung galt, ebenso wie er als erster Markgraf von Winhall ein Feind des freien albernischen Adels gewesen war. So nahm auch ich es mit gemischten Gefühlen auf, daß Kaiser Hal anläßlich der Niederschlagung des Tuzak-Aufstandes den Jergan-Orden ›Unseren Besten‹ stiftete. Erster Träger wurde ich, und bis heute sind nur drei weitere hinzugekommen, was den Orden zur höchsten Auszeichnung des Neuen Reiches macht. Daß sich der Kaiser den Orden bald darauf auch selbst verlieh (auf Drängen seines intriganten Beraters und Vetters Graf Rabenmund) machte allerdings weder ihn noch mich beliebter.

Denn indessen hatte Graf Answin von Rabenmund die Macht des Zepters gekostet und beschlossen, nicht mehr darauf zu verzichten. Eine sich zuspitzende Auseinandersetzung mit Fürstin Sybia von Aranien hatte ihm als Vorwand gedient, zahlreiche Machtbefugnisse auf seiner Person zu vereinigen.

Die Aranier zeigten sich völlig überfordert von den Ansprüchen des erneuten Feldzuges gegen Maraskan, der zum größten Teil über die aranischen Häfen erfolgte. Die Kosten und Umstände der Einlagerung von zeitweise achtzehntausend Soldaten und Matrosen, die Verproviantierung und Wartung von bis zu sechzig großen Kriegsschiffen schienen dem Land untragbar – um so mehr, als es noch immer unter den Nachwirkungen der Zorgan-Pocken-Epidemie von 70 v. H. litt, der mehr als die Hälfte der damaligen Bevölkerung, darunter die damalige Fürstin, zum Opfer gefallen waren. Auch die aufgezwungenen Getreidetribute – nach dem Erbfolgekrieg die einzige Möglichkeit, vor allem die östlichen Provinzen vor einer Hungersnot zu bewahren – wurden als unzeitgemäß und ungerecht angesehen. Ja, es wurden sogar tulamidische Stimmen laut, die Aranien als Opfer einer von Hela-Horas begonnenen und seit einem Jahrtausend währenden Unterdrückungspolitik sahen, deren Ziel die endgültige Vernichtung der unterworfenen Hochkultur der Tulamiden war.

Rabenmund war Politiker und kein Kriegsherr; er brauchte Unordnung, die nach einer starken Hand rief, aber keinen Krieg. So waren alle seine Anstrengungen während dieses halben Jahres seiner Regentschaft darauf ausgerichtet, einen Krieg ebenso zu verhindern wie eine Einigung: »In der aranischen Angelegenheit darf das Reich nichts übers Knie brechen, sonst haben wir einen völlig unnötigen Krieg an der Südostgrenze. Aber andererseits ist auch Strenge und Stärke angesagt. Fürst Cuanu und seine Albernier kommen mir fast täglich mit besseren Argumenten für ihre Unabhängigkeit, als Fürstin Sybia für die ihre in den letzten

Jahren geliefert hat – doch bis heute habe ich in Albernia noch immer für Ruhe sorgen können. Die Verhandlungen mit Aranien müssen mit Geschick und Stärke zugleich geführt werden.«

Als Kaiser Hal von Maraskan zurückkehrte, schien klar, daß nur Rabenmunds Diplomatie eine Krise verhindert hatte. Auch der neue Kaiser ließ seinem Stellvertreter den Reichsorden 1. Klasse am Purpurnen Band verleihen. Rabenmund aber, nicht bereit, sich wieder in den Schatten des Thrones zu begeben, versuchte nun gezielt, seinen kaiserlichen Vetter in eine von ihm selbst vorbereitete Staatskrise zu lenken.

Zu den Maßnahmen, die den Kaiser – unter Rabenmunds Egide – unbeliebt machten, gehörten die Vergöttlichung Hals, der seinem Hofstaat zunehmend entfremdet und dem Volk als hohler Popanz präsentiert wurde. In diese Richtung sollte wohl auch die Selbstverleihung des Jergan-Ordens wirken. Viel bedeutsamer war jedoch Rabenmunds Geheimdiplomatie, die für Fürstin Sybia schließlich die Sezession vom Kaiserreich als einzig gangbaren Weg erscheinen ließ. Bis heute bleibt im Dunklen, wie weit Rabenmund ihr diesen Weg ebnete, ja, es scheint sogar denkbar, daß der Ränkeschmied absichtlich ein Viertel der kaiserlichen Untertanen in die Untreue trieb, um sich sodann als Retter des zerfallenden Reiches aufschwingen zu können. Der eben zurückgekehrte Kaiser hatte jedenfalls meiner Meinung nach keine Möglichkeit mehr, den Eklat zu verhindern. Seine Appelle an unabhängige, bewaffnete Rebellen wie den Aranischen Fuchs wurden – von Rabenmund ebenso wie von Sybia – in ein Ultimatum an das Fürstenhaus in Zorgan umgedeutet.

Mit der Unvermeidlichkeit einer alt-tulamidischen Tragödie kam es zum Bruch. Im Frühjahr ließ Fürstin Sybia die Tributzahlungen einstellen. In einer geschichtsträchtigen Erklärung proklamierte sie die Unabhängigkeit des Seerosenthrones (übrigens Generationen zuvor aus dem Jerganer Palast entführt und nach Zorgan gebracht), ohne dabei öffentlich die Zugehörigkeit zum Kaiserreich zu widerrufen. Die Tigergarde schwor der Fürstin Gefolgschaft.

Die Stadt Khunchom erklärte seinerseits die Unabhängigkeit von Aranien. Ruban ibn Dhachmani hätte wohl alles getan, um dies zu verhindern: Die kaiserliche Konzession erlaubte dem Kontor den Handel mit Maraskan, deren Waren jedoch wegen uralter Tabus kaum an Tulamiden verkauft wurden. Aber Ruban war noch immer verschollen. Graf Kulibin ernannte sich zum Fürsten. Sehr schnell schloß Khunchom sich einem Bündnis zwischen den unabhängigen tulamidischen Städten Rashdul, Thalusa und Fasar an, das vor allem als Beistandspakt gegen die Expansion der Novadis galt.

Die neuen Grenzen schufen fast komische Situationen. Vor acht Jahren hatte der Kaiser von ›seinem‹ Aranien auf das unabhängige Maraskan geblickt. Nun besaß er die Insel, doch das Festland zwischen dieser und der Hauptstadt war plötzlich Feindesland. Noch mehr stand nun zu befürchten, daß der Kalif mit seinen Novadis über das reiche Stammland aller Tulamiden herfallen würde. Selbst mit einer Eroberung mußte man rechnen. Zwar hatte der Kalif nur etwa vierzigtausend Untertanen, die Fürstin hingegen an die achthunderttausend Aber jeder waffenfähige Mann des Kalifen war ein erfahrener Wüstenkrieger, während die tsagefälligen Aranier gerade fünfzehn Regimenter, also siebentausendfünfhundert Mann unter Waffen hielten.

Auf einen Schlag hatte der Kaiser fast ein Drittel seiner Untertanen verloren. Kaiser Hal war nicht bereit, das reiche Land Aranien zur Rückgewinnung mit Waffengewalt zu verheeren. Zudem stellte das Liebliche

Feld klar, daß jedes Vorgehen gegen den neuen Staat zu militärischen Maßnahmen Vinsalts führen würde, und der Verlust nahezu der gesamten Perlenmeerflotte verhinderte auch wirtschaftliche Blockademaßnahmen. Nichts würde mehr so sein wie früher; es war, als ob Aventurien seine Unschuld verloren hatte – aber vielleicht war es auch nur ich selbst, dem das geschehen war.

3 Hal:

Rondras Offenbarung

Während sich über dem Kontinent erste dunkle Wolken zusammenzogen, wartete auch ich persönlich auf das Gewitter. Die Worte der sterbenden Blutzwillinge gärten in mir. Ich fühlte, daß ein Umbruch bevorstand. Ich war auf der Rückkehr aus dem Amboß, wo ich Rondriga, Rohezal und Faldegorn besucht hatte. Rondriga war schon vier Jahre alt und hatte das Temperament einer kleinen Löwin. Ich lenkte das Pferd gerade durch ein Bergtal und schmunzelte über meine Tochter, als das Wetter umschlug. Dunkle Wolkengiganten ballten sich zusammen, türmten sich aufeinander, stießen krachend gegeneinander. Der Sommerregen fiel in dichten schweren Tropfen. Ich spornte meinen Warunker, den ich nun auch schon wieder vier Jahre besaß, an, um das nahe Dorf zu erreichen. Auf den Almen trieben die Hirten schrill pfeifend die Schafe zusammen. Die Luft bekam jenen unverkennbaren bleiigen Geruch. Während wir über den Bergpfad trabten, fühlte ich, wie sich jedes Härchen auf meiner Haut aufrichtete. Auch das Fell meines Rosses sträubte sich. Jedes Stück Eisen an mir begann zu singen, selbst die Steine rings umher erbebten in einer überirdischen Melodie. Dann zerriß der Himmel …

»Rondra sei gepriesen, daß Ihr unverletzt geblieben seid. Es ist ein wahres Wunder.« Ich lag am Fuß einer

Bergbauernhütte. Sieben, acht Gesichter, von vier bis siebzig Jahren, drängten sich um mich. Eine Hirtin reichte mir eine Schale Milch. Ich sah meine rußgeschwärzten Hände, aber ich war außerstande zu trinken. Sie redete auf mich ein: »Ihr seid vom Blitz getroffen worden.«

»Ja«, seufzte ich und sank glücklich zurück, »das bin ich.« Das Bild stand vor meinem Auge wie eingebrannt. Ich hatte sie gesehen – die Dame im Gewitter. Als der Himmel zerriß, brach sie hervor, sturmgeboren, sturmgleich. Ihr Streitwagen, tausend Mal mächtiger als der *Donnersturm*, wurde von vier Löwinnen gezogen. Hundert Meilen weit loderte ihre Haarmähne hinter ihr her, als sie über die Welt streifte. Ihr Kriegsmantel, gewoben aus Gold und Stahl und Blut, wehte über mich. Ihre Hand hob mich hoch, die Haut wie Silber, die Nägel wie Kupfer. Ihre Augen waren Smaragde am Himmel, die löwengleich die Finsternis durchdrangen. Ich ahnte, daß sie, während ihr Blick auf mir ruhte, zehntausend Meilen entfernt einen Dämon niederstreckte mit ihrem Blitzspeer. Ich ahnte die Mauern Alverans, die sich hinter ihr erhoben, und den Sternenwall, hinter dem die Niederhöllen tobten. Ihre Weiblichkeit fuhr wie glühender Stahl durch mein Herz. Ihre Lippen waren wie Rosenblüten, während sie jenseits der Zeit Kriegsflüche ausstieß, die Legionen von Schatten zerschmetterten. Ihr Kuß fegte die Schatten von meiner Seele, und als sie mich zu sich nahm, zerschmolz meine Seele, um ein gleißender Ring an ihrer Brünne zu werden. Es war wie der Schmerz der Geburt, als sie mich wieder von ihrem Herzen riß. Ihre Worte waren schauriger als das Klirren von tausend Waffen und lieblicher als Blütenduft: »Du bist MEIN Speerstoß und MEIN Schwertstreich. Sei bereit und sei gewiß zu treffen, wenn ICH dich zu deinem Ziel führe.«

Die Hirten tippten sich auf die Stirn, als ich mit trunkenem Lächeln aufstand und in die Dämmerung hinaus zu meinem Warunker ging. Vor meinem Auge stand mein Schicksal, so, wie das Bild eines Blitzes am Nachthimmel im Auge bestehen bleibt, selbst wenn er selbst längst entschwunden ist. Ich war bereit, im nahenden Heldenzeitalter den ersten Schlag zu führen – und ich wußte, daß es mein letzter sein würde. Ich lächelte, als ich hinab ins dämmrige Tal ritt, wo sich Aventurien vor mir ausbreitete. Ich hatte gefunden, was ich immer gesucht hatte: Ich war der Schwertkönig.

Anhang

Zeitrechnung

v. H.: vor Hal; vor der Thronbesteigung Kaiser Hals
Hal: nach Hal; nach der Thronbesteigung Kaiser Hals
BF: nach Bosparans Fall (993 BF = 0 Hal)

Begriffe, Namen, Orte

Albernia: freiheitsliebende Provinz im Nordwesten des Neuen Reiches
Alveran: Reich und Burg der Götter; zwölf Paradiese
Andergast: rückständiges Fürstentum im Nordosten, seit 1800 Jahren mit → Nostria im Krieg
Aranien: ehemals Oron; größtes Reich der → Tulamiden, im Osten, am → Perlenmeer
Bardo und Cella: Kaiserliche Zwillinge 60–45 v. H., Kinder → Pervals
Bornland: rückständige Aristokratie im Nordosten, am → Perlenmeer; durch Erbteilung sprichwörtlich verarmter Adel
Elburum: bedeutende Hafenstadt in → Aranien, am → Perlenmeer
Erbfolgekrieg: Kaiserlose Zeiten 91–60 v. H., beendet durch Kaiser → Perval
Famerlor: Hoher Drache des Ruhmes, Gefährte Rondras
Gareth: Hauptstadt des Neuen Reiches seit 1000 v. H., im Zentrum
Garetien: zentrale Provinz des Neuen Reiches, um → Gareth
Geron: Schutzheiliger gegen Ungeheuer
Gilden, Magier-: Weißmagier, Graumagier, Schwarzmagier
Gror: siehe Rur
Güldenländer: weißhäutige Einwanderer seit 2500 v. H.

Havena: Hauptstadt von → Albernia, am → Meer der Sieben Winde

Hela-Horas: letzte Kaiserin des Alten Reiches bis 0 BF / 993 v. H.; Dämonenbeschwörerin

Hlûthar: Schutzheiliger gegen Dämonen

Kaiserliche Zwillinge: siehe Bardo und Cella

Kaiserlose Zeiten: Erbfolgekrieg 91–60 v. H., beendet durch Kaiser → Perval

Khunchom: größte Stadt der Tulamiden, im Osten, Teil → Araniens, am → Perlenmeer

Kor: Halbgott der Söldner, Sohn Rondras und → Famerlors

Kuslik: bedeutende Hafenstadt im → Lieblichen Feld

Leomar: Schutzheiliger der Kriegertugenden, legendärer Streitwagenfahrer

Das Liebliche Feld: Altes Reich der → Güldenländer, Königreich, im Westen, am → Meer der Sieben Winde

Los: Urgott, Schöpfer, männlich-aktives Prinzip; wird ehrfürchtig beschwiegen; Losstern (Polarstern)

Madamal: Mond; Gefängnis Madas, die die Magie erschuf

Maraskan: große Insel im Osten, im → Perlenmeer; tropisches Klima, berüchtigt für seine Meuchler, bekannt für seine Schwertschmiedekunst

Meer der Sieben Winde: Ozean im Westen

Neues Reich: größtes Reich der → Güldenländer seit 1000 v. H., bedeckt zentrale Hälfte Aventuriens

Nivesen: Nomadenvolk im Norden und Nordosten

Norbarden: Händlervolk im Norden und Nordosten

Nostria: rückständiges Fürstentum im Nordosten, seit 1800 Jahren mit → Andergast im Krieg

Novadis: Tulamiden der Khomwüste, kriegerisch, religiös, fanatisch

Perlenmeer: Ozean im Osten

Perval: Sieger des → Erbfolgekrieges, Vater von → Bardo und Cella, Onkel von Reto

Priesterkaiser: Tyrannei in Praios Namen um 600 v. H., durch Rohal beendet

Rauschgurke: maraskanische Wunderpflanze

Rohal der Weise: größter Magier Aventuriens, Herrschaft um 600–500 v. H.

Rohalsjünger: abfällig für Pazifisten
Rondragabund: Schutzheilige der Waffen
Rur und Gror: Zwillingsgötter, Schöpfer in der Religion → Maraskans
Sembelquast: berühmteste Käsesorte Aventuriens aus Warunk
Shadif: Steppe im Süden; edelste Pferderasse
Sumu: Urgöttin, weiblich-passives Prinzip; die Erde
Thalionmel: Schutzheiliger gegen Übermachten
Tobrien: große Provinz im Osten des Neuen Reiches, rückständig
Tulamiden: Ureinwohner Aventuriens seit etwa 3000 v. H., heute nur noch im Südosten
Vinsalt: Hauptstadt des → Lieblichen Feldes
Weiden: große Provinz im Norden des Neuen Reiches, rückständig
Winhall: Stadt in → Albernia